rororo

Martin Conrath ist in Neunkirchen geboren. Nach der Schule machte er zunächst eine Ausbildung zum Schlagzeuger und tourte über 20 Jahre mit Bands und Ensembles durch Deutschland, bevor er sich dem Journalismus zuwandte und für verschiedene Zeitungen tätig war. Nebenbei arbeitete er als freier Schriftsteller und Personalvermittler und lehrte Journalismus, Stilistik und Kommunikation. Heute schreibt er Krimis und historische Romane und lebt in Düsseldorf.

MARTIN CONRATH

KOHLE, STAHL UND MORD

DAS 13. OPFER

ELIN AKAY UND
JANA FÄLLER ERMITTELN

Kriminalroman

Rowohlt Taschenbuch Verlag

Originalausgabe
Veröffentlicht im Rowohlt Taschenbuch Verlag,
Hamburg, Januar 2025

Covergestaltung Hafen Werbeagentur, Hamburg
Coverabbildungen Kai-Patric Fricke /
lost-places.com; Shutterstock
Layout Felina Mollenhauer
Satz aus der Kepler Std
bei Pinkuin Satz und Datentechnik, Berlin
Druck und Bindung CPI books GmbH, Leck
ISBN 978-3-499-01485-7

FSC
www.fsc.org
MIX
Papier | Fördert
gute Waldnutzung
FSC® C083411

«Die Vergangenheit ist wie ein Teppich.
Man kann auf ihm schreiten oder
auf ihm ausrutschen.»

John Steinbeck

TAG 1

– FREITAG –

ESSEN, SCHACHT LUDWIG V
––– GEGENWART

Seit dem Unglück vor vierunddreißig Jahren war Werner nie das Gefühl losgeworden, in eine Unterwelt voller Gefahren und Unwägbarkeiten abzutauchen, wenn er in einen der Schächte hinabfuhr, wenn das Tageslicht versickerte, wenn er aufgesogen wurde von der nie endenden schwarzen Nacht unter Tage.

Mit langen Schritten betrat er die Weißkaue, wo Tausende Kleiderkörbe unter der Decke schwebten, bis auf wenige Dutzend waren sie leer. Jedes Mal, wenn er die leeren Körbe sah, musste er die Trauer herunterschlucken, die ihn seit dem Sterben des Kohlebergbaus begleitete.

Auf Ludwig V wurde schon lange keine Kohle mehr gefördert, es ging nur noch darum, das Grundwasser zu kontrollieren. Dafür mussten riesige Pumpen täglich Millionen Liter Wasser absaugen. Aber damit hatte er heute nichts zu tun. Üblicherweise wartete er die kleinen Pumpen, doch sein Job in den nächsten Wochen war es, die Strecken, in denen das neue Besucherbergwerk entstehen sollte, mit ausreichend Strom für die Bauarbeiten zu versorgen. Kabel waren zu legen, mithilfe einer Bolzenschusspistole wurden Befestigungen in den Beton getrieben, die Elektrik musste geprüft werden.

Die großen Pumpen, mehr als zweihundert, die jedes Jahr 700 Millionen Badewannen Wasser an die Oberfläche und von dort in die Zuflüsse der Emscher und des Rheins brachten, waren in den Stollen des ganzen Ruhrgebiets verteilt und wurden ferngesteuert. Durch den Bergbau hatten sich Landschaft und Städte flächendeckend abgesenkt, weit unter den Grundwasserspiegel. Die Essener Innenstadt um dreißig Meter. Fielen die Pumpen aus, war es nur eine Frage der Zeit, bis große Teile des Ruhrgebiets durch das nach oben drängende Grundwasser geflutet wurden. Wie lange das dauern würde, wusste niemand so genau, nur dass es passieren würde. Deswegen mussten die Pumpen, die großen wie die kleinen, bis in alle Ewigkeit laufen.

Für Werner bedeutete das einen sicheren Arbeitsplatz, für die Allgemeinheit Kosten in Millionenhöhe jedes Jahr, nur ein Bruchteil der Ewigkeitskosten, die der stillgelegte Bergbau verursachte. Viele ärgerten sich darüber, aber ohne die Kohle wäre Deutschland noch heute ein Bauernstaat, da war sich Werner sicher.

Er zog sich nackt aus, achtete darauf, dass sein Hörgerät sicher verwahrt war, wechselte in die Schwarzkaue, wo ebenso viele Körbe schwebten wie in der Weißkaue und ebenso viele leer waren. Er ließ den Korb mit seinen Arbeitskleidern herunter, zog sich an, setzte den Helm auf, prüfte den CO_2-Selbstretter und die Kopflampe, vergewisserte sich, dass er genug Wasser und Verpflegung für zehn Stunden eingesteckt hatte und sein Werkzeug vollständig war. Obwohl er dieses Ritual seit fünfundvierzig Jahren fast täglich vollzog, ging er jeden Punkt sorgfältig durch. Der Berg verzieh keine Fehler.

Er trottete zur Schachtschale. Dort wartete Kevin, sein neuer Kollege, der heute zum ersten Mal antrat. Werner war skeptisch. So ein Neuling machte meist Probleme, aber er hatte keine Wahl, er musste ihn mitnehmen. Gestern hatten sie sich kurz getroffen und einander vorgestellt. Kevin war 34 Jahre alt, dünn wie ein Hering, studierter Elektrotechniker. Er sollte die elektrische Anlage prüfen und einen neuen Stromversorgungsplan aufstellen für den ganzen Schnickschnack, den sie in das Besucherbergwerk einbauen würden. Werner hielt das Projekt für groben Unfug, aber was die Großen entschieden, mussten die Kleinen ausbaden. So war das schon immer gewesen, und so würde es immer sein. Immerhin konnte Kevin jedes einzelne Teil der elektrischen Anlage auswendig aufzählen, das musste man ihm lassen. Aber er machte keinen Hehl daraus, dass er die Bergleute nicht begriff, die einer harten, auszehrenden Arbeit unter Tage nachtrauerten, wo sie doch über Tage ein besseres Leben gehabt hätten.

Werner hatte es nie besser gehabt als mit seinen Kumpeln, denen er jeden Tag sein Leben anvertraut hatte, mit denen er im Stadion gestanden und seinem Verein, Rot-Weiss Essen, zugejubelt hatte, egal wo sie gerade in der Tabelle standen. Im Moment kämpften sie für den Aufstieg in die Zweite Bundesliga. Werner verpasste kein Spiel und feuerte seine Jungs an, so laut er konnte.

Er reichte Kevin die Hand. «Alles klar?»

«Geht so.»

«Schlecht geschlafen?»

«Blöd geträumt.»

«Die erste Seilfahrt?»

Kevin nickte.

«Wird schon», sagte Werner und betrat den Metallkäfig, der sie in die Unterwelt bringen sollte.

Sie würden zusammen einfahren, also wollte Werner ihn behandeln wie einen Kumpel. Mit Respekt. Kevin seufzte und folgte ihm. Der Fahrsteiger erwartete sie am Korb, schob die Gittertüren hinter ihnen zu, sie rasselten und quietschten.

Heute war das Gefühl namenloser Bedrohung besonders stark. Seit Tagen quälte Werner eine Vorahnung, dass etwas Furchtbares passieren würde. Aber was sollte schon passieren? Die Strebe, Strecken und Schächte waren tot, zurückgeführt, das hieß, alles von Wert war nach oben geschafft und ins Ausland verkauft worden, der Rest hatte seine letzte Fahrt zum Schrotthändler längst angetreten. Nur hier und da hingen Kabel herum, vor allem am Füllort, wo in luftiger Höhe noch Hubwinden und Flaschenzüge montiert waren und die Zugketten für den manuellen Betrieb bis auf den Boden reichten. Hier sollte das neue Besucherzentrum bald Tausenden den Bergbau näherbringen. Doch das würde noch ein oder zwei Jahre dauern oder noch länger, denn Werner war sich sicher, dass der Berg sich dagegen wehren würde.

Was für eine Schnapsidee, so was auf der siebten Sohle hinzuklotzen. Zwar gab es kein Methan mehr, das explodieren konnte, oder Kohlenstaub, der, vermischt mit Luft, die Sprengkraft von Nitroglyzerin erreichte, wenn auch nur der kleinste Funke entstand. Aber siebte Sohle, tausend Meter unter der Erde? Was für ein irrwitziger Aufwand an Transport, Sicherheit und Kontrollen für ein bisschen Nervenkitzel. Mit Bergbau hatte das nichts mehr zu tun. Das war Disneyland unter Tage.

Der Steiger wünschte Glück auf, es war nett gemeint, aber dennoch: Was für ein Hohn! Fahrsteiger, Schichtführer, sechs Mann an den Kontrollen der Motoren – alles für zwei Mann in einem Korb, in dem früher einhundertzwanzig eingefahren waren. Die Glocke erklang fünf Mal, wenigstens das war, wie es immer gewesen war.

Die Motoren liefen an, viele Tausend PS stark, der Korb sackte in die Tiefe, raste nach unten, vierzig Kilometer pro Stunde, es rasselte und ruckelte, dröhnte, zu laut, um sich zu unterhalten, zumal Werner ohne sein Hörgerät für das rechte Ohr, das seit zwanzig Jahren fast taub war, sowieso nur die Hälfte verstand.

Er warf Kevin einen Blick zu. Der hielt sich tapfer, dennoch sehnte er das Ende der Seilfahrt herbei, das sah Werner ihm an: Der Blick seines Kollegen flackerte, seine Haltung war steif.

Mit einem Ruck kam der Korb nach neunzig Sekunden zum Stehen. Kevin zuckte zusammen, entspannte sich, dann sah er Werner entschuldigend an, der ihm aufmunternd zulächelte. Werner hatte seine erste Seilfahrt nicht vergessen, bei der er sich fast in die Hose gemacht hatte. Sechzehn war er da gewesen.

Er schob die Gittertüren auf. Vor ihm, auf Sohle sieben, öffnete sich der größte Füllort der Gegend. Eine Kathedrale aus Beton und Stahl, mitten im Berg, fast einen Kilometer unter der Erde. Ein Ort, der ihm noch immer Ehrfurcht einflößte. Er bewunderte die Ingenieure, die ein solches Bauwerk unter Tage zustande brachten. Sein Einfamilienhäuschen mit zweieinhalb Geschossen hätte bequem hineingepasst.

Die Höhe war nötig, schließlich mussten drei meterhohe Körbe übereinanderpassen, aus denen bei jeder Schicht mehr als dreihundert Bergleute zu ihren Arbeitsplätzen strömten. Geströmt waren. Werner hatte noch immer die Bilder vor Augen, wie sich die Menschenschlange der Malocher in die Strecken ergossen hatte, konnte sich gut erinnern, wie sicher er sich gefühlt hatte inmitten seiner Kumpel. Bis zu dem Tag, den er am liebsten vergessen würde.

Er trat in den Füllort, von wo aus damals Millionen von

Tonnen Kohle nach oben geschafft worden waren. Er wusste nicht genau, wie viele davon er abgebaut hatte, aber es mussten Hunderttausende gewesen sein. Jahrelang hatte er einen Walzenschrämlader bedient, der mit seinen Zähnen, so lang und spitz wie die eines T. Rex, die Kohle aus dem Berg fräste, und das in einem Tempo, bei dem kein Mensch mithalten konnte. Je nach Mächtigkeit der Flöze waren 400 Tonnen und mehr pro Tag kein Problem. Starke hydraulische Schilde hatten den Streb, in dem die Kohle lag, gestützt und waren wie Tausendfüßler langsam durch das Flöz gewandert, immer der Schrämwalze voraus und dem schwarzen Gold hinterher.

Kevin schaute sich um. «Beeindruckend. Ich habe viel darüber gelesen, wie so ein Füllort aussieht, aber darin zu stehen, das ist eine ganz andere Sache. Es ist irgendwie», er suchte nach dem richtigen Wort, «erhaben.»

Das war eine gute Beschreibung für das Gefühl, das auch Werner immer wieder packte. Kevin wurde ihm sympathischer. Der Kerl schien in Ordnung. Vielleicht hatte er Lust, nach der Schicht mit ihm ein Bierchen zu zischen.

Werner nickte und zeigte auf die Verbauungen. «Dahinter liegt genug Kohle, um Deutschland ein halbes Jahrhundert mit Strom und Wärme zu versorgen.»

«Wäre da nicht der Klimawandel.»

«Ja, schon klar, jeder, der bis drei zählen kann, weiß das.»

«Schön wär's.» Kevin zuckte die Schultern. «Aber das ist nicht unser Problem. Das müssen die da oben lösen.» Er zeigte in Richtung der grauen Betondecke mit den runden Stahlstreben und den Flaschenzügen.

«So sieht es aus. Lass uns loslegen. Zuerst prüfen wir die Leitungen durch.»

Neben dem Schacht hing ein Kasten, in dem man leicht einen Erwachsenen hätte unterbringen können. Er war vollgestopft mit Starkstromsicherungen, denn die Motoren der Bänder und die Hydraulik liefen nur mit Drehstrom, 32 Ampere aufwärts. Gute Voraussetzungen für Kevins Verteilungsplan. Sie würden nicht sehr viel ändern müssen, schätzte Werner, nur ein paar Hundert Meter Kabel neu ziehen, hier und da Verteiler einbauen und verdrahten. Keine große Sache. Zwei oder drei Wochen höchstens. Dann konnten die Ingenieure, Architekten und die Bauleitung anrücken.

Werner öffnete den Kasten, Kevin leuchtete mit einer Stablampe hinein. Alle Sicherungen waren drin, kein Kabel hatte sich gelöst, es roch nicht durchgeschmort nach verbranntem Kunststoff.

«Wunderbar», sagte Kevin.

Werner stellte sich auf eine entspannte Schicht ein. Das Gefühl der Bedrohung ließ nach, fast fühlte er sich wohl hier unten. Mit Kevin hatte er einen guten Mann an der Seite, er konnte ihm das eine oder andere über den Berg beibringen, niemand machte Druck, sie hatten Zeit zum Plaudern. Werner hatte schon immer darauf geachtet, die Leute kennenzulernen, mit denen er arbeitete. Er musste wissen, mit wem er es zu tun hatte, musste ihre Stärken und Schwächen ausloten, damit er im entscheidenden Augenblick richtig reagieren konnte.

«Hast du eine Freundin?», fragte er und vermutete, dass dem so war.

Kevin nickte. «Wir wollen bald heiraten. Sie ist die Richtige.»

Das freute Werner. Es war immer schön zu sehen, wie junge Menschen sich verliebten, gemeinsam ihr Leben bestreiten wollten und das mit einem Versprechen bekräftigten. Und es gab ja auch viele Ehen, die lange hielten, bis dass der Tod sie schied. So wie seine.

Ohne Vorwarnung gab der Berg ein Grollen von sich. Wie ein Wachhund, der kurz davor stand zuzubeißen. Der Boden unter Werners Füßen zitterte leicht. Sein Verstand sagte ihm, dass es nur eins der unzähligen kleinen Beben war, von denen das Ruhrgebiet ständig erschüttert wurde, und es keinerlei Grund zur Besorgnis gab. Die Verbauungen hielten einer Erschütterung bis 7,0 auf der Mercalliskala stand. Eine Stärke, bei der oberirdisch bereits Häuser einstürzten, wenn sie nicht erdbebensicher gebaut waren. Sein Puls jedoch schlug schneller, die Kehle wurde eng. Bilder schossen durch seinen Kopf. Er hörte Schreie, spürte Hitze, die gar nicht da war, sie kam aus seiner Erinnerung. Seine Narben am Rücken, die waren da, die gaben keine Ruhe, Schmerz strömte durch seinen Körper.

«Werner!»

Er fuhr herum. Kevin schaute ihn entgeistert an.

«Alles klar?»

Werner schüttelte den Kopf, die Bilder rissen ab, nur die Narben schmerzten noch ein wenig. Aber er war wieder auf Sohle sieben, Schacht Ludwig V. Der Berg hatte sich beruhigt. Werner atmete tief durch.

«Alles klar, war nur in Gedanken.»

Dass er fast kopflos davongerannt wäre, so wie damals, das würde er Kevin nicht erzählen. Es war schon schlimm genug, dass ihn die Erinnerungen nicht losließen. Es waren immer Fetzen, Geräusche und Gerüche, einzelne Bilder. Kumpel, die mit vor Panik verzerrten Gesichtern vorbeihasteten, verbranntes Fleisch, Schreien und Jammern, Fluchen und Beten. Seit vierunddreißig Jahren schleppte er diese Last mit sich herum, manchmal spürte er nichts, manchmal, so wie heute, schien es ihm, als wäre das Unglück erst gestern geschehen. Die Explosion damals hatte ihn von den Füßen geholt, die Hitze seinen Rücken versengt. Er hatte mit dem Leben abgeschlossen, um die Vergebung seiner Sünden gebeten. Er war nicht ohnmächtig gewesen, doch von dem Moment der Explosion bis zu dem Moment, als ihn die Grubenwehr aus dem Schacht geholt hatte, war sein Gedächtnis wie geschreddert, alles wirkte wie in einem Albtraum, aus dem es kein Entrinnen gab. Seine Erinnerungen setzten sich vor allem aus den Erzählungen der Kollegen zusammen. Nur der Schmerz der Verbrennung der Haut auf seinem Rücken, der war immer real gewesen, war es bis heute.

Werner holte tief Luft, wandte sich dem Kasten zu. Kevin hatte bereits das Messgerät ausgepackt und die ersten Anschlüsse auf Last und richtige Drehrichtung geprüft. Es waren 165 Klemmen, alle fein säuberlich durchnummeriert. Neunundneunzig waren jeweils mit Phase 1 bis Phase 3 für die stromführenden Leitungen beschriftet, für jedes Gerät gab es ein eigenes Schildchen, mit dem man es identifizieren konnte.

Bei der achtzehnten wurde Kevin fündig. Keine Last. Er schaute im Verdrahtungsplan nach. «Wir müssen gut einen Kilometer in die Strecke rein. Da sitzt eine 12-Kilowatt-Pumpe. Die sollten wir uns anschauen, bevor wir weitermachen.»

Werner nickte. «Da hatten wir schon mal Probleme. Sind die neuen kleinen Mistdinger. Die taugen nichts. Fallen ständig aus.»

«Wer billig kauft, zahlt zehnfach», stellte Kevin fest und klappte seinen Werkzeugkoffer zu. «Soweit ich weiß, sind schon andere bestellt worden, und den Lieferanten erwartet eine Klage.»

«Immerhin.» Werner streckte sich und klatschte in die Hände.

Im selben Augenblick wankte der Boden unter seinen

Füßen, das Licht verlosch. Um ihn herum donnerte der Berg. Das war kein kleines Beben. Da war etwas anderes im Gange, etwas Großes. Absolute Dunkelheit hüllte ihn ein. Es gelang ihm nicht, die Kopflampe einzuschalten, so sehr tanzte der Boden, er musste mit aller Macht gegen den Reflex ankämpfen loszurennen, gleichzeitig hatte er das Gefühl, dass sein Brustkorb platzen müsste, so schnell schlug sein Puls. Es war wie damals. Er konnte nichts tun. War hilflos. Nun würde es doch passieren. Der Berg hatte ihn damals nicht erwischt, aber heute würde er ihn zerquetschen, er hatte nur ein paar Jahre gewartet – was waren schon vierunddreißig Jahre für einen Berg, der Millionen Jahre alt war? Ein Wimpernschlag.

Brocken prasselten auf seinen Helm, sein Herz raste immer schneller, jederzeit konnte sich ein Stahlträger oder ein Teil des Betonverbaus lösen und ihn zermalmen wie eine Kakerlake. Das Blut rauschte in seinem Kopf, der Puls hämmerte in seinen Ohren.

Dann schwieg der Berg. Das Beben hatte nur wenige Sekunden gedauert, doch Werner kam es vor, als wären es Minuten gewesen. Er atmete tief ein und aus, spürte den Schweiß, der seine Haut von oben bis unten bedeckte. Die Panik zog sich zurück, doch Angst und Wachsamkeit blieben. Jederzeit konnte der Boden unter seinen Füßen erneut erwachen.

Er schaltete seine Helmlampe ein. Kevin lag auf dem Boden, hatte sich wie ein Fötus zusammengekrümmt. Ein Beben unter Tage hatte schon stärkere Männer in ein Häuflein Elend verwandelt. Und ein so starkes hatte selbst Werner noch nicht erlebt. Er zitterte noch immer am ganzen Leib und konnte kaum fassen, dass er noch lebte. Gerade wollte er seinem Kollegen aufhelfen, da hielt er inne, lauschte, ließ den Kegel der Lampe über die Verbauung huschen. Er hörte ein Rauschen, das lauter zu werden schien. Waren die Pumpen ausgefallen? Experten prophezeiten schon lange, dass ein Stromausfall die Pumpen auf längere Zeit lahmlegen würde, das Wasser würde steigen, die Strebe und Schächte füllen und an die Oberfläche drängen. Langsam, aber sicher. Vorher würde das Grubenwasser, angefüllt mit giftigen Stoffen, die Gebirgsschichten erreichen, aus denen das Trinkwasser gewonnen wurde, und es zu einer tödlichen Brühe machen.

Werner schüttelte den Kopf. Diese Gedanken machten ihm Angst. Zu viel Angst. Er musste bei klarem Verstand bleiben, wenn er eine Chance haben wollte zu überleben.

Kevin rappelte sich hoch, fummelte an seiner Lampe herum, sie leuchtete auf, er stotterte etwas vor sich hin, das Werner nicht verstehen konnte. Mit einer Handbewegung brachte er ihn zum Schweigen.

Er griff nach seinem CO_2-Warner, doch der blieb stumm. Er schnüffelte in die Luft, obwohl er wusste, dass er Methan nicht riechen konnte, ein Reflex aus alten Zeiten. Kohlenstaub, den es ja gar nicht mehr gab, den hatte er riechen und schmecken können, wenn er aufgewirbelt wurde und sich mit Luft vermischte. Aber das war lange her. Das Einzige, das er jetzt schmeckte, war die Magensäure, die ihm den Hals hinaufstieg.

Er hörte etwas, lauschte in die Strecke wie ein Reh, das den Wolf zu wittern versucht. Da war es. Ein Rauschen, wie von einem fernen Wasserfall. Es kam aus der Strecke. Wie konnte das sein? Fielen die Pumpen aus, stieg das Wasser, ja, aber es war kein plötzlich anschwellender Wildbach, der alles mit sich riss, sondern ein langsam und dennoch unaufhaltsam steigender Pegel, wie die Flut, die das Watt überspült. Es konnte Wochen dauern, sogar Monate, bis das erste Wasser an die Oberfläche trat. Nein, das hier war etwas anderes.

Der Boden begann zu vibrieren. Irgendwo im Berg über ihnen musste durch das heftige Beben eine Wassersperre gebrochen sein, ein Damm, der die Flut zurückhielt. Die Wassermassen, die sich dann in die Strecken und Schächte ergossen, würden alles mit sich reißen, was sich ihnen in den Weg stellte.

«Wir müssen in den Korb, sofort», brüllte Werner.

Über Tage war der Strom sicherlich nicht ausgefallen, in 90 Sekunden wären sie in Sicherheit, die tausend Meter über ihnen wartete. Er packte Kevin am Kragen, wollte ihn mit sich ziehen, doch der starrte auf den dunklen Schlund des Schachtes.

Kevin riss sich los. «Nicht dahin! Es kommt von oben, nicht aus der Strecke. Im Korb sind wir verloren. Wir müssen in die Kuppel!»

Werner kniff die Augen zusammen. Das Licht seiner Kopflampe reichte gerade bis in den Schacht. An den Wänden lief bereits Wasser in Kaskaden herunter. Kevin hatte recht.

Er hatte sich geirrt, weil er ohne Hörgerät die Richtung, aus der die Geräusche kamen, verdrehte. Der Weg nach oben war abgeschnitten. Im Korb würden sie wie die Ratten ersaufen. Der nächste Fluchtweg war ein Wetterschacht in drei Kilometer Entfernung. Keine Chance zu entkommen. Werner hatte recht behalten. Seine Vorahnung. Sie war eingetreten. Was der Berg vor vierunddreißig Jahren begonnen hatte, würde er heute zu Ende bringen. Der Berg gab nicht auf. Und wenn er ihn schon nicht selbst erledigen konnte, sandte er eben das Wasser.

Plötzlich packte Kevin ihn am Arm und zeigte nach oben. «Der Flaschenzug! Los. Einhaken, den Fuß auf den Schäkel. Die Zugketten bringen uns nach oben. Egal welche. Sie sind miteinander verbunden.»

Werner verstand. Warum war er nicht darauf gekommen? Weil er schon mit seinem Leben abgeschlossen hatte. Aufgegeben hatte. Verdammte Scheiße!

Er riss sich am Riemen, schwor, ab jetzt zu kämpfen. Der Gedanke gab ihm Kraft, er setzte einen Fuß auf den Metallhaken, an dem früher Stahlträger, Balken oder Tröge in die Höhe gezogen worden waren. Er wollte eine Zugkette packen, doch die war zu weit weg. Kevin riss eine Zugkette an sich, sprang auf einen anderen Schäkel und begann zu ziehen. Werner spürte, wie er sich langsam nach oben bewegte. Er hatte Kevin mächtig unterschätzt. Er mochte kein Bergmann sein, ein Kumpel war er ab jetzt auf jeden Fall. Werner klammerte sich fest, die Kette schwang hin und her. Das Rauschen schwoll weiter an, wurde ohrenbetäubend. Kaum hatten sie eineinhalb Meter Höhe erreicht, donnerte die Flut aus dem Schacht in den Füllort. Angsterfüllt sah Werner auf die tosende Wassermasse. Im Kegel seiner Kopflampe schien sie ein lebendiges Wesen.

Kevin stöhnte vor Anstrengung, zog und zog, das Wasser stieg Werner bis zur Hüfte, es war eiskalt, zerrte an ihm, griff nach ihm, drohte ihn mit sich zu reißen. Die Todesangst verlieh ihm die Kraft, sich festzuhalten. Lange würde er nicht durchhalten.

Doch so plötzlich, wie es gekommen war, ließ das Wasser von ihm ab und sank.

Werner kam es vor, als hätte jemand einen Eimer in ein Becken gekippt, es war vollgelaufen, bevor das Wasser durch den Abfluss verschwand. Der bestand hier unten aus zahllosen Strecken und Schächten, niemand wusste genau, wie viele es gab. Es mussten mehr als 60 000 sein.

Wadentief blieb die Brühe im Füllort stehen. Kevin stöhnte auf, ließ die Kette los, sie sausten nach unten, platschten ins Wasser, Werner strauchelte, machte sich lang, suchte nach Halt. Was für ein Glück im Unglück, dass der Strom ausgefallen war, sonst wäre er gegrillt worden. Aber er lebte noch. Obwohl der Berg ihm den Garaus hätte machen können.

Was hatte er mit ihm vor? Wollte er ihn noch mehr quälen? Mit ihm spielen wie die Katze mit der Maus? Werner fühlte sich den Naturgewalten ausgeliefert wie noch nie. Natur war gnadenlos.

Er setzte sich auf, saß da wie ein Kind im Sandkasten nach einem Gewitterregen und schüttelte ständig den Kopf. Tonnen von Geröll und Schlamm waren mit dem Wasser in den Füllort geschwemmt worden. Vielleicht war es am besten, nichts mehr zu fühlen, nichts mehr zu denken, nichts zu erinnern.

Nein. Er hatte geschworen, nicht aufzugeben. Was auch immer ihn erwartete, er würde sich dem stellen. Er würde hier wieder rauskommen.

Er tastete nach festem Grund, spürte etwas glattes Rundes, packte es, hielt es sich vor das Gesicht. Aus leeren Augenhöhlen starrte ihn ein Totenschädel an.

ESSEN-RUHR-TV
––– GEGENWART

Jana stand pünktlich auf die Minute in der Lobby des Fernsehsenders «Essen-Ruhr-TV». Sie atmete tief durch, noch immer saß ihr der Schreck in den Gliedern. Nur einen Moment vorher auf der Straße hatte sie geglaubt, jemanden erkannt zu haben. Jemanden, der sie hasste: Gerd Melzer, der sie für den Tod seines Bruders verantwortlich machte. Sie hatte ihn nur von hinten gesehen und sich eingestehen müssen, dass es viele Männer gab, deren Rückansicht der von Gerd Melzer ähnelte. Groß gewachsen, schlank, kurze Haare, den Nacken sorgfältig ausrasiert, Jeans, ein leichter Blouson. Sie kannte ihn nicht gut genug, als dass sie ihn am Gang oder der Körperhaltung hätte erkennen können. Ein- oder zweimal hatte sie ihn gesehen, und immer nur kurz. Sie holte noch mal tief Luft.

Keine Frage, sie war mit dem Kapitel Melzer noch nicht fertig, wenn ihr Unterbewusstsein so sensibel auf eine Ähnlichkeit reagierte, wenn eine Silhouette, die entfernt an Gerd Melzer erinnerte, sie so triggerte. Ganz unberechtigt war ihre Angst nicht, denn er galt als gewaltbereit. Bei der nächsten Supervision würde sie den Fall Melzer erneut besprechen.

Sie versuchte, sich auf das Jetzt zu konzentrieren, betrat die Lobby, trat an den Empfangstresen, lächelte den jungen Mann an, der gerade telefonierte. Er nahm sofort Blickkontakt auf, Jana bemerkte goldene Einsprengsel in seinen braunen Augen.

«Einen Moment bitte», sagte er zu der Person am anderen Ende und hielt eine Hand über die Sprechmuschel.

«Frau Dr. Fäller, schön, dass Sie unserer Einladung gefolgt

sind. Ich sage sofort oben Bescheid. Die Regisseurin wird Sie in einer Minute abholen.» Er tippte auf seiner Telefonanlage herum, dann hörte sie ihn sagen: «Frau Dr. Fäller ist da, Angie. Bis gleich.» Er lächelte. «Sie kommt sofort.»

Jana nickte, machte ein paar Schritte vom Tresen weg, er nahm sein Gespräch wieder auf.

Als sie die Anfrage erhalten hatte, war sie zuerst skeptisch gewesen, doch dann hatte sie eingewilligt, sich in der Sendung «Die Experten» den Fragen der Moderatorin und des Publikums zum Thema forensische Psychiatrie zu stellen. Viele Menschen hatten eine vollkommen falsche Vorstellung von dem Beruf, den Jana voller Leidenschaft ausübte. Wenn sie durch ihren Auftritt bei einigen Zuschauern etwas mehr Interesse für die forensische Psychiatrie wecken konnte, dann hatte sich der Aufwand gelohnt.

Eine Frau um die vierzig kam mit ausgestreckter Hand auf sie zu. Rundes Gesicht, Lachfalten, Kurzhaarschnitt, schwarze Caprihosen, die gebräunte Unterschenkel zeigten, rote Ballerinas. Jana hätte es nicht gewundert, wenn «Angie» in einem Verein für Rock 'n' Roll das Tanzbein schwang. Die Statur hätte auf jeden Fall gepasst, schlank, aber nicht dürr, sie wirkte wie eine Leichtathletin.

«Frau Dr. Fäller. Wie schön! Ich darf Sie im Namen von Essen-Ruhr-TV herzlich begrüßen.»

«Das ist sehr freundlich, danke.»

Sie schüttelten sich die Hände.

«Ich bin Angelika Dressler, ich übernehme die Regie heute Abend. Bitte nennen Sie mich Angie.»

Sie führte Jana in die Maske, ein junger Mann sortierte einige Produkte auf dem Schminktisch. Angie setzte sich neben sie.

Wieder blitzte Melzers Bild vor ihrem inneren Auge auf.

Er hatte damals keine offenen Drohungen ausgestoßen, dennoch war ihr zugetragen worden, dass er sie am liebsten in der Ruhr ertränkt hätte. Und er ist gewaltbereit, echote es in ihrem Kopf. Sie wusste, wie schmal der Grat zwischen Fantasie und Tat war.

«Wundern Sie sich nicht, dass ich etwas großzügiger nachschminke.» Der Visagist riss sie aus ihren Gedanken. «Handelsübliche Schminke ist nicht gefeit gegen solche Temperaturen. Selbst unsere Klimaanlage kommt im Moment an ihre Grenzen.»

Jana nickte und schloss die Augen, während der Pinsel über ihr Gesicht wanderte. Die Hitzewelle lag seit Tagen über dem Ruhrgebiet, Temperaturen um die fünfunddreißig Grad, kein Wölkchen am Himmel. Für sie war das kein Problem. Wenn es heiß wurde, blühte sie auf. Nur mit der UV-Strahlung hatte sie Schwierigkeiten. Ungeschützt zog sie sich in kürzester Zeit einen Sonnenbrand zu.

«Lassen Sie uns noch mal den Ablauf durchgehen», sagte Angie. «Amira Saleh macht die Anmoderation, dann bittet sie die Expertin auf die Bühne, das sind heute Abend Sie. Amira stellt Fragen zu Ihrer Person und zum Thema. Die haben wir im Vorfeld ja bereits abgeklärt. Dann kommt das Publikum zum Zug. Die Fragen werden vorher abgegeben, damit wir sie filtern können. Dann Abmoderation. Das war's schon. Haben Sie noch Fragen?»

Jana schüttelte vorsichtig den Kopf, der Visagist brummte kurz, dann trat er zurück. «Fertig, sie kann unter die Lampen.»

Jana schälte sich aus dem Friseurstuhl, dankte dem jungen Mann, Angie ging vor, sie folgte ihr durch den Flur.

Vor Amira Salehs Büro verabschiedete Angie sich. «Ich muss in die Regie, damit auch alles reibungslos klappt.»

Bevor Jana etwas sagen konnte, war sie verschwunden, stattdessen kam die Moderatorin mit einem breiten Lächeln auf sie zu und schüttelte ihr die Hand.

«Frau Dr. Fäller. Ich bin wirklich begeistert, dass Sie heute bei uns zu Gast sind.»

«Ich danke Ihnen für die Einladung», sagte Jana. «Ich freue mich sehr, es ist mein erster Fernsehauftritt. Eine gute Gelegenheit, meine Arbeit einem größeren Publikum vorzustellen.»

«Wir sind nur ein kleiner Sender, aber wir erreichen jeden Haushalt in NRW. Und wir streamen unsere Sendungen live im Internet. Kommen Sie, ich zeige Ihnen alles.»

Jana folgte ihr durch noch mehr Flure, sie inspizierten Büros, drei kleinere Aufzeichnungsstudios, Garderoben, Aufenthaltsräume für das Personal, einen Lagerraum für Equipment, das vor allem für Reportagen gedacht war.

Schließlich erreichten sie das Livestudio. Jana hatte sich einen kleinen heißen Raum vorgestellt, in dem zwei Kameras standen, doch das Studio sah eher aus wie ein Theatersaal. Die Bühne maß gut und gerne fünfzig Quadratmeter. In der Mitte war ein Podest aufgebaut, gut einen halben Meter hoch, darauf thronten zwei Ohrensessel, dahinter erstreckte sich eine Projektionswand. Vier fahrbare Kameras, die Jana aus dem Fernsehen von Talkshows kannte, umzingelten die Bühne. Irgendwer musste hier mächtig Geld reinstecken, denn Jana bezweifelte, dass die Werbeeinnahmen eine solche Technik finanzieren konnten, die gut und gerne zwei Millionen gekostet hatte. Drei Frauen und ein Mann waren bereits mit den Hightechgeräten beschäftigt und nahmen von Jana und Amira Saleh keine Notiz.

Vor der Bühne erstreckte sich über die gesamte Breite eine Art Theatergraben, nur nicht so tief, dass ein Orchester darin hätte verschwinden können, sondern hüfthoch. Dahinter erhob sich die Zuschauertribüne, die etwa siebzig Personen Platz bot.

Ein Techniker klemmte ihr mit routinierten Handgriffen das Mikrofon an, die Studiouhr mahnte, dass es Zeit wurde, in die Startposition zu gehen.

Jana nickte Amira Saleh zu und ging von der Bühne, wo sie ein älterer Mann mit Vollbart und Bauch erwartete: der Inspizient, der wie beim Theater dafür sorgte, dass jeder zur richtigen Zeit am richtigen Ort war.

Er verzog keine Miene, deutete nur auf ein weißes Kreuz aus Klebeband auf dem Boden. «Dort stehen bleiben, bis ich Sie reinschicke.»

Jana bezog ihre Position. Von hier hatte sie einen guten Überblick.

«Meute kann rein», sagte der Inspizient in das Mikrofon seines Headsets.

Die ersten Zuschauer strömten ins Studio, sie tuschelten, suchten ihre Plätze, Einweiser kontrollierten die Tickets und wiesen die richtigen Sitze zu. Langsam füllten sich die Ränge. Noch fünf Minuten bis zur Sendung. Jana warf einen Blick auf die Bühne. Sie fühlte ein wenig Lampenfieber. Genug, damit sie voll konzentriert war, aber nicht so viel, dass es sie blockieren würde. Sie lächelte in sich hinein. Sie musste zugeben, dass es ihr gefiel, im Mittelpunkt zu stehen. Sie wandte sich wieder der Tribüne zu, ließ ihren Blick über die Gesichter schweifen, alte und junge Menschen, die sich freudig umsahen und unterhielten. Dann erstarrte sie.

Das konnte nicht wahr sein. Also hatte sie ihn doch erkannt. Gerd Melzer.

POLIZEIPRÄSIDIUM ESSEN, KK 11
--- GEGENWART

Der Deal mit ihrem Chef war klar gewesen: Elin machte Bereitschaftsdienst, zwölf Stunden von sechs bis sechs, dafür durfte sie, solange nichts dazwischenkam, die Livesendung mit Jana verfolgen. Sie machte es sich am Schreibtisch bequem, lehnte sich in ihrem Stuhl zurück. Dirk war nicht begeistert gewesen, dass sie schon wieder den Abend und die ganze Nacht nicht zu Hause war, aber er wäre nicht ihr Ehemann, hätte er nicht Verständnis gezeigt, ihr eine ruhige Schicht gewünscht und sie zum Abschied geküsst. Nicht so ein Küsschen auf die gespitzten Lippen, sondern voller Leidenschaft, so als wären sie frisch verliebt. Sie seufzte genüsslich, spürte Verlangen nach ihm, aber das musste warten.

Elin schaute Essen-Ruhr-TV regelmäßig, damit sie in der Region auf dem Laufenden blieb. Und weil ihr die Formate gefielen. Vor allem die Livesendung «Die Experten», zu der Jana eingeladen worden war. Damit war ihre Freundin ein echter Promi, zumindest lokal. Wer in dieser Sendung auftrat, den umwehte der Nimbus des Großen.

Jana war eine Koryphäe auf ihrem Gebiet, eine Senkrechtstarterin, der außer ihrer Mutter und ihr, Elin, im Leben nichts wichtiger war als ihr Beruf. Das war nicht immer so gewesen, es hatte mal eine dritte Person gegeben. Tim Harms. Wie es mit ihm stand, konnte Elin nur vermuten. Seit der Trennung war fast ein Jahr vergangen, Jana hatte seinen Namen ihr gegenüber noch ein- oder zweimal erwähnt und sich ansonsten über ihn ausgeschwiegen. Dennoch machte sich Elin Sorgen. Sie musste zugeben, dass sie von Tim anfangs ebenfalls begeistert gewesen war. Sie hätte geschworen, dass er Janas große Liebe ist. Doch sie hatte sich wohl geirrt.

Sie hatte den Stream schon vor einer halben Stunde eingerichtet, konnte es kaum erwarten, dass es losging. Der Bildschirm zeigte die Website des Senders mit dem Slogan «Immer ganz dicht dran – Essen-Ruhr-TV» und einer Uhr, die gerade von zehn Sekunden auf null zählte. Die Uhr löste sich in einem Sturm von Farben auf, aus denen sich das Bild des Studios zusammensetzte.

In der kleinen Küche nebenan klapperte es. «Ich komme gleich», rief Holger, der seit einem Jahr ihr neuer Partner war. Er war ins Team gekommen, fast zur selben Zeit, als sich Jana von Tim Harms getrennt hatte. Holger war eine echte Bereicherung, nachdem sein Vorgänger, ein Kommisskopf und Dickschädel, endlich in Rente gegangen war. Mit fast zwei Metern überragte Holger die meisten Kollegen, er war drahtig, und seine knapp fünfzig Jahre sah man ihm nicht an. Sein volles schwarzes Haar trug er schulterlang, seine Gesichtszüge waren weich, und wenn er grinste, hatte er etwas Lausbubenhaftes. Doch es war niemandem zu raten, ihn zu unterschätzen.

«Bin mal gespannt auf unseren Fernsehstar.»

Elin nickte. «Ich auch. Jana wird das gut machen.»

Bei ihrem ersten Treffen hatten sich Holger und Elin verdutzt angeschaut, denn sie hätten von den Gesichtszügen her Geschwister sein können. Elin hatte ebenfalls schwarze Haare, allerdings fielen sie bei ihr bis unter die Schulterblätter, wenn sie sie nicht zum Zopf hochgebunden hatte. Ihre Augen waren rund und ebenso schwarz wie ihr Haar. Dazu eine schmale Oberlippe und eine volle Unterlippe.

Wo blieb er denn? «Holger, du verpasst die Hälfte!»

Sie waren alleine im Büro, die anderen waren rausgefahren, ein Leichenfund am Rosenhügel. Elin hoffte, dass es die nächste Stunde ruhig bleiben würde, sodass sie wenigstens den größten Teil der Sendung würde anschauen können.

«Komme ja schon.» Holger stellte eine Schüssel mit Erdnussflips vor sie hin und öffnete zwei Flaschen Fassbrause. «Es hat ja noch gar nicht richtig angefangen.»

Sie griff dankbar zu. Als die Anfrage gekommen war und Jana zugesagt hatte, war sie fünfmal so nervös wie ihre Freundin gewesen, die sie nur in den Arm genommen und gesagt hatte: «Ich weiß, du bist die Ältere von uns, auch wenn es nur ein paar Wochen sind, und wie immer willst du mich beschützen. Das wird schon klappen, mach dir keine Sorgen.»

Sie hatten gelacht, und plötzlich war Elin Janas Auftritt nicht mehr ganz so einschüchternd erschienen. Dennoch hatte sie noch immer eine leise Ahnung, dass dieser Abend mit etwas Besonderem aufwarten würde.

Die Moderatorin Amira Saleh erschien, dann schwenkte die Kamera über das wild applaudierende Publikum, um sich schließlich wieder auf die Bühne zu richten.

«Vielen Dank, meine Damen und Herren. Danke schön. Wunderbar, dass Sie hier im Studio sind», sie blickte in die Kamera, «und ich begrüße auch alle Zuschauer vor den Fernsehgeräten und Bildschirmen herzlich. Ich bin Amira Saleh, und ich freue mich auf eine neue Ausgabe von ‹Die Experten›. Heute Abend mit einer ganz besonderen Frau, der Sie möglichst nicht als Gegenstand ihres Berufs begegnen möchten. Ich begrüße Dr. Jana Fäller, forensische Psychiaterin und Psychotherapeutin.»

Wieder donnerte der Applaus, doch nichts geschah. Amira Saleh blickte zur linken Seite, und für einen Sekundenbruchteil huschte ein sorgenvoller Ausdruck über ihr Gesicht, den auch Holger zu erkennen schien. Elin warf ihm einen Blick zu. Was war da los?

Doch bevor sie eine Befürchtung äußern konnte, trat Jana auf die Bühne, stieg auf das Podest, wandte sich dem Publikum zu und deutete eine Verbeugung an. Der Applaus schwoll an, Amira Saleh strahlte über das ganze Gesicht. Kein Wunder. Was für ein Auftritt.

Elin hatte Jana schon oft vor Gericht erlebt, wo sie als Gutachterin ebenfalls im Rampenlicht stand, ihre Gutachten gegen Staatsanwälte und Rechtsanwälte verteidigen und bohrende Fragen beantworten musste. Ihre Präsenz war jedes Mal beeindruckend. Aber der Gerichtssaal war keine Bühne, eine Verhandlung keine Volksbelustigung. Und es waren viel weniger Menschen da. Das hier war etwas ganz anderes.

Jana setzte sich, der Applaus verebbte.

Was immer sie hatte zögern lassen, auf die Bühne zu gehen, es hatte sie nicht davon abgehalten. Doch Elin war klar: Wenn Jana zögerte, dann aus gutem Grund.

«Frau Dr. Fäller.» Amira Saleh griff nach ihren Moderationskarten. «Eine Ihrer wichtigsten Aufgaben ist die Begutachtung von Straftätern, insbesondere von Gewaltverbrechern, um ihre Schuldfähigkeit festzustellen und einzuschätzen, ob sie wieder straffällig werden. Ist das nicht eine schwierige Aufgabe? Versuchen nicht die meisten, Sie zu täuschen, um ihre Haut zu retten? Und welche Rolle spielt Ihre Einschätzung später?»

«Da reißen Sie ein weites Feld an, das viele Fragen der forensischen Psychiatrie berührt.» Jana sammelte sich einen Moment. «Meine Aufgabe ist es, zu verstehen, warum ein Täter ein Verbrechen begangen hat und ob seiner Tat eine psychische Erkrankung zugrunde liegt. Anhand meiner Erkenntnisse befinde ich ihn für schuldfähig oder eben für schuldunfähig. Dem geht aber ein langer Prozess von Gesprächen voraus, in dem ich mich der Frage aus verschiedenen Richtungen nähere. Dieses Vorgehen so zu durchblicken, dass eine Täuschung möglich wäre, ist für einen Täter sehr schwierig und folglich recht unwahrscheinlich.» Sie machte eine Pause. «Wenn es dann zur Verhandlung kommt, falle ich vor Gericht unter die Rubrik Zeugenbeweis. Das heißt erst mal, dass das Gericht mir glauben kann oder auch nicht, wenn ich meine Einschätzung vorbringe, denn in Deutschland gilt für die Vorsitzenden, also Richter und Richterinnen, die freie Beweiswürdigung. Da das Gericht mich aber in aller Regel beauftragt hat, wird es mein Gutachten als Beweis werten.»

Elin nickte. Ähnlich ging es ihr selbst. Auch sie sammelte Beweise, fügte sie zusammen, stellte den Täter, und der Staatsanwalt vertrat die Anklage vor Gericht. Elin hatte nicht zu urteilen, sondern nur die Fakten zusammenzutragen. In den meisten Fällen war das nicht besonders schwierig, denn die meisten Tötungsdelikte wurden von Menschen begangen, die zu ihrem Opfer eine Beziehung hatten. Die Aufklärungsquote ihrer Abteilung betrug 98,7 Prozent, ein großartiger Wert.

Amira Saleh warf einen kurzen Blick auf ihre Karten. «Sie haben Medizin studiert, approbiert, die Ausbildung zur Fachärztin für Psychiatrie gemacht und sich dann zur forensischen Psychiaterin qualifiziert – in Rekordzeit. Und Sie haben den Eid des Hippokrates geleistet, der besagt, dass es Ihre edelste Pflicht ist, Schaden von Ihren Patienten fernzuhalten, ja, sogar alles zu tun, um sie zu heilen. Wenn Sie aber jemanden in den Maßregelvollzug schicken, ist das doch das Gegenteil?»

Jana überlegte einen Moment.

«Als forensische Psychiaterin muss ich mir darüber im Klaren sein, dass ich im Auftrag des Gerichts handele, das wiederum ein gesellschaftliches Instrument ist. Hier geht es nicht nur um Wohl und Schaden des Angeklagten, sondern ebenso um Wohl und Schaden der Gesellschaft. Ich muss die Regeln der Strafprozessordnung einhalten, mich an die Gesetze halten, wie alle anderen auch. Dabei sehe ich mich als Werkzeug des Rechtsstaates, der wiederum dem Angeklagten gerecht werden will, indem er fragt: ‹Ist der Angeklagte schuldfähig oder nicht?› Da ich nicht die letzte Entscheidung darüber treffe, sondern das Gericht, hätte ich nur dann ein schlechtes Gewissen, wenn ich mein Gutachten nicht nach bestem Wissen und Gewissen anfertigen würde.»

Elins Handy meldete sich mit den ersten Takten von «It's all over now», dem Klingelton, den sie für die Zentrale eingestellt hatte. Der gemütliche Teil des Abends war vorbei. Wenn die Zentrale anrief, dann gab es Arbeit. Sie stellte auf laut, damit Holger mithören konnte.

«KHK Elin Akay, was gibt's, Kollegen?»

Eine junge Frauenstimme antwortete. «Schacht Ludwig V, ein Bergmann hat auf Sohle sieben eine Leiche mit Kopfschuss gefunden. Rettungsmannschaften sind vor Ort, vorher hat es ein Beben und einen Wassereinbruch gegeben. Der Finder und sein Kumpel sind unverletzt. Spusi ist angefordert, psychologischer Dienst ebenfalls, Sonderrechte frei.»

Elin schluckte. Das waren klare Informationen, die sie nüchtern verarbeiten konnte, bis auf eine. Sohle sieben. Tausend Meter unter der Erde. In zweihundert Meter Höhe über eine Planke zu balancieren war kein Problem für sie, aber wenn es in einen Schacht ging oder eine Höhle oder irgendeinen engen Raum, dann wurde ihr mulmig. Aber Deal war Deal. Sie hatte Bereitschaft und musste übernehmen.

Sie räusperte sich. «Alles klar, sind unterwegs.»

Sie legte auf, Holger hielt ihren grauen Blazer in der Hand, den sie überzog, obwohl es eine tropische Nacht war. Die weiße Bluse hätte ausgereicht, es ging nur darum, die Dienstwaffe zu verdecken und einen professionellen Eindruck zu machen. Sie mochte es nicht, dass die Leute sie anstarrten, wenn sie an ihrer Hüfte sichtbar die Walter P99 trug, die nicht gerade zierlich war.

Sie schloss mit großem Bedauern den Stream, Jana antwortete gerade auf eine weitere Frage von Amira Saleh, es schien um etwas Heiteres zu gehen, denn beide lachten. Plötzlich, im letzten Moment, bevor das Fenster verschwand, erstarb Janas Lachen. Elin hielt inne. Was war los? Mist, sie musste abrücken, aber viel lieber hätte sie gewusst, was da passierte. Sobald sie Zeit hatte, würde sie Jana anrufen. Es konnte ja nichts Ernsthaftes sein, sagte sie sich, es gab keinen Grund, sich Sorgen zu machen.

Holger griff nach dem Autoschlüssel für ein unauffälliges Familienauto, allerdings mit einem deutlich stärkeren Motor unter der Haube, der den Wagen auf 240 Kilometer pro Stunde beschleunigen konnte. Sie ließ Holger fahren, er war eindeutig der bessere Fahrer, sein Hobby waren Rallyes. Sie schaltete das Blaulicht ein, die Sirene würden sie an Kreuzungen hinzunehmen oder wenn vor ihnen jemand das Blaulicht nicht bemerkte. Holger gab Gas, der Wagen schoss los, und obwohl ihr Partner mit fast 140 über die Alfred-Straße heizte, blieb sie vollkommen ruhig. Es waren nicht viele Autos unterwegs, und die Fahrer machten Platz. Sie brauchten knapp fünf Minuten bis zum Schacht V der Zeche Ludwig.

«Die bauen dort unten ein neues Besucherbergwerk», sagte Holger düster. «Mit allem Drum und Dran, eine Erlebniswelt Bergbau, sogar Maschinen sollen wieder in Betrieb gehen.» Er schüttelte den Kopf und bog auf den geräumigen Parkplatz ein, der mit einem guten Dutzend Einsatzfahrzeugen aller Art noch lange nicht zugestellt war. Krankenwagen, THW, Entstördienst der Stadtwerke, RAG-Transporter, Polizei und Feuerwehr. «Das Ganze erinnert mich an Jurassic Park. Das ist auch schiefgegangen. So ein Berg ist kein Freizeitpark.»

Da konnte Elin nur zustimmen. Die Kräfte, die im Berg wirksam wurden, waren gigantisch und letztendlich nicht beherrschbar. Es war die Kraft des ganzen Planeten, die die ungeheuren Massen des Gesteins in seine Mitte zog und immer versuchte, jeden Hohlraum zu schließen. Allein deshalb wollte sie nicht hinab in die Unterwelt der Kohle.

«Das sehe ich genauso», sagte sie, öffnete die Tür und stieg aus, Holger warf ihr den Schlüssel zu, sie verriegelte den Wagen.

Holger folgte ihr zur Absperrung, die Kollegen von der Streife hatten weiträumig Flatterband gespannt, rund um alle Tagesanlagen, Weißkaue und Schwarzkaue, Kantine, Förderturm und Maschinenhaus. Gut so, denn es war nur eine Frage der Zeit, bis es hier von Schaulustigen wimmeln würde. Sie zückten ihre Ausweise, ein Uniformierter winkte sie durch und zeigte auf einen großen Mann um die fünfzig in der Uniform des THW. Sein Dienstzeichen wies ihn als Zugführer aus, sein Namensschild als Peter Raczek. Elin reichte ihm die Hand.

«KHK Elin Akay, KK 11.» Sie zeigte auf Holger. «Mein Kollege KOK Sieburg. Wie ist der Stand?»

Raczek stellte sich vor, wischte sich mit dem Ärmel Schweiß von der Stirn. «Wassereinbruch auf Sohle sieben. Der Füllort ist komplett überspült worden, die zwei Bergmänner, die unten waren, haben sich mit einem Flaschenzug gerettet. Beide sind geborgen und in Sicherheit. Der eine ist ganz schön durch den Wind, der hat den Schädel aus dem Wasser gefischt.»

«Schädel?» Elin hatte mit einer Leiche gerechnet, die vor Kurzem umgekommen war, aber das klang, als habe der Tote schon lange dort unten gelegen.

«Ja, ein Schädel. Blitzblank. Der andere Bergmann ist ziemlich gut drauf, wie auf Drogen, schließlich hat er sich und den anderen gerettet. Und das bei seiner ersten Seilfahrt. Ein Frischling. Das erste Mal unter Tage.» Er sah zum Eingang hinüber. «Wir haben den Schacht mit den Spezialisten von der RAG schnell wieder in Betrieb gehabt, die Schäden halten sich in Grenzen. Sie können also einfahren und den Tatort besichtigen.»

Elins schwache Hoffnung, dass der Füllort nicht zugänglich sein könnte, löste sich in Luft auf. Vielleicht konnte Holger den Tatort ja alleine begutachten, und sie kümmerte sich um den ganzen anderen Kram. Nein, sie wusste selbst, dass sie mit da runtermusste. Elin seufzte. Zwar graute ihr vor der Fahrt in dem rasselnden Metallkasten und den Hunderttausenden Tonnen Gestein über ihrem Kopf, aber weggelaufen war sie noch nie. Das würde sich auch heute nicht ändern. Sie musste damit klarkommen, ganz einfach.

Sie setzte ein Lächeln auf. «Großartig, Herr Raczek. Ihr seid wirklich eine tolle Mannschaft!»

Er schmunzelte. «Fast schon eine Frauschaft. Wir haben vier Ladys im Zug, und die sind knallhart. Die beißen sich mit den Zähnen durch den Berg, wenn es sein muss.»

Elin hob anerkennend die Brauen. Das waren ja ganz neue Töne. «Dann richten Sie den Mädels aus, dass ich sie sehr bewundere.»

«Mach ich, Frau Kommissarin.» Er deutete mit dem Daumen hinter sich. «Da geht's zum Aufzug. Wünsche angenehme Fahrt.» Und weg war er.

Holger sah ihm hinterher. «Korrekter Typ. Hätte ich nicht erwartet.»

Elin nickte zustimmend. Sie gab sich einen Ruck und ging auf das Fördergerüst zu. 70 Meter Höhe, Seilscheiben mit einem Durchmesser von siebeneinhalb Metern, Stahlseile, die lang und stark genug waren, Hunderte Menschen über 1200 Meter hinabzulassen und im Gegenzug Hunderte Tonnen Kohle ans Licht zu bringen. Nur Superlative. So groß wie die Angst, die sich in ihr breitmachte. Sie sah vor sich, wie die Konstruktion versagte, die Stahlträger einknickten, sie im Käfig in die Tiefe stürzte und zerschmettert wurde. Die Seile, die allein mehrere Tonnen wogen, würden sie zu Staub zermahlen, wenn sie kurz nach den Käfigen aufschlugen. Nichts würde von ihr übrig bleiben.

«Elin?» Holgers Stimme holte sie ins Leben zurück. «Geht es dir gut?»

Holger wusste einiges von ihr, aber nicht, dass sie unter Klaustrophobie litt. Niemand wusste das. Außer Jana.

«Ja, alles gut.»

Sie musste in den Käfig. Vorher galt es, die Bergmannskleidung anzulegen, was sich als schwierig erwies, denn selbst die kleinste Größe war für Elin deutlich zu groß. Sie sah aus wie in einem Comic. Mit einem düsteren Blick bedeutete sie Holger, bloß nicht zu lachen. Er biss sich auf die Lippe und blieb ernst, doch seine Augen verrieten ihn.

Der Fahrsteiger prüfte ihre Ausrüstung, achtete darauf, dass sie nichts bei sich trugen, das Funken erzeugen konnte. Dann gab er das Zeichen, fünf Glockentöne. Elin lehnte sich gegen das kalte Metall des riesigen Käfigs. Die Türen schlossen sich mit einem rasselnden Geräusch, das nur der

Hölle entspringen konnte. Ich liebe dich, Dirk, dachte sie. Dann sackte der Boden unter ihren Füßen weg, ihr Magen hob sich, sie konnte nur schwer atmen, ihre Kehle schnürte sich zu. Ihre Hände schmerzten, so fest klammerte sie sich an eine Strebe des Käfigs. Dann, so plötzlich, wie er hochgestiegen war, sackte ihr Magen zurück in den Bauch, der Käfig stoppte mit einem Ruck, der sie fast von den Füßen holte. Das Gitter wurde aufgezogen, vier Männer der Grubenwehr, an ihrer Ausrüstung mit dem schweren Atemgerät zu erkennen, standen in einem gewaltigen Raum, der Elin an eine Kathedrale erinnerte. Der Füllort. Eine Frau in Bergmannskleidung wandte sich ihr zu. Sie verlor keine Zeit mit Formalitäten.

«Wären Sie so gut herauszukommen? Sie sind Elin Akay, nicht wahr? Und Holger Sieburg? Kripo, nicht wahr? Man hat Sie angekündigt. Ich wäre froh, wenn wir keine Zeit verlieren würden. Hier kann es jederzeit wieder beben. Der ganze Berg ist wackelig. Ein Pudding mit Löchern wie ein Schweizer Käse.» Sie lachte kehlig.

Elin fuhr erneut der Schreck in die Glieder. «Schweizer Käse?» Sie musste sich einen Moment sammeln. «Aber Peter Raczek, der Mann vom THW, hat doch gesagt, die Schäden halten sich in Grenzen ...»

«Das ist korrekt. Aber das heißt nicht, dass hier alles vollkommen stabil ist.»

«Aber dann dürfte doch niemand hier unten sein?» Elin hörte ihre eigene Stimme krächzen.

«Geht nicht anders. Wir stabilisieren gerade die Strecke, aus der das Wasser eingebrochen ist. Und Sie müssen doch den Tatort inspizieren? Deshalb haben wir uns beeilt.» Sie kniff die Augen zusammen, musterte Elin. «Ach du je, ich verstehe. Ihre erste Seilfahrt. Sorry, es wird schon nichts passieren. Entspannen Sie sich.» Sie reichte ihr die Hand. «Kommen Sie, ich zeige Ihnen alles. Sie sind nicht die Erste, der hier unten anders wird.» Sie schaute Holger an. «Ihr Kollege scheint ja keine Probleme zu haben.»

«Ich war schon öfter unter Tage», sagte Holger ernst. «Mein Vater war Bergmann. Obersteiger. Er wollte, dass ich in seine Fußstapfen trete. Für mich war das aber nichts.»

Elin schämte sich. Sie kam sich vor wie ein dummes Landei, dem die Bergmannskultur völlig fremd war. Entschlossen nahm sie die Hand der Bergfrau und trat in den Füllort. Sie atmete tief durch. Das half. Endlich war sie in der Lage, sich das Chaos zu ihren Füßen genauer anzusehen.

Der Füllort war mit grellen Scheinwerfern bis in den letzten Winkel ausgeleuchtet und übersät mit Geröll, das zum Teil in knöcheltiefem Schlamm steckte. Mittendrin standen drei Personen in weißen Overalls. Eine von ihnen überragte die anderen. Elin hatte angenommen, die Spusi sei noch nicht vor Ort, anscheinend hatte sie sich getäuscht.

«Darf ich Ihren Namen erfahren?», fragte sie die Bergfrau.

«Ich bin Edith.»

«Vielen Dank, Edith.» Sie nickte ihr zu, stapfte zu den dreien in Weiß, einer drehte sich um. Elin hob erstaunt die Augenbrauen. Doch nicht die Spusi.

«Professor Lüderitz! Wie kommen Sie denn hierher?»

«Auf demselben furchtbaren Weg wie Sie, Frau Akay. Ich habe schon einiges mitgemacht, aber das war wirklich eine Höllenfahrt.»

Ein kleiner Trost, dass sie nicht die Einzige war, die auf eine Seilfahrt gut verzichten konnte. «Das meinte ich nicht, aber Sie haben natürlich recht. Wie kann man so etwas jeden Tag ertragen?» Sie reichte Lüderitz die Hand. «Wer hat Sie angefordert?»

Langsam wich ihre Übelkeit der Neugier. Wenn Professor Lüderitz als Erster an einem Tatort auftauchte, dann musste es etwas Spektakuläres geben. Er war einer der renommiertesten forensischen Anthropologen und hatte schon bei der Opferidentifizierung der Massaker im Balkankrieg und von 9/11 teilgenommen. Außerdem war er der Leiter des Instituts für Rechtsmedizin der Uniklinik Essen. Jetzt war sein Gesicht bis auf die Augen von einer Maske verdeckt, doch an denen hatte Elin ihn erkannt. Sie waren stahlgrau, das linke mit schwarzen Einsprengseln, die ein Pentagramm ergaben.

«Der Bergdirektor hat mich alarmiert, als er gehört hat, dass ein Grubenunglück geschehen ist. Er hat wohl mit einer erheblichen Anzahl von Opfern gerechnet.»

«Aber es waren doch nur zwei Bergmänner vor Ort.»

«Richtig. Und eine ganze Reihe Skelette.» Er wies auf zwei Klapptische, die mitten in dem Trümmerfeld standen. Elin erkannte Kunststoffboxen, in denen Knochen lagen, und das Werkzeug eines Archäologen, Spatel, Pinsel, eine Reihe Hämmer, von Haushaltsgröße bis Steinmetz. Da war was im Gange.

Sie sah sich um. «Eine ganze Reihe? Es war die Rede von einem Schädel.»

«So sah es am Anfang aus. Der Bergmann hat einen Schädel gefunden, mit Einschussloch. Deshalb sind *Sie* hier. Das ist schon seltsam genug. Aber dann haben wir weitere Knochen gefunden, auch Schädel. Es werden immer mehr. Wir sind bei Nummer zwölf. Und deshalb bin *ich* hier. Dämmert Ihnen etwas?»

Elin spürte ein Ziehen im Magen. Konnte das wirklich sein?

Holger sprach das Unfassbare aus. «Das Wandernde Dutzend. Zeche Wilhelmshöhe. Das Grubenunglück vom

14.10.1988.» Er war leichenblass geworden. «Wir waren davon ausgegangen, dass die Kumpel zu Staub zerblasen worden sind durch die Schlagwetterexplosion.»

«Zu Staub? Wie kann das sein?», fragte Elin. Sie wusste, wie heftig ein Schlagwetter sein konnte, aber so?

Holger schwieg. Er schien wirklich betroffen, denn üblicherweise fehlten ihm nicht die Worte.

Lüderitz übernahm. «Die Detonation war so zerstörerisch, so stark, dass der Schacht, die Strebe und Stollen erst ein gutes Jahr später zugänglich gemacht werden konnten. Bis auf einen Streb. Der war einfach weg.» Er schüttelte den Kopf. «Mit ihm ein Dutzend Kumpel. Einfach verschwunden.»

«Und jetzt wieder aufgetaucht», sagte Elin. Sie erinnerte sich an ihren Heimat- und Sachkundeunterricht. Jedes Kind, das im Ruhrpott aufgewachsen war, kannte die Zeche Wilhelmshöhe, wusste von der verheerenden Grubengas- und Kohlestaubexplosion, den Geretteten und vor allem den seit mehr als dreißig Jahren vermissten Bergleuten, dem «Wandernden Dutzend im Berg», wie man sie bis heute nannte. Obwohl man keine Überreste gefunden hatte, wollten die Angehörigen und Freunde sie nicht aufgeben. Irgendwo mussten sie sein, irgendwo im Berg, davon waren sie immer überzeugt gewesen. Augenscheinlich zu Recht.

«Wir haben bereits einiges an Bekleidung gefunden, aber wir stehen ganz am Anfang», sagte Lüderitz. «Ich erwarte Verstärkung, Personal und Material. Wir bauen über Tage Zelte auf und schaffen alles nach oben.» Er wies auf den Schutt. «Das Wasser hat den gesamten Abraum in die Strecke gespült. Und die ist gut drei Kilometer lang. Das braucht seine Zeit.»

«Danke, Professor Lüderitz. Kann ich den Schädel mit dem Einschussloch sehen?»

Er winkte sie an den Tisch, hob einen Schädel hoch, schüttelte ihn. Es rasselte.

«Das Geschoss ist im Gewebe stecken geblieben und nicht wieder ausgetreten. Das Gewebe ist natürlich verschwunden. Schätze, Kleinkaliber. 0.22. Der Schuss ging ins Frontalhirn. Vermutlich tödlich, sicher kann ich das aber nicht mehr sagen.» Er schüttelte noch mal. «Klingt wie eine Sparbüchse. Gut, dass das Projektil nicht durch das Foramen magnum entwischt ist.» Er drehte den Schädel und zeigte auf das Loch an der Schädelbasis. «Hier tritt das Rückenmark in den Schädel ein.» Er legte einen Finger daneben. «Schätze, 34 Millimeter.»

Auf den Millimeter genau zu schätzen, so kannte Elin Professor Lüderitz. Ein hervorragender Wissenschaftler, aber sein kühler Blick auf die Welt verstellte ihm öfter das Gefühl für den Respekt vor den Toten. Es war sicherlich nicht seine Absicht, einen Scherz auf Kosten des Opfers zu machen. Er hatte schlicht beschrieben, wie das Geräusch des Geschosses in dem Schädel auf ihn wirkte, und Elin musste ihm recht geben. Ausgesprochen hätte sie es aber niemals.

Eine junge Frau in weißer Schutzkleidung trat an den Tisch. «Professor, verzeihen Sie die Störung, aber ich glaube, das könnte Sie interessieren.»

Lüderitz wandte sich um. «Ich hoffe, es ist etwas Wichtiges.»

«Das denke ich schon», sagte sie und hielt ihm einen weiteren Schädel hin. «Nummer 13.»

ESSEN-RUHR-TV
--- GEGENWART

Jana blickte immer wieder zu Gerd Melzer. Seine Miene war wie zementiert, sie konnte nicht sagen, was in ihm vorging. Flüchtig sah sie zu den Männern und Frauen des Sicherheitsdienstes, die rechts und links der Bühne standen und aufmerksam alles im Blick behielten. Eine Waffe hätte Melzer nicht hereinschmuggeln können, jeder wurde am Eingang so gründlich untersucht wie am Flughafen.

Jana musste konzentriert bleiben, musste das Gefühl der Bedrohung ausblenden. Sie redete sich ein, dass Melzer aus demselben Grund hier war wie alle anderen. Aus Interesse. Es funktionierte, die Vorstellung verdrängte das Gefühl der Bedrohung, das gespeist war aus ihrem schlechten Gewissen und noch etwas, das sie nicht greifen konnte. Etwas, das tief in ihrem Unterbewusstsein steckte.

Amira Saleh machte ihre Sache wirklich gut. Sie fasste zusammen, hakte nach, wo Jana zu unkonkret war, und ergänzte immer wieder die Sicht der Medien auf ihren Beruf. Dadurch gab sie Jana die Möglichkeit, falsche Vorstellungen richtigzustellen, und machte es ihr leicht zu folgen, auch wenn sie nicht ganz bei der Sache war.

«85 Prozent der schweren Gewalttaten werden von Männern verübt», stellte Amira Saleh fest. «Und das liegt an einem Hormon, sagt man: dem Testosteron, über das Männer in Hülle und Fülle verfügen. Sie haben etwa zehnmal mehr Testosteron als Frauen. Wäre das nicht ein Ansatz zur Behandlung von Gewalttätern?»

Jana schüttelte den Kopf. «Ganz klares Nein. Die Annahme, dass Testosteron Aggression und Gewalttätigkeit auslöst, ist nicht haltbar, das ergeben Studien eindeutig. Diese Auffassung entstand durch falsche Logik. Ja, es sind meist Männer, die schwere Gewaltverbrechen begehen, und ja, Männer sind geprägt von diesem Hormon. Also ist das Hormon schuld, denkt man. Ich wäre froh, wenn es so einfach wäre. Doch wie so oft ist das Problem wesentlich vielschichtiger. Soziale Faktoren sind mitentscheidend, ebenso wie Prädispositionen, die genetisch bedingt sind, aber eben nicht zwangsläufig wirksam werden, also nicht unbedingt auch zu einer Persönlichkeit führen, die zu Gewaltverbrechen neigt.»

So ging es noch eine Weile hin und her, schließlich bedankte sich Amira Saleh und eröffnete die Fragerunde des Publikums. Sie zog eine Karte und wollte vorlesen.

In diesem Moment sprang Gerd Melzer auf. «Sie sind eine Mörderin! Sie haben meinen Bruder auf dem Gewissen! Warum werden nicht Sie angeklagt?»

Jana fuhr der Schreck in die Glieder, aber sie hatte sich sofort wieder im Griff. Es war nicht das erste Mal, dass sie mit einem spontanen Gefühlsausbruch konfrontiert wurde. Amira Saleh war blass geworden, sie starrte Melzer an.

Sofort hechteten zwei Sicherheitsleute auf die Tribüne, nahmen Melzer in die Mitte, griffen ihn an den Oberarmen und wollten ihn hinausführen. Melzer wehrte sich, versuchte, sich zu befreien, aber er hatte keine Chance, die Sicherheitsleute verstanden ihr Handwerk. Er gab auf. Auf dem Monitor konnte Jana sehen, dass die Kameras den Zwischenfall einfingen und die Regie die Bilder liveschaltete.

Sie zögerte nur einen Wimpernschlag. «Halt. Warten Sie. Ich werde antworten.»

Amira Saleh sah sie einen Moment erschrocken an, wurde dann wieder professionell. «Ich denke, das ist eine gute Idee.

Es wird ein schwerer Vorwurf gegen Sie erhoben, also ist es Ihr gutes Recht, darauf zu antworten.»

«Das», Jana deutete auf ihren Ankläger, der sie wütend fixierte, «ist Gerd Melzer, der Bruder von Joseph Melzer, der sich vor zwei Jahren im Maßregelvollzug das Leben genommen hat. Das tut mir sehr leid. Ich verstehe Ihre tiefe Trauer, Herr Melzer. Es ist furchtbar, den Bruder so zu verlieren.»

«Sie haben keine Ahnung, halten Sie den Mund, Sie ...» Melzer brach ab und schluchzte, Tränen liefen ihm übers Gesicht.

«Ich weiß, was es bedeutet, einen geliebten Menschen zu verlieren, Herr Melzer. Vor zwei Monaten ist mein Vater gestorben, den ich sehr geliebt habe. Er war Bergmann. Der Lungenkrebs hat ihn besiegt.» Sie machte eine Pause. «Aber deswegen beschuldige ich nicht die Ruhrkohle AG, ihn ermordet zu haben. Er hat aus freien Stücken im Pütt malocht. Man hat ihm sogar eine Frühverrentung angeboten wegen seiner familiären Disposition für Krebs. Hat er abgelehnt. Er wusste, was er tat.»

Aus den Augenwinkeln sah Jana Amira Salehs Gesicht. Eine Mischung aus Erstaunen, Bewunderung und Faszination, in die sich Anteilnahme mischte. Jana hatte den Tod ihres Vaters noch lange nicht verarbeitet. Dass sie hier in aller Öffentlichkeit darüber sprach, war ein weiterer Schritt, ihre Trauer nicht einzusperren. Denn das war der Fehler, den die meisten machten. Sie setzten sich nicht mit ihrem Schmerz auseinander, vielleicht aus Angst oder weil sich der Verlust eines geliebten Menschen, egal ob er starb oder einfach wegging, für viele anfühlte wie eigenes Versagen. *Hätte ich doch nur dieses oder jenes getan, wäre ich doch nicht verreist, dann ...* Dieses Gefühl kannte sie zu gut. Doch der Grund dafür, den würde sie niemals in die Öffentlichkeit tragen. Das ging nur sie und ihre Mutter etwas an.

«Ich hoffe, Herr Melzer, dass Sie um Ihren Bruder trauern können ohne Verbitterung, mit viel Zuneigung und warmer Erinnerung.»

Gerd Melzer starrte sie an, senkte den Kopf, murmelte etwas. Amira Saleh nickte den Securitys zu, und sie führten ihn in Richtung Studioausgang. Jana bemerkte den vernichtenden Blick, den er ihr zuwarf, bevor er durch die Tür trat. In ihm war etwas Düsteres, lag der Wunsch zu verletzen, und das machte ihr Angst.

Amira Saleh schaute Jana anerkennend an. «Vielen Dank, Frau Dr. Fäller. Wir sind gerade Zeugen geworden, wie Deeskalation funktioniert. Stimmt es tatsächlich, dass Ihr Vater …?»

Sie ließ die Frage in der Luft hängen.

«Ja.» Jana lächelte. «Ein Grundsatz jeder therapeutischen Arbeit ist, die Wahrheit zu sagen oder zu schweigen.»

Das Publikum war mucksmäuschenstill, wie gebannt. Sie hingen an Janas Lippen. Eine gute Gelegenheit, die Fakten einzubringen.

«Als Grund für seinen Suizid nannte Joseph Melzer in seinem Abschiedsbrief, dass er nicht mehr leben wolle, da er nie wieder frei sein würde, und zwar nur, weil ich ihm nicht glauben würde, dass er unschuldig sei. Dass er noch nie jemandem etwas zuleide getan habe und es folglich auch in Zukunft nicht tun würde.»

Jana begab sich auf dünnes Eis. Sie musste darauf achten, dass sie nichts erzählte, das nicht bereits durch die Medien gegangen war. Zwar hatte Melzer alle am Verfahren Beteiligten von der Schweigepflicht entbunden, um zu zeigen, dass er nichts zu verheimlichen habe. Aber Details, die etwa mit seinen Opfern zu tun hatten, unterlagen der strengsten Geheimhaltung.

«Das Landgericht hat seine Schuld zweifelsfrei festgestellt. Die Beweislast war erdrückend. Eine Revision ist abgelehnt worden. Joseph Melzer hat vier Frauen vergewaltigt, zwei ermordet. Wäre er noch am Leben und wäre er bei seiner Verweigerungshaltung geblieben, hätte er den Rest seines Lebens in Sicherheitsverwahrung verbringen müssen. Ohne jeden Zweifel.»

«Ein harter Fall», sagte Amira Saleh und stieß die Luft aus. «Das kann ganz schön nahegehen. Dazu passt auch die nächste Publikumsfrage: ‹Wie gehen Sie damit um, ständig mit den schlimmsten Verbrechen konfrontiert zu werden?›»

Jana nickte, hier war sie zurück in vertrauten Gefilden. Das waren die typischen Fragen, die ihr gestellt wurden, und es waren wichtige Fragen, denn für die meisten Menschen war die forensische Psychiatrie eine Blackbox.

«Ich trenne zwischen Mitfühlen und Mitleiden. Mitfühlen ist wichtig, damit ich die Klienten emotional und rational verstehen kann, denn nur wenn ich sie verstehen kann, ist es mir möglich festzustellen, ob ein Klient oder eine Klientin unter einer psychischen Erkrankung leidet oder nicht. Mitleid heißt, dass ich den Schmerz, die Verzweiflung meiner Klienten erlebe, als wären es meine Schmerzen, meine Verzweiflung. Das aber würde meine Psyche sehr schnell überfordern, denn ich würde ja auch zum Beispiel die Lust an der Gewalt erleben, die ein Täter erlebt, oder die Trauer und Depression, die Traumatisierung eines Opfers. Das würde mir und meiner professionellen Arbeit nicht guttun.» Sie schloss kurz die Augen. «Das ist eine Untertreibung. Es würde mich auffressen, von innen heraus. Ich besuche deshalb regelmäßig Kolleginnen und Kollegen, die in mich hineinleuchten, um zu schauen, ob meine Psyche in diesem Sinne Schaden genommen hat oder nicht. Wenn dem so sein sollte, dann dürfte ich keine Gutachten mehr anfertigen, da ich nicht mehr nach bestem Wissen und Gewissen neutral sein könnte.»

Viele im Publikum nickten, Jana spürte, dass sie den richtigen Ton traf und die richtigen Worte fand. Es hätte nichts genutzt, mit Fachbegriffen um sich zu werfen, im Gegenteil.

Fast eine Dreiviertelstunde ging die Fragerunde. Jana freute sich sehr darüber, wie viele spannende Fragen gestellt wurden, ein weiteres Zeichen, dass sie die Menschen erreicht hatte.

Dann war die Zeit um. Amira Saleh bedankte sich bei ihr und dem Publikum, das begeistert applaudierte.

Hinter der Bühne verabschiedete Jana sich von der Moderatorin, die nicht aufhören wollte, von ihrem Auftritt zu schwärmen: Er sei der spannendste bis jetzt gewesen, und wenn Jana mal Hilfe brauche, solle sie sich gerne an sie wenden, sie werde alles tun, was in ihrer Macht stünde. Die Einladung zum Essen lehnte Jana ab, sie sehnte sich nach einem kühlen Stauder bei Tante Millies, ihrer Stammkneipe. Sie wollte allein sein und sich mit einem Gedanken beschäftigen, der ihr nicht aus dem Kopf ging.

Gerd Melzer hatte beinahe widerstandslos das Studio verlassen. Das war mehr als untypisch.

Was ging in ihm vor?

Was plante dieser Mann?

ESSEN, SCHACHT LUDWIG V
––– GEGENWART

Holger zog scharf die Luft ein, Elin spürte einen dumpfen Schlag in die Magengegend. Sie schloss kurz die Augen. Lüderitz sprach aus, was sie dachte.

«Verdammt», stieß er hervor. «Das ist einer zu viel.»

Elin schwieg einen Moment. «Das wirft viele Fragen auf», sagte sie dann. «Der Täter kann ein Bergmann gewesen sein oder auch nicht, ebenso wie das Opfer.»

«Auf jeden Fall war der Täter kein Profi», sagte Holger. «Die schießen mit so einem kleinen Kaliber mindestens zweimal in den Kopf und, wenn es irgend geht, das zweite Mal von oben in die Fontanelle oder ins Genick, damit das Stammhirn zerstört wird und der Tod mit Sicherheit eintritt. Der israelische Geheimdienst war dafür bekannt. Kleines Kaliber, leise, unauffällig, aber man muss nah ran.»

Die junge Frau legte den 13. Schädel, der offensichtlich unbeschädigt war, in eine Plastikbox und beschriftete sie.

«Das sehe ich genauso, Herr Sieburg.» Professor Lüderitz wandte sich um und legte den Schädel mit dem Einschussloch ebenfalls in eine Plastikbox. *Fundort: Schacht Ludwig V, Füllort Sohle sieben,* las Elin. Auch das Datum und der Bearbeiter, Professor Lüderitz, sowie der Finder, Werner Flemming, waren vermerkt, darunter ein Hinweis, wo genau der Schädel gefunden worden war.

An dem Namen blieb sie hängen. Sie zeigte auf die Box. «Entschuldigen Sie, Professor. Der Bergmann, Werner Flemming, wie geht es ihm?»

«Er hat einen Schock, wird vom Notarzt versorgt, soweit ich gehört habe. Er ist unverletzt, zumindest äußerlich. Er hat noch kein Wort gesagt. Hat den psychologischen Notdienst mit eindeutigen Handbewegungen verscheucht.»

Das sah Werner ähnlich. Selbst wenn er den Kopf unterm Arm trug, würde er noch behaupten, es ginge ihm gut. Elin musste, so schnell es ging, Jana informieren, sie würde Zugang zu ihm finden. Sie griff nach dem Handy, doch ihr fiel ein, dass sie es hatte abgeben müssen. Und selbst wenn nicht. Hier unten hätte sie ohnehin kein Netz. Verdammt, sie musste nach oben.

«Du kennst Werner Flemming näher?», fragte Holger.

Sie nickte. «Werner war ein enger Freund der Familie Fäller, war mit Janas Vater im Pütt, über vierzig Jahre lang. Beide gehören zu den Geretteten von Zeche Wilhelmshöhe. Jana kennt ihn von klein auf. So wie ich.»

Ausgerechnet Werner hatte das Wandernde Dutzend gefunden. Elin glaubte nicht an Schicksal und auch nicht an überirdische Kräfte, dennoch fühlte sie so etwas wie den eisigen Hauch der Geschichte, und es lief ihr kalt über den Rücken.

Professor Lüderitz nickte verstehend. «Dann sollten wir uns kurzfassen, damit Sie hier rauskommen und Frau Dr. Fäller informieren können. Also.» Er wies auf den Schädel mit dem Einschussloch. «Anhand der ektokranialen Verknöcherung der großen Schädelnähte ist der Schädel, der für Sie interessant ist – ich nenne ihn mal Nummer 13 –, zwischen zwanzig und dreißig Jahre alt. Mehr kann ich noch nicht sagen.»

Elin stutzte. «Wieso Nummer 13? Der Schädel wurde als erster gefunden.»

«Ich bin zwar nicht abergläubisch, aber er ist der Pechvogel, der ermordet wurde.»

Holger verdrehte die Augen, schwieg aber.

Elin holte tief Luft. Als wenn die anderen keine Pechvögel gewesen wären. Wenn Lüderitz nicht so brillant wäre, er hätte sich so manches nicht leisten können. Aber letztlich war es für ihre Ermittlungen unwichtig. Also tat sie ihm den Gefallen und übernahm seine Nomenklatur.

«Okay. Unser mutmaßliches Mordopfer ist also Nummer 13. Ich danke Ihnen, Professor.»

«Immer gerne, Frau Akay. Ich halte Sie auf dem Laufenden.» Er wandte sich ab, einer seiner Assistenten eilte zu ihm, teilte ihm mit, dass das Zelt über Tage aufgebaut sei und man mit dem Transport der Fundstücke beginnen könne.

Elin warf noch einen Blick auf die Gebeine. Das Wandernde Dutzend. Zwölf Bergleute waren verschollen, man kannte ihre Namen, ihre Lebensläufe, ihre Familien. Fast jedes Detail ihres Lebens.

Handelte es sich beim 13. Opfer nicht um einen der Bergleute, konnte sich die Identifizierung lange hinziehen. Tage, Wochen Monate. Wenn sie Pech hatten, konnten sie das Opfer gar nicht identifizieren, und die Ermittlungen würden in den Tiefen des Berges verschwinden.

Sie dachte an Werner, der ein zweites Mal überlebt hatte. Sie wäre am liebsten sofort in den Korb gestiegen, um Jana zu benachrichtigen, doch noch konnte sie den Fundort nicht verlassen. Die Kollegen von der Spusi mussten bald eintreffen, und sie musste abwarten, was sie zu sagen hatten, um dann die ersten Ermittlungen in die Wege zu leiten. Der nächste Korb kam rasselnd zum Stehen und brachte ein Dutzend Leute, die zum Team von Professor Lüderitz gehörten. Sie hatten Kisten in verschiedenen Größen dabei, darin grobmaschige und feinmaschige Siebe, Schaufeln und Vermessungs- und Aufzeichnungsgeräte. Leute vom THW und der Grubenwehr stiegen ein, fuhren nach oben ans Tageslicht. Elin sehnte sich nach frischer Luft. Ihr Brustkorb fühlte sich eng an, die Worte der Bergfrau hallten in ihr nach. «Hier kann es jederzeit wieder beben. Der ganze Berg ist wackelig.» Der ganze Berg ist wackelig! *Wackelig!* Wie konnte man da ruhig bleiben? Sie spürte Vibrationen, doch sie kamen nicht von unten, vom Berg, sondern aus ihrem Inneren.

Eine Hand legte sich auf ihre Schulter, sie zuckte zusammen, sah Holger entschuldigend an. «Sorry, ich dachte ...»

«Die Erde bebt? Du siehst aus, als hättest du ein Problem mit engen Räumen.»

Elin schluckte.

«Es gehört eine Menge Mut dazu, einzufahren, wenn man klaustrophobisch ist.»

«Wieso glaubst du, dass ich klaustrophobisch bin?»

Holger hob die Augenbrauen.

Elin lachte tonlos. «Ist nicht so schwer zu erkennen, schon klar. Vor allem nicht für dich. Ja, ich fühle mich hier unten nicht besonders wohl. Ehrlich gesagt muss ich mich beherrschen, nicht hysterisch hin und her zu laufen und zu schreien, dass die Bergfrau, die es ja wissen muss, diesen Berg als *wackelig* beschrieben hat und dass sich alle sofort retten sollen.» Sie stöhnte leise. «Wenn wir hier fertig sind, werde ich nie wieder in ein Bergwerk hinabsteigen, dafür leiste ich jeden Eid.» Sie schaute sich misstrauisch um. «Aber nicht weitersagen. Das mit der Klaustrophobie.»

«Kein Thema.» Er legte eine Hand auf sein Herz. «Ich schwöre, bei allem, was mir heilig ist. Niemand wird etwas von mir erfahren.»

Sie verkniff sich einen Kommentar. Das war der einzige Punkt, in dem sie Holger nicht verstand. Er glaubte an etwas. Nicht an einen alten Mann mit Rauschebart, sondern an eine

Kraft, die das ganze Universum durchdrang, daran, dass es so etwas wie eine Existenz nach dem irdischen Tod geben musste. Und diese Kraft war ihm heilig.

«Es gibt hier unten übrigens ein Telefon. Damit kannst du oben jemanden anweisen, Jana zu benachrichtigen.»

Sie sah ihn dankbar an. «Du bist der Beste.»

Dann wüsste Jana wenigstens Bescheid und konnte sich um Werner kümmern, auch wenn sie selbst noch hier unten festsaß.

Holger schmunzelte. «Immer gerne zu Diensten.» Er zeigte auf einen schwarzen Kasten. «Dahinter.»

Elin ließ sich nach oben verbinden, holte einen Kollegen an die Leitung, gab ihm Janas Handynummer und trug ihm auf, ihr mitzuteilen, dass Werner Flemming im Wagen der Malteser auf sie warten würde, dass er sie brauchte. Und Elin ebenfalls, denn Werner war ein wichtiger Zeuge. Heute wie damals.

Professor Lüderitz kam auf sie zu. «Gut, dass Sie noch da sind. Es gibt Neuigkeiten. Mein Team hat sich in die Arbeit gestürzt und ist fündig geworden.» Er hielt einen schwarzen Fetzen in die Höhe. «Der Stoff stammt sehr wahrscheinlich von einer Anzughose. Wir konnten ihn an einem Unterschenkelknochen sichern.»

Elin sah sich das Stück genau an. «Könnte das die Hose vom Mordopfer sein? Oder vielleicht vom Täter?»

Der Professor holte tief Luft. «Wir wissen, dass zwölf Bergmänner vermisst wurden. Wir wissen, dass dieses Dutzend Männer ordnungsgemäße funkenfreie Bekleidung trug, die eindeutig zu identifizieren ist. Auch nach vierunddreißig Jahren.»

Elin kannte Lüderitz gut, wusste, dass er nichts sagte, das nicht mit hieb- und stichfesten Beweisen untermauert war.

Also übernahm sie es zu spekulieren: «Wenn dieses Stück Stoff nicht auf andere Weise in den Berg gelangt ist, dann müsste unser Opfer es mit nach unten gebracht haben. Oder unser Täter. Auf jeden Fall die dreizehnte Person.»

«Wenn die das Opfer war, wurde sie entweder nach unten gezwungen, lebend, oder nach unten gebracht, tot», wandte Holger ein.

Elin nickte. «Wenn Nummer 13 am Füllort erschossen worden ist», fuhr sie fort, «könnte der Schuss die Explosion ausgelöst haben. Dann müsste der Mörder unter den Opfern sein. Er hätte mitten in der Explosion gestanden und nicht den Hauch einer Chance gehabt zu entkommen.»

«Dann müssten wir auch die Tatwaffe finden oder zumindest Reste davon. Metall ist widerstandsfähig. Wo Knochen überlebt haben, schafft es eine Legierung, die für Schusswaffen gebraucht wird, auf jeden Fall. Wir werden die Augen offen halten», sagte Lüderitz.

«Welcher Bergmann ist so verrückt und erschießt jemanden unter Tage?», wandte Holger ein und schüttelte den Kopf. «Ganz abgesehen davon, dass man den Schuss kilometerweit in den Stollen und Schächten hört, weiß er genau, dass er sich damit in Lebensgefahr bringt. Einen Schuss unter Tage abzufeuern ist genauso gefährlich, als würde ich hier unten eine Magnesiumfackel abbrennen. In Verbindung mit der richtigen Methan-Luftmischung würde sich jedes Gramm sofort entzünden.» Er fuhr sich durchs Haar. «Entweder der Mörder war kein Bergmann – oder ein Bergmann hat das Opfer oben erschossen und es dann in einen toten Streb geschafft, der stillgelegt und verfüllt werden sollte, um es für immer zu entsorgen. Das halte ich für wahrscheinlich, denn niemand sonst würde einfach hier runterkommen, geschweige denn, um jemanden zu erschießen.»

«Und vielleicht hat der Täter Pech gehabt – oder Glück, je nachdem, ob er gerettet wurde oder nicht», stellte Lüderitz fest. «Zur falschen Zeit am falschen Ort.»

«Oder gerade noch am richtigen Ort, falls er der Katastrophe entkommen ist», ergänzte Elin. «Und wer sagt, dass die Leiche nicht schon vor der Explosion hier unten gelegen hat?»

Sie stellte sich vor, was an diesem Tag alles geschehen sein konnte. Die Möglichkeiten waren zahlreich, die Hinweise bisher kaum aussagekräftig. Hinter diesem Mord steckte ein großes Geheimnis, eine epische Tragödie, das konnte sie fühlen.

«Gibt es schon Anhaltspunkte, von wo die Leichen angespült wurden?», fragte sie an Holger gewandt.

«Ich habe mit Karl Müller gesprochen, der ist vom Bergamt, der verantwortliche Prospektor», sagte er. «Der kennt jeden Winkel hier. Er meint, es kann Monate dauern, bis er eine vielleicht halbwegs verlässliche Aussage machen kann, falls überhaupt. In den letzten 34 Jahren konnte ja nicht einmal geklärt werden, warum die Bergleute nicht gefunden werden konnten. Das hat es bis dahin nicht gegeben und seitdem auch nicht mehr.»

Professor Lüderitz räusperte sich. «Es gab tatsächlich eine Theorie zum Verschwinden der Bergleute, die ich für nicht unwahrscheinlich hielt. Wie Sie vorhin schon sagten, Herr Sieburg, ging man ja lange davon aus, dass die Schlagwetterexplosion so mächtig war, dass die Opfer quasi zu Staub verbrannt und zermahlen wurden. So wie fast 1000 Opfer von 9/11.1988 hat niemand daran gedacht, das Gestein nach genetischen Spuren zu untersuchen. Zwar war der genetische Fingerabdruck in dem Jahr das erste Mal als Beweis vor einem deutschen Gericht zugelassen worden, aber die

Methode war noch zu aufwendig. Man hätte Tausende Tonnen Gestein analysieren müssen. Vollkommen unmöglich.» Er zeigte auf den Tisch. «Wie wir sehen, war die Annahme ohnehin falsch. Die Skelette sind noch gut erhalten. Auch die Textilüberreste. Sie müssen recht trocken und unter Ausschluss von Sauerstoff gelagert haben. Es wird neue Untersuchungen geben, wir müssen neue Fragen stellen.»

«Ich glaube nach wie vor, dass es einfach zu viele Schächte, Strecken und Stollen gibt, die nirgends verzeichnet sind, die niemand kennt», sagte Elin. «Angenommen, die Schlagwetterexplosion hat weitere Explosionen nach sich gezogen, was nicht ungewöhnlich ist …»

«… dann könnten alte Männer eingebrochen sein, über viele Hundert Meter Tiefe und mehrere Kilometer Länge …», ergänzte Holger.

«… und die könnten von nachfallendem Gestein so versiegelt worden sein, dass sie unauffindbar waren», führte Elin den Gedanken zu Ende.

Lüderitz hob beide Hände. «Verzeihung, aber was haben alte Männer damit zu tun?»

Holger grinste. «Als alte Männer bezeichnet man im Bergbau Hohlräume, die durch Abraum oder Abbau entstehen und nicht verfüllt werden, weil das zu aufwendig ist. Meist bricht der Berg irgendwann in diese Hohlräume ein – und natürlich kann auch Wasser einbrechen.» Er sah in Richtung Decke. «Je nach Berechnung könnte man alle Hohlräume unter dem Ruhrgebiet mit zwei bis sechs Eigernordwänden füllen. Da können schon mal ein paar Leute verloren gehen.»

«Ein guter Gedanke», gab Lüderitz zu. «Auf jeden Fall haben die Gebeine, die wir bis jetzt gefunden haben, keine Anzeichen von Verbrennungen durch hohe Temperaturen. Die

Männer könnten durch den Explosionsdruck gestorben sein. Oder sie wurden eingeschlossen, sind verhungert, verdurstet oder erstickt. Wir werden sehen, ob es eine Theorie gibt, die man beweisen kann. Ehrlich gesagt, zweifle ich daran.» Er seufzte. «9/11 war die komplexeste Untersuchung, bei der ich helfen durfte, aber sie war trotz allem abgrenzbar. Obwohl wir es hier nur mit 13 Opfern zu tun haben, stellt sich ein Berg gegen uns, von dem wir nicht im Geringsten wissen, wie er sich in den letzten 34 Jahren benommen hat. Hinzu kommt, dass wir nicht einmal mit Sicherheit sagen können, ob das Opfer Bergmann war und der Täter Zivilist oder umgekehrt.» Lüderitz hob abwehrend die Hände, als Holger schon ansetzen wollte, ihm zu widersprechen. «Ich weiß, ein Zivilist würde nicht hier herunterkommen, ohne aufzufallen, was gegen die Tätertheorie spricht. Allerdings gehe ich in diesem Fall davon aus, dass zwar vieles als unmöglich erscheint, letztlich jedoch nur unwahrscheinlich und sehr wohl möglich ist.» Er nahm das Bruchstück eines Knochens vom Tisch. «Wir werden umfangreiche und vor allem kostspielige Untersuchungen durchführen müssen und alle Knochen sequenzieren, um sie zuordnen zu können.»

«Da wird sich unser Chef freuen», murmelte Holger.

«Ich werde es mit ihm besprechen, Professor Lüderitz. Der Zahnstatus wird uns nicht weiterbringen, sehe ich das richtig?», fragte Elin.

«Ich fürchte, nach vierunddreißig Jahren wird es keine Unterlagen mehr geben. Wir können aus den Überresten DNA gewinnen, die wir zuerst mit allen Vermissten aus der Zeit vergleichen, sofern wir deren DNA haben. Landen wir da mit unserer Nummer 13 keine Treffer, ist bestätigt, dass der Zivilist das Mordopfer ist. Dann machen wir eine Gesichtsrekonstruktion.»

«Und dann?», fragte Elin, obwohl sie die Antwort kannte.

«Und dann Pim-Pam.» Der Professor lachte. «Wenn wir dann nichts haben, ist Schicht im Schacht. Fall zu den Akten. Ein Mörder im Glück.»

Damit würde sich Elin nicht zufriedengeben.

Holger seufzte. «Das sieht nach dicke Bretter bohren aus.»

«Sehr dicke», bestätigte Professor Lüderitz. «Brauchen Sie mich noch, Frau Akay?»

«Vorerst nicht, vielen Dank.»

Lüderitz ging zu seinem Team hinüber, er sagte ein paar Worte, gestikulierte, zeigte hierhin und dorthin, seine Leute nickten, schwärmten aus, griffen ihre Werkzeuge, machten sich an die Arbeit. Diesen Tatort wusste Elin in den besten Händen.

Wieder öffnete sich rasselnd der Korb. Elin erkannte Sebastian Reifferscheid, den Leiter der Spurensicherung. Für einen Moment kam ihr Herz aus dem Takt, doch es fing sich sofort wieder.

Bevor sie Dirk kennengelernt hatte, war sie in Sebastian verknallt gewesen. Aber nur kurz. Sie hatte gerade das Studium hinter sich gehabt und war noch keine vier Monate im Dienst, Sebastian war zwanzig Jahre älter als sie und gerade auf dem Sprung in die Chefetage.

Er lächelte, als er sie sah, und sie fühlte ein warmes Gefühl im Bauch. Holger nickte er freundlich zu, ehe er sich Elin zuwandte. «Das wird ja ein regelrechtes Cheftreffen heute. Ist ja auch ein passender Anlass. Lange keinen so spannenden Einsatz mehr gehabt. Lüderitz, der alte Knochenkratzer, ist auch schon da?»

Elin verkniff sich ein Grinsen. Die beiden verband eine freundschaftliche Konkurrenz. «Ja, und er hat schon einige Ergebnisse.»

«Das Wandernde Dutzend. Unfassbar! Wer hätte das gedacht!» Sebastians Augen leuchteten.

Elin wurde hellhörig. «Woher weißt du das?» Sie hatten eben erst darüber gesprochen.

«Ist nur ein Gerücht. Kam über den Bergfunk rein. Einer der Bergleute, die beim Wassereinbruch hier unten waren, hat das in Umlauf gebracht.»

Sie fühlte Ärger in sich aufwallen. Das musste dieser Kevin Strud gewesen sein, der sich anhand des einen Schädels etwas zusammenfantasiert hatte, was sich jetzt als richtig herausstellte. Werner hatte ja noch kein Wort von sich gegeben, und mehr aktive Bergleute waren bisher nicht involviert. Immerhin hatte Elin jetzt einen Grund, so schnell wie möglich wieder an die Oberfläche zu gelangen. Sie musste die Medien einfangen, die Schaulustigen in den Griff kriegen und diesen Strud davon abhalten, ihre Ermittlungen weiter zu behindern, in dem er alles rausposaunte.

Elin brachte Sebastian rasch auf den neuesten Stand.

Er blickte sich um. «So wie das hier aussieht, werde ich mich darauf beschränken, einzutüten, was Lüderitz ausbuddelt, und jede Menge Daten zu erzeugen.»

Sie nickte. «Ich muss los, Sebastian, wir sehen uns später.»

«Alles klar, Elin.» Er senkte die Stimme. «Und lass dich nicht kirre machen. Ich weiß ja, dass du gerne für alles die Verantwortung übernehmen willst, aber konzentrier dich auf den Mordfall.»

Er nickte noch einmal, und schon war er auf dem Weg zu Lüderitz, den er lautstark begrüßte. «Na, du Totengräber? Irgendwas Interessantes oder nur ein Haufen Steine und Staub?»

Elin sah Sebastian hinterher. Sie hatten nie etwas miteinander gehabt, und in diesem Moment wusste sie auch, warum. Es war nicht der erste väterliche Rat, den er ihr gegeben hatte. Sie war nicht wirklich in den Mann verliebt gewesen, sie hatte sich nach der Vaterfigur gesehnt, die er verkörperte. Und darauf konnte man nicht aufbauen.

Gerne hätte sie Lüderitz' Erwiderung gehört, aber der Korb war abfahrbereit. Bei dem Gedanken, was sie über Tage erwartete, erschien ihr der Füllort plötzlich als ein geschützter Ort, den sie besser nicht verließ.

TAG 2

– SAMSTAG –

ESSEN, TANTE MILLIES
––– GEGENWART

Das Taxi setzte Jana vor der Tür von Tante Millies ab. Sie gab reichlich Trinkgeld, der Fahrer bedankte sich und empfahl ihre Seele Allah, leise und auf Türkisch. Dass sie ihn verstand, konnte er nicht wissen. Elin hatte ihr genug beigebracht. Sie stieg aus und ging zum Eingang der Kneipe, drückte die Tür auf und trat ein. Es war bereits nach Mitternacht, die Sendung hatte lange gedauert, und Jana hatte noch einen Spaziergang in einer auch zu dieser späten Stunde belebten Gegend gemacht, um den Kopf irgendwie klar zu kriegen.

Drei Kumpel saßen an einem Tisch, spielten Skat. Sie nahmen ihre Karten auf. «Grand-Hand», sagte der eine. «Schneider angesagt.»

«Ich fasse es nicht», sagte der andere. «Wenn ich nicht selber gegeben hätte, würde ich meinen, du schummelst. Das ist der dritte Grand hintereinander. Das muss am Wandernden Dutzend liegen. Unfassbar. Nach so langer Zeit.»

«Ja, klar, wer's glaubt. Die haben bestimmt was anderes gefunden. Das ist nur Geschwätz.»

Sie verfielen in Schweigen, die Karten klatschten auf den Tisch, der Ausgang des Spiels war nicht schwer zu erraten. Aber was hatte das Wandernde Dutzend damit zu tun?

Jana sah sich um. Obwohl es spät war, waren alle anderen

Tische ebenfalls besetzt, einige Gäste hatten Teller mit Essen vor sich, andere Bier, und an einem Tisch saß ein älteres Paar und stieß mit Aperol-Spritz an. Ganz in der Ecke drehte eine junge Frau einen Bierdeckel in der Hand. «Stauder alkoholfrei» stand darauf und: «Ehrlich wie das Ruhrgebiet».

Das galt vielleicht für die meisten Menschen im Ruhrgebiet und sicherlich auch für die Menschen in anderen Regionen. Doch der Stolz auf eine strukturstarke und stabile Region, der hier durchklang, war ein Traum vergangener Tage, dachte Jana, und für die Zukunft eine Illusion, es sei denn, man glaubte den Hochglanzbroschüren der Landesregierung, die das Ruhrgebiet zum Paradies auf Erden hochstilisierten, als Beweis für den Erfolg gelungenen Strukturwandels. Das galt in Essen vielleicht für den Süden der Stadt, nicht aber für weite Teile des Nordens.

Ein Plüschsessel war noch frei, in den sie sich sinken ließ. Die weichen Polster verschluckten sie. Der Sessel wäre hier vor zehn Jahren undenkbar gewesen. Millie, die seit vierzig Jahren hinterm Tresen stand, schlank geblieben und noch immer eine rote Mähne auf dem Kopf, hatte während des Corona-Lockdowns einen Teil des alten Mobiliars ausgetauscht. Außerdem hatte sie drei Sitzecken eingerichtet, wie Separees, in denen man ungestört reden konnte. Wer zur Tür hereinkam und den schweren Vorhang beiseitedrückte, der im Winter die kalte Luft draußen halten sollte, konnte nicht sehen, wer dort saß. Das kam Jana ab und zu sehr gelegen.

Was ebenfalls anders war, wofür Millie aber nichts konnte, war der Geruch. Seit das Rauchen in Kneipen verboten war, fehlte der typische Nikotingestank, der jeden fast erschlagen hatte, wenn er früher Tante Millies betrat. Immerhin steckte in den gelbbraun gefärbten Tapeten noch genug Tabakschmauch, der die Luft ein wenig mit der gewohnten Note versetzte.

Sonst hatte Millie nichts verändert. Fotos von kohlegeschwärzten Gesichtern hingen an den Wänden, die bis auf halbe Höhe mit dunkel gebeiztem Holz verkleidet waren. Das restliche Mobiliar bestand aus massiven Kneipenmöbeln, die für die Ewigkeit gebaut waren und schon die eine oder andere handfeste Auseinandersetzung ohne Mühe überlebt hatten. Die Hocker am Tresen hätte man als Verbauung unter Tage verwenden können.

«Tachchen, Jana.» Millie tauchte über ihr auf, stellte ihr ein Stauder hin, mit Alkohol. «Kannst du jetzt gut gebrauchen. Das hast du gut hingekriegt mit dem Melzer. Ich hab mir jede Sekunde angeschaut. War echt stark.»

Jana wollte schon widersprechen, aber Millie kam ihr zuvor. «Ich weiß, ich weiß, es ist so eine Sache, die Öffentlichkeit mit reinzuziehen. Aber du hast die Bombe entschärft, hast den richtigen Ton getroffen und den Melzer richtig eingeschätzt. Der arme Kerl ist verzweifelt, er sucht einen Schuldigen. Manchmal reicht ein kleiner Tritt in den Hintern, und es läuft. Der wird sich fangen. Kennst du doch auch von dir.»

Jana nickte. «Da sagst du was, Millie. Ich hoffe, dass du richtigliegst. Ich bin mir nicht so sicher.»

«Wird schon, Jana, wird schon.» Millie lächelte, tätschelte ihr die Wange, dann kümmerte sie sich wieder um die anderen Gäste.

Jana rieb sich die Schläfen. Die Sache mit Melzer hätte schiefgehen können, das war ihr klar. Er hätte im Studio randalieren können, und dann hätte man ihr vorgeworfen, andere in Gefahr gebracht zu haben, weil sie ihn provoziert hatte. Glück gehabt. Sie griff nach ihrem Bier, nahm einen

Schluck, stellte das Glas zurück, schloss die Augen, leerte das Glas, ließ einfach Zeit verstreichen.

«Jana, Schätzelein, ich muss dich leider stören.»

Sie sah hoch, Millie hielt ihr ein Smartphone hin. «Es ist ein Polizist. Schikowski heißt er. Er ruft für Elin an.»

Jana fiel schlagartig ein, dass sie ihr Handy immer noch abgeschaltet hatte. Hoffentlich war Elin nichts passiert. Warum sollte sonst jemand für sie anrufen? Sie checkte die Uhrzeit. Fast ein Uhr. So lange hatte sie hier gesessen und ihren Gedanken nachgehangen.

Sie nahm Millies Smartphone. «Fäller hier. Worum geht es?»

«KHK Akay hat mich gebeten, Sie anzurufen. Sie ist noch unter Tage, deshalb. Aber Ihr Handy war ausgeschaltet, also habe ich ermittelt, wo Sie sich eventuell aufhalten.»

Unter Tage? Was machte Elin in einem Bergwerk? Sie hasste enge, tiefe Räume. «Alles in Ordnung mit ihr?»

«Ja. Es geht um einen gewissen Werner Flemming.»

«Um Werner?» Jana verstand nicht. «Was ist mit ihm, und warum ist Elin unter Tage? Bitte der Reihe nach.»

«Verzeihung. Also. Zeche Wilhelmshöhe. Wir haben die Männer gefunden. Also das Wandernde Dutzend. Das hat schon die Runde gemacht. Ich dachte, Sie hätten es bereits gehört.»

Davon hatten die Bergmänner gesprochen. Jana holte tief Luft, unfähig, etwas zu sagen.

«Ihr habt sie wirklich gefunden?», brachte sie schließlich heraus. Mit weichen Knien stand sie auf. «Die Männer von Zeche Wilhelmshöhe? Wo? Und wie?»

Die Gespräche um sie herum verebbten, ehemalige und aktive Bergleute wandten sich ihr zu, in ihren Gesichtern spiegelten sich Erstaunen, Erinnerungen und immer noch

Zweifel. Manche waren wie vom Donner gerührt, andere verschränkten skeptisch die Arme.

«Das ging schon rum, aber das haben sie schon mehrmals behauptet», sagte einer.

Ein anderer widersprach: «Ich hab's von einem, der dabei war. Ein Frischling.» Die Kumpel lachten.

Jana bedeutete den Männern, still zu sein.

«Siebte Sohle, Schacht Ludwig V», sagte Schikowski. «Da, wo das neue Bergwerksmuseum geplant ist. Durch ein Beben hat es einen Wassereinbruch gegeben, dabei wurden Skelette in den Füllort gespült.»

«Unfassbar.» Jana konnte es nicht glauben, aber weder Elin noch ein Polizeikommissar würden mit so etwas Scherze treiben.

Schikowski fuhr fort. «Zwei Elektriker haben sie entdeckt, sie wurden vom Wasser überrascht, konnten sich mit knapper Not retten. Einer von ihnen ist Werner Flemming. Der hat einen Schädel aus dem Wasser gefischt.»

Jana schüttelte ungläubig den Kopf. «Was macht Elin da unten? Sie ist Mordermittlerin.»

«Im Schädel ist ein Loch, Schussverletzung», kam es aus einer Ecke der Kneipe.

«Das habe ich gehört.» Schikowski stöhnte. «Wie gesagt, die Sache hat die Runde gemacht. Ja, der Schädel, den Flemming gefunden hat, hat ein Loch in der Stirn, das zugehörige Projektil ist noch drin.»

Jana brauchte einen Moment, um zu begreifen, was Schikowski sagte. «Mord?»

«So sieht es aus. Sie können sich ja vorstellen, was da unten los ist.»

Das konnte Jana. Geröll und Trümmer, tonnenweise. «Wie geht es Werner Flemming?»

«Der Notarzt weicht nicht von seiner Seite, aber Herr Flemming sagt kein Wort. Seit Stunden. Er sitzt im Wagen der Malteser. Wollte sich nicht von der Stelle rühren. Frau Akay bittet Sie, so schnell es geht herzukommen.»

Das ließ Jana sich nicht zweimal sagen. «Bin schon unterwegs. Kann aber eine halbe Stunde dauern.»

Sie legte auf. Sofort begannen die Männer, sie mit Fragen zu bestürmen.

«Wie viele Männer wurden gefunden?»

«Was haben sie bisher ermittelt?»

«Wie geht es Werner?»

Sie hob die Hände. «Ruhe jetzt, Herrgott noch mal, sind wir hier im Kindergarten?» Sofort schwiegen alle, wenn auch widerwillig. «Es ist schon schlimm genug, dass der eine Kumpel nicht die Klappe halten konnte. Was meint ihr, was das für die Ermittlung bedeutet, wenn das Ganze schon in allen Kneipen diskutiert wird? Von den Folgen für Werner mal ganz zu schweigen.»

Die meisten sahen betreten zu Boden.

«Also. Ich muss zum Schacht Ludwig V. So schnell es geht.»

Sie sah im Augenwinkel, wie in der Ecke jemand aufstand. Fred Kasulke, seines Zeichens Präsident des «MC KOST», was für «Motorradclub Kohle und Stahl» stand, hielt Jana einen Helm hin. Sie lächelte ihn an, erinnerte sich an eine sehr angenehme Nacht mit ihm und einen noch angenehmeren Morgen. Nach dem Frühstück hatte er sich verabschiedet und im Gegensatz zu vielen anderen Kerlen nichts von Liebe gesäuselt, sondern einfach nur gesagt: «War schön.»

Fred hatte einen Harley-Davidson-Chopper von 1970. Eine wahrhaft seltene Schönheit, so gut gepflegt, dass sie aussah wie frisch ausgepackt.

Sie griff nach ihrer Tasche. «Gegen einen schnellen Ritt ist nichts einzuwenden.»

Fred nickte. «Sehr schnell. Mein Rekord steht bei 12 Minuten von hier zum Schacht Ludwig.»

Jana legte den Helm an, sie verließen Tante Millies mit einigen Schaulustigen im Schlepptau, die Maschine wartete vor der Tür. Fred sprang in den Sattel, sie stieg auf, umfasste Freds Taille von hinten mit beiden Armen. Er warf die Harley an, sie blubberte friedlich vor sich hin, bis Fred Gas gab, den Hammer aufmachte. Dann grollte die Harley wie ein Gewitter und schoss nach vorn. Jana genoss die Fahrt, den Wind, der ihr trotz Helm durch die Haare fuhr, und Freds warmen, starken Körper. Sie stellte sich vor, sie hätte einen Bruder, mit dem sie eine Spritztour machte, schloss die Augen und drückte sich ein paar Tränen weg.

Fred hielt Wort, schaffte den Weg in zwölf Minuten. Er setzte Jana ab, sie drückte ihn zum Abschied, er winkte und bog wieder auf die Straße ein.

Sie wandte sich ab, ging auf den Rettungswagen zu, dessen Türen die Sicht auf die Personen versperrten, die sich im Inneren befanden. Ein Polizeikommissar mit beachtlichem Bauch stand davor und hielt Wache, fast hätte Jana gelacht, denn er wippte wie ein Schupo aus den Fünfzigern auf seinen Fußballen hin und her. Er schien nahe an der Verrentungsgrenze zu sein, zumindest sprachen die Falten in seinem Gesicht dafür. An seinen zwei Sternen konnte sie erkennen, dass er es nicht sehr weit gebracht hatte in der Hierarchie der Polizei. Zwei silberne Sterne auf blauem Grund wiesen ihn als Polizeioberkommissar aus.

Sie hielt ihm ihren Ausweis hin, der ihren Status als forensische Psychiaterin im Polizeidienst bestätigte. «Ich möchte zu Werner Flemming.»

Der altgediente Polizist sah auf den Ausweis, dann glitt sein Blick an ihrer Figur hinauf, bis sie Augenkontakt hatten. Er räusperte sich.

«Sie sind aber ganz schön jung für so eine forensische Psychotante.»

Das hörte Jana nicht zum ersten Mal. Sie war die jüngste forensische Psychiaterin im Dienst der Polizei. Mit siebzehn hatte sie ihr Abitur mit 1,0 gemacht – sie hatte als hochbegabt gegolten, sich aber auf dem Gymnasium bewusst Zeit gelassen, um herauszufinden, was sie studieren wollte. Da sie außerdem etwas jünger aussah als ihre 34 Jahre, zweifelten viele an ihrer Expertise.

«Sie sind aber ganz schön alt und füllig für einen Polizeioberkommissar», erwiderte sie mit einem honigsüßen Lächeln. «Kann ich jetzt zu Werner Flemming?»

Sie wartete keine Antwort ab, sondern ging an dem verdutzten Mann vorbei und schaute in den Rettungswagen. Werners Anblick versetzte ihr einen Stich ins Herz. Er saß zusammengekrümmt auf einem der Sitze, die für das medizinische Personal vorgesehen waren. Er war komplett verdrahtet, all seine Vitalfunktionen wurden überwacht, das EKG piepte ruhig und gleichmäßig vor sich hin, das Herz schlug ein wenig zu schnell, aber das war nichts Ernstes. Die angezeigten Werte waren stabil. Neben ihm saß ein Notarzt, Jana kannte ihn vom Sehen. Er hatte ganze Arbeit geleistet, vor allem eine Engelsgeduld mit Werner bewiesen. Sie nickte ihm zu, der Arzt verließ den Rettungswagen.

Jana setzte sich auf die Krankenliege, wartete einen Moment, beobachtete Werner. Er wippte mit dem Oberkörper kaum wahrnehmbar hin und her. Er war blass, auf der Stirn glänzten kleine Schweißtropfen.

«Werner», flüsterte sie. «Ich bin's, Jana.»

Keine Reaktion. Er hatte sich tief in sich zurückgezogen, steckte fest in einer anderen Welt, die seine Seele und seinen Verstand davor schützen sollte, Schaden zu nehmen. Ein Zustand, der nach lebensbedrohlichen Situationen häufig auftrat. Abschottung von der Realität. Wichtig war es nun, ihm Schutz zu bieten, damit sie ihn behutsam wieder ins Hier und Jetzt zurückholen konnte.

«Du bist in Sicherheit. Es kann dir nichts mehr passieren. Ich bin bei dir.»

Werner hob den Kopf, blickte sie an und dennoch durch sie hindurch. Seine Augen waren bis auf einen glimmenden Funken leer. Er runzelte die Stirn. «Jana, wie kommst du denn hierher?»

«Meine Freundin Elin hat mich gerufen. Weißt du noch? Wir haben immer zusammen gespielt, und du hast uns ganz oft ein Eis gekauft. Obwohl Papa es verboten hatte.» Sie lächelte.

«Elin, ja sicher, die Kleine von Mehmet. Was ist aus ihr geworden?» Werner war sich nicht bewusst, in welcher Zeit er sich gerade befand.

«Es geht ihr gut.» Jana beugte sich vor. «Willst du mir erzählen, was passiert ist, Werner?»

ESSEN, 3. OKTOBER 1988
––– VERGANGENHEIT

Eigentlich brauchte Werner schon lange keinen Wecker mehr. Auf seine innere Uhr konnte er sich verlassen. Nur wenn er zu viel gezecht hatte, dann verstellte sich sein Zeitgefühl, das wusste Werner – und deshalb hatte er sich für heute den Wecker auf fünf Uhr gestellt. Gestern Abend war es rundgegangen im Calypso, der Neue hatte seinen Einstand gegeben, und zwar nicht zu knapp. Ein Gedeck nach dem anderen, ein Klarer und ein Bier, waren über den Tresen gegangen. Nach dem siebten hatte Werner aufgegeben. Klar hätte er noch vier oder fünf kippen können, aber dann hätte er die nächste Schicht nicht geschafft, dann hätte er zu viel Standgas gehabt. Also hatte er sich losgerissen und war um zehn nach Hause gegangen. Lotte hatte schon das Licht ausgemacht, aber sie war noch wach, das erkannte Werner an ihren Atemzügen. Er hätte noch Lust gehabt auf eine schnelle Nummer, aber er wusste, dass Lotte nicht dafür zu haben war, wenn sie ihre Regel hatte. Also drückte er ihr einen Kuss aufs Haar, drehte sich um und schloss die Augen.

Nur einen Moment später rasselte der Wecker los. Werner war sofort wach, tastete nach Lotte, aber die war schon in der Küche, machte Kaffee und briet ihm Eier und Kartoffeln mit Speck. Seilfahrt mit leerem Magen war keine gute Idee. Der Duft weckte seine Lebensgeister, er schleppte sich unter die Dusche, zog sich an, ging in die Küche. Lotte stand am Herd, wendete die Spiegeleier und die Bratkartoffeln und die dicken Speckscheiben. Ihm lief das Wasser im Mund zusammen. Aber nicht nur wegen des verführerischen Geruchs des brutzelnden Specks. Lotte trug nichts als ein Nachthemd, darunter war sie nackt. Verdammt, sie war einfach die heißeste Braut der Welt. Er rechnete kurz nach. Am Wochenende müsste sie ihren Eisprung haben, dann würden sie den ganzen Tag nicht aus dem Bett kommen, und vielleicht würde es dann endlich klappen mit dem Baby. Er war jetzt 26, Lotte 22, mit 18 hatte er sie geheiratet, keine sechs Monate nach dem ersten Kuss. Es wurde Zeit für Nachwuchs, sie wünschten sich nichts sehnlicher als zwei Jungs und zwei Mädchen. Er verdiente gut, bald würde er die Prüfung zum Steiger ablegen, und dann gab es mehr als genug Lohn, um eine Familie mit vier Kindern zu versorgen. Dafür sparten sie jeden Pfennig, der übrig war, und hatten zusammen mit seinem Erbe schon ansehnliche 12 000 Mark beisammen, die er gut angelegt hatte, damit das Geld sich vermehrte. Ihre Sprösslinge sollten mal auf die Uni gehen, damit sie nicht wie ihr Vater im schwarzen Dreck wühlen mussten. Nicht dass Werner seinen Beruf nicht liebte. Aber sie sollten die Wahl haben. Wenn seine Söhne unter Tage wollten, würde er sie nicht daran hindern, sondern ihnen alles beibringen, was er konnte. Seinen Töchtern war dieser Weg natürlich versperrt. Frauen hatten aus gutem Grunde unter Tage nichts verloren.

Werner umfasste Lotte liebevoll von hinten. Sie drückte sich an ihn, drehte sich um und lächelte ihn an.

«Na mein Großer, gut geschlafen?»

«Wie ein Toter. War 'ne stramme Feier gestern.»

Sie schob ihn sanft von sich weg. «Setz dich. Iss. Sonst kommst du noch zu spät. Dein Henkelmann ist fertig. Vergiss ihn nicht. Linsensuppe und Fleischwurst.»

Werner zog den Stuhl vom Tisch weg, setzte sich ganz vorne auf die Kante, so konnte er schneller aufspringen. Er war immer auf der Hut, hatte ein Gespür für Gefahr. Unter Tage lauerte sie überall, aber auch über Tage konnte sie einen aus

Ecken anfallen, die man vorher gar nicht gesehen hatte. Er malte sich aus, wie Lotte, im neunten Monat schwanger, stolpern könnte, dass er sie auffangen würde und sie und das Baby damit retten könnte.

Sie stellte ihm den Teller mit den Spiegeleiern, den Bratkartoffeln und dem Speck hin, dazu eine große Tasse schwarzen Kaffee, setzte sich ihm gegenüber, stützte ihren Kopf in die Hände. Er blickte ihr in die grünen Augen und war einen Moment sprachlos. Sein Herz tuckerte los wie am ersten Tag.

«Na los, iss schon, sonst wird es kalt. Und schau mich nicht so an, da werd' ich ja ganz melancholisch.»

Werner riss sich los, schob sich Bratkartoffeln und Ei in den Mund. Es schmeckte wie immer köstlich.

Sie sah ihm zu, und als er das letzte Stück Speck verspeiste, legte sie den Kopf schräg. «Schatz, du musst dafür sorgen, dass du am Wochenende freihast. Verstehst du?»

Und ob er verstand. Er hatte also richtig gerechnet.

«Das ganze Wochenende», sagte sie ernst.

Werner wurde heiß bei dem Gedanken, dass sie ganze zwei Tage im Bett verbringen würden, nur unterbrochen von kurzen Duschen und dem einen oder anderen Imbiss. «Zu Befehl», sagte er mit vollen Backen.

«So ist es brav. Aber man spricht nicht mit vollem Mund.»

Die Jungs würden zwar enttäuscht sein, dass er nicht mit zum Spiel gegen den FC Saarbrücken gehen würde, aber es gab Wichtigeres als Fußball. Auch wenn das viele seiner Kumpel anders sahen. Für die kam zuerst der Pütt, dann der Fußball und dann die Familie. Für Werner kam zuerst die Familie, dann der Pütt, dann der Fußball.

Er pickte noch ein Paar krosse Kartoffelstückchen vom Teller, packte seine Sachen, nahm Lotte zum Abschied in die Arme und küsste sie. Als er sich losmachen wollte, hielt sie ihn mit einem Arm fest und strich ihm mit der anderen Hand über seine Wange. Er schloss die Augen und genoss das Prickeln.

«Du musst vorsichtig sein, Schatz, hörst du?»

Er öffnete die Augen, ihr Blick war voller Sorge.

Werner lachte leise und nickte.

Er drückte Lotte noch einmal fest und machte sich dann auf den Weg. Er hatte es nicht weit, zu Fuß keine zehn Minuten, die Siedlung lag fast in Rufweite zur Zeche Wilhelmshöhe.

Werner reihte sich ein in den Strom der meist schweigenden Bergleute, bald waren es einige Hundert, die der Weißkaue zustrebten, in der Werner die Tageskleidung ablegte, jedes einzelne Stück, auch die Unterwäsche. Nackt trieb er mit dem Strom der Leiber in die Schwarzkaue, wo in einem der 1340 Körbe seine Arbeitssachen hingen. Er legte an, was er benötigte, verwandelte sich in eins der Rädchen, das mit Tausenden weiteren im Getriebe dafür sorgte, dass im Revier und in ganz Deutschland nicht die Lichter ausgingen. Auch wenn das viele anders sahen und schon seit Jahren am Kohlebergbau gesägt wurde. Werner war sich sicher, eines Tages würde man bereuen, der Kohle den Hals umgedreht zu haben.

Am Korb traf er die Kumpels seiner Schicht, es ging hinunter auf Sohle fünf, ein Streb musste vorangetrieben werden, sie waren im Verzug, hätten schon längst auf Kohle stoßen müssen, aber nichts als Berge, der wertlose Abraum aus Schutt, landete auf dem Band. Der Prospektor hatte ganz schön danebengelegen, und jetzt hieß es stochern, bis sie fündig wurden. Ein teurer Spaß. Das kam immer mal wieder vor. So war der Berg. Hatte immer eine Überraschung in petto. Immerhin konnten sie heute endlich eine Vollschnittmaschine einsetzen, die war nagelneu und schaffte an einem Tag, was früher zwei Wochen gedauert hätte.

Der Korb rasselte in die Tiefe, der Geruch nach Kohle, moderndem Holz und Schmierfett verdrängte den Geruch der Bergleute, Rasierwasser und Schnupftabak.

Am Förderort strömten die Männer in vier Etagen aus dem Korb. Werner trottete dem Steiger hinterher, lauschte den Zikaden und sah ein paar Mäusen nach, die vor ihm flohen. Die waren nicht kleinzukriegen.

Bevor er sich aufs noch leere Förderband fallen lassen konnte, das ihn an seinen Arbeitsplatz brachte, hielt ihn ein Obersteiger auf.

«Sach ma, du bis doch der Flemming?»

«Klar, bin ich. Wat jibt et?»

«Du kannst doch die neuen Schilde fahren?»

«Klar. Hab den Lehrgang gemacht.»

«Dann komma mit.»

Was der Obersteiger sagte, das war gesetzt, also fragte Werner nicht lange, sondern winkte seinen Leuten zu und folgte ihm in einen Streb, der bereits ausgebaut war. Hier gab es kein Band, aber ein paar Meter weiter stand eine Dieselkatze, in der schon Kumpel warteten.

«Is 'n Stück bis zum Ort», sagte der Obersteiger. «'ne gute Stunde. Da stehn noch 'n paar Schilde rum.» Er reichte Werner eine Liste mit den Nummern. Alles musste fein säuberlich vermerkt werden, im Berg herrschte Ordnung, die Herren von über Tage machten einem die Hölle heiß, wenn der Papierkram nicht peinlich genau erledigt wurde. «Die müssen runter auf die sieben.» Er zeigte auf die Dieselkatze. «Du hast dreiundzwanzig Mann. Müsste reichen. Mach kein' Stress, hast 'ne ganze Woche. Alles klar?»

«Wer ist der Steiger?»

«Na du. Zumindest für heute. Die Kumpel wissen Bescheid. Geht klar für die. Hast 'nen guten Ruf hier.»

Werner atmete tief durch. Das war natürlich eine großartige Geschichte. Ihm war nur nicht klar, warum der Obersteiger ausgerechnet ihm die Ehre erwies, auch wenn er einen guten Ruf hatte. Den hatten viele, eigentlich die meisten. Und den Lehrgang, den hatten auch eine ganze Menge Kumpel gemacht.

Egal, Hauptsache, er baute keine Scheiße, dann konnte er vielleicht die ganze Woche den Steiger machen. War gut für die Lohntüte und die Prüfung.

«Na dann.»

Der Obersteiger grüßte, Werner klemmte sich in die Dieselkatze, warf ein markiges «Glück auf» in die Runde, stellte sich vor. Drei Kumpel kannte er. Bernd Fäller, der war 24 und gelernter Elektriker, ein guter Mann, wenn auch manchmal ein bisschen leicht auf der Palme, wenn was nicht glattlief. Torben Repsen, ein Jahr jünger als Fäller, frisch von der Uni, der schnupperte hier Kohlenduft, bevor er die Karriereleiter hochstieg. So wie der redete, landete der bestimmt bei der Gewerkschaft. Aber er war trotzdem einer, der anpacken konnte. Dann war da noch Oliver Hünenkamp, mit einer Statur wie sein Name. Der sah aus, als könnte er die Schilde mit einer Hand forttragen. Und der war nicht nur bärenstark, der war auch hell in der Birne. Also schon mal drei gute Leute. Die anderen würde er bald kennenlernen, hoffentlich war kein faules Ei darunter.

Alle murmelten ihr «Glück auf», dann ging es los. Die Dieselkatze machte einen Lärm, dass man schreien musste, um sich zu verständigen. Werner malte sich aus, wie es wohl sein würde, wenn er ein richtiger Grubensteiger war. Dann hätte er immer so um die zwei Dutzend Männer unter sich, manchmal mehr, manchmal weniger, je nachdem, was gerade anlag. Er schloss die Augen. Hörte das Rasseln der Dieselkatze, roch das Öl und den Qualm. Fing ein paar Gesprächsfetzen auf, ein Gerücht ging um, dass das Geld nicht mehr sicher sei. Dass man es besser daheim unter die Matratze packte. Dass ein Betrüger unterwegs sei. Und wer sein Geld bei dem angelegt habe, der habe verkackt, weil es dann futsch sei. Dann flog ihm ein Name entgegen. Ein Name, den er kannte.

Das konnte nicht wahr sein. Es hatte alles so gut geklungen, er hatte es geprüft. Mit anderen geredet, die hatten ihm die Sache empfohlen. Vom Magen her breitete sich ein unangenehmes Gefühl aus, so als hätte er Durchfall. Als er begriff, wurde ihm heiß.

Der Fehler, den er gemacht hatte, baute sich riesig vor ihm auf. Er sah plötzlich in ein dunkles Loch, das ihn verschlingen wollte.

ESSEN, SCHACHT LUDWIG V
--- GEGENWART

Werner stöhnte auf, schlug sich die Hände vors Gesicht. Dann schreckte er hoch, sah sich um, wie in Panik.

Jana achtete darauf, dass die Verkabelung nicht abriss. Sein Puls sprang in die Höhe, 70, 80. Bei 100 würde ein Alarm ausgelöst, der Notarzt würde augenblicklich dazukommen und Maßnahmen ergreifen.

«Geh weg! Lass mich zufrieden! Du hast alles kaputt gemacht ...»

Werner wimmerte und wippte mit dem Oberkörper vor und zurück. Er war in einer Dissoziation gefangen, einer Abspaltung seiner Bewusstseinszustände, eingesperrt in seinen traumatischen Erinnerungen. Jana legte ihm eine Hand auf den Rücken, vielleicht konnte sie ihn aus diesem Zustand lösen. Werner zuckte, ließ es aber geschehen.

«Werner, was ist passiert? Wo bist du?», fragte sie leise.

Er sah durch sie hindurch. «Es ist zu spät. Es ist nicht mehr zu ändern. Was habe ich nur getan?»

Jana durchfuhr ein jäher Schreck. Hatte Werner etwas mit dem Mord zu tun? Weder ihr Vater noch er hatten jemals über den schwarzen Tag gesprochen, außer dass sie ihre Rettung Torben Repsen zu verdanken hatten. Der war jetzt Bürgermeister von Essen, der Held von Zeche Wilhelmshöhe. Sie kramte in ihrem Gedächtnis. Doch sie fand nicht viel. Werner war oft bei ihrer Familie zu Gast gewesen, vor allem nachdem seine Frau gestorben war. Seine Besuche zu Familienfeiern, an Ostern und auch an Weihnachten hatte sie als Kind sehnsüchtig erwartet, denn er hatte immer ein großzügiges Geschenk dabeigehabt.

Über Werners Leben wusste sie kaum etwas. Nicht einmal, ob er nach dem Unglück in psychologischer Behandlung gewesen war. Werner hatte nie viel darüber geredet, aber immerhin ein wenig, im Gegensatz zu ihrem Vater, der kein Wort darüber verloren, kategorisch alles abgelehnt hatte, was mit irgendeinem «Psychodingens» zu tun hatte. Dennoch hatte er sie darin bestärkt, Psychologie zu studieren. Sie hatte nie gefragt, warum, aber sie vermutete, dass es ihm ein unterbewusstes Bedürfnis war, das er selbst immer unterdrückt hatte: zu wissen, warum jemand etwas tat oder fühlte – und wie man das ändern konnte, wenn es Schaden anzurichten drohte.

«Werner, kannst du mich hören?»

Er reagierte nicht. Das war nicht gut. Sie musste zu ihm durchdringen, sonst konnte es sein, dass er sich hinter einen Schutzwall zurückzog, den sie nicht mehr würde überwinden können. Irgendetwas hatte er gesehen oder getan, das jetzt, nach der neuerlichen Todesgefahr, aus den Tiefen seines Unterbewusstseins aufstieg, aber nicht im Bewusstsein ankam. Das war gefährlich, besonders in Verbindung mit der Retraumatisierung.

«Werner», wiederholte sie. «Kannst du mich hören?»

Das EKG schnellte nach oben, ein Piepton schrillte los, seine rechte Hand begann zu zittern. Er riss die Augen auf, stöhnte, sein Atem beschleunigte sich, wurde immer schneller, er hyperventilierte. Eine Panikattacke!

«Notfall!», schrie Jana in Richtung Hecktür.

Sie nahm seine Hand, redete ihm beruhigend zu, doch es wurde nicht besser. Sie schaute sich um, suchte eine Maske, in die Werner atmen konnte. Da stürmte der Arzt herein, Jana machte Platz, ein Sanitäter kam dazu, Werner atmete immer schneller, seine Hand krampfte, Kaliumüberschuss.

Die Muskeln spielten verrückt, das Blut verlor zu viel Kohlendioxid, gleichzeitig banden die roten Blutkörperchen den Sauerstoff so fest, dass er nicht mehr ins Gewebe gelangen konnte. Inneres Ersticken. Vor Janas Auge spulte sich das gesamte Alphabet der Hyperventilation ab. So war es schon immer gewesen. Stolperte sie in eine herausfordernde Situation, schalteten ihre Gefühle ab, der Verstand übernahm. Sie verfiel nicht in Panik, war voll handlungsfähig. An und für sich eine gute Sache – doch sie wusste, dass sie dafür einen hohen Preis zu bezahlen hatte, wenn die Gefahr vorüber war.

Der Arzt drückte Werner eine geschlossene Maske auf das Gesicht, er zog Luft, die Atemfrequenz beruhigte sich, das EKG hörte auf zu piepen, Werners Gesichtsfarbe normalisierte sich. Er schloss die Augen. Der Arzt nahm die Maske weg, wartete. Werner blieb ruhig, blickte leer geradeaus.

Jana beugte sich vor. «Ich bringe dich an einen sicheren Ort, Werner, ist das in Ordnung für dich?»

Werner sah sie an, jetzt erst veränderte sich sein Blick, er starrte nicht mehr ins Leere, schien aber Mühe zu haben, sich zu erinnern, wer sie war. Dann sprach er ihren Namen aus. «Jana. Du bist hier… Was ist los?»

«Werner, weißt du, welcher Tag heute ist?»

Werners Augen wanderten nach rechts oben. «Tag? Ja, sicher. Es ist …» Er stockte. «Verdammt, gerade eben hab ich es noch …» Er rieb sich die Schläfen, presste die Hände an den Kopf. «Ich weiß es nicht. Alles ist irgendwie unscharf …»

Jana legte ihre Hand auf Werners Schulter. In ihr arbeitete es. Ganz klar, Werner war desorientiert, er musste eine gewisse Zeit überwacht werden. In dieser Phase der Verwirrung war es wahrscheinlich, dass er sich in Gefahr brachte oder eine neue Panikattacke erlitt, die ihn das Leben kosten konnte, wurde er nicht medizinisch versorgt. Aber er lebte alleine, seit seine Frau gestorben war. Und Jana konnte sich auch nicht um ihn kümmern. Also gab es nur den Weg der vorläufigen stationären Einweisung, bis sich sein Zustand gebessert hatte. Er musste auf eine Station, wo man ihn rund um die Uhr im Auge behalten könnte. Sie musste ihn darüber aufklären, und sie hoffte, dass er sich nicht wehren würde.

«Werner, hör mir gut zu. Du weißt, dass ich dir nichts Böses will. Ist das so?»

Werner lächelte, nickte. «Du weißt besser, wie es mir geht, als ich selbst, das ist mir klar. Muss ich in die Klapse?», schob er leise hinterher.

Immerhin war er klar genug, zu erkennen, dass etwas nicht in Ordnung war. «Du bist nur ein wenig verwirrt durch den Unfall, der Erinnerungen an damals aufgeweckt hat. Du weißt, was eine posttraumatische Belastungsstörung ist?»

«Ich habe es nicht vergessen, schließlich hast du es mir bestimmt ein Dutzend Mal erklärt.»

Das wusste er also noch. «Es muss untersucht werden, ob du darunter leidest. Bis wir eine verlässliche Diagnose haben, möchte ich dich Menschen anvertrauen, die dich gut behandeln werden, die auf dich aufpassen und alles tun, damit du schnell wieder klar bist im Kopf. Ich werde jeden Tag nach dir sehen. Ist das in Ordnung?»

Er zögerte, dann nickte er. «Wenn du das sagst.»

Gut, dass Werner ihr vertraute. Hätte er abgelehnt, sie hätte ihn zu nichts zwingen können – und auch nicht zwingen wollen. «Prima. Warte einen Moment.» Sie nickte dem Notarzt zu und verließ den Rettungswagen, rief Siegfrieds Nummer auf und drückte auf wählen. Sie wartete fünfzehn Freizeichen ab, dann meldete sich eine verschlafene Stimme.

«Ja?»

«Guten Morgen, Siegfried. Danke, dass du drangegangen bist.»

Schon vor einigen Jahren, als sie noch bei ihm studiert hatte, hatte er ihre Handynummer mit einem eigenen Klingelton versehen. Das machte er sonst nur bei seinen aktuellen Geliebten und löschte den Klingelton nach Beendigung der Affäre sofort. Aber so weit war es zwischen ihnen nie gekommen. Jana war eine der wenigen Frauen, die dem Charme und dem Ego von Prof. Dr. Siegfried Maibaum ohne Probleme hatten widerstehen können. Schon deshalb hatte er sie respektiert und gefördert. Zuerst hatte Jana ihn für einen hoffnungslos eitlen Pfau gehalten. Mit der Zeit hatte sie festgestellt, dass er genau das war, allerdings auch gesegnet mit guten Eigenschaften. Neugier, Treue, Fairness seinen Studentinnen und Studenten gegenüber. Dazu kam eine gehörige Portion Aufmüpfigkeit, mit der er den versteinerten Strukturen in der Psychiatrie begegnete. So war er der Auffassung, dass jeder Mensch mindestens einmal am Tag den Zustand des Irreseins durchmachte, bei Politikern sei dieser Zustand meist dauerhaft. Er war eine Koryphäe. Außerdem sah er auch noch unverschämt gut aus mit seinen fünfzig Jahren. Wie George Clooney. Die richtige Mischung aus Männlichkeit und Weiblichkeit.

«Jede andere würde ich auf der Stelle zurechtweisen. Ich schenke mir die Frage, ob du weißt, wie spät es ist. Also.» Er gähnte herzhaft. «Was gibt es? Muss ein Macho ein paar Tage in die Geschlossene, um über sich nachzudenken?»

«Ein schöner Gedanke, aber diesmal ist es etwas anderes. Weißt du, wer Werner Flemming ist?»

«Ein guter Freund eurer Familie. Einer der Geretteten von Zeche Wilhelmshöhe. Ich war damals gerade im Praktikum, hätte mich gerne an den Überlebenden versucht, aber mein

Prof hat mich fast gesteinigt, als ich ihm vorschlug, die Geretteten zu einem Feldversuch zu machen. Keiner von ihnen ist je auf PTBS untersucht oder irgendwie behandelt worden, richtig?»

«Bei meinem Vater trifft das zu. Was mit den anderen war, weiß ich nicht.»

«Aber ich weiß es. Alle hätten es gebraucht. Es ist eine Schande, dass sie allein gelassen wurden mit dem, was sie erlebt haben.»

«Das stimmt.» Jana musste schmunzeln. «Ich weiß noch, wie du über die ‹Schnarchnasen› vom Bergbau geflucht hast, die es nicht für nötig hielten, professionelle Hilfe anzufordern.»

«Ich darf gar nicht daran denken. Was ist mit Flemming? Ist die PTBS ausgebrochen?»

Diese Diagnose lag nahe, deshalb hatte sie Siegfried angerufen. Doch die Umstände waren ungewöhnlich, die konnte er nicht ahnen. «Das Wandernde Dutzend ist gefunden worden.»

Siegfried zog scharf die Luft ein.

«Schacht Ludwig V. Ein Wassereinbruch. Werner war unten, ist fast ums Leben gekommen, und dann hat er einen Schädel aus dem Wasser geholt. Das hat eine Retraumatisierung ausgelöst.»

«Muss er stationär?»

«Ja.»

Jana brauchte nicht mehr zu sagen. Siegfried wusste, was sie von ihm wollte.

«In Ordnung. Ich nehme an, er ist nicht privat versichert?»

«So sieht es aus.»

«Gut. Er bekommt Chefarztbetreuung und ein Einzelzimmer. Geht aufs Haus. Ich denke, das ist in deinem Sinne.»

Jana durchströmte ein warmes Gefühl der tiefen Zuneigung. Siegfried war wie ein zweiter Vater für sie. Und obwohl er es bei aller Selbstreflexion, die er immer wieder an den Tag legte, niemals zugegeben hätte: Sie war für ihn die Tochter, die er nie hatte haben können.

«Du bist der Beste.»

Siegfried lachte. «Erzähl mir was Neues.» Er wartete keine Antwort ab. «Du kannst ihn vorbeibringen, ich leite alles in die Wege.»

«Danke», flüsterte Jana.

«Ich mache das gerne für dich, aber versprich mir eins: Halte deine professionelle Distanz ein. Lass dich nicht wieder in einen Strudel von Pflicht, Verantwortung und Gefühl hineinziehen, aus dem du nur schwer rauskommst.»

Jana wollte reflexhaft erwidern, dass sie damit kein Problem hatte, aber Siegfried wusste es besser. Sie verdrängte die Erinnerungen an ihr größtes Versagen, das sie heute wieder eingeholt hatte. Einmal in ihrem Leben hatte sie jemandem etwas anvertraut, das er nie hätte erfahren dürfen. Gerd Melzer hatte ihr vor Augen geführt, wie schmal die Linie war, auf der sie immer wieder balancierte.

«Versprochen», log sie und legte auf.

ESSEN, SCHACHT LUDWIG V
––– GEGENWART

Bis der Korb abfahrbereit war, dauerte es eine Weile. Es musste noch Material ausgeladen werden: Stützen, Werkzeuge, Planen, Trinkwasser und eine durchsichtige Box, vollgestopft mit belegten Brötchen. Inzwischen liefen Dutzende Leute herum, Lüderitz hatte noch mehr Helfer angefordert, um Herr zu werden über die Schlammmassen und die Berge an Geröll.

Endlich konnten Elin und Holger einsteigen. Das Gefühl, hier unten besser aufgehoben zu sein als über Tage, hatte sich schnell verflüchtigt. Immer wieder knirschte und knarzte der Berg, so als würde er nur darauf warten, sich wieder schütteln zu können. Eine Vorstellung, bei der es Elin fröstelte, obwohl es an die dreißig Grad heiß war.

Rasselnd schlug das Gitter zu, die Glocke erklang, und die Tausende PS der Elektromotoren zerrten den Korb nach oben. Ihr wurde übel, Brechreiz stieg ihr in die Kehle.

«Was ist eigentlich mit deinem Vater?», schrie Holger in den Lärm.

Elin verstand nicht. «Was soll mit ihm sein?», brüllte sie zurück.

«Ich dachte, wir könnten schon mal über ein Geschenk nachdenken. Hat er nicht demnächst Geburtstag? Sogar einen runden?»

Elin hatte Mühe, Holger zu verstehen. «Er ist im Dezember geboren. Wie kommst du gerade jetzt darauf?» Sie schaute ihn von der Seite an. «Ist das gerade eine Selbsteinladung?»

Holger formte mit seinen Händen einen Trichter vor seinem Mund. «Darf ich denn nicht kommen?»

Elin fragte sich, was in Holger gefahren war, als der Korb mit einem Ruck stehen blieb.

Das Gitter flog zur Seite, sie stiegen aus.

Holger grinste sie an. «Na bitte.»

Sie begriff. Er hatte sie abgelenkt, sodass sie ihre Angst, ihre Übelkeit und ihren Brechreiz vergessen hatte.

Sie knuffte ihn in die Seite. «Okay», sagte sie. «Danke.»

«Reiner Selbstschutz.»

Elin lachte. «Aber jetzt hast du dir was eingebrockt. Du darfst gerne zu Papas 60. Geburtstag kommen und dich an seinem Geschenk beteiligen. Fang schon mal an zu sparen.»

Holgers Lächeln machte einer bestürzten Miene Platz. «Was bitte wollt ihr deinem Vater schenken?»

«Er träumt seit Jahren von einer Weltreise mit meiner Mutter.»

«Weltreise», sagte Holger beeindruckt.

Elin ging auf den Ausgang zu. «Achtzehntausend Euro. Pro Person. Kreuzfahrtschiff, 99 Tage. Von Southampton nach Southampton, einmal um die Welt.»

«Nicht schlecht.»

«Jeder gibt 1000 Euro. Du weißt ja, unsere Familie ist groß. Es ist so Brauch. Jeder, der kommt, muss ein Geschenk mitbringen. Und jetzt sind wir einer mehr, wie schön.»

«Nur 1000 Euro? Das ist ja fast nichts.» Er lachte nervös. «Lydia wird mich kreuzigen.»

Elin grinste und schlug ihm auf die Schulter. «War doch nur ein Witz.»

«Also doch keine Weltreise?»

«Doch, aber meine Brüder übernehmen den Löwenanteil, die Tickets sind schon gebucht und bezahlt.»

«Na dann ...» Holger atmete in gespielter Erleichterung tief durch. «Da bin ich ja noch mal davongekommen.»

«Weißt du was? Du hast mich gerade davor bewahrt, mich bis auf die Knochen zu blamieren. Wenn ich in den Aufzug gekotzt hätte – ich darf gar nicht daran denken.» Sie lächelte zu ihm hoch. «Ich würde mich freuen, wenn du zur Geburtstagsfeier von Papa kommen würdest. Und er auch. Er wollte dich sowieso schon kennenlernen, weil ich immer so von dir schwärme.»

Holger sah sie überrascht an. «Echt?»

Sie gingen auf die Absperrung zu, hinter der sich die Presse versammelt hatte, Kameras und Licht aufbaute.

«Echt. Und jetzt genug Sentimentalitäten. Wir haben einen Mord aufzuklären, der vierunddreißig Jahre zurückliegt.»

Die Scheinwerfer flammten auf, das kalte Licht warf harte Schatten in die mondlose Nacht. Elin atmete tief ein. Kevin Strud hatte mit seiner Plauderei eine Lawine losgetreten, und sie durfte jetzt den Kopf hinhalten. Aber vorher wollte sie nach Werner Flemming sehen. Sie suchte den Krankenwagen der Malteser, doch der war nicht zu sehen. Sie zückte ihr Handy und wählte Janas Nummer. Sie ging sofort ran.

«Elin, wie geht es dir? Alles klar? Bist du heil wieder nach oben gekommen?»

«Das erzähle ich dir in Ruhe. Wie geht es Werner?»

«Ich bringe ihn bei Professor Maibaum unter.»

«Ist es doch so schlimm. Gut, dass das so kurzfristig klappt.»

In der Klinik von Professor Maibaum war Werner Flemming bestens aufgehoben, auch wenn es Elin leidtat, dass er offenbar so verstört war, dass er stationär musste. Aber dort würde er eine optimale medizinisch-psychologische Versorgung bekommen und dadurch als glaubwürdiger Zeuge vor Gericht gelten. Sofern sie ihn brauchten.

Wenn ihn jemand zum Reden brachte, dann Jana.

«Du, wir sprechen uns später. Ich muss jetzt die Presse bedienen.»

Sie hörte Jana schnauben. «Dieser Strud hat gequatscht, ich habe es mitbekommen.»

«Den nehme ich mir noch vor, aber im Moment ist er der Held. Pass auf dich auf.» Sie beendete die Verbindung.

Im Moment war sie die ranghöchste Beamtin vor Ort, weder Staatsanwalt noch Pressesprecher waren hier. Damit war sie auch für die Medien zuständig. ARD, ZDF, Pro Sieben, RTL, alle waren gekommen. Die großen Kaliber. Sie musste sich Rückendeckung verschaffen, damit sie keinen Fehler machte.

Auf dem Handy wählte sie die Nummer der zuständigen Staatsanwaltschaft, wurde weitergeleitet. Sie wollte schon auflegen, als sich endlich jemand meldete.

«Oberstaatsanwalt Küppersbusch hier. Grüße Sie, Frau Akay. Hab's gehört. Bin unterwegs. Ist schon jemand von der Presseabteilung vor Ort?»

Elin war nicht überrascht. Bei komplexen oder politisch sensiblen Verfahren schaltete sich meist der Oberstaatsanwalt ein. Da Bürgermeister Repsen, auf welche Weise auch immer, etwas mit dem Fall zu tun hatte, war diese Voraussetzung erfüllt. Dass Küppersbusch ihren Namen kannte, war allerdings neu.

«Hallo, Herr Küppersbusch. Nein, keine Ahnung, wo die bleiben.»

«Dann übernehmen Sie das, bitte. Wir können die Presse nicht zappeln lassen, die zerreißen uns in der Luft. Repsen ist informiert, der müsste auch demnächst bei Ihnen aufschlagen. Schließlich ist er der Held von Zeche Wilhelmshöhe. Bin gespannt, wie er die Sache für sich nutzt.»

Elin hasste es, vor Journalisten zu stehen. Sie fühlte sich nackt, und sie traute keinem von ihnen über den Weg. Dank Tim Harms. «Kann das nicht Professor Lüderitz machen?»

«Um Gottes willen, nein. Der erzählt eine halbe Stunde von Knochen, langweilt alle zu Tode oder macht einen Witz, den niemand versteht, der den meisten aber Übelkeit verursacht. Sie machen das schon.»

Großartig. Sohle sieben und jetzt auch noch die Pressemeute. Es konnte kaum schlimmer werden. «Soll ich das Mordopfer erwähnen?»

Küppersbusch schwieg einen Moment. «Die Medien werden es schon wissen, dieser Strud hat ja dafür gesorgt, also ja. Wenn Repsen so töricht ist, vorzupreschen, ohne zu wissen, was ihn erwartet, kann ich auch nichts daran ändern.»

Natürlich hätte Küppersbusch daran etwas ändern können. Da er Repsen aber bekanntermaßen nicht besonders mochte, wunderte es Elin nicht, dass er ihn ins offene Messer rennen lassen wollte. Oberstaatsanwälte waren in gewisser Hinsicht ebenso Politiker wie Repsen, auch wenn sie das weit von sich wiesen. Küppersbusch hätte Elin in den Streifendienst versetzen lassen, hätte sie das laut gesagt. Sie wusste, dass er die Macht dazu hatte, auch wenn er nicht ihr direkter Vorgesetzter war.

«Halten Sie es knapp», wies er sie an, «aber Sie können alle bekannten Fakten nennen. Wir demonstrieren Transparenz. Verzeihung, das Bergamt ist dran. Bis gleich.»

Küppersbusch legte auf, Jana starrte das Telefon an. Na gut, dann würde sie der Presse Rede und Antwort stehen. Der Oberstaatsanwalt wollte es.

Sie setzte einen ernsten Blick auf und trat zur Absperrung. Ein Dutzend Fragen prasselten auf sie herein, Mikrofone wurden ihr vor die Nase gehalten, tote Kameraaugen richteten sich auf sie, die Scheinwerfer warfen ihr hartes kaltes Licht. Da jedes Wort in der Kakofonie der Fragen untergegangen wäre, schwieg sie und ließ ihren Blick schweifen. In der zweiten Reihe entdeckte sie Tim Harms, den Gerichtsreporter der *Neuen Rhein-Ruhr-Zeitung*, der ihrem Blick auswich. Ihm würde sie nicht einmal die Uhrzeit sagen. Die Journalisten beruhigten sich allmählich, eine Reporterin vom ZDF kam zu Wort, noch bevor Elin etwas zu sich oder dem Fall sagen konnte.

«Stimmt es, dass die Vermissten von Zeche Wilhelmshöhe gefunden wurden? Das Wandernde Dutzend?»

«Das ist korrekt», sagte Elin.

«Alle zwölf?»

Sicheres Terrain, darauf konnte sie leicht antworten und gleichzeitig ein wenig Werbung für den Professor machen. «Ja. Professor Lüderitz, der Leiter der Gerichtsmedizin, und sein Team sind weiterhin dabei, unter Tage jeden noch so kleinen Stein umzudrehen.»

Die Journalisten sahen sie fragend an. Aber sie war nicht gewillt, mehr zu sagen als nötig, so wie Küppersbusch es ihr aufgetragen hatte.

Ein Mann hielt ihr ein Mikrofon mit Windschutz hin, auf dem das Logo der ARD prangte. «Darf ich fragen, mit wem wir das Vergnügen haben?»

«Mein Name ist Elin Akay, Kriminalhauptkommissarin, KK 11, Essen.»

Ein Raunen ging durch die Menge. Die Reporterin vom ZDF schaltete als erste. «Das KK 11 bearbeitet vor allem Tötungsdelikte. Warum sind Sie hier?»

Sie zögerte. Hatte Küppersbusch sich geirrt? Wussten die Medien doch nichts von dem 13. Opfer? Sollte sie besser schweigen? Nein, Küppersbusch hatte sich klar ausgedrückt.

«Wir haben Grund zur Annahme, dass es auf Zeche Wilhelmshöhe vor oder während des Unglücks vor 34 Jahren ein Verbrechen gegen das Leben einer Person gegeben hat. Wir haben bei den vermissten Opfern einen Schädel mit einem Einschussloch gefunden.»

Die Luft schien förmlich zu explodieren. Elin kam sich vor wie an der Börse, wenn die Kurse schlagartig fielen und alle panisch durcheinanderschrien. Auf der Polizeischule hatte sie gelernt, mit einer solchen Situation umzugehen, aber es fiel ihr dennoch nicht leicht, Ruhe zu bewahren.

«Um wen geht es?» – «Ist das Opfer schon identifiziert?» – «Hat Bürgermeister Repsen, der Held von Zeche Wilhelmshöhe, etwas damit zu tun? Könnte das seine Wiederwahl gefährden?» – «Soll etwas vertuscht werden?» – «Was sagt die Partei dazu?»

Die Fragen zielten nicht mehr primär auf die Ermittlungsarbeit ab, sondern auf Repsen. Typisch Presse. Zeit, das Spiel zu beenden. Sie hob die Hand, um sich Ruhe zu verschaffen.

«Ich bitte um Ihr Verständnis, dass ich Ihnen aus ermittlungstechnischen Gründen nicht mehr sagen kann. Und zu Fragen, die den Oberbürgermeister und seine Zukunft betreffen, sowieso nicht.»

Sie rechnete mit einem erneuten Sturm an Fragen, doch die Presseleute wandten sich von ihr ab. Elin sah sofort, warum: Repsen war gekommen. Er stieg aus seinem Wagen, begleitet von einer jungen Frau und zwei grimmig dreinblickenden Männern, die zweifelsfrei Bodyguards waren. Da musste irgendwas im Busch sein. Ein Bürgermeister erhielt keinen Personenschutz vom Staat, es sei denn, eine ernsthafte Gefährdungslage machte es notwendig. Davon hatte sie allerdings nichts gehört. Die beiden musste Repsen auf eigene Kosten angestellt haben.

Er platzierte sich neben Elin vor die Kameras und Mikrofone, alles an ihm drückte aus, dass er das Alphamännchen war. Ohne auf eine Frage zu warten, begann er zu sprechen.

«Sehr verehrte Damen und Herren. Vielen Dank, dass sie alle gekommen sind.»

Jetzt dämmerte es ihr. Repsen hatte die Meute hierher bestellt. Sie hatte noch nie etwas für Politiker übriggehabt, auch wenn das ungerecht sein mochte. Aber sie handelten in aller Regel zuerst in ihrem eigenen Interesse und erst danach im Interesse derer, die sie vertreten sollten. Warum Repsen sich jetzt hier so breitbeinig vor die Presse stellte, war offensichtlich. Er stand mitten im Wahlkampf, in vier Wochen wurde der Essener Bürgermeister neu gewählt, per Direktwahl. Die schuldhafte Verwicklung in einen Mord würde ihn mit Sicherheit die Wiederwahl kosten, die im Moment als sicher galt. Er wählte die Flucht nach vorne.

Elin zog sich unauffällig in den Hintergrund zurück, sodass sie alles hören konnte, aber nicht mehr im Fokus der Kameras stand. Sie wollte auf keinen Fall als Anhängsel von Repsen über die Bildschirme flimmern.

«Bevor Sie mich mit Fragen bestürmen, möchte ich klarstellen, dass wir alles tun werden, um diesen Fall aufzuklären. Wie Sie alle wissen, bin ich vor 34 Jahren mit elf meiner Kumpel dem Inferno entkommen. Bis heute hat mich die Katastrophe nicht losgelassen, und ich habe ständig darauf gehofft, dass endlich die gefunden werden, die es damals nicht geschafft haben, damit ihre Angehörigen und auch ich endlich Frieden finden können.»

Elin hatte Repsen bisher nur einmal live erlebt. Beim Spatenstich zum neuen Schießzentrum der Polizei. Da hatte er sich werbewirksam immer an der Seite des Innenministers platziert, in die Kameras gelächelt und von der internationalen Bedeutung der Anlage geschwärmt. Elin hatte ihn skeptisch beobachtet. Für sie war das nichts, ständig vor Kameras zu stehen und Statements abzugeben. Repsen jedoch verstand es, die Klaviatur der Medien zu bedienen, böse Zungen nannten ihn auch «Springinsbild», weil er sich bei jeder Gelegenheit vor die Kameras drängte, insbesondere, wenn hohe Tiere aus Politik und Wirtschaft mit von der Partie waren.

Er sah eindringlich in die Runde, dann fuhr er fort. «Deswegen sind meine Gedanken jetzt bei den Angehörigen der Opfer von Zeche Wilhelmshöhe. Ich bitte Sie um einen Moment des stillen Gedenkens, während ich an die Opfer von Zeche Wilhelmshöhe erinnere.»

Für einen Moment herrschte absolute Stille. Wie auf ein Zeichen bellte kein Hund, dröhnte kein Motor, niemand flüsterte oder tuschelte. Der ideale Moment für Repsen, der kurz den Kopf senkte, ihn wieder hob und ohne Zögern die zwölf Namen der Opfer aufzählte. «Fridolin Aubertin, Heinrich Barth, Engelbert Gruschke, Josef Kratz, Alois Lis, Ernst Münz, Erhard Schikofski, Friedel Theobald, Arthur Witt, Horst Zapp, Reinhold Zell, Hermann Zimmer.» Wieder machte er eine Kunstpause. «Ihr werdet niemals vergessen werden.»

Dann senkte er wieder den Kopf, schwieg, und tatsächlich, die meisten Medienleute taten es ihm gleich. Der Mann war wirklich ein Vollprofi, nutzte die Situation für sich aus. Ihm war genau wie Elin klar, dass diese Bilder bundesweit ausgestrahlt wurden, wenn er Glück hatte, europa- und sogar weltweit. Eine solche Human-Touch-Story war begehrt. Überall. Auch sie fühlte Trauer um die Opfer, die Familien, ihr Hals wurde eng, doch sie verlor Repsen nicht aus dem Fokus. Mit einer schnellen Handbewegung wischte er sich etwas aus dem Auge. Eine Träne? Eine echte? Vielleicht tat sie ihm unrecht, vielleicht war er wirklich betroffen, trauerte seit 34 Jahren um seine Kumpel. Sie musste zugeben, dass das eine, der PR-Vollprofi, durchaus mit dem anderen, dem trauernden Freund und Kumpel, vereinbar war. Wie er wirklich tickte, das würde sich noch zeigen. Ihr war es jedenfalls recht, dass die Opfer nicht vergessen wurden. Denn das geschah viel zu oft.

Repsen erwachte wieder zum Leben, blickte ernsthaft, aber nicht unfreundlich.

«Ihre Fragen, bitte.»

«Wissen Sie, um wen es sich bei dem Mordopfer handelt?»

«Dazu kann ich noch nichts sagen, aber wir werden Sie auf dem Laufenden halten. Ich werde bei der Aufklärung dieses Falles selbstverständlich in vollem Umfang kooperieren.»

Elin hob die Augenbrauen. Repsen wusste Bescheid, und er nutzte sein Wissen, um Gerüchten vorzubeugen. Gleichzeitig lehnte er sich weit aus dem Fenster. Redete von «wir». Dabei hatte er mit ihrer Arbeit nichts zu schaffen und würde auf keinen Fall in die Ermittlungen einbezogen werden. Die Sache uferte jetzt schon aus. Wo blieb nur Küppersbusch? Der musste das schnell klarstellen, musste Repsen seine Grenzen aufzeigen. Er hatte an einem Tatort nichts zu suchen. Und Elin selbst hatte keine große Lust, sich mit dem Bürgermeister anzulegen.

«Vielen Dank für ihre Aufmerksamkeit, meine Damen und Herren, ich werde mich jetzt über den Stand der Dinge informieren und alles Nötige in die Wege leiten.»

Unfassbar! Der Mann musste verrückt geworden sein. Repsen hatte hier nichts zu melden, aber er plusterte sich auf, als sei er der Oberstaatsanwalt oder der Ermittlungsleiter persönlich.

Ohne auf den erneuten Sturm der Fragen einzugehen, wandte er sich ab und steuerte auf das Zelt der Gerichtsmedizin zu. Elin hatte keine Wahl. Es wäre ein ernsthaftes Dienstvergehen, Repsen einfach laufen zu lassen.

Sie zog ihren Dienstausweis und stellte sich ihm in den Weg. Die Bodyguards waren Profis, sie zuckten nicht mit der Wimper, als sie sahen, wer sie war.

Elin hielt sich nicht mit Formalitäten auf. «Ich bin Kriminalhauptkommissarin Elin Akay, Herr Repsen, ich leite die Ermittlungen. Ich muss Sie auffordern, den abgesperrten Bereich unverzüglich zu verlassen.»

Repsen blickte sich um, als wollte er sich vergewissern, dass ihn niemand beobachtete. Er wandte sich Elin zu, kniff die Augen zusammen. «Ich muss wissen, was hier vor sich geht. Ich bin der Bürgermeister», zischte er.

Elin spürte ein Ziehen im Magen. Nicht aus Angst, sondern vor Wut.

«Herr Repsen, Sie befinden sich an einem Tatort, den nur befugte Personen von Polizei und Staatsanwaltschaft betreten dürfen», sagte sie hart. «Außerdem sind Sie Teil unserer Ermittlungen. Wir werden Sie als Zeugen befragen müssen.»

Repsen starrte sie wütend an, er versteifte sich, machte einen halben Schritt auf sie zu, sah aus, als wolle er sie beiseitestoßen. Sie wich nicht zurück, faltete ihre Hände hinter dem Rücken, um nicht in Versuchung zu geraten, eine Hand auf ihr Holster zu legen. Damit würde sie ihre Karriere abrupt beenden. Selbst wenn er tätlich würde, durfte sie nicht den Anschein erwecken, zur Waffe greifen zu wollen.

Repsen richtete sich auf. «Sie balancieren hart am Abgrund. Polizeipräsident Volmer ist ein guter Freund von mir.»

Elin schoss das Blut in den Kopf. Was bildete sich dieser

arrogante Typ ein? Dass er über dem Gesetz stand? Sie spürte, wie sich ihr Körper kampfbereit machte, und musste sich zusammenreißen, nicht laut zu werden. Nach außen vollkommen ruhig, sagte sie: «Wie schön für Sie.»

Elin akzeptierte Autoritäten, und sie akzeptierte die Hierarchie des Systems. Doch Willkür trieb ihr den Puls auf hundertachtzig. Das hatte Vater ihr beigebracht. Auch wenn er ein stockkonservativer ostanatolischer Dickkopf war, der ihr immer wieder predigte, sie solle ein Kopftuch tragen und ihr Platz sei am Herd, hatte er sie genauso oft darin bestärkt, gegenüber staatlicher Willkür nicht zu weichen. Weil er es selbst genauso hielt, hatte er seine Heimat Anatolien verlassen müssen. Er hatte gegen selbsternannte Kleinherrscher gekämpft. Elin war noch nie dort gewesen, die Verhältnisse hatten sich derart verschlechtert, dass es riskant war, mit dem Namen Akay in die Türkei zu reisen. Denn Vater war ein harter Kritiker der jetzigen Regierung.

Elin war in Deutschland aufgewachsen, und hier gingen die Uhren anders. Hier war es ein Vergehen, unter Umständen ein Verbrechen, seine politische Macht zu missbrauchen. Sie war nicht so naiv zu glauben, dass dieses Prinzip immer eingehalten wurde, sie wusste, dass es viele gab, die mit Machtmissbrauch durchkamen. Wer sich gegen diesen Missbrauch wehrte, konnte sich ebenso mächtiger Feinde wie Freunde sicher sein. Es war ein Kampf annähernd auf Augenhöhe.

«Sie spielen mit dem Feuer, Frau Akay.»

«Das sehe ich anders. Ich erfülle meine Pflicht, und die ist klar definiert. Ich werde Ihnen weder Zugang zum Zelt der Gerichtsmedizin noch zum Tatort erlauben, denn Sie würden damit die Ermittlungen gefährden. Das kann nicht in Ihrem Interesse sein.»

Elin wunderte sich, dass Repsen seine Kompetenzen so weit überschritt. Wurde ruchbar, dass er auf unethische Weise versuchte, eine Beamtin zur Pflichtverletzung anzustiften und seine Macht als Bürgermeister zu missbrauchen, dann war er erledigt. Außerdem sorgte er mit seinem Verhalten dafür, dass er auf der Liste der Verdächtigen schlagartig einen vorderen Platz einnahm. Irgendetwas musste ihn antreiben. Die Angst vor Entdeckung?

Hatte er damals einen unliebsamen Zeugen verschwinden lassen, der etwas wusste, das er als junger Mann verbrochen hatte? Hatte er da unten einen Nebenbuhler aus dem Weg geräumt, vergessen, wie der Berg reagieren konnte, und mit dem Schuss die Katastrophe ausgelöst? Junge Männer neigten zu Kurzschlusshandlungen, das wusste Elin aus ihrer Erfahrung als Kommissarin.

Auf jeden Fall musste sie sich Rückendeckung holen. Sie traute Repsen zu, dass er einfach an ihr vorbeistürmte, und sie durfte auf keinen Fall riskieren, Gewalt anwenden zu müssen. Sie zückte ihr Handy, wählte Küppersbuschs Nummer. Der ging sofort ran.

«Frau Akay, bin unterwegs. Stecke noch im Stau. Scheint ein Unfall zu sein.»

«Sie können mir trotzdem helfen. Bürgermeister Repsen möchte den Tatort betreten, ich versuche, ihn daran zu hindern, aber er setzt mich unter Druck.»

Repsen funkelte sie kalt an, machte aber keine Anstalten weiterzugehen.

«Geben Sie ihn mir.» Die Stimme im Telefon klang grimmig wie das Knurren eines Wolfs, aber Elin war sich sicher, auch einen Funken Freude darin zu hören.

Sie reichte ihr Handy weiter.

Repsen sah sie misstrauisch an, nahm es, als könnte es

jeden Moment explodieren, hielt es sich ans Ohr, wollte etwas sagen, schwieg aber dann. Seine Miene versteinerte, sein Unterkiefer spannte. Nach knapp dreißig Sekunden gab er Elin das Handy zurück, ohne sie anzusehen. Wortlos drehte er sich um und zog mit seinen Bodyguards ab.

«Frau Akay?», krächzte es aus dem Handy.

Elin hob es ans Ohr. «Ja? Ich bin da.»

«Ist er weg?»

«Ja. Er schien nicht glücklich.»

«Sie haben alles richtig gemacht, ich danke Ihnen. Repsen hätte die Ermittlungen gefährdet, hätten Sie ihn nicht aufgehalten.»

«Keine Ursache», sagte Elin.

«Er kann froh sein, dass wir seinen kleinen Ausrutscher vergessen, nicht wahr? Er steht momentan unter enormem Druck», sagte der Oberstaatsanwalt.

Sie war überrascht. Küppersbusch nutzte die Gelegenheit nicht, Repsen einen mächtigen Kratzer in seiner Reputation zu verpassen. Offenbar hatte seine Abneigung gegen den Bürgermeister ihre Grenzen. Sie fragte sich, warum. Er hatte ihn ins Messer laufen lassen, und jetzt verschonte er ihn. Doch dafür war er auf Elin und ihr Stillschweigen angewiesen.

Sie stimmte Küppersbusch zu. Ihr hätte es ohnehin nichts gebracht, Repsen Ärger zu machen, indem sie seine Kompetenzüberschreitung öffentlich gemacht hätte. Letztlich hätte Aussage gegen Aussage gestanden, Repsen hätte behauptet, sie habe ihn aus bloßer Willkür zum Gehen aufgefordert und er hätte nie die Absicht gehabt, sich in die Ermittlungen einzumischen. Die Bodyguards hätten sich auf ihr Schweigerecht berufen. Und da Küppersbusch auf ihrer Seite stand, konnte sie den Vorfall nun für sich nutzen, selbst wenn sie die politischen Hintergründe seiner Entscheidung nicht durchblickte. Der Oberstaatsanwalt schuldete ihr einen Gefallen.

«Kein Thema, Herr Küppersbusch. Jeder hat mal einen schlechten Moment. Das könnte mir auch mal passieren.»

Küppersbusch atmete zufrieden aus, das konnte Elin sogar durchs Handy hören. «Wunderbar. Ich danke Ihnen, dass Sie Repsen nicht belangen werden. Sie haben was gut bei mir. Und scheuen Sie sich nicht, mich daran zu erinnern.»

Darauf können Sie wetten, dachte Elin, unterbrach die Verbindung und nahm sich vor, Politikern aus dem Weg zu gehen, wenn es irgend ging. Einen hatte sie sich auf jeden Fall zum Feind gemacht.

ESSEN, SCHACHT LUDWIG V
--- GEGENWART

Tim machte einen langen Schritt, drückte sich eng an das kühle Metallgerüst des Förderturms, wagte nicht zu atmen. Ein Polizist war auf ihn zugekommen, hatte ihn aber nicht sehen können. Nach der Pressekonferenz hatte Tim sich, seinem Instinkt folgend, unter der Absperrung durchgemogelt und an Repsens Fersen geheftet. Ein riskantes Manöver. Wurde er erwischt, gab es richtig Ärger. Man hätte ihn zu Elin gezerrt, und die hätte ihn einen Kopf kürzer gemacht. So aber war er Zeuge einer ungeheuerlichen Szene geworden, als der Bürgermeister sich vor Elin aufbaute. Er fragte sich, wann ein Staatsanwalt auftauchen würde oder ein hohes Tier vom Bergamt, mit dem Repsen aneinandergeraten würde, weil er sich auf für ihn verbotenem Terrain befand. Was für eine Schlagzeile! «Bürgermeister spielt Kommissar!»

Die Information, dass es ein 13. Opfer gab, war für Tim nicht neu gewesen – aber nicht wegen des Bergmanns, der alles ausgeplaudert hatte. In guter alter Tradition hatte er den Polizeifunk abgehört, was nicht so ganz einfach war, seit die Polizei mit gut zwanzig Jahren Verspätung den Digitalfunk eingeführt hatte. Ein White Hacker hatte ihm Zugang verschafft, und Tim nutzte sein Privileg umsichtig und vorsichtig. Zum einen sollte keiner seiner Kollegen davon wissen, auch sein Chefredakteur nicht, der ihm immer freie Hand ließ, solange eine heiße Story dabei herauskam. Zum anderen hatte er keine Lust, Ärger mit der Staatsanwaltschaft zu bekommen. Den Polizeifunk abzuhören war kein Kavaliersdelikt, es war eine Straftat, das wusste er nur zu gut. Es war eine Ironie des Schicksals, dass er in seinem Ersten Staatsexamen einen Fall hatte lösen müssen, in dem ein Journalist genau diese Straftat begangen hatte.

Tims Meinung nach sollte der Polizeifunk regelmäßig von neutralen Beobachtern mitgehört werden, um das Fehlverhalten von Polizisten zu entlarven. Die meisten Beamten versahen ihren Dienst nach bestem Wissen und Gewissen, aber überall gab es schwarze Schafe, bei der Polizei ebenso wie in der Politik. Zu denen gehörte Torben Repsen, Bürgermeister von Essen, davon war Tim überzeugt, obwohl er noch keine gerichtsfesten Beweise hatte. Aber er stand kurz davor, spürte, dass der entscheidende Hinweis, die entscheidende Spur quasi vor seinen Füßen lag. Er musste sie nur erkennen.

Bei der Konferenz vor dem Förderturm von Zeche Ludwig hatte Tim sich bedeckt gehalten, hatte den Kollegen von ARD und ZDF den Vortritt gelassen. Als Repsen dann wie ein Elefant im Porzellanladen aufgetreten war, waren für ihn weniger die Antworten des Bürgermeisters interessant gewesen als die Tatsache, dass der Mann mit zwei Bodyguards auflief. Was sollte das? Hatte er sich mit der Mafia angelegt? Mit einem Clan? Oder blies er sich nur auf, für die Öffentlichkeit? Nein, er fürchtete etwas oder jemanden.

Über den Polizeifunk hatte er bereits erfahren, dass Elin Akay die Ermittlungen leitete. Sie hatte ihn nur kurz angesehen, und ihm war es eiskalt über den Rücken gelaufen. Ihr Blick war eindeutig gewesen: Du hast meiner besten Freundin das Herz gebrochen. Am liebsten würde ich dich im tiefsten Schacht des Ruhrgebiets versenken und tausend Tonnen Beton draufkippen. Er war Elin nicht böse, er konnte sie gut verstehen. Dennoch war er froh, dass sie ein Mensch war, der durch und durch nach Recht und Gesetz handelte. Selbstjustiz kam für sie nicht infrage, sie hätte ihm niemals ernsthaft geschadet, obwohl er es verdient hatte. Die Sache mit Jana hatte er wirklich gründlich verbockt, anders konnte man es nicht ausdrücken. Er hatte inoffizielle Informationen von ihr für einen Artikel verwendet, und es wäre fast zur Katastrophe gekommen, weil ein Mob fast einen Unschuldigen gelyncht hätte. Sie hatte nichts gegen ihn unternommen, außer dass sie ihn rausgeschmissen und sie ihre Freunde und Bekannten vor ihm gewarnt hatte. Dass er Janas Vertrauen missbraucht hatte, war innerhalb einer Woche jedem zu Ohren gekommen. Immerhin hatte er in den anschließenden Ermittlungen ihren Namen aus dem Spiel halten können. Obwohl ein Staatsanwalt ihm mit Erzwingungshaft gedroht hatte, war er standhaft geblieben. Ebenso wie Wintersturm es heute täte, hätte ihm auch sein Ex-Chef das Fell über die Ohren gezogen, wenn er seine Quelle preisgegeben hätte.

Doch die Strafe, die er erhalten hatte, die konnte Elin kaum toppen. Wenn er an Jana dachte, zerriss es ihm das Herz. Er sehnte sich nach ihr, obwohl er wusste, dass sie unerreichbar war. Er hatte sie dermaßen hintergangen, ihr Vertrauen aus purem Egoismus so sehr verletzt, dass ihre Liebe zu ihm für immer gestorben war. Er schüttelte den Gedanken ab und lenkte seine Aufmerksamkeit wieder auf seine Beute, auf Torben Repsen, der gerade mit düsterer Miene in Richtung seines Wagens abzog.

Er beglückwünschte sich dazu, Repsen und Elin gefolgt zu sein, das Risiko, von Beamten rausgeschmissen zu werden, hatte sich gelohnt. Schade, dass Tim die kurze Auseinandersetzung zwischen den beiden nicht hatte aufzeichnen können, dafür war er zu weit weg gewesen. Und selbst wenn es ihm gelungen wäre, den peinlichen Auftritt und die Drohung festzuhalten, die Repsen Elin gegenüber ausgesprochen hatte, hätte es ihm nicht viel gebracht. Repsen hätte sicherlich Probleme bekommen, aber das war lange nicht genug. Tim wollte Machenschaften aufdecken, die weit über einen kleinen Einschüchterungsversuch einer Kommissarin hinausgingen.

Elin war in das Zelt der Gerichtsmedizin verschwunden, wo die Gebeine der Bergmänner untersucht wurden. Zu Professor Lüderitz hatte Tim guten Kontakt, er brachte regelmäßig Artikel über dessen Arbeit, und zwar nicht im Lokalteil, sondern überregional. Manche nannten Lüderitz den «Bones aus dem Pott», aber seine Realität sah natürlich ganz anders aus. Die hatte mit der Hochglanzserie nichts zu tun. Lüderitz hatte ihm bereits ein Exklusivinterview zu diesem Fall angeboten, sobald die Nachrichtensperre aufgehoben war. Es ging doch nichts über gute Vernetzung.

Sein Handy piepte. Der Chef. Harald Wintersturm. Von der größten Boulevardzeitung Deutschlands zum Chefredakteur der *Neuen Rhein-Ruhr-Zeitung* bestellt, mit klarem Auftrag: die Auflage verdoppeln. Sein Rezept: die Großkopferten ins Visier nehmen, investigativer Journalismus, bohren, bis man etwas fand, den kleinen Leuten ein Sprachrohr sein. Tim kam das gelegen, Wintersturm ließ ihn machen, dafür forderte er Leistung, Ergebnisse. Storys mit Impact, mit Wirkung. Immer hochemotional und am besten mit Verbrechen kombiniert.

Tim ging ran.

«Schon was Brauchbares?»

«Haue es sofort ins Handy. Das Wandernde Dutzend im Berg ist aufgetaucht plus einen Bonus in Form eines 13. Opfers. Sehr wahrscheinlich Mord.»

Wintersturm schaltete sofort. «Was ist mit Repsen?»

«Der ist nervös.»

«Was Handfestes? Können wir aufmachen mit ‹Held von Zeche Wilhelmshöhe in Mord verwickelt?›»

«So weit sind wir noch nicht. Repsen würde uns die Hölle heißmachen. Ich stelle mir vor: ‹Das 13. Opfer. Die Tragödie von Zeche Wilhelmshöhe.› Repsen nehmen wir uns später vor.»

«Okay, Harms. Gekauft. Aber beeilen Sie sich. Wir haben noch vier Wochen bis zur Wahl. Ich will Repsen fallen sehen. Am besten schießen wir ihn drei Tage vorher an. Das kann er nicht mehr einfangen.»

«Alles klar, Chef.»

Wintersturm legte auf.

Tim wusste, sein Chef hatte nichts persönlich gegen den Mann, er gehörte sogar derselben Partei an wie er. Aber er brauchte Stoff, um die Auflage nach oben zu treiben. Ein Bürgermeister, der unter Mordverdacht stand, war dafür bestens geeignet. Besser noch als einer, der im Verdacht stand, vor 34 Jahren zahlreiche Bergleute um ihr Vermögen gebracht zu haben.

Aber so jemand war nicht so leicht zu erlegen.

ESSEN, SONNENKLINIK
--- GEGENWART

Es wurde bereits hell, eine warme Frühlingsbrise wehte, der Sommer versprach wieder heiß zu werden. Ein Taxi brachte Jana und Werner zur «Sonnenklinik», am Stadtrand von Essen, auf einem Hügel, eingebettet in ein Wäldchen, wo es wunderbar nach Fichten roch. Sie hätte nie gedacht, dass sie Werner eines Tages hierher würde bringen müssen. Es fühlte sich merkwürdig an, dabei war Siegfrieds Privatklinik ein Paradies gegenüber der geschlossenen Abteilung der Essener Psychiatrie. Sie hatte immer ein ungutes Gefühl, wenn sie jemanden in die Geschlossene einweisen musste, denn das war eine harte Maßnahme, sie beraubte diesen Menschen all seiner Freiheitsrechte und lieferte ihn einem System aus, das nicht immer einfühlsam mit den Patienten umging. Aber oft hatte sie keine Wahl, und es war trotz der widrigen Umstände besser für die Betroffenen und ihr Umfeld. Werner war in der Sonnenklinik bestens aufgehoben. Er konnte, wann immer er wollte, die Klinik verlassen, aber er hatte eingewilligt, so lange hierzubleiben, wie es nötig war, und akzeptiert, dass man ihn daran erinnerte, sollte er es sich anders überlegen.

Jana bat den Taxifahrer zu warten. Sie führte Werner zum Empfang, der in einer Gründerzeitvilla untergebracht war. Daneben erhob sich ein Trakt, der neueren Datums war, sich aber kongenial an die Architektur der Villa anlehnte. Siegfried hatte lange mit sich gerungen, die alten Versorgungsgebäude, das Verwalterhaus, eine Scheune, eine Schmiede und einen Pferdestall abzureißen, aber sie waren zu marode gewesen, eine Sanierung hätte keinen Sinn gemacht. Er hatte allerdings keine Kosten gescheut, den Parkcharakter des Geländes zu erhalten. Der neue Trakt lag eingebettet zwischen uralten Platanen, mit Kopfsteinen gepflasterte Wege führten vorbei an einem Teich mit Fontäne, eine Rotunde lud zum Verweilen ein. Manchmal wünschte sich Jana, hier ein paar Tage ausspannen zu können. Siegfried hätte ihr mit Freuden Asyl gewährt, aber länger als einen Tag Untätigkeit hätte sie nicht ertragen.

Sowohl im neuen Trakt als auch im Hauptgebäude gab es keine Flure mit Linoleumböden, keine Glasscheiben zwischen Patienten und Personal, sondern gediegene Bürgerlichkeit mit Teppichen, Sesseln mit gedrechselten Beinen, angenehmem weichem Licht und dem Geruch nach frisch gemähter Wiese.

Der Empfang wusste Bescheid, ein freundlicher Pfleger mit warmer Stimme und Kampfsportausbildung holte Jana und Werner ab und brachte sie ins Untersuchungszimmer, wo eine Ärztin wartete, die sie herzlich begrüßte, Werner mit großer Behutsamkeit untersuchte und sich aufmerksam anhörte, was Jana zu sagen hatte, nicht nur weil sie Kolleginnen waren, sondern weil sie nicht unter Zeitdruck stand und ihren Job daher anständig machen konnte.

Werner ließ alle Prozeduren über sich ergehen. Jana verabschiedete sich bald, um nicht bei der Untersuchung zu stören, und ein weiterer Pfleger führte sie auf Werners Zimmer, das aussah wie in einem Vierstern ehotel. Große Fenster, Parkettboden, Doppelbett mit vier Kissen, Tagesdecke und Himmel, geräumige Toilette, getrennte Dusche und Badewanne, moderne Echtholzmöbel, Sitzecke mit einer gemütlichen Couch, Sekretär, 100-Zoll-Fernseher mit Internetanschluss, Telefon, Kühlschrank. Privatpatienten zahlten dafür um die achthundert Euro am Tag, hier tummelten sich die Reichen. Manche kamen selbst her, andere wurden von ihren Kindern hierher abgeschoben. Es war ein glücklicher Umstand, dass für Werner noch ein Zimmer, besser gesagt eine Suite, frei war, denn Siegfrieds Klinik war meist ausgebucht.

Werner traf kurz nach ihr ein, zog den gemütlichen Schlafanzug der Klinik an, fiel erschöpft auf sein Bett und war augenblicklich eingeschlafen. Der Pfleger deckte ihn zu. Jana warf noch einen Blick auf Werner, erinnerte sich an einen Tag, an dem sie sich mit ihren Eltern dermaßen gestritten hatte, dass sie fest entschlossen war, nach Berlin abzuhauen. Da war sie vierzehn gewesen, und die Pubertät hatte sie zu einem stacheligen Monster gemacht. Werner hatte ihr in allem recht gegeben und sie dann davon überzeugt, ihren Eltern noch eine Chance zu geben. Es war ein gutes Gefühl, ihm etwas von dem zurückzugeben, was er ihr gegeben hatte: Schutz und Verständnis in genau dem richtigen Moment.

Jana folgte dem Pfleger auf den Flur, dessen Wände Kunstwerke namhafter Künstler zierten, dazwischen Malereien von Patienten der Klinik. Jana konnte die einen nicht von den anderen unterscheiden.

«Ihr Freund ist hier bestens aufgehoben», sagte der Pfleger mit leichtem osteuropäischem Akzent. «Professor Maibaum hat mich instruiert. Er hätte Sie gerne persönlich gesprochen, aber ein weiterer Notfall ist dazwischengekommen. Sie können jederzeit vorbeikommen.»

Jana dankte ihm, verließ die Sonnenklinik und hatte das Gefühl, aus dem Paradies ins Jammertal Erde zurückzukehren. Sie wandte sich um, warf noch einen Blick zurück. Siegfried hatte ihr nach der Facharztausbildung angeboten, hier als Chefärztin einzusteigen. Sie hatte zwei Wochen mit sich gerungen und sich dann dagegen entschieden. Sie wollte nicht in einem goldenen Käfig sitzen, sie wollte mit ihrem Können den Menschen von der Straße helfen, vor allem denen, die sich eine teure Behandlung nicht leisten konnten. Deshalb übernahm sie regelmäßig Fälle pro bono, deshalb arbeitete sie für das Frauenhaus umsonst. Siegfried hatte ihre Entscheidung akzeptiert und ihr versichert, dass die Tür, wann immer sie es sich anders überlegen sollte, weit offen stand. Vielleicht würde sie sein Angebot annehmen, wenn sie eines Tages ausreichend desillusioniert war. Doch dieser Moment schien ihr sehr weit weg. Sie war glücklich und zufrieden mit dem, was sie hatte.

Jana stieg in das wartende Taxi, gab die Adresse ihrer Mutter an. Die Nacht war längst vorbei, die Müdigkeit kroch ihr das Rückgrat hoch. Es war acht Uhr, Mutter war sicherlich schon wach. Auf dem Weg nach Altenessen im Norden der Stadt sprang Jana bei ihrem Lieblingsbäcker rein, kaufte Röggelchen und Croissants.

In der Stadt drängelten sich die Autos, die Rushhour war im Gange, aber sie hatte Glück, der Taxifahrer kannte sich aus und vermied die besonders stauanfälligen Straßen. Bis nach Altenessen brauchten sie eine halbe Stunde, Jana fielen immer wieder die Augen zu, sie schüttelte mehrmals den Kopf, um wach zu bleiben. In diesem Zustand half kein Kaffee. Sie würde vielleicht noch ein oder zwei Stunden durchhalten, spätestens dann würde ihre Konzentration sinken. Das konnte sie sich nicht leisten. Ihr Dienst begann um vierzehn Uhr. Krankfeiern kam nicht infrage. Die forensische Psychiatrie Essen litt sowieso schon unter Personalmangel, wenn sie auch noch ausfiel, brach alles zusammen. Sie kramte ein Päckchen Ritalin aus der Handtasche, schluckte zwei Tabletten trocken. Siegfried hätte ihr eine Standpauke gehalten, hätte er sie dabei erwischt, ihr aber dann erklärt, wie man mit dem Zeug am besten umging, damit man die Kontrolle behielt. Bisher war ihr das geglückt, sie übertrieb es nicht, hielt sich an ihre eiserne Regel, maximal einmal im Monat zu den Tabletten zu greifen.

Vor dem Haus ihrer Mutter angekommen, reichte sie dem Taxifahrer einen Hunderter. Er wollte ihr zehn Euro Wechselgeld zurückgeben, aber sie winkte ab. Sichtlich gut gelaunt wünschte er ihr einen guten Tag und fuhr davon. Sie blickte ihm hinterher. In gewisser Weise beneidete sie den Mann. Aber nur für einen Augenblick. Ein solch eintöniger Beruf würde sie in den Wahnsinn treiben.

Noch bevor sie den Schlüssel in der Hand hatte, öffnete sich die Tür, ihre Mutter trat heraus und nahm sie in die Arme. Jana genoss das Gefühl, aufgehoben zu sein, gleichzeitig spürte sie, dass Mutter noch mal abgenommen hatte. Der Verlust ihres Mannes zehrte an ihren Reserven.

Jana löste sich von ihr, hielt die Brötchentüte hoch.

«Früher hast du mich gemästet, jetzt bin ich an der Reihe.»

«Komm erst mal rein, bevor du Erziehungsmaßnahmen androhst.» Die Stimme ihrer Mutter hatte dieses leichte Vibrieren, das von unterdrückter Trauer herrührte. Sie riss sich zusammen, so wie sie sich ihr ganzes Leben lang zusammengerissen hatte.

Jana streifte sich die Schuhe an der Fußmatte ab, die sie mit einem Glückauf begrüßte. Alles in diesem Haus erzählte vom Leben einer Bergmannsfamilie. Es war klein, aber es gehörte ihren Eltern seit vielen Jahren, den Kredit hatten sie bis auf den letzten Cent zurückgezahlt. In dem kleinen Garten hinter dem Haus war so manches Kaninchen aufgewachsen und hatte schließlich sein Leben im Schmortopf beendet, meist zusammen mit dem Gemüse, das ihre Mutter angepflanzt hatte. Vor allem Rosenkohl. Jana liebte ihn noch heute. Obwohl ihre Mutter seit jeher jeden Zentimeter Garten nutzte, hatte sie für Jana damals einen Sandkasten angelegt, gerade so groß, dass sie, ihr Schüppchen und ihre Lieblingsförmchen hineingepasst hatten. Der Sandkasten war immer noch da, abgedeckt mit einer Plane, die Vater aus dem Bergwerk mitgebracht hatte. Wie so vieles, das in einem Haus gebraucht wurde, das ein Bergmann instand hielt. Dachziegel, Pech, Farbe, Nägel, Dachlatten. Alles zum Nulltarif.

Die Ikea-Küche hatte sich seit dreißig Jahren nicht verändert. «Warum Dinge wegwerfen, die noch in Ordnung sind», hatte Vater immer gesagt. «Wir werden ja auch nicht einfach ins Grab geworfen, nur weil wir alt sind und das ein oder andere Zipperlein haben.»

Inzwischen war Retro wieder in, Möbelhäuser legten neue Kollektionen auf, angelehnt an den Stil der Achtziger und Neunziger. Der Herd, der Kühlschrank und die Spülmaschine hatten nach zwanzig Jahren ausgetauscht werden müssen. Aber die Küche blieb.

Mutter hatte bereits den runden Fichtenechtholztisch gedeckt, mit drei Tellern, drei Messern, drei Eierbechern und drei Tassen, hatte Kaffee und Eier gekocht. Jana hatte lange mit sich gehadert, ob sie Mutter davon abbringen sollte, für Vater mit zu decken. Doch ihr war klar geworden, dass nur sie selbst es war, der das dritte Gedeck wehtat. Für Mutter war es ein Ritual, dass es ihr leichter machte, ihren Mann zu verabschieden, der noch immer jeden Tag mit ihr teilte, auch wenn er nicht mehr da war. Jana schluckte die aufsteigende Trauer hinunter, drückte die Tränen weg. Gut, dass Mutter gerade den Kaffee holte und sie nicht sehen konnte. Sie wollte sie nicht auch noch mit ihrem Schmerz belasten.

Jana strich über die Margeriten aus dem Garten, die in einem Bierhumpen standen, den Vater als Vase auf die Fensterbank gestellt hatte und der seitdem dortgeblieben war. Es faszinierte sie immer wieder, welche Erträge ihre Mutter aus den paar Quadratmetern Erde herausholte. Schon der Gedanke an die wunderbaren Pflanzen, die dort wuchsen, und die Liebe und Sorgfalt, mit der Mutter sie hegte und pflegte, machte ihr die Seele leichter.

Mutter schenkte ein, füllte reichlich Milch in ihre Tasse und gab drei Löffel Zucker obendrauf. Sie liebte Süßes, dennoch nahm sie nicht zu, sondern ab. Jana wusste, wie viel Energie es sie kostete, Tag für Tag die Trauer davon abzuhalten, ihren Lebenswillen zu überwinden. Jana trank den Kaffee schwarz, ohne alles.

«Hast du überhaupt geschlafen, Kind? Du siehst furchtbar aus. Nach dem Frühstück gehst du duschen und ziehst frische Kleider an», sagte Mutter schon fast streng, mit einem leichten Vorwurf in der Stimme.

Jana musste lächeln. Mutter blieb Mutter, aber sie hatte recht. Jana sah wahrscheinlich so müde aus, wie sie sich fühlte. Zum Glück hatte sie die Hälfte ihrer Sachen hier deponiert, sie verbrachte, wann immer es ging, den Abend und auch die Nacht in ihrem Elternhaus, auch wenn Cat davon nicht begeistert war. Mutter hatte vorsichtig gefragt, ob sie nicht ganz einziehen wollte, Jana hatte ebenso vorsichtig abgelehnt.

Sie musste gähnen, sie fühlte sich wie erschlagen, noch wirkte das Ritalin nicht.

«Was war los?»

Mutter wusste nichts von dem Fund auf Zeche Ludwig V. Sie vermied es, Nachrichten zu hören, die *Neue Rhein-Ruhr-Zeitung* hatte sie abbestellt, eine Woche nachdem sie Vater beerdigt hatte. Sie wollte nicht ständig mit schlechten Nachrichten über Krieg und Seuchen überschüttet werden, die nichts mit ihr zu tun hatten. So war das schon immer gewesen. Die Zeitung hatte nur Vater gelesen, und wenn er fertig war, Jana, sobald sie es konnte. Sie wollte alles wissen, was ihr Vater wusste, und noch viel mehr.

Sie setzte die Tasse ab, schaute ihrer Mutter in die Augen. «Ich vermisse ihn so. Jeden Tag.»

Ihre Mutter legte ihr eine Hand auf den Unterarm. «Das wird nie vorübergehen. Diese Wunde wird sich nie schließen, wird immer schmerzen.» Sie nahm sich ein Croissant, schnitt es durch, schmierte dick Butter darauf, biss hinein und verzog das Gesicht. «Ich weiß, ich muss essen.» Sie schluckte, biss noch einmal ab, kaute, schluckte, wie eine Maschine. Starrte auf den Tisch, schwieg. So wie früher. Sie war nie sehr gesprächig gewesen, und wenn sie etwas erzählte, ging es um den Garten, den Einkauf, das neueste Putzmittel.

Mit Vater hatte Jana stundenlang über alles Mögliche reden können. Sie waren in vielem nicht einer Meinung gewesen, in einer Sache aber immer: Sie respektierten die Ansicht des anderen, sie wurden nie persönlich. Ein wunderbares Geschenk.

Jana nahm noch einen Schluck Kaffee und spürte, wie das Ritalin plötzlich anschlug. Ihr Kopf klarte auf, ihre Stimmung besserte sich. Sie musste ihrer Mutter erzählen, was geschehen war, sie aus ihrer Lethargie reißen.

«Mama, das Wandernde Dutzend ist aufgetaucht. Werner hat sie gefunden, auf Sohle sieben. Zeche Ludwig V. Und einen weiteren Toten. Sehr wahrscheinlich ein Mordopfer.» Sie beobachtete ihre Mutter, die von ihrem Croissant zu ihr aufsah. «Werner ist stationär in der Klinik von Professor Maibaum, auf der Privatstation. Er ist in besten Händen.»

«Aber das kann er doch gar nicht bezahlen.»

So war Mutter. Zuerst kam die Haushaltskasse, dann der Rest. Sie hatte immer das Geld verwaltet, und damit waren sie gut gefahren, waren nie in Schwierigkeiten geraten. Vater hatte als Steiger gut verdient, aber das Haus und Janas Ausbildung hatten das meiste verschlungen. Als sie vorgeschlagen hatte, etwas zurückzuzahlen, hatten ihre Eltern empört abgelehnt.

«Professor Maibaum will kein Geld. Werner ist ein Freund der Familie, deshalb.»

«Aber ...»

«Kein Aber, Mutter. Werner braucht die beste Versorgung, die er kriegen kann. Und die hat er dort. Durch den Fund ist alles wieder hochgekommen. Es hat ihn richtig umgehauen.»

Ihre Mutter schüttelte nur den Kopf. «Unfassbar. Nach vierunddreißig Jahren. Meinst du, ich sollte ihn besuchen?»

«Das ist eine gute Idee, aber noch ist es zu früh. Er braucht Ruhe.»

Janas Handy meldete sich mit den ersten Takten der d-Moll-Toccata von Bach, gespielt auf der Passauer Domorgel, der größten Kirchenorgel Europas.

«Entschuldige, das ist Elin, da muss ich ran.» Sie nahm das Gespräch an. «Elin, alles klar?»

«Ja, fast. Und bei dir?»

«Alles gut. Ich bin bei meiner Mutter, frühstücken.»

«Dann musst du dich ja nicht erst setzen.»

Jana wollte gerade nach ihrer Kaffeetasse greifen, hielt aber in der Bewegung inne. «Was ist denn?»

«Wir haben das 13. Opfer identifiziert.»

«Ach. So schnell?»

«Du wirst es nicht glauben. Es ist wirklich skurril. Lüderitz und seine Leute haben noch mehr Artefakte gefunden. Beinschoner, drei Grubenlampen, eine fast vollständig erhaltene Arbeitshose Größe 54. Und Schuhe. Arbeitsschuhe mit

Stahlkappen von Bergleuten. Aber ein Schuh tanzt aus der Reihe. Es ist ein Straßenschuh, erlesene Qualität. Maßanfertigung. Der Schuster hat sich in der Sohle verewigt, seinen Namen und seine Adresse mit einer Punze eingestanzt.»

«Und den Namen des Kunden», schloss Jana.

«So ist es. Der Mann heißt Rudolf Mergent.»

«Rudolf Mergent? Nie gehört. Wer ...»

Neben Jana polterte es. Ihre Mutter war aufgesprungen, sie war weiß wie die Wand.

«Was ...», flüsterte sie, stützte sich mit einer Hand am Tisch ab, der sich bedrohlich zu neigen begann und dann kippte.

Jana machte einen Satz, Geschirr zerbrach, das Handy fiel ihr aus der Hand, sie schaffte es nicht, den Sturz ihrer Mutter aufzuhalten, aber sie konnte einen harten Aufprall verhindern. Reglos lag Mutter auf dem Boden. Reflexartig prüfte Jana Puls und Atmung. Beides schwach. Ihr Herz raste. Nicht auch noch ihre Mutter. Sie durfte nicht sterben, das würde sie nicht ertragen.

ESSEN-ALTENESSEN, 8. JUNI 1989
––– VERGANGENHEIT

«Bernd, kommst du zum Essen?»

Franziska erschrak über ihre eigene Stimme. Sie hatte fast geschrien, obwohl Bernd im Garten war und die Terrassentür aufstand. Er hätte sie auch gehört, wenn sie nur halb so laut gerufen hätte. Aber sie war nervös. Sie musste mit ihrem Mann reden. Jetzt. Sie konnte es nicht weiter vor sich herschieben.

Seit Wochen nagte immer derselbe Gedanke an ihr. Was, wenn Bernd mit der Sache was zu tun hatte? Er hatte so viel verloren, sein ganzes Erbe war dahin, das hart Ersparte, alles hatte ihm dieser Betrüger abgenommen. Bernd hätte guten Grund gehabt, wütend zu sein. Sie wusste nicht, was sie tun würde, wenn er aus Wut etwas Furchtbares gemacht hatte. Was sie fühlen würde. Ob sie es noch mit ihm aushalten könnte.

Sie war gestern, am Samstag, extra beim Hövekamp gewesen, um ein schönes Stück aus der Oberschale vom Pferd zu kaufen. Es sollte ja ein richtiger rheinischer Sauerbraten werden und nicht so ein Verschnitt mit Rindfleisch, auch wenn die Wefings immer davon redeten, man solle kein Pferd essen, die seien wie Katzen oder Hunde, quasi Familienmitglieder. Die hatten keine Ahnung, hatten nie Hunger geschoben, so wie ihre Eltern im Krieg und vor allem danach. Da landete alles im Topf, außer den Nachbarn, hatte ihr Vater immer gesagt. Außerdem schmeckte ein guter Pferdebraten einfach besser.

Bernd kam herein, zog sich die Gartenschuhe aus, die voller Schlamm waren. Es hatte ausgiebig geregnet die letzten

Tage, es war an der Zeit, den Kompost unterzugraben, damit der Boden lockerer wurde. Seit sie das Haus hatten, kämpften sie gegen den hohen Lehmanteil im Boden an. Aber die Mühe lohnte sich, denn was immer Franziska säte, es gedieh prächtig.

«Ich bin noch nicht taub, Franzi, alle Nachbarn wissen jetzt, dass es Essen bei uns gibt. Am Ende laden sie sich noch selbst ein, und dann haben wir das Nachsehen.» Er lachte, umfasste von hinten ihre Hüfte und gab ihr einen Kuss in den Nacken. Es kribbelte herrlich, und sie musste sich zusammenreißen, bei der Sache zu bleiben.

Sie machte sich los. «Bernd Fäller, du alter Schwerenöter, setz dich hin, oder du kriegst heute nichts zu essen.»

Er hauchte ihr noch ein «Ich liebe dich» ins Ohr, dass es ihr heiß über den Rücken lief, dann setzte er sich, nahm Messer und Gabel in die Fäuste und sang: «Wir haben Hunger, Hunger, Hunger, haben Hunger, Hunger, Hunger, haben Durst.»

«Du alter Kindskopf!» Sie packte ihm vier Kartoffeln auf den Teller, dazu zwei Kellen Rotkohl und vier Scheiben Sauerbraten. «Damit du still bist. Sonst kommt noch die Polizei wegen Lärmbelästigung.»

«Das will niemand, Franzi, also werde ich schweigen. Vor allem, weil man ja nicht mit vollem Mund singen soll.»

Franziska wurde warm ums Herz. Bernd war immer fröhlich, fast nichts konnte ihm die Laune verderben. Nur bei einer Sache verdunkelte sich sein Blick, dann wurden seine Augen zu bösen Schlitzen, und sie hatte Angst, dass er etwas Unbedachtes tat. Oder schon getan hatte.

Sollte sie ihn wirklich darauf ansprechen? Würde er ihr nicht zu Recht vorwerfen, dass sie ihm nicht vertraute? Dass sie ihn nicht wirklich liebte, weil sie es für möglich hielt, dass er ein solches Verbrechen beging? Aber was, wenn er doch etwas damit zu tun hatte? Und falls er jemanden getötet hatte, würde er das überhaupt zugeben? Würde sie es? Niemals. Auch nicht Bernd gegenüber. Sie würde alle Eide schwören, dass sie unschuldig war, und Bernd vorwerfen, dass er ihr nicht vertraute. Spielte es überhaupt eine Rolle, ob sie es wusste oder nicht?

Der Mann, um den es ging, war kein Verlust für die Welt, im Gegenteil. Außerdem war er ja nur verschwunden, wahrscheinlich hatte er sich mit dem ganzen Geld abgesetzt, das er sich erschlichen hatte, um dem Zorn der Bergleute zu entgehen. Das zumindest war die offizielle Version.

Aber eine Bemerkung von Werner ging ihr nicht aus dem Kopf. Der hatte neulich bei Tante Millies gemeint, dieser Mergent, der würde nicht mehr wiederkommen, da sei er sich ganz sicher. Bernd und die anderen hatten stumm genickt und dann die Gläser gehoben, sich zugeprostet. Es hatte geklungen, als hätten sie Mergent verschwinden lassen. Aber genauso gut konnte es doch sein, dass Werner diesen Mergent für einen Feigling hielt, der geflohen war, mit Bernds Geld, mit Werners Geld, dem Geld der Kollegen, und sich jetzt irgendwo ein schönes Leben machte.

Sie konnte es drehen und wenden, wie sie wollte, nichts war sicher, nichts war klar. Nur eins. Sie dachte an die Heirat, die noch keine drei Monate her war. An ihr Versprechen. Dass sie zu ihm halten würde, in guten wie in schlechten Zeiten. Sie betrachtete Bernd, der sich ein Stück Sauerbraten in den Mund schob und vor Vergnügen die Augen verdrehte. Den sie so sehr liebte, dass es manchmal schmerzte. Sie hatte von einigen Freundinnen gehört, dass ihre Männer sich nach der Heirat plötzlich verwandelt hatten, in Paschas, Despoten, Faulenzer und Schmutzfinken. Nicht so Bernd. Er war genauso, wie er immer gewesen war. Liebevoll, zärtlich, fleißig, leidenschaftlich, ein Kavalier auf der ganzen Linie. Sie lächelte. Wenn er daran beteiligt war, diesen Mergent verschwinden zu lassen, dann sprach das doch irgendwie auch für ihn. Ein Mann der Tat, der schützte, was er liebte, der verteidigte, was ihm zustand. Ja, dieser Mann sollte der Vater ihrer Kinder sein. Also vertrieb sie die dunklen Gedanken, fasste sich an den Bauch, legte ihre rechte auf seine linke Hand.

«Bernd?»

«Ja, Schatz?»

«Ich bin schwanger.»

ESSEN, SCHACHT LUDWIG V
––– GEGENWART

Noch immer waren sie vor Ort, an Schacht V von Zeche Ludwig. Die Stunden waren nur so verflogen, es war hell, der Berufsverkehr rauschte vorbei.

Elin hörte Jana stöhnen und ein dumpfes Geräusch, wie von einem Aufprall.

«Schick einen Rettungswagen», keuchte sie. «Meine Mutter. Sie ist zusammengebrochen.»

Elin holte tief Luft, hielt eine Hand vors Handy, damit Jana am anderen Ende nicht die Trommelfelle platzten. «Einen RTW in die Basunestraße 1, sofort!», brüllte sie, dass alle Umstehenden zusammenzuckten.

Holger hatte ebenfalls sein Handy am Ohr und sprach ruhig, dann legte er auf und nickte Elin zu.

«Ist unterwegs, Jana», sagte sie in ihr Handy.

«Danke. Warte mal.» Janas Stimme klang wieder vollkommen ruhig, sie hatte sich sofort wieder gefangen. Sie wusste, dass Panik handlungsunfähig machte, und wenn Jana etwas hasste, dann die Kontrolle über sich und die Situation zu verlieren.

Sie schien das Handy wegzulegen, Elin hörte sie gedämpft sprechen. Dann war sie wieder da.

«Okay, sie ist zu sich gekommen, trotzdem will ich, dass sie durchgecheckt wird. Sie muss ins Krankenhaus, und wenn ich sie eigenhändig dorthin schleppen muss. Ich melde mich wieder, Elin. Danke.»

«Pass auf dich auf.»

«Mach ich, versprochen.»

Jana legte auf, Elin seufzte. Hoffentlich hatte ihre Mutter

nur einen kleinen Schwächeanfall und nichts Ernstes. Sie wollte sich nicht vorstellen, wie es Jana gehen würde, sollte ihre Mutter auch sterben, so kurz nach dem Tod ihres Vaters.

«Elin, kommst du?» Holger winkte ihr und zeigte auf Oberstaatsanwalt Küppersbusch, der gerade aus dem Wagen stieg, das Handy am Ohr. Er sah sie, deutete mit einer Kopfbewegung an, dass er gleich fertig wäre, drehte sich beim Telefonieren langsam um die eigene Achse. Er steckte sein Handy ein, machte ein paar Schritte auf Elin zu, reichte ihr die Hand, dann Holger, der neben ihr stand.

«Guten Morgen.» Er räusperte sich. «Sie waren die ganze Nacht wach, nehme ich an?»

Elin besaß die praktische Eigenschaft, ein oder zwei Nächte durcharbeiten zu können, ohne sich aufputschen zu müssen. Am besten ging das, wenn sie zwischendurch eine halbe Stunde schlief, dann war sie wieder fit und wach.

Elin und Holger nickten gleichzeitig.

«Sie sollten bald etwas schlafen.»

Elin wollte etwas entgegnen, aber Küppersbusch winkte ab. «Ich weiß. So ist halt der Job. Immerhin habe ich gute Neuigkeiten.» Er zeigte auf sein Handy. «Das war Repsen.» Küppersbusch grinste. «Er hätte mir sein Haus vermacht, damit ich ihn nicht verpetze. Er lässt Sie grüßen und entschuldigt sich bei Ihnen. Die Erinnerungen hätten ihn übermannt, sonst hätte er niemals so gehandelt, behauptet er. Ich habe ihm gesagt, dass wir nicht darauf bestehen, diesen kleinen Ausrutscher ins Protokoll aufzunehmen. Wie besprochen, Frau Akay. Geht das in Ordnung?»

«Wie besprochen.»

«Wunderbar. Dann zur Sache. Lüderitz hat einen Schuh mit einem Namen gefunden, richtig?»

«Richtig, der Name ist Rudolf Mergent.»

«Das Opfer?»

Elin wusste, dass Küppersbusch ungern unnötig Geld ausgab. Doch der Schuh alleine war noch kein Beweis für die Identität des 13. Opfers. Der Erschossene konnte auch ein Bergmann sein oder jemand ganz anderes. Das musste ihm klar sein.

«Wir müssen DNA-Untersuchungen beauftragen, Herr Küppersbusch.»

«Was ist mit dem Zahnstatus?»

Elin winkte ab. «Nach über dreißig Jahren? Den Jackpot knacken ist wahrscheinlicher. Viel wahrscheinlicher.»

Küppersbusch verzog das Gesicht, Holger schürzte die Lippen. Er kannte Küppersbusch. Besser als Elin, denn die beiden waren auf demselben Gymnasium gewesen. Nach dem Abitur trennten sich ihre Wege, hatte Holger erzählt, Küppersbusch studierte Jura, Holger ging in den Polizeidienst. Sie waren keine Freunde geworden, als sie beruflich wieder aufeinandertrafen, aber auch keine Feinde, sie begegneten sich auf professionelle Weise, höflich, respektvoll und immer sachlich. Dennoch wurde Elin das Gefühl nicht los, dass irgendetwas zwischen den beiden war. Vielleicht würde Holger sie in das Geheimnis einweihen, wenn sie sich besser kannten.

«Mir ist klar, dass wir an der DNA nicht vorbeikommen», sagte Küppersbusch. «Die anderen Opfer müssen ja auch identifiziert werden. Aber die Kosten dafür wird wohl die Ruhrkohle AG tragen, die ist schließlich für die Ewigkeitskosten verantwortlich. Ich schlage vor, dass Sie erst mal diesen Mergent unter die Lupe nehmen, Verwandte, Ehefrau, Kinder. Vielleicht gibt es noch Krankenakten, was auch immer. Sollte es keine Angehörigen geben, können wir uns die DNA schenken. Dann fehlt uns Vergleichsmaterial.»

Genauso wäre Elin auch vorgegangen. Das kleine Einmaleins des Handbuchs für Mordermittlungen. «Das macht Sinn.»

Küppersbusch räusperte sich. «Wunderbar. Eins noch. Ich möchte, dass Sie die Leitung der Soko übernehmen, die wir einrichten werden, Frau Akay. Ich denke, wir fangen mit acht bis zehn Kollegen an. Was meinen Sie?»

Sie zögerte einen Moment, dann nickte sie. Natürlich wollte sie die Leitung der Soko. Aber Küppersbusch sollte nicht merken, wie sehr. «Ganz gut für den Anfang. Wir müssen mit einer Menge Leute sprechen, die Spuren werden schnell in die Hunderte gehen, und sobald wir einen Aufruf machen, werden wir mit Hinweisen zugeschüttet.»

Küppersbusch nickte. «Sobald die Sache durch die Decke geht, stocken wir auf.» Für einen Moment huschte ein Schatten über sein Gesicht, er schwieg, hob den Blick, seufzte. «Mein Vater war Stahlkocher. Ein Freund von ihm ist in den Hochofen gefallen. Das hat er nie verwunden. Er hat den Job geschmissen und sich frühverrenten lassen. Aber das hat ihm auch nicht geholfen.» Einen Moment sagte niemand etwas, dann fuchtelte er mit der Hand durch die Luft, als wollte er eine Fliege verscheuchen. «Jetzt aber genug sentimentales Zeug gequatscht. Sie wissen ja, wie Sie mich erreichen. Ihre Nummer hat ab jetzt Vorrang.» Er sah Holger an. «Alles gut bei dir?»

Holger lächelte schmal, nickte.

«Wunderbar!»

Küppersbusch wandte sich um, zückte im Gehen sein Handy, tippte darauf herum, hob es ans Ohr und begann zu reden, sein Fahrer hielt ihm den Schlag auf, er glitt auf den Rücksitz, die Tür schlug zu, der Fahrer setzte sich hinters Steuer und ließ die Limousine langsam vom Gelände rollen.

«Warum hast du die Leitung nicht abgelehnt, Elin?», fragte Holger, in seiner Stimme schwang deutlich ein Vorwurf mit. «Glaubst du nicht, dass du befangen bist?»

«Eben nicht. Ich will Antworten. Wegen Jana, Werner Flemming, dem Bürgermeister, Tim Harms und dem Mordopfer.»

«Das sind eigentlich fünf Gründe, die Finger davon zu lassen. Vier Mal zu viele Emotionen. Das geht leicht nach hinten los.»

Elin hätte Holger gerne widersprochen, aber er hatte natürlich recht. Sie musste sich in Acht nehmen, musste die Kontrolle behalten, durfte zu keinem Zeitpunkt ihren Gefühlen erlauben, ihren Verstand zu überwältigen. Wie immer.

«Das krieg ich schon hin, Holger, mach dir keine Sorgen.»

«Keine Sorgen? Ich weiß schon jetzt, dass ich die nächsten Wochen nicht mehr ruhig schlafen werde.»

«Umso besser, dann kannst du gleich wach bleiben und noch mehr arbeiten. Wäre ja nichts Neues.»

Holger seufzte. «Womit habe ich das verdient?»

Elin grinste. «Das will ich gar nicht wissen.»

ESSEN, SALZMARKT
--- GEGENWART

Tim betrat das Redaktionsgebäude der *Neuen Rhein-Ruhr-Zeitung* am Salzmarkt, grüßte den Pförtner, der seit dreißig Jahren kontrollierte, wer Einlass begehrte in die heiligen Hallen der freien Presse und die weniger heiligen Hallen der Vermarktung von Informationen, Livestyle und Human-Touch-Storys. Es war Samstag, für Tim kein Grund, zu Hause zu bleiben. Er würde seine Überstunden irgendwann am Stück abfeiern, zumindest wollte er das. Bisher war es ihm nicht geglückt.

Noch immer durchflutete ihn ein Gefühl der Zufriedenheit und der Genugtuung, wenn er darüber nachdachte, ein angesehener Reporter zu sein, und er war stolz darauf, was er geschafft hatte. Als er die Zulassung als Anwalt verloren hatte, war Tim einen Monat lang nicht vor die Tür gegangen, hatte getrunken und gejammert. An einem Sonntagmorgen hatte eine Ausgabe der *Neuen Rhein-Ruhr-Zeitung* vor seiner Tür gelegen, ein Werbeexemplar. Am nächsten Morgen hatte er sich unter die Dusche gestellt, sich rasiert, seinen besten Anzug angezogen und sich in der Redaktion vorgestellt, mit einer Frechheit, die ihm heute fast unwirklich vorkam. «Mein Name ist Tim Harms», hatte er zum Chef vom Dienst gesagt. «Ich bin Fachanwalt für Strafrecht, und ich beherrsche das journalistische Handwerk. Man hat mir die Zulassung entzogen, also suche ich einen neuen Job – und Sie brauchen einen wirklich guten Gerichtsreporter, davon konnte ich mich anhand der Berichterstattung von gestern überzeugen. Ich bin der, den Sie suchen.» Der Chef vom Dienst hatte ihn gemustert und ihm wortlos ein Blatt Papier in die Hand gedrückt. Der erste Auftrag. Ein Gerichtstermin, der eigentlich nichts hergab. Einfache Körperverletzung. Aber Tim hatte eine große Story daraus gemacht. Ein Eifersuchtsdrama. Das war seine Eintrittskarte gewesen.

Dass die Redaktion direkt am Salzmarkt lag, war ein glücklicher Umstand. Hier pulsierte das Leben, es gab gute Kneipen und Restaurants, er fühlte sich wohl, kannte die meisten Gastronomen und Geschäftsleute. Manchmal pulsierte das Leben besonders heftig, wenn die syrischen und irakischen Clans in Auseinandersetzungen gerieten. Ganz praktisch wiederum, denn Tim musste nicht weit gehen, um mitten im Geschehen zu sein. Im letzten Jahr hatte es eine Massenschlägerei gegeben, Aufmacher für drei Tage und Auslöser für einen geharnischten Kommentar von Wintersturm, der die Polizei für unfähig erklärte, die Staatsanwaltschaft für träge und die verbrecherischen Clans für geistesgestört. Die Leserbriefe waren entsprechend gepfeffert gewesen, aber die Auflage war deutlich gestiegen.

Pläne für einen Umzug vom Salzmarkt weg in eine schickere Gegend lagen seit Jahren in der Schublade, aber der Einbruch der Werbeeinnahmen, Corona und Wintersturm, der sich nach der Schlägerei breit grinsend in seinem Chefsessel zurückgelehnt und verkündet hatte: «Das ist das pralle Leben. Wir bleiben auf jeden Fall hier!», hatten den Ortswechsel bisher verhindert.

Wintersturm hatte den Gesellschaftern ein Angebot gemacht: kein Umzug, dafür sollte die Redaktion verstärkt werden. Der Betriebsrat hatte den roten Teppich ausgerollt, große Pläne und Visionen waren präsentiert worden, und die Gesellschafter hatten schnell eingewilligt, denn so konnten sie einige Millionen sparen und, wenn der Plan aufging, einige Millionen mehr verdienen. Seitdem war Wintersturm bei den Kolleginnen und Kollegen nicht weniger gefürchtet, aber umso mehr respektiert.

Der Redaktionsraum lag im vierten Stock des quadratisch-praktischen Nachkriegsbaus. Wintersturm hatte aus den einzelnen winzigen Kabuffs ein helles Großraumbüro mit modernster Technik gemacht. Auf Großbildschirmen liefen alle relevanten Nachrichtensender, jeder Mitarbeiter verfügte über Breitbandinternet und Dienstlaptop, auf dem immer das neueste Betriebssystem und alles an Internetsecurity, was für Geld zu haben war, installiert war. Es gab eine Kaffeebar und ein Monster von Kühlschrank mit Softdrinks aller Art. Das Beste jedoch war die Klimaanlage. Dafür beneideten Tim viele Kollegen und Kolleginnen bei anderen Zeitungen, denen im Sommer die Brühe nur so den Rücken hinunterlief in den überhitzten, stinkenden Büros. «Journalisten brauchen einen kühlen Kopf und ein heißes Herz» pflegte der Chef ständig zu wiederholen. «Nicht umgekehrt.»

In der Mitte des Großraumbüros thronte Wintersturm in einem schalldichten Glaskasten, genannt «Die Hölle», und hatte jederzeit seine Untertanen im Blick. Alle wussten, wenn er die Rollos herunterließ und jemanden zu sich bestellte, gab es nur zwei Möglichkeiten: heftigen Anschiss oder großes Lob. Wobei Wintersturm kein Mann der lauten Worte war. Er zerlegte seine Opfer mit leiser Stimme, unwiderlegbarer Logik und großem Wissen über alles, was die betreffende Person betraf. Er führte über jeden ein Dossier, dessen Inhalt weit über das hinausging, was in der Personalakte zu finden war. Absolute Transparenz war sein Credo, aber nur, solange es nicht um seine eigene Person ging. Über ihn wusste Tim nicht viel, und das war ihm, das musste er zugeben, etwas unheimlich. Natürlich hatte er versucht, mehr über seinen Chef herauszufinden, aber er war nicht weit gekommen. Wintersturm schirmte seine Vergangenheit und sein Privatleben hermetisch ab.

Tim betrat die Redaktion. Er hörte gedämpfte Stimmen, manche besprachen etwas, andere telefonierten oder nuschelten ins Diktiergerät, die Kaffeemaschine blubberte, was sie fast immer tat, 24 Stunden am Tag, denn Wintersturm hatte eine Nachtschicht eingerichtet, mit einem eigenen Chef vom Dienst. Der *Neuen Rhein-Ruhr-Zeitung* entging nichts. Allein im letzten Jahr hatte er 14 Sonderausgaben drucken lassen und auf den Markt geworfen. Kostenlos. Die Werbekunden standen Schlange. Die Kühlschranktür fiel mit einem satten Plopp zu, ein Kronenkorken zischte.

Tims Schreibtisch stand in der dritten Reihe, Wintersturm brauchte nur wenige Schritte, um ihn zu erreichen. Darin war sein Chef eigen. Er schrieb keine Mails, er ging zu seinen Leuten hin, um etwas mit ihnen zu besprechen.

Tim grüßte hier und da, ließ sich auf seinen Stuhl fallen, loggte sich ins Redaktionssystem ein, hackte den Aufmacher runter und schickte ihn an Wintersturm.

Fünf Minuten später blinkte die Eins auf seiner Telefonanlage. Wintersturm wollte ihn sehen. Sofort.

Tim warf einen Blick auf die Rollos. Sie gingen runter. Für einen Moment packte ihn die Panik. Hatte er Mist gebaut? Irgendetwas übersehen? Ungenau recherchiert? Sein Chef hasste schlampige Recherche, deswegen hatte er schon einige Kollegen gefeuert.

Tim drückte sich aus seinem Sessel hoch, ging los, Wintersturm musste ihn durch die Lamellen beobachtet haben, denn er öffnete ihm die Tür, deutete auf den rötlich schimmernden ovalen Konferenztisch. Wintersturms Tafelrunde. Tim setzte sich. Und dann machte Wintersturm etwas, das er noch nie gemacht hatte. Er fragte Tim, ob er einen Kaffee wolle.

«Gerne.»

«Kein Zucker, viel Milch?»

Es wunderte ihn nicht, dass sein Chef seine Kaffeegewohnheiten kannte. Wahrscheinlich wusste er sogar über seine nächsten Arzttermine Bescheid und was er abends im Fernsehen schaute. Er nickte nur und bemühte sich, seine Gefühle in den Griff zu kriegen. Die schwankten zwischen Hoffnung und Panik. Zwei seiner Kollegen waren gefeuert worden, nachdem Wintersturm ihnen Kaffee angeboten hatte.

Der Chef stellte ihm eine große Tasse hin, die mit floralen Mustern bedruckt war, und sah ihn an. «Wir müssen immer für das Unerwartete bereit sein.»

Der Satz hing in der Luft, Tim konnte nicht ausmachen, wie er gemeint war. Eine Frage? Eine Feststellung? Die Einleitung des Rauswurfs? Neuer Job, neue Chance? Tim wusste nicht, wohin mit seinen Fingern, also griff er die Tasse, achtete darauf, nichts zu verschütten, und nahm einen kleinen Schluck. Der Kaffee schmeckte vorzüglich, deutlich besser als der aus der Redaktionskaffeemaschine, bei dem es weniger um Genuss und Status ging, sondern eher ums Koffein. Wahrscheinlich kostete ein Pfund dieses Kaffees so viel wie ein teurer Champagner. Tim schluckte, hörte das Blut in seinen Adern rauschen. Kam sich vor wie ein Anfänger, der zitternd vor seinem Chef steht und eine Standpauke erwartet.

Wintersturm setzte sich neben ihn. «Ich kenne die Gerüchte, was es anscheinend bedeutet, mit mir Kaffee zu trinken. Absoluter Quatsch. Ich werde Sie nicht rausschmeißen, im Gegenteil. Wenn Sie das geglaubt haben, dann sollten Sie sich mal mit Ihrem Selbstwertgefühl auseinandersetzen.»

Touché. Tim lächelte gequält, überlegte, ob er ehrlich antworten sollte. Wintersturm konnte austeilen, aber auch einstecken. Das war eine seiner guten Eigenschaften. Die Replik musste allerdings Niveau haben.

«Oder Sie sollten sich mit Ihrem Ruf innerhalb der Redaktion auseinandersetzen.»

Wintersturm grinste. «Okay. Angekommen. Jetzt aber zur Sache. Der Aufmacher passt. Ist schon unterwegs in den Satz. Sonderausgabe.»

Tim nickte nur. Dass sein Chef keinen Änderungswunsch hatte, war das höchste Lob, das man erwarten konnte, aber es wäre unklug gewesen, ihm gegenüber so etwas wie Freude zu zeigen. Für Wintersturm war es Standard, dass seine Leute druckreife Artikel abgaben.

«Ich bin Ihre Recherchen zu Repsen noch mal durchgegangen. Ist Ihnen was aufgefallen? Mit Blick auf die aktuelle Lage?»

Er sah seinen Chef an. Hatte er doch etwas übersehen? Etwas falsch interpretiert? Nein, darauf wollte Wintersturm nicht hinaus, das hätte er sofort angesprochen. Er wollte wissen, ob Tim in der Lage war, eine treffende Analyse anhand neuer Informationen zu erstellen. Das konnte er. Denn Tim *war* etwas aufgefallen. Man musste keine DNA-Analyse durchführen, um die Schlussfolgerung zu ziehen, dass das 13. Opfer mit großer Wahrscheinlichkeit Rudolf Mergent war, der Mann, der vor über drei Jahrzehnten viele Bergmänner um ihr Geld gebracht hatte und dann verschwunden war.

«Mergent hat die Bergleute abgezockt. Und Repsen ist irgendwie darin verwickelt. Ich weiß noch nicht genau, wie, aber Repsen steckt in der Scheiße, würde ich sagen. So wie der reagiert hat, hat er Dreck am Stecken, und zwar gewaltig. Vielleicht war Mergent ihm im Weg? Meiner Meinung nach wird der Mordverdacht immer dringender.»

Wintersturm nickte grimmig, schlug sich mit einer Hand auf den Oberschenkel. «Ziehen Sie alle Register. Geld spielt keine Rolle. Finden Sie Zeugen, finden Sie Beweise. Gerichtsfest. Oberste Priorität. Und beeilen Sie sich.»

«Ich habe volle Rückendeckung?» Tim musste sich sicher sein. Denn alle Register ziehen hieß, auch illegale Mittel einzusetzen. Wenn er aufflog, brauchte er gute Anwälte. Die waren teuer.

«Absolut. Sie sprechen Ihr Vorgehen mit mir ab, und wenn die Handschellen klicken», er lachte kurz und hart, «dann steht die *Neue Rhein-Ruhr-Zeitung* hinter Ihnen.»

Tim spürte das Adrenalin durch seine Adern rauschen. Wintersturm hatte ihm den Auftrag erteilt, Repsen mit allen Mitteln zu jagen und zu erlegen, wenn er ihn vor die Flinte bekam. Das war, was er wollte, was ihm den besten Kick von allen gab: die Großwildjagd.

ESSEN-ALTENESSEN NORD
--- GEGENWART

Mutters Augenlider flatterten, sie stöhnte, öffnete die Augen. «Jana, was ist denn passiert?»

«Du bist in Ohnmacht gefallen.» Jana strich ihr übers Haar, hätte vor Erleichterung weinen können. Noch immer saß sie auf dem Küchenfußboden, den Kopf ihrer Mutter in ihrem Schoß. «Du machst vielleicht Sachen. Ich habe fast einen Herzinfarkt bekommen.»

«Ich weiß auch nicht. Mir ist plötzlich schwarz vor Augen geworden. Muss der Kreislauf gewesen sein.»

Sie wollte sich aufrichten, Jana schüttelte den Kopf. «Natürlich war das dein Kreislauf. Aber ich will wissen, *warum*. Und deshalb wirst du dich gleich brav und artig in den Krankenwagen bringen lassen, ins Krankenhaus fahren, und dann wirst du von Kopf bis Fuß durchgecheckt. Das volle Programm. Großes Labor, MRT, alles.»

Sie war auf den Protest ihrer Mutter gefasst. Sie hasste das Krankenhaus, vertraute den Ärzten nicht, denn sie hatten Vater nicht retten können. Niemand hätte Vater retten können, aber das wollte sie nicht einsehen.

«Krankenhaus?» Sie setzte sich nun doch auf dem Küchenboden auf, Jana ließ es zu, schaute ihr in die Augen. Sie waren blau und klar wie immer. Sie fühlte den Puls. Immer noch leicht unter normal, aber eigentlich kein Grund zur Sorge. Mutter hatte schon immer einen niedrigen Blutdruck, 100 zu 60, manchmal 90 zu 60. Damit konnte sie uralt werden.

«Ich muss doch nicht ins Krankenhaus, und schon gar nicht werde ich mich durchleuchten lassen wie Fischfilet, in dem man nach der letzten Gräte sucht.»

Jana runzelte die Stirn. «Du fällst einfach um und willst nicht wissen, was dahintersteckt?»

«Ich habe zu viel rumgestanden, und es ist schwül, und ich habe zu wenig getrunken, das ist alles. Du tust gerade so, als wäre ich todkrank.»

«Und wenn es so wäre? Es ist nicht schwül, du kannst stundenlang rumstehen, erzähl mir doch nichts.» Warum war ihre Mutter nur so dickköpfig? «Was, wenn du irgendwas hast, das man jetzt noch heilen kann?» Ihre Mutter versteifte sich, Jana bereute ihre Worte. Sie hasste es, sie so unter Druck zu setzen, aber was sollte sie machen? Sie nahm ihre Hand. «Ich mache mir doch nur Sorgen um dich.»

Es klingelte, ihre Mutter fuhr zusammen.

«Das ist der Krankenwagen, nicht wahr?»

«Ja», sagte Jana. «Ich kann ihn wegschicken.»

«Nein», widersprach ihre Mutter schwach. «Ich lasse mich untersuchen. Von Kopf bis Fuß. Du hast recht. Ich kann ja nicht wissen, was in meinem alten Körper alles vor sich geht. Ich will noch lange leben, habe die Hoffnung nicht aufgegeben, irgendwann ein Enkelchen in meine Arme schließen zu dürfen ...»

Jana holte tief Luft. «Du bist gerade mal 55. Wenn du auf dich aufpasst, wirst du neunzig.» Es klingelte erneut. «Ich muss aufmachen, Mama, sonst brechen sie die Tür auf, weil sie denken, dass wir beide bewusstlos sind.»

«Hilf mir zuerst, Kind.»

Jana stand auf und reichte Mutter die Hand, sie zog sich hoch, kam auf die Beine, aber sie war noch immer leichenblass. Jana führte sie zum Stuhl und eilte zur Tür, öffnete sie.

«Wir wollten gerade den großen Türöffner holen», sagte eine junge Frau in der Montur des Roten Kreuzes, auf ihrem

Anstecker stand «Notarzt«. Hinter ihr standen zwei kräftige Sanitäter.

Warum gibt es eigentlich keine Anstecker mit «Notärztin», dachte Jana.

«Fäller, richtig? Wo ist die Patientin?»

«Hier», sagte Mutter, schob sich an Jana vorbei und trat vor die Tür, eine gepackte Tasche in der Hand. Sie musste damit gerechnet haben, ins Krankenhaus zu müssen. Jana lief es eiskalt über den Rücken. Was verschwieg sie ihr?

Sie schaute Jana traurig an. «Da sind meine Sachen drin zum Übernachten. Die Tasche habe ich noch von Vati gepackt.»

Jana nickte. Natürlich. Sie hatten wochenlang abwechselnd Wache auf der Station gehalten. Jana hatte ihre Krankenhaustasche auch immer parat gehabt. Also keine schlimme Diagnose, die ihre Mutter ihr vorenthielt.

«Und du bleibst schön hier, legst dich hin und schläfst. Ich komme zurecht. Bin schon erwachsen. Vergessen?» Sie lächelte. «Und in besten Händen.»

Die Sanis nahmen Mutter in die Mitte, doch sie wandte sich noch einmal um. «Dieser Mergent, was ist mit dem?»

Jana fuhr der Schreck in die Glieder. Sie vergegenwärtigte sich die Situation in der Küche, ihr Telefonat mit Elin. Ihre Mutter war in dem Moment ohnmächtig geworden, als Jana den Namen Mergent ausgesprochen hatte. Der Name musste eine heftige emotionale Reaktion ausgelöst haben, die zu ihrer Ohnmacht geführt hatte. Eine Erinnerung. Ein Flashback.

«Darüber kann ich dir nichts sagen.»

Ihre Mutter schaute ihr in die Augen, Angst flackerte darin. Jana erschauerte.

ESSEN, SCHACHT LUDWIG V
––– GEGENWART

Elin warf einen Blick auf die Uhr. Elf. Die Sonne stand hoch, Hitze kündigte sich an. Gut für alle, die jetzt Wochenende hatten und Sommer mitten im Mai genießen konnten. Die Kollegen spulten ihr Programm ab, sie musste auf die Ergebnisse warten. Vorerst hatte sie an Schacht V der Zeche Ludwig nichts mehr zu tun.

Es machte keinen Sinn, sich schlafen zu legen. Elin wäre nur vollkommen neben der Spur, wenn sie zwei Stunden später aufwachte. Es war nicht die erste und es würde auch nicht die letzte Nacht sein, die sie durchmachte. Ein anständiger Kaffee, ein paar Übungen, ein paar Meter joggen, dann wäre sie wieder fit. Wenn sie es brauchte, würde sie einen Power-Nap einlegen, und heute Nacht würde sie wie ein Baby durchschlafen, mit Dirk an ihrer Seite.

Sie musste die Soko zusammenstellen und sich dann Rudolf Mergent vornehmen, und das möglichst schnell. Doch vorher musste sie Dirk anrufen. Sie wählte die Nummer, spürte ihren Herzschlag. Er würde ihr sicher Vorhaltungen machen, zu Recht. Falls er überhaupt abhob. Bereits das zehnte Freizeichen tutete in ihr Ohr. Als sie es gerade aufgeben wollte, ging er ran.

«Hi, Schatz, sorry, ich musste erst raus. Ich sitze gerade in einer Besprechung mit den Bossen.»

Auch das noch. Elin riss Dirk aus einer wichtigen Sitzung.

«Ich nehme an, du willst mir sagen, dass du dich im Präsidium einrichtest, bis du den Fall um das 13. Opfer gelöst hast.»

Sie musste grinsen. «So ähnlich. Ich war die ganze Nacht

auf und muss dranbleiben.» Sie stutzte. «Woher weißt du das mit dem 13. Opfer?»

«Ging durch die Medien. Du hast dich gut gemacht vor den Kameras.»

Natürlich. Das hatte sie vollkommen verdrängt.

«Wahrscheinlich wirst du jetzt mit Heiratsanträgen überschüttet. Und ich muss dann die Anwärter abwimmeln.»

«Glaube ich nicht. Wer will schon einen Bullen heiraten?»

«Auch wieder wahr.» Er lachte. «Einen kenne ich aber, der das gemacht hat.»

«Ich liebe dich, Dirk.» Elin sehnte sich plötzlich furchtbar nach ihm. Wollte in seinen Armen liegen, wollte seinen Atem spüren, seine Wärme.

«Ich dich auch. Wann kommst du nach Hause?»

«Ich versuche es nach der Sitzung, die ist um halb acht heute Abend, dauert vielleicht zwei Stunden. Also so gegen zehn.»

«Wunderbar, ich freue mich. Aber jetzt muss ich wieder rein, sonst hast du bald einen arbeitslosen Mann und musst mich durchfüttern.»

Das hätte Elin jederzeit gemacht, das wusste Dirk natürlich, und er wusste auch, dass seine Stellung in der Firma unangefochten war. IT-Spezialisten mit Dirks Expertise waren inzwischen wichtiger als die Chefs selber. Er hätte eine Stunde weg sein können, die Bosse hätten sich nach ihm gerichtet. Aber so war Dirk nicht.

«Bis später», sagte Elin.

«Bis später.»

Dirk legte auf, Elin wäre es schwergefallen, sie hätte gerne noch mit ihm geplaudert. Über alltägliche Dinge. Ob noch Milch im Kühlschrank war oder wie sie Weihnachten feiern wollten, auch wenn das noch weit hin war.

Das Smartphone piepste. Eine Nachricht auf Threema von Jana. Sie würde sich in die Arbeit stürzen, sie hatte noch eine Menge Termine, und ihre Mutter war freiwillig ins Krankenhaus gegangen. Erstaunlich. Franziska Fäller gehörte zu den Menschen, die erst zum Arzt gingen, wenn man sie fast hintragen musste. Genauso wie Jana.

Sie gingen zum Wagen, Elin warf Holger den Schlüssel zu. Ohne hinzusehen, fing er ihn, sank hinters Steuer. «Ich soll fahren?»

Elin ließ sich auf den Beifahrersitz fallen. «Absolut. Ich muss nachdenken.»

«Du kannst beim Fahren nicht denken?»

«Doch, schon, aber ich bin müde. Wenn du fährst, werde ich wieder wach.»

Holger lachte. «Na dann.»

Sie nickte. «Wir haben keine Zeit zu verlieren. Der öffentliche Druck wird massiv werden.»

Er gab Gas, die Reifen quietschten, der Wagen schoss los. Das war der richtige Kick für Elin.

Sie stellte in Gedanken ihre Soko zusammen. Neben den üblichen Kolleginnen und Kollegen, die den Hunderten Hinweisen nachgehen mussten, die schon bald eingehen würden, wollte sie Mareike Soderbergh für die Aktenführung, die Mutter aller Ordnung. Gab man ihr einen Heuhaufen, sortierte sie die Halme in kürzester Zeit fein säuberlich nach Länge, Farbe und Durchmesser. Eine funktionale Form von Zwanghaftigkeit, hatte Jana ihr erklärt. Wenn Elin Glück hatte, konnte sie Deniz Barut vom LKA gewinnen. Vielleicht konnte sie seine Chefin Stefanie Eschenbach davon überzeugen, ihn für ein paar Wochen freizugeben. Und sie wollte Jana als Beraterin. Zumindest stundenweise, denn Elin wusste, dass ihre Freundin ziemlich durchgetaktet war.

Elin griff nach ihrem Handy, zögerte nicht, wählte Eschenbachs Nummer. Sie ging sofort ran.

«Frau Akay, ich grüße Sie. Wie kann ich helfen?»

«Guten Morgen, Frau Eschenbach. Sie haben doch sicher schon von Schacht Ludwig V gehört?»

«Das habe ich allerdings. Ich wollte Sie schon anrufen und unsere Hilfe anbieten. Ich habe mit meinem Chef bereits alles besprochen. Er würde mich und Deniz freistellen. So lange es nötig ist.»

Autsch! Damit hatte Elin nicht gerechnet. Auf der einen Seite bekam sie gleich zwei hervorragende Ermittler, auf der anderen Seite konnte das zum Problem werden, denn Stefanie Eschenbach und Jana waren nicht gerade die besten Freundinnen. Stefanie Eschenbach hatte in einem Verfahren Janas Kompetenz infrage gestellt, letztlich hatte Jana recht behalten. Elin wollte Jana nicht vor den Kopf stoßen, aber die Chance, Barut *und* Eschenbach zu bekommen, war zu verlockend.

«Wunderbar, Frau Eschenbach. Um zwölf im Präsidium?»

«Wir werden da sein. Auf gute Zusammenarbeit.»

«Auf gute Zusammenarbeit.»

Elin legte auf, ein wenig zwickte sie das schlechte Gewissen Jana gegenüber, aber sie würde das verstehen.

Sie wählte die nächste Nummer, und auch Mareike willigte freudig ein, Teil der Soko zu werden, die sich mit dem Wandernden Dutzend beschäftigte. «Passt mir gut, Elin, ich kann die anderen Fälle an die Newbies abgeben, die freuen sich, und ich kann endlich wieder Gas geben. Ich kann den Daten-Tsunami schon hören.»

So kannte sie Mareike. Ausdauer-Single, Ausdauersportlerin und Ausdauerpolizistin.

Elin war zufrieden. Sie verschickte noch eine kurze Mail

an die anderen Kollegen, die dabei sein sollten, dann lehnte sie sich im Sitz zurück. Sie hatte ein hervorragendes Team und genügend Ressourcen, um das große Programm zu fahren.

Holger bog auf den Hof des Präsidiums und parkte den Wagen rückwärts ein. So machten sie das immer, damit sie so schnell wie möglich starten konnten, wenn es eilte.

Sie zog sich für die verbleibende Zeit in ihr Büro zurück, Holger in einen Vernehmungsraum, denn sie merkten, dass sie doch eine Pause brauchten.

Pünktlich um zwölf betrat Elin den Konferenzraum, wo bereits die ersten Mitglieder der Soko warteten, nach ein paar weiteren Minuten waren alle da. Elin spürte Watte im Kopf, doch die leichte Nervosität und das wohltuende Lampenfieber vertrieben das matte Gefühl. Sie hatte schon viele Sokos geleitet, trotzdem: Diese war etwas Besonderes, weil der Fall etwas Besonderes war. Sie überlegte einen Moment, welchen Namen sie tragen sollte. Dann begrüßte sie alle Anwesenden mit Handschlag, platzierte sich vor dem Whiteboard und begann das Briefing. Holger hatte sich seitlich positioniert und lehnte an der Fensterbank.

«Liebe Kolleginnen und Kollegen. Ich begrüße euch herzlich in der ‹Soko 13›. Die Dreizehn steht für das 13. Opfer, das wir in Schacht Ludwig V gefunden haben.»

Zustimmendes Gemurmel bestätigte sie darin, dass sie den Namen richtig gewählt hatte. Mareike Soderbergh, Deniz Barut und Stefanie Eschenbach saßen in der ersten Reihe. Auch sie signalisierten Zustimmung.

«Nicht alle kennen sich persönlich, trotzdem schlage ich vor, dass wir uns in der Soko 13 duzen. Wie üblich. Ist das in Ordnung?»

Niemand sprach sich dagegen aus.

«Wunderbar. Ihr werdet euch sicher noch näher kennenlernen in den nächsten Wochen. Jetzt bringe ich euch zuerst auf den neuesten Stand.»

Elin erläuterte die Details, stellte Mareike Soderbergh vor, die alle Informationen verarbeiten und aufbereiten würde, teilte Teams ein, die mit der Befragung der vielen Zeugen beginnen würden. Es gab noch ein paar Rückfragen, die sie beantwortete, dann schloss sie das Briefing.

Die Teams machten sich gleich an die Arbeit. Elin spürte die Energie, die von den Kolleginnen und Kollegen ausging. Die Leitung einer Soko war wie das Dirigieren eines großen Orchesters. Nur wenn alle zum richtigen Zeitpunkt das Richtige taten, konnte sie funktionieren und den Täter aufspüren. Und nur wenn sie die richtige Richtung vorgab, würden sie Erfolg haben.

Für Deniz und Stefanie hatte sie eine spezielle Aufgabe. Elin bat die beiden Kollegen vom LKA, noch zu bleiben, zog sich einen Stuhl heran und setzte sich zu ihnen. Holger trat neben sie, blieb aber stehen.

«Also, lasst uns mal kurz darüber sprechen, was die nächsten zentralen Schritte sind. Was ist euer Ansatz? Wie würdet ihr vorgehen?»

Es war wichtig, den beiden von Anfang an zu signalisieren, dass Elin sie als Mitglieder des Führungsteams betrachtete und nicht als Befehlsempfänger. Zum einen legte sie Wert auf den scharfen Verstand der Kollegen, zum anderen wollte sie unnötigen Konkurrenzkämpfen vorbeugen. Deniz warf Stefanie einen kurzen Blick zu. Damit war die Hierarchie der beiden geklärt. Stefanie war eindeutig das Alphatier, Deniz akzeptierte sie. Eine gute Voraussetzung für effiziente Arbeit.

Stefanie legte die Stirn in Falten. «Also, die wahrscheinlichste These, mit der wir zunächst arbeiten sollten: Mergent ist das Mordopfer. Warum? Erstens: Mergent hat Bergleute damals um ihr hart Erspartes gebracht. Er hat ihr Geld für sie investiert und ihnen Beteiligungen mit einer Verzinsung von 14 Prozent verkauft. Er hat die Einlagen veruntreut, hat eine Weile mit den neuen Einnahmen die Zinsen für die bereits abgeschlossenen bedient, damit er nicht auffliegt. Dann ist alles zusammengebrochen, niemand hat sein Geld je wiedergesehen. Ein mehr als ausreichendes Motiv für Betroffene. Zweitens: Nur Bergleute hätten ihn unter Tage schaffen können. Ich denke, es waren mindestens zwei, wahrscheinlich mehr. Drittens: Die Explosion war Pech, vielleicht sind die Täter schon seit vierunddreißig Jahren tot. Oder sie befinden sich unter den Geretteten. Bürgermeister inklusive. Also sollten wir da anfangen.»

Stefanie war bekannt für ihre kurze, knappe Sprache. Sie hielt sich nicht mit unnötigem Ballast auf, ihre Analysen waren stichhaltig. Natürlich gab es noch andere Möglichkeiten, aber anhand der Fakten, die sie hatten, eine wirklich sehr gute These, fand Elin, die sie und Holger auch bereits entwickelt hatten.

«Danke, Stefanie. Würdet ihr bitte die Bergleute durchleuchten, die am Unglückstag unter Tage waren und gerettet wurden?»

Deniz schmunzelte. «Repsen wird ganz schön dumm gucken, wenn wir bei ihm aufkreuzen. Wie sind die Vorgaben? Samthandschuhe?»

Holger hob eine Hand auf Hüfthöhe. «Normale Härte. Behandelt ihn so wie jeden anderen, der zurzeit nur Zeuge ist und nicht unter Verdacht steht. Hast du was gegen Repsen?»

Seine Frage klang scharf. Elin wusste, was Holger andeutete, und tatsächlich wirkte es, als würde Deniz den Bürgermeister am liebsten aufs Revier zitieren. Sie hatte den Kollegen schon länger nicht mehr gesprochen, und bisher hatte er sie nie zweifeln lassen, dass er weit genug über den Dingen stand, um möglichst unvoreingenommen zu bleiben. Aber das gerade klang anders.

Deniz zuckte die Schultern. «Er schrammt mit seinem Wahlprogramm ziemlich hart am rechten Rand vorbei.»

Er hatte wie Elin ausländische Wurzeln, seine Mutter stammte aus Syrien, insofern konnte sie verstehen, dass er auf Hardliner in der Asylpolitik nicht gut zu sprechen war. Aber das durfte sein Beurteilungsvermögen nicht beeinträchtigen.

Er hob die Hände. «Schon gut, ich weiß, dass das keine Rolle spielen darf. Ich krieg das geregelt.»

Holger sah ihn scharf an, schwieg aber, er ließ Elin den Vortritt.

«Wir können uns keine Fehler leisten, Deniz.» Sie rang mit sich. Eigentlich hätte sie Deniz aus der Soko schmeißen müssen, wenn sie nur den leisesten Verdacht hatte, dass er nicht neutral ermittelte. Aber er war einfach zu gut. Sie hoffte, dass ihre Ermahnung ausreichte, um ihn in die Spur zu bringen. Sie warf Stefanie einen Blick zu, die sich aber bedeckt hielt. Hätte Elin sich für Holger eingesetzt in einer vergleichbaren Situation? Auf jeden Fall. Sie hätte für ihn gesprochen, sich für ihn verbürgt und ihn später ins Gebet genommen. Anscheinend war das Verhältnis der beiden etwas anders als das zwischen Holger und ihr. Sie sah Deniz in die Augen. «Ich verlasse mich auf dich, Deniz. Du reißt dich zusammen.»

«Ehrenwort.»

Elin zögerte noch einen Moment, dann holte sie tief Luft. «Okay. Bitte versteht mich nicht falsch. Wir sind auch nur

Menschen, müssen manchmal unserem Instinkt folgen, aber wir tragen große Verantwortung. Wenn Repsen Dreck am Stecken hat, dann wird er büßen, und ich werde nicht aufgeben, bis wir ihn haben.» Sie lächelte. «Und jetzt genug gepredigt. Auf geht's.»

Elin konnte Deniz seine Erleichterung ansehen, doch Stefanie zeigte keine Regung.

Die beiden brachen auf, sie sah ihnen hinterher und spürte ein leichtes Ziehen im Magen. Irgendwas stimmte nicht mit Deniz und Stefanie. Hoffentlich wirkte sich das nicht auf ihre Arbeit aus. Denn am Ende des Tages war Elin für alles verantwortlich, für jeden Fehler, egal wer ihn beging.

«Es war richtig, Deniz nicht rauszuschmeißen», sagte Holger leise.

«Gut, dass du das so siehst.» Elin war erleichtert.

«Die Verschwörungsthese ist nicht von der Hand zu weisen. Viele Betrogene gegen einen Täter. Man gibt sich gegenseitig ein Alibi, man beseitigt die Leiche gemeinsam. Es ist gut, wenn jemand Repsen unter die Lupe nimmt, der keine Angst vor ihm hat.»

Sie nickte. Und es gab noch einen Grund, warum sie Stefanie und Deniz weitgehend freie Hand lassen würde. «Wenn es eine Verschwörung unter den Bergmännern geben sollte, werden die beiden es herausfinden.»

«Ich sehe schon, Küppersbusch hat gewusst, warum er dir die Leitung übertragen hat. Du weißt, wie man die Leute am besten einsetzt.»

Elin fühlte sich geschmeichelt, lächelte und zeigte auf einen Tisch, der von Ordnern bedeckt war. «Jetzt aber genug geschleimt.»

Sie setzte sich und reichte Holger den ersten Aktenordner der Vermisstenakte Rudolf Mergent, der mehr enthielt als nur schnödes bedrucktes Papier: die Geschichte eines Menschen, der ermordet wurde, und vielleicht den Faden, an dem sie ziehen musste, um den Täter dingfest zu machen.

ESSEN, OSTVIERTEL
––– GEGENWART

Jana hatte noch einen kleinen Umweg gemacht und eingekauft. Sie würde sonst nicht mehr dazu kommen, denn der Tag war von zwei Uhr bis in die Abendstunden durchgeplant. Auch am Samstag. Drei Gesprächstermine mit Klienten, die sie begutachten musste, eine Sitzung in der Psychiatrie wegen Personalfragen und zuletzt ein Termin mit einem Mörder, der angekündigt hatte, jetzt, nach sechs Jahren Gefängnis, eine Therapie machen zu wollen. Wenn sie gleich zu Hause war, könnte sie sich immerhin einen Moment hinlegen für einen Power-Nap, der die Wirkung des Ritalin unterstützen würde.

Vor der Wohnungstür blieb sie stehen, lauschte. Etwas war ungewöhnlich. Es war kein Geräusch, sondern eher das, was sie nicht hörte. Eigentlich hätte Cat sich melden müssen, laut und deutlich. Es war fast Mittag, das arme Tier musste Hunger haben. Wenn Cat hungrig war, war sie übellaunig, und wenn sie übellaunig war, maunzte sie quengelnd hinter der Tür. Aber es herrschte völlige Stille.

Hatte sich Melzer Zugang verschafft und ihr etwas angetan, um sich an Jana zu rächen?

Sie stellte die Einkaufstaschen ab, begutachtete das Schloss, das unversehrt war, zumindest auf den ersten Blick. Vorsichtig steckte sie den Schlüssel hinein, atmete tief ein und aus, drehte den Schlüssel, öffnete die Tür, lugte in ihre Wohnung. Sie spürte ihr Herz in der Brust heftig schlagen, schnüffelte, ob sie einen fremden Geruch wahrnehmen konnte, doch da war nichts. Sie drückte die Tür auf, trat ein, nahm aus den Augenwinkeln eine Bewegung wahr, zu schnell, um darauf reagieren zu können. Gegen dieses Raubtier hatte sie keine Chance. Cat landete auf ihrer Schulter, krallte sich fest und maunzte lautstark Protest in ihre Ohren. Jana ging in die Knie, die Katze war kein Leichtgewicht, obwohl sie mit ihren fünf Kilo für eine Maine-Coon fast zu wenig auf den Rippen hatte.

Cat hatte anscheinend ihre Strategie geändert: ihr Frauchen zuerst in Sicherheit wiegen und dann so sehr erschrecken, dass Jana nie mehr vergessen würde, sie rechtzeitig zu füttern. Darin war Cat eigen. Sie konnte sich zehn Minuten oder eine Viertelstunde gedulden, aber nicht ganze zwei Stunden. Das ging zu weit, und Jana musste zugeben, dass sie ein schlechtes Gewissen hatte. Deshalb gab es heute auch etwas ganz Besonderes: Thunfisch und Shrimps, zwei Dosen auf einmal. Schließlich musste Cat ihr Gewicht halten. Sie sprang auf den Boden, strich um Janas Beine, Jana musste aufpassen, dass sie nicht stolperte.

Sie holte die Einkaufstaschen herein, öffnete zwei Dosen, Cat schnurrte und stolzierte dann zu ihrem Futterplatz. Sie wartete geduldig, bis Jana ihre Schüssel gefüllt hatte. Dann begann sie zu fressen. Aber sie machte sich nicht wie ein ausgehungerter Löwe über ihr Mahl her, sondern schien jeden Bissen zu genießen. Jana betrachtete sie.

Genau einen Tag nachdem sie sich von Tim getrennt hatte, war Cat ihr auf der Straße vor ihrer Wohnung über den Weg gelaufen, hatte sich vor sie hingesetzt und gemaunzt, als ginge es um ihr Leben. Zuerst hatte Jana sie für eine Wildkatze gehalten. Ihr Schwanz war buschig, ihr Fell dick und flauschig wie bei einem Plüschtier, an ihren Ohren trug sie Puschel wie ein Luchs, sie war fast doppelt so groß wie eine normale Hauskatze, und ihr Gesichtsausdruck strahlte Eleganz, Wildheit und Entschlossenheit aus. Jana war noch immer furchtbar wütend gewesen auf Tim, aber auch zutiefst verletzt, und gleichzeitig vermisste sie ihn bereits schrecklich. Und dann stand da plötzlich dieses wunderbare Tier vor ihr und bot sich als Trost an.

Sie war nicht abergläubisch und nicht religiös, aber sie konnte sich vorstellen, dass ein Tier ihre Trauer spürte. Sie hatte sich zu Cat hinuntergebeugt, ihr weiches Fell gestreichelt. Sofort begann sie zu schnurren, es klang wie der Motor einer Harley. Jana sehnte sich nach Zuwendung, und was gab es Besseres gegen Liebeskummer als eine unschuldige Katze, ein Wesen, das nichts Böses im Schilde führte? Sie zögerte nicht, richtete sich auf, öffnete die Haustür. «Wenn du willst, kannst du bei mir einziehen, Platz habe ich genug.»

Ihre Wohnung hatte fast hundert Quadratmeter: drei Schlafzimmer, zwei Bäder, eine Wohnküche und ein Wohnzimmer. Wände und Decken waren weiß, damit die Möbel, alle in asiatischem Design, voll zur Geltung kamen.

Cat hatte nicht gezögert und war in den Flur geschlüpft, drei Stockwerke nach oben geflitzt und hatte vor ihrer Wohnungstür gewartet. Jana musste schmunzeln, wenn sie daran zurückdachte. Es war ein Moment gewesen, in dem man durchaus an die Vorhersehung des Schicksals hätte glauben können. Doch nüchtern betrachtet, war es wohl nur der gute Geruchssinn, der Cat zeigte, wo Jana wohnte und wo sie folglich hingehörte.

Cat war gekommen, um zu bleiben, ein wahrhafter Stubentiger. Sie verbrachte viel Zeit auf dem Balkon, verzichtete aber auf Ausflüge. Das war Jana recht, so viele Katzen wurden überfahren oder entführt.

Woher Cat kam, hatte sie bis heute nicht herausfinden können. Sie hatte die Augen offen gehalten, doch niemand suchte nach einer entlaufenen Maine-Coon, die durchaus tausend Euro kosten konnte, kaufte man sie bei einem anerkannten Züchter. Und gechippt war Cat auch nicht, das hatte sie überprüfen lassen.

Jana sah sich um. Noch immer plagte sie das ungute Gefühl, Melzer könne doch hier gewesen sein. Vielleicht hatte Cat sich wirklich deshalb nicht gemeldet. Weil sie Angst gehabt hatte vor einem Fremden, der sich vor der Tür herumdrückte? Jana schüttelte den Kopf. Eine der vielen Nebenwirkungen von Ritalin waren Wahnvorstellungen. Obwohl sie nicht dazu neigte, konnte es gut sein, dass ihr Problem mit Gerd Melzer eine solche Paranoia förderte.

Ihr Handy meldete sich. Siegfrieds Nummer.

«Jana, du musst kommen. Werner will mit dir reden. Es ist wichtig. Er scheint sich an etwas zu erinnern.»

«Bin sofort da.» Sie legte auf, strich Cat noch einmal über den Rücken. «Sorry, aber ich muss weg. Werner braucht mich. Ich verspreche dir, dass ich heute Abend Zeit habe. Geht das in Ordnung?»

Cat miaute zustimmend, gut, dass sie in sich ruhte, dass sie so viel Geduld mit Jana hatte. Obwohl sie so groß war, war ihre Stimme oft eher ein Stimmchen, hell, und manchmal fiepste sie wie ein junges Kätzchen. Jana vermutete, dass sie das absichtlich machte, um ihr Herz zu erweichen. Eine erfolgreiche Strategie, denn sie konnte Cat kaum etwas abschlagen.

Sie verließ ihre Wohnung und ging in Richtung Parkplatz. Nach den vielen Taxifahrten war sie froh, wieder ihr eigenes Auto zu nehmen, einen Elektro-Smart, den sie letztes Jahr geleast hatte.

Bis zur Sonnenklinik brauchte sie zehn Minuten, sie stellte ihren Wagen auf dem Personalparkplatz ab, eilte ins Gebäude. Die Empfangsdame nickte ihr zu. «Sie können sofort zu Herrn Flemming. Er ist auf seinem Zimmer. Siegfried ist bei ihm.»

Diese vertrauliche Anrede des Klinikleiters war nichts Besonderes. Siegfried legte keinen Wert auf Titel, im Gegenteil. Auch seinen Patienten gegenüber schätzte er, wenn sie einverstanden waren, das Du. Er wollte ihnen auf einer freundschaftlichen Ebene begegnen, wollte die Distanz zwischen Patient und Arzt möglichst verringern. Sein Vorgehen wurde von vielen seiner Kollegen kritisiert, die strikte Distanz zu ihren Klienten einhielten. Bis jetzt war es ihm immer geglückt, dennoch den professionellen Abstand zu wahren.

Die Tür war angelehnt, Jana hörte Siegfrieds warme Stimme. «Das muss furchtbar gewesen sein, Herr Flemming.»

Sie hörte Werner schluchzen. «Es war kaum auszuhalten.»

«Und jetzt kommen die Erinnerungen zurück, und die tun weh.»

«Ja.»

Jana öffnete die Tür, Werner blickte sie an, lächelte unter Tränen. «Jana.»

Siegfried stand auf. «Hallo, Jana. Ich denke, ich lasse euch mal alleine, oder?»

Werner nickte, sagte fast unhörbar «Danke», putzte sich die Nase.

Im Vorbeigehen raunte Siegfried Jana ein paar Worte zu. «Mehr als nur ein Trauma. Sei vorsichtig. Er könnte heftig dekompensieren.»

Er verließ das Zimmer und schloss leise die Tür hinter sich.

Jana setzte sich zu Werner auf das Bett, nahm seine rechte Hand in ihre. Sie war trocken und fast zweimal so groß.

«Ich weiß es wieder. Dieser Tag im Oktober. Es war der dritte. Ich durfte für einen Tag Steiger spielen.» Er schluckte. «Und dann brach alles zusammen.»

ESSEN, ZECHE WILHELMSHÖHE, 3.10.1988 ——— VERGANGENHEIT

Die Fahrt vor Ort dauerte fast eine Stunde. Als die Dieselkatze anhielt, stiegen die Kumpel aus. Bevor Werner die Arbeit verteilte, fragte er Bernd, was es mit dem Betrüger auf sich hatte, über den die Kumpel während der Fahrt gesprochen hatten. Er hatte nicht viel verstehen können, aber die Gerüchte hatte er schon vorher am Rande mitbekommen.

Bernd schaute ihn von der Seite an. «Der Mergent ist das. Wer bei dem sein Geld angelegt hat, kann sich wohl davon verabschieden.»

Werner spürte, wie ihm das Blut in die Schuhe sackte. Er holte tief Luft, unfähig, etwas zu sagen.

Selbst in dem schwachen Licht schien Bernd zu erkennen, dass etwas nicht stimmte. «Hast du ihm etwa auch …?» Wütend schüttelte er den Kopf. «Scheiße. Dieser Mistkäfer. Der hat mein ganzes Erbe in den Sand gesetzt. Ich habe es aus sicherer Quelle, es laufen mehrere Anzeigen gegen ihn, die Ermittlungen sind eingeleitet. Aber er ist noch auf freiem Fuß. Und eins weiß ich genau: Mein Geld sehe ich nicht wieder. Ich habe meinen Anwalt gefragt. So eine Scheiße. Kannste nix machen.»

Werner war kaum fähig zu sprechen, räusperte sich. «Wieso erfährt das keiner? Muss so was nicht öffentlich werden?»

«Weiß der Teufel. Laufendes Verfahren oder so. Die checken das erst mal, weil noch ist ja nichts bewiesen.»

«Machen wir hier Plauderstündchen, oder was?», rief einer der Kumpel, den Werner nicht kannte.

«Schon gut, Fliege», pampte Bernd zurück. «Kriegst noch genug zu tun.»

Werner kämpfte gleichzeitig gegen seine Wut und seinen Kloß im Magen an, aber es gelang ihm, sich zur Ordnung zu rufen. Bisher waren das alles nur Gerüchte. Vielleicht gab es ja doch noch eine Möglichkeit, sein Geld wieder loszueisen. Er musste nur schnell sein. Und andere Wege finden. Nicht den offiziellen, nicht auf die Mühlen der Bürokratie warten. Er würde anders vorgehen.

«Okay, Leute. Zug eins macht sich an die Schrämwalze, baut sie ab und schafft sie nach unten. Zeitgleich fängt Zug zwei an, die Schilde von der Hydraulik und der Elektrik zu nehmen. Wenn die Walze unten ist, folgen die Schilde. Wir müssen nicht hetzen. Sicherheit vor Tempo. Das kennt ihr ja.»

«Na also, geht doch», rief Fliege und grinste. «Hätt' ich genauso gemacht. Wirst mal ein guter Steiger, Werner.»

Im Moment dachte Werner an alles, nur nicht an seine Zukunft als Steiger. Wie sollte er Lotte beibringen, dass sein Plan nicht aufging? Dass er ihr ganzes Geld verzockt hatte? Er hatte ihr versprochen, es sicher anzulegen, und er hätte geschworen, dass Mergent korrekt war. Schließlich arbeitete er für eine große Finanzberatung. Die Pro-Future-Finanz. Da musste es doch Kontrollen geben? Da musste doch jemand haften?

Bernd winkte ihm. «Kommst du?»

«Klar, schon unterwegs.» Jetzt hieß es sich konzentrieren. Hier unten durfte man keine Fehler machen, vor allem nicht als Steiger. Er verdrängte die Gedanken an Lotte, an ihre Enttäuschung, an das Gefühl, sie verraten zu haben, tief in sein Inneres, klammerte sich an die Hoffnung, Mergent zumindest einen Teil seines Geldes aus den Rippen leiern zu können. Er nahm sein Werkzeug, stellte sicher, dass die Hydraulik nicht mehr unter Druck stand, und löste am ersten

Schild die Leitungen. Da musste jeder Handgriff sitzen. Da war kein Platz für andere Gedanken. Am wenigsten für Jammern und Klagen.

Die Schicht war anstrengend, die Arbeit verlangte den Kumpeln alles ab, die Hitze trieb ihnen den Schweiß aus jeder Pore auf die Haut. Sechs Stunden später trennten sie das achtzehnte Schild von allen Leitungen. Das reichte.

Werner gab das Zeichen zum Schichtende, sie fuhren zurück, jetzt zu müde, um großartige Reden zu schwingen. Jeder hing seinen Gedanken nach. Werner schwor sich, noch härter zu arbeiten, jede Menge Überstunden zu kloppen, um seinen Fehler wenigstens ein wenig wettzumachen.

Schwarzkaue, duschen, Weißkaue, Karte stempeln, ab zu Tante Millies, ein Bier musste sein. Lotte wusste, dass es nach der Schicht später werden konnte, und sie gönnte ihm sein Feierabendbier. Noch ein Grund, warum er sie liebte. Er übertrieb es auch nicht. Zwei oder drei Stauder, mehr nicht.

Repsen war schon da, Bernd auch, der Hünenkamp stemmte gerade einen Humpen, der in seinen Händen aussah wie ein Schnapsglas. Dann war da noch der Meier. Ein Jungscher, zäh und auf einem guten Weg. Der hatte nur die Hauptschule geschafft, aber unter Tage war er eine sichere Bank. Schuftete wie ein Berserker.

Werner ließ sich auf einen Stuhl fallen, grüßte in die Runde. Millie stellte ihm ungefragt ein Stauder hin, er hob den Humpen, prostete den anderen zu, trank schweigend.

«Ich hab gehört, dich hat der Mergent auch über den Tresen gezogen?», fragte Repsen.

Werner hatte nicht die geringste Lust, darüber zu sprechen, leerte seinen Humpen und gab Millie ein Zeichen. Die brachte den nächsten.

Repsen sah ihn skeptisch an, dann stand er auf. «Na ja, Pech halt. Tut mir leid. Aber ich hab's euch gesagt.»

Er verließ Tante Millies, zog ein Gesicht wie sieben Tage Regenwetter.

«Was ist denn mit dem los?», fragte Meier.

Bernd Fäller stellte seinen halb leeren Humpen auf den Tisch. «Keine Ahnung, vielleicht hat er die Party vom Wochenende noch nicht verdaut.»

Werner sah auf. «Wieso, was war denn da los?»

Bernd winkte ab. «Ach vergiss es. Nichts Bedeutendes.»

Werner sah einen dunklen Schatten über Bernds Gesicht huschen. Irgendwas war da, aber wenn er nichts sagen wollte, dann halt nicht. Bernd war ein Dickkopf. Wenn er nicht wollte, half selbst eine Schrämwalze nichts.

Sie tranken, redeten ein wenig über die Schicht, waren einer Meinung, dass alles gut verlaufen war. Werners Gedanken kehrten immer wieder zu seinem Plan zurück: Mergent abfangen, ihm drohen, ihn dazu bringen, dass er seinen Tresor öffnete und ihm sein Geld gab. Aber je länger er nachdachte, desto abwegiger schien ihm die Idee. Mergent hatte das Geld sicherlich nicht zu Hause. Bestimmt hatte er es schon längst in der Schweiz oder auf irgendeiner Karibikinsel versteckt. Und wenn man Werner erwischte, wie er ihm drohte, dann hatte er am Ende noch das Nachsehen. Selbstjustiz war verboten. Dafür konnte er in den Bau gehen.

Einer nach dem anderen machte sich auf den Heimweg. Werner bestellte sich noch einen Humpen und noch einen, sein Vorsatz, es bei zwei oder drei zu belassen, war vergessen. Schließlich saß er nur noch mit Meier am Tisch.

Der beugte sich zu ihm. «Der Mergent, das Arschloch, hat mir viertausend Mark abgeluchst. Das Schwein. Der verdient was auf die Fresse, die Polizei macht ja eh nix.»

Werner drehte seinen Deckel in der Hand. Sechs Humpen hatte er gekippt, viel zu viel. Gut, dass er morgen wieder Spätschicht hatte. Das reichte halbwegs, um nüchtern zu werden.

«Auf die Fresse», wiederholte Meier.

So war der. Langsam mit dem Kopf, schnell mit den Fäusten.

Werner schüttelte den Kopf. «Bist du bekloppt? Dann fliegen wir achtkantig raus. Nee, Meier, nicht mit mir. Wenn das alles stimmt, dann geht der in den Bau, und fertig. Ich hab keinen Bock, neben ihm in der Zelle zu sitzen.»

«Hast ja recht.» Meier musterte Werner. «Aber wir könnten ihm wenigstens ein bisschen Angst machen. Das ist nicht verboten, und wenn wir zu zweit sind, kann er eh nix machen. Komm, los, das Arschloch verdient einen anständigen Schreck. Ich fahre, hab kaum was getrunken.»

Werner überlegte. Dem Mergent es wenigstens ein wenig heimzahlen, das war eine gute Idee. «Na ja, ein bisschen foppen kann nicht schaden. Aber wir packen ihn nicht an.»

«Nee, wir klingeln ihn aus dem Bett und stellen 'ne brennende Papiertüte mit Kacke vor die Tür.»

Werner musste unwillkürlich lachen. «Dann tritt er so richtig in die Scheiße.»

«Klar, Mann.» Meier sprang vom Stuhl. «Auf geht's.»

Je länger Werner darüber nachdachte, desto besser gefiel ihm die Idee. Zumindest konnte er Mergent so eins auswischen. Werner legte 20 Mark auf den Tisch, sie gingen zu Meiers Käfer.

«Dahinten hab ich 'ne schöne Tüte von Kaisers. Kannst du was beisteuern?»

Und ob Werner das konnte. Seine Verdauung klappte hervorragend, vor allem nach dem ganzen Bier.

Mergent wohnte im Süden von Essen. Sie brauchten keine Viertelstunde, die Straßen waren so gut wie leer. Er hatte sich ein Haus gekauft, und zwar nicht so eine Hütte wie die Bergleute, sondern eine kleine Villa. Jetzt war Werner klar, woher er das Geld hatte, dieses Schwein. Hätte er doch nur auf die Kumpel gehört, die ihn gewarnt hatten, als er von seinem Plan erzählte, bei Mergent zu investieren.

Repsen hatte nur den Kopf geschüttelt. «So viel Zinsen bietet der?», hatte er gesagt. «Da ist doch was faul. Lass die Finger davon.» Aber Werner hatte die Finger nicht davon gelassen, und jetzt hatte er sie sich anständig verbrannt.

Eigentlich war er selbst schuld. War zu gierig gewesen. Der Mergent hatte die Hand aufgehalten, Werner hatte ihm sein Geld hineingeworfen.

Der Streich mit der Tüte, das ging in Ordnung. Die lag auf dem Rücksitz und stank mächtig vor sich hin. Werner war froh, als sie endlich vor Mergents Haus hielten, auf der anderen Straßenseite. Sie stiegen aus, Meier legte die Tüte vor die bunt verglaste Haustür, klingelte Sturm und zündete sie an, als das Licht im Flur anging. Dann kam er zum Auto zurück.

Die Tür wurde aufgerissen, Mergent stand in Anzug und Straßenschuhen auf der Schwelle, entdeckte die Tüte und versuchte sofort, das Feuer zu löschen. Die Scheiße spritzte, Werner und Meier prusteten los vor Lachen. Das hatte ja hervorragend funktioniert. Werner fühlte Genugtuung. «Komm, Meier, wir schieben ab, war 'ne korrekte Sache.»

Aber Meier dachte gar nicht daran. Er ging über die Straße, auf Mergent zu, der vor sich hin fluchte und nicht darauf achtete, wer da seine Stufen heraufkam. Meier holte aus, schlug zu, knallte Mergent seine Faust aufs rechte Auge. Mergent schrie auf, taumelte nach hinten, Meier sprang hinterher, die beiden verschwanden im Flur.

Werner wusste nicht, was er tun sollte. Mergent verdiente

eine Tracht Prügel, ganz klar, aber er selbst hätte es gar nicht fertiggebracht, ihn so zu schlagen. Am Ende brachte dieser Depp Meier Mergent noch um, und Werner käme in Teufels Küche. Mitgefangen, mitgehangen. Werner rannte los, wollte Meier zurückholen, doch da kam er schon mit schmerzverzerrtem Gesicht aus dem Haus gerannt.

Er stöhnte, stolperte an Werner vorbei. «Der ist vollkommen bekloppt, los, komm schon.»

Werner sah zum Eingang, da tauchte Mergent auf seiner Türschwelle auf und schwang ein Springmesser. Ihm fuhr der Schreck in die Glieder, er machte auf dem Absatz kehrt und rannte Meier hinterher.

«Ihr seid erledigt!», brüllte Mergent. «Ich zeig euch an. Ihr geht in den Knast. Drecksäcke!»

Werner kam am Auto an, Meier warf ihm die Schlüssel zu. «Du musst fahren.»

Werner ließ das Bund fallen, hob es auf, fummelte den Schlüssel ins Schloss und hätte ihn fast abgebrochen, so nervös war er. Selbst als der Förderkorb neulich festgesteckt hatte, hatte er nicht so eine Angst gehabt. Da hatte er gewusst, dass die Kumpel das Problem schnell lösen würden und dass keine Gefahr bestand. Die Fahrkörbe waren zu gut gesichert. Aber dieser Mergent, der war ein echter Krimineller, der schreckte vor gar nichts zurück.

Werner schwang sich hinters Lenkrad, startete den Motor und gab Gas. Meier hielt sich den Arm, Blut tropfte aus dem Ärmel.

«Scheiße, Meier, der hat dich erwischt.»

«Das hat er. Aber das wird er bereuen», presste Meier hervor. «Den mach ich kalt.»

ESSEN, POLIZEIPRÄSIDIUM
––– GEGENWART

«Ein Wunder, dass die Bergleute Rudolf Mergent nicht geteert und gefedert haben.» Elin schloss den letzten Aktenordner.

Holger streckte sich. «Fast eine halbe Million Mark hat er veruntreut. Soweit man weiß. Vielleicht war es auch mehr. Und sein Arbeitgeber, die Pro-Future-Finanz, musste für den Schaden nicht eintreten, weil er nicht in ihrem Namen gehandelt hat.»

«Weil sein Betrug erst öffentlich wurde, nachdem er verschwunden war, hat niemand die Opfer seines Verbrechens ernsthaft verdächtigt. Die Kumpel wurden vernommen, haben aber dichtgehalten.» Elin schüttelte den Kopf. «Das würden wir heute nicht durchgehen lassen.»

Holger kratzte sich am Kopf und zeigte auf das Whiteboard, auf dem sie eine vorläufige Zeitleiste erstellt hatten. «Am 14.10.1988 ereignete sich das Grubenunglück. Eine Woche später hat Anna Mergent, die Frau des Opfers, ihn als vermisst gemeldet.» Er überlegte einen Moment. «Die These, die wir weiterverfolgen: dass Mergent erschossen wurde. Anna Mergents Angaben zufolge hat er am 13.10.1988 abends das Haus verlassen und ist nicht mehr nach Hause zurückgekehrt. Gleichzeitig wissen wir, dass er auch Täter war.»

«Wie gesagt, damals hat niemand einen Zusammenhang gesehen zwischen seinem Verschwinden und dem Unglück. Die Ermittler gingen davon aus, dass er zu Recht fürchtete, entlarvt zu werden, und deshalb geflohen ist. Die Bergleute haben geschwiegen und so dafür gesorgt, dass niemand von ihnen unter Verdacht geriet. Die können das. Wenn die nichts sagen wollen, kriegt man nichts aus denen raus. Stur wie der Berg, dem sie jeden Tag zu Leibe rücken. Von dem Geld fehlt bis heute jede Spur.»

«Anna Mergent stand natürlich unter Verdacht, ihren Mann umgebracht und das Vermögen in die eigene Tasche gesteckt zu haben. Sie wurde durchleuchtet und über drei Jahre hinweg observiert. Anfänglich rund um die Uhr, danach eher sporadisch. Aber es gab nicht den geringsten Hinweis, dass sie ihren Mann hat verschwinden lassen, um mit dem Geld ein angenehmes Leben zu führen. Sie hat ihre Kinder mit Sozialhilfe und Gelegenheitsjobs durchgebracht.»

Elin stellte sich die Verzweiflung der jungen Mutter vor. Der Mann verschwunden, entlarvt als Betrüger, keine Nachricht, nichts, das Geld knapp, sie musste ihr Haus verlassen, das versteigert wurde, aber kaum etwas blieb davon übrig. Die Polizei war ihr ständig auf den Fersen. Es lief ihr eiskalt über den Rücken.

Holger stand auf, trat ans Board und fuhr mit dem Zeigefinger an der roten Linie entlang. «Nach zehn Jahren hat sie den Antrag gestellt, ihren Ehemann für tot erklären zu lassen. Das ist auch geschehen. Seit 1998 gilt sie als Witwe. Sie hat nie wieder geheiratet, lebt nach wie vor von staatlicher Zuwendung.»

In der Akte hatten sie ein Foto von Anna Mergent gefunden, das am 26.8.1987 am Strand der westfriesischen Insel Ameland aufgenommen worden war. Das ging aus der handschriftlichen Bemerkung hervor, die jemand auf die Rückseite geschrieben hatte. Ihr 24. Geburtstag. Anna Mergent war eine Schönheit gewesen. Hohe Wangenknochen, große, fast schwarze Augen, eine edle Nase, volle Lippen, schwarze Locken bis unter die Schulterblätter. Sicherlich hatten sich viele Männer um sie gerissen. Zu ihrem perfekten Gesicht kam ein warmes Lächeln, und selbst nach drei Geburten, zwei Töchter und ein Sohn, war sie gertenschlank, ihre braun gebrannten langen Beine makellos. Sie hätte als Model arbeiten können. Das Foto zeigte sie lachend, die Haare schienen vom Wind verweht zu werden, mit einer Hand strich sie sie sich aus dem Gesicht, das sie dem Fotografen halb zugewandt hatte.

Elin blätterte in den Unterlagen. «Sie hat ihr drittes Kind verloren. Paul Mergent, geboren am 20.12.1986, gestorben eine Woche später. Sie ist die Kellertreppe hinuntergestürzt, es kam zur Frühgeburt, 28. Schwangerschaftswoche, der Junge hat nicht überlebt.» Sie sah auf. «Heute hätte er es geschafft. Die Medizin hat in den letzten dreißig Jahren erhebliche Fortschritte gemacht.»

Holger schüttelte traurig den Kopf. «Furchtbar. Zuerst das Kind, dann der Ehemann.» Er nahm das Foto von Anna Mergent und studierte es. «Keine Ringe unter den Augen, keine Trauerfalten, keine Verbitterung, im Gegenteil. Sie hat die Tragödie mit ihrem Sohn offensichtlich gut überstanden.»

«Jeder Mensch trauert anders. Und vielleicht hat sie ja Hilfe in Anspruch genommen, und ihr Mann hat sie unterstützt?» Elin dachte an Jana, die den Tod ihres Vaters ebenfalls gut verkraftet hatte, zumindest äußerlich. Es hatte sie nicht aus der Bahn geworfen, sie war ihrer Mutter nicht von der Seite gewichen, sie hatten sich gegenseitig gestützt und viele Stunden mit Reden verbracht. Jana rief ihre Mutter jeden Tag an, besuchte sie, wann immer es ging. Geweint hatte Jana nie. Elin wusste, eines Tages würde sich ihre Trauer Bahn brechen.

«Das ist möglich. Wann sind die Töchter geboren?»

Elin zog ihre Notizen zurate. «Anne-Marie am 7.3.1984, Lucia am 19.6.1985.»

«Beide Schwestern haben Deutschland den Rücken gekehrt, als sie volljährig wurden.»

Elin stutzte. «Das steht in den Akten?»

«Die beiden sind noch eine Weile von Zielfahndern beobachtet worden.»

«Rudolf Mergent war zu der Zeit doch schon längst für tot erklärt worden.»

Holger nickte. «Die Ermittler wollten sich nichts vorwerfen lassen. Es ging schließlich um eine Menge Geld und viele betrogene Bergleute. Ab 2005 gibt es keine Einträge mehr in der Akte.»

«Wohin sind die Schwestern gegangen?»

«Mallorca. Gastronomie.» Holger hob amüsiert die Brauen. «Dort sollten wir mit unseren Vernehmungen anfangen. Was meinst du?»

Elin seufzte. «Liebend gerne. Strand und Meer, Paella und Rotwein, das kann nie schaden. Ich fürchte aber, für den Anfang müssen wir uns mit Essen-Kray zufriedengeben.»

«Warte mal. Sie sind nicht mehr auf Mallorca. Inzwischen sind sie in den USA und Kanada. Auch nicht schlecht. Da wollte ich schon immer mal hin.» Holger seufzte. «Aber daraus wird wohl auch nichts, so wie ich unseren Chef kenne.»

Sie griffen ihre Jacken, Holger übernahm wieder das Fahren, doch diesmal hatte er es nicht so eilig.

Elin hatte schon einige Todesnachrichten überbringen müssen, und es war nie leicht. Die Angehörigen machten sich so lange Hoffnungen, bis der Tod des geliebten Menschen unzweifelhaft bewiesen war. Das war bei Anna Mergent sicher nicht anders, und Elin musste diese Hoffnung bei ihr nun zerstören. Auf der anderen Seite hatte Mergents Witwe jetzt die Gelegenheit abzuschließen, konnte ihren Mann begraben, wusste, dass er sie nicht verlassen hatte, sondern höchstwahrscheinlich Opfer eines Gewaltverbrechens geworden war.

Elin war sich sicher, dass das 13. Opfer Rudolf Mergent war. Kein Zivilist durfte einfach so unter Tage gelangen, das war zu gefährlich ohne funkenfreie Kleidung. Durch Reibung von statisch aufgeladenen Stoffen konnte ein Funke entstehen und eine Grubengasexplosion auslösen. Zwar bestand die theoretische Möglichkeit, dass seine Schuhe an den Füßen eines anderen in den Berg gelangt waren, aber das war so gut wie ausgeschlossen. Dennoch war eine endgültige Identifizierung notwendig. Immer wieder ging ihr durch den Kopf, dass sie mit ihrer These, dass Mergent auch das Mordopfer war, vielleicht doch in die falsche Richtung ermittelten. Aber die Indizien waren stark. Sie blieb dabei, auch wenn sie noch keinen Beweis dafür hatten, dass der Schuh und der Schädel mit dem Einschussloch zu ein und derselben Person gehörten.

Vor dem schmucklosen zweistöckigen Sozialbau mit der grauen, leicht verwitterten Fassade, aber neuen weißen Kunststoffdoppelverglasungen war ein Parkplatz frei. Holger parkte neben in die Jahre gekommenen Kleinwagen, ein Anhaltspunkt für das Einkommensniveau der Bewohner hier in Essen-Kray, einem Viertel, das als schwierig galt, obwohl die Kriminalitätsrate eher durchschnittlich war.

Das Haus beherbergte ein Dutzend Wohnungen, von außen ohne jegliche individuellen Merkmale. Es gab keine Vorgärten, aber auch keinen Müll. Das gesamte Gelände wirkte fast schon steril, so sauber gefegt war jede Platte und jeder Zentimeter Asphalt. Für Essen-Kray nicht selbstverständlich. Erst vor zwei Wochen hatte brennender Müll in der Nähe einen Großeinsatz der Feuerwehr ausgelöst. Elin hätte sich hier nicht wohlgefühlt.

Holger zeigte auf die letzte Haustür. Sie gingen darauf

zu, die Tür schlug auf, zwei Jungs, ungefähr zehn Jahre alt, stürmten heraus, der eine hatte sich einen Fußball unter den Arm geklemmt. Der andere sah Elin und Holger und beeilte sich, die Haustür zuzuziehen. Das war nicht ganz einfach, der Schließer leistete Widerstand, aber der Junge schaffte es und rannte wie vom Teufel gehetzt seinem Freund hinterher, ohne sich noch mal umzusehen. Ganz klar, hier sollten keine ungebetenen Gäste hereinkommen.

Holger grinste. «Nicht mal trocken hinter den Ohren, aber schon ganz schön streetwise.»

«Wahrscheinlich haben die Eltern ihnen eingeschärft, niemandem zu trauen und keine Fremden reinzulassen. Kann ich verstehen. Würde ich auch machen. Vor allem hier.»

«Ist ja nicht die Bronx», erwiderte Holger.

«Eben.» Elin zuckte die Schultern. «Die Bronx ist auch nicht mehr das, was sie mal war. Ist inzwischen gentrifiziert, da kriegst du keine Wohnung unter 1500 Dollar im Monat. Kalt.»

Holger pfiff durch die Zähne, studierte die Klingelschilder, läutete bei Anna Mergent. Der Name stand mit Arial auf einem weißen Schild, alle anderen sahen genauso aus. Geradlinig, einfach zu lesen, charakterlos. Ob die Wohnungen auch alle gleich eingerichtet waren? Dieselbe Küche, die von einem Mieter zum anderen weitergereicht wurde? Designermöbel konnte sich hier sicher niemand leisten.

«Wer da?», krächzte es aus der Sprechanlage, die wahrscheinlich auch vor über zwanzig Jahren eingebaut worden war.

«Anna Mergent?», fragte Elin freundlich. «Elin Akay. Ich bin von der Polizei.»

«Polizei? Was wollen Sie?» Anna Mergent klang nicht ärgerlich oder abweisend, sondern ängstlich.

«Wir müssen mit Ihnen reden. Würden Sie uns bitte öffnen. Es ist dringend.» Elin hatte sich daran gewöhnt, dass sich die Menschen der Polizei gegenüber im besten Fall zurückhaltend gaben.

Einen Moment blieb es still. Dann ertönte der Summer, sie traten in einen Flur. Drei Stufen aus belgischem Granit, den Elin hier nicht erwartet hatte, führten zur verschlossenen Wohnungstür von Anna Mergent. Hinter der Milchverglasung machte Elin die Silhouette einer Frau aus. Ein Stück oberhalb der Klinke war ein kleines Rechteck durchsichtig.

Elin zog ihren Dienstausweis aus der Tasche, hielt ihn vor das Glas und klopfte leise. «Wir sind wirklich von der Polizei, Frau Mergent, bitte überzeugen Sie sich.» Die Silhouette bog sich, Elin sah ein Paar dunkelgraue Augen, faltige Haut. Anna Mergent war neunundfünfzig Jahre alt, doch ihr Gesicht wirkte wie das einer Greisin. Ihre frühere Schönheit war kaum noch zu erkennen, Jahre der Einsamkeit und der Unsicherheit hatten sie weggewaschen.

Das Gesicht verschwand, Elin hörte das klackende Geräusch von Schlössern. Diese Frau hatte nicht einfach abgesperrt, sondern zusätzliche Riegel angebracht. Schließlich schwang die Tür nach innen auf. Wovor hatte sie Angst?

Anna Mergent beäugte Elin misstrauisch. «Wer ist der Mann?»

Holger hielt ihr seinen Ausweis hin. «Guten Tag, Frau Mergent. Ich bin Kriminaloberkommissar Holger Sieburg.» Er lächelte warm. Mit diesem Blick hätte er ein Auto ohne Reifen verkaufen können.

Anna Mergent trat zur Seite. Elin ging drei Schritte in die Wohnung, stand im Wohnzimmer und hatte das Gefühl, eine Zeitreise von vierzig Jahren zu machen, in einen gutbürgerlichen Haushalt mit Eiche-massiv-Möbeln und

Kruzifix an der Wand. Bei genauem Hinsehen erkannte sie jedoch, dass die Möbel furniert und abgewetzt waren, die weißen Tapeten angegraut. Ansonsten herrschte Ordnung, nichts lag herum, die Fernsehzeitschrift akkurat mittig ausgerichtet auf einem Beistelltisch, es roch frisch, nirgends war Staub zu sehen.

Da Anna Mergent keine Anstalten machte, ihnen einen Platz anzubieten, räusperte sich Elin und begann zu sprechen.

«Gestern Abend haben wir Schuhe mit dem Namen Ihres Mannes gefunden. In unmittelbarer Umgebung die sterblichen Überreste mehrerer Personen, bei einer von ihnen handelt es sich mit hoher Wahrscheinlichkeit um Ihren Ehemann, Rudolf Mergent.»

Anna Mergent blickte zwischen Holger und ihr hin und her. «Wo?»

«Schacht Ludwig V. Siebte Sohle. Ein Wassereinbruch hat mehrere Skelette freigespült. Das Wandernde Dutzend.»

Anna Mergent zeigte keine Regung. Kaum hörbar sagte sie: «Die Wege des Herrn sind unergründlich.»

«Frau Mergent, damit wir hundertprozentig sicher sein können, dass der Tote Ihr Mann ist, bräuchten wir Unterlagen, um ihn endgültig zu identifizieren. Haben Sie irgendwelche ärztlichen Dokumente? Vom Zahnarzt vielleicht? Ist er mal geröntgt worden?»

Sie schüttelte den Kopf. «Als er für tot erklärt wurde, habe ich alles weggeworfen. Ich wollte nicht ständig an ihn denken müssen. Aber das hat nicht geklappt. Es ist kein Tag vergangen, an dem ich nicht an ihn gedacht habe.»

Elin nickte. «Abseits von Unterlagen, hat Ihr Ex-Mann sich mal das Bein gebrochen? Oder hatte er eine Operation am Knie? Oder etwas Ähnliches?»

Anna Mergent blickte Elin in die Augen, ihr Blick war seltsam leer, und dennoch schienen die Erinnerungen in ihrem Inneren wie ein Kinofilm abzulaufen. Ihre Kiefer mahlten, ihre Hände öffneten und schlossen sich.

«Frau Mergent?» Elin berührte die Frau leicht am Unterarm.

Sie erschrak nicht, sondern redete leise weiter. «Er hat seine Schuhe immer getragen, auch an dem Tag, als er verschwand. Alle seine Schuhe trugen seinen Namen. Da war er eigen. Er hat auch in seine Anzüge Namensschilder einnähen lassen. Er hat immer gesagt, wenn ihm etwas gestohlen wird, dann kann er beweisen, dass es ihm gehört.»

Das stützte die Annahme, dass es sich bei dem 13. Opfer, dem Nicht-Bergmann, um Rudolf Mergent handelte, der anscheinend ein ganz besonderes Verhältnis zu seinem Eigentum hatte.

Anna Mergent wandte sich ab. «Er ist tot.» Sie blickte ins Leere, in die Vergangenheit.

Elin hätte viel darum gegeben, in ihrem Kopf sein zu können, die Bilder und Gefühle zu erleben.

«Er ist immer so schnell gefahren. Zu schnell. Schneller, als er es konnte. Er hielt sich für einen Rennfahrer, aber er war einfach nur ein ganz normaler Skitourist, der ein paar Kurse gemacht hatte. Er hat sich beim Skifahren den rechten Unterschenkel und die rechte Hüfte gebrochen. Mehrfach. Danach konnte er nicht mehr Skifahren. Das hat ihn schwer getroffen, hat ihn verändert.» Sie starrte weiter ins Leere, dann seufzte sie. «Er hat auf die Ärzte geschimpft und auf seine Skier und seine Schuhe. Er war überzeugt davon, dass das Material schlecht war, ebenso wie die Ärzte. Aber ich weiß, die haben ihm das Bein gerettet. Mit einer Menge Schrauben. Fast zwölf Stunden haben sie ihn operiert. Und er hat es ihnen gedankt, indem er ihnen seine Anwälte auf den Hals gehetzt hat.»

Das musste zu der Zeit gewesen sein, als Rudolf Mergent über das Geld seiner Kunden verfügt und es mit vollen Händen ausgegeben hatte, überlegte Elin. Endlich kam Bewegung in die Sache.

«Hat er etwas erreicht?», fragte Holger.

«Nichts hat er erreicht. Tausende Mark hat er für die Anwälte bezahlt, aber alle Klagen wurden abgeschmettert.»

«Würden Sie mich einen Moment entschuldigen?»

Anna nickte stumm, Elin verließ die Wohnung und rief Lüderitz an, der sofort ranging. Anscheinend war er gerade über Tage.

«Frau Akay, ich grüße Sie. Was gibt es?»

«Haben Sie einen Unterschenkel und eine Hüfte gefunden, in denen Schrauben stecken, von einer schweren Operation?»

«Das habe ich allerdings. Sieht aus, als wäre jemand unter einen Panzer geraten.»

«Es war ein Sportunfall. Ski.»

Lüderitz kratzte sich hörbar am Bart. «Ja, diese Verletzungen könnten von einem Skiunfall stammen. Die Leute haben ja keine Ahnung, welche Energie sie speichern, wenn sie mit achtzig Sachen die Piste runterrasen. Diese Energie wird bei einem Aufprall wieder freigesetzt. Steht eine Wand im Weg, ist man tot. Augenblicklich. Der Mann hatte Glück, dass er den Unfall überlebt hat.» Er schwieg einen Moment. «Ich nehme an, Sie sind bei Anna Mergent. Sagt sie die Wahrheit?»

«Mit an Sicherheit grenzender Wahrscheinlichkeit.» Elin mochte diese Wendung nicht, aber sie kam den Tatsachen am nächsten.

«Dann handelt es sich beim dreizehnten Skelett mit ebensolcher Wahrscheinlichkeit um Rudolf Mergent. Darauf verwette ich meinen Doktortitel. Hat er Nachkommen?»

«Zwei Töchter, aber die leben inzwischen im Ausland, USA und Kanada. Das wird dauern, bis wir deren DNA haben.»

«Dann gebe ich den Schädel und die Hüfte sofort ins Labor und mache Druck. Ich denke, in sechs Stunden haben wir das Ergebnis. Ach ja, wir haben fast alle Knochen der dreizehn Opfer zusammen, ist ein ganz schönes Durcheinander. Aber das wird schon, sobald die DNA-Untersuchungen da sind.»

«Danke, Professor Lüderitz. Sie und Ihr Team sind die Besten.»

«Ein solches Kompliment ist üblicherweise entweder mit einer Forderung verbunden oder leitet eine herbe Kritik ein. Wenn ich Sie nicht kennen würde, würde ich mir jetzt ernsthaft Sorgen machen.»

«Seien Sie sich bei mir mal nicht zu sicher, Professor. Die Forderung kann noch kommen.» Sie lachte kurz, dann legte sie auf, atmete durch und kehrte in die Wohnung zurück.

«Frau Mergent. Auf Grundlage Ihrer Aussage ist es so gut wie sicher, dass wir Ihren Ex-Mann gefunden haben. Er ist sehr wahrscheinlich Opfer eines Gewaltverbrechens geworden. Es tut mir leid.» Elin hoffte, dass sie recht behielt, denn der letzte Beweis, dass Mergent das Mordopfer war, war noch nicht erbracht.

«Muss es nicht», kam es leise zurück.

Elin stutzte. Was wollte Anna Mergent damit sagen? Dass sie froh war, dass sie endlich Gewissheit hatte, dass ihr Mann nicht wiederkehren würde? Dass sie schon lange mit der Vergangenheit abgeschlossen hatte? Dass er den Tod verdient hatte? Seine Frau zeigte keinerlei Erstaunen oder Überraschung, dass ihr Mann ermordet worden war.

Anna Mergent zuckte die Schultern. «Es ist vierunddreißig Jahre her. Ich habe nicht damit gerechnet, ihn lebend wiederzusehen.» Sie versuchte ein Lächeln, das misslang. «Dass er ermordet wurde, ist natürlich nicht schön. Aber wenn ich ehrlich bin, habe ich auch damit gerechnet. Sicherlich wissen Sie schon, dass er viele Menschen um ihr Erspartes gebracht hat.»

Elin und Holger nickten gleichzeitig.

«Dürfte ich jetzt alleine sein? Sie können gerne morgen wiederkommen und mich alles fragen, was Sie wollen. Jetzt möchte ich mit meinen Töchtern sprechen.» Ihre Miene verdunkelte sich noch mehr. «Ich habe seit vielen Jahren keinen Kontakt mehr zu ihnen. Sie wollen mich nicht sehen, und ich weiß nicht einmal, warum.»

Das war seltsam. Es musste doch einen Grund geben, warum ihre Töchter den Kontakt abgebrochen hatten. Hatten sie ihre Mutter für das Verschwinden ihres Vaters verantwortlich gemacht? Jetzt war nicht der richtige Zeitpunkt, das Thema aufzugreifen, aber Elin würde die Frage im Hinterkopf behalten.

«Ich werde ihnen sagen, dass ihr Vater tot ist und wie er ums Leben kam. Sie müssen sich also nicht bemühen.»

«In Ordnung», sagte Elin. «Es ist am besten, wenn sie es von Ihnen erfahren. Auch wenn Sie sich nicht gut verstehen.»

Elin und Holger verabschiedeten sich und verließen die Wohnung. Als sie vor der Haustür standen, wandte sie sich an Holger. «Was meinst du?»

Er hob den Kopf, blickte in den Himmel, dann auf den Boden, streckte sich.

«Mir ist etwas aufgefallen.»

Elin nahm an, es war das Gleiche wie ihr auch.

«Sechsundzwanzig Fotos ihrer Töchter. Obwohl sie ihre Mutter nicht sehen wollen.»

«Und nicht eins ihres Mannes.» Sie wandte sich noch einmal zu dem Haus um. «Sie hat ihn nicht wirklich vermisst. Oder wollte sie nicht jeden Tag sein Bild sehen, weil der Schmerz zu groß war?»

«Oder weil sie sich nicht ständig mit dem Mord an ihrem Ehemann konfrontieren wollte.»

Elin nickte. Welches Geheimnis Anna Mergent wohl mit sich herumtrug?

ESSEN, SONNENKLINIK
––– GEGENWART

Jana betrachtete Werner aufmerksam. Er schien noch immer in der Vergangenheit festzustecken. Herr im Himmel, was für eine Geschichte hatte er ihr da gerade erzählt!

«Wie geht es dir?», fragte sie sanft.

Sein Blick klärte sich. «Ich hatte das alles vollkommen vergessen, Jana. Und ich weiß immer noch so vieles nicht. Es ist, als würde ich mit einem Streichholz einen riesigen Keller erkunden. Sobald ich in eine kleine Kiste geschaut habe, geht das Streichholz aus. Aber ich kann kein neues anmachen. Es ist, als wären die anderen Streichhölzer nass und müssten erst trocknen ...» Er brach ab und stützte den Kopf in die Hände.

Jana hätte Werner eine solch bildhafte Sprache gar nicht zugetraut. Aber er traf mit dieser Beschreibung recht genau, was in seinem Gehirn vor sich ging. Durch den alten Schock damals und den neuen jetzt hatte das Gehirn in Teilen seines Gedächtnisses, sozusagen des Kellers, das Licht ausgeknipst, um ihn zu schützen. In anderen Teilen leuchteten hier und da Lampen auf. Glücklicherweise war es in seinem Fall so, dass durch die Ausschüttung der Stresshormone die Erinnerungen anscheinend noch vorhanden waren, aber eben im Dunklen lagen.

Sie musste, so schnell es ging, Elin anrufen. Werners Erinnerung legte nahe, dass Meier damals gleich zwei Motive gehabt hatte, Mergent zu beseitigen. Zum einen die Rache für den Verlust seines Geldes, zum anderen die Angst davor, dass Mergent ihn anzeigen könnte. Im schlimmsten Fall hätte er seinen Job verloren.

Jana spürte einen leichten Schub des Jagdfiebers, das sie ergriff, wenn es in einem Fall voranging. Manchmal fragte sie sich, warum sie nicht Ermittlerin geworden war. Aber wenn sie an die ganze Bürokratie und den Papierkram dachte, wurde ihr das ziemlich schnell wieder klar. Wenn sie ein Gutachten anfertigte, pfuschte ihr außerdem niemand dazwischen, sie war unabhängig, Herrin ihrer selbst.

«Meinst du, Meier ist es gewesen?», fragte Werner und sah sie an.

«Das kann ich nicht sagen.» Sie hoffte inständig, dass es nicht Werner gewesen war, der, um sich und Meier zu schützen, zur Waffe gegriffen hatte.

Erst mal musste sie die Akten studieren, herausfinden, ob Meier psychisch überhaupt zu einem Mord disponiert war. «Weißt du noch, was danach passiert ist?»

Werner kniff die Augen zusammen, er atmete schwer. «Nein. Das Licht ist aus. Ich sehe nichts mehr. Ich weiß nicht, wohin ich ihn gefahren habe.» Er senkte seine Stimme zu einem Flüstern. «Was ist damals passiert?»

«Willst du es denn wissen?»

«Ja.» Seine Antwort kam schnell und nachdrücklich. «Ich will mich erinnern. Und wenn ich es war, der Mergent umgebracht hat, dann werde ich die Konsequenzen tragen.»

«Immer mit der Ruhe, Werner.» Gegen den Gedanken, Werner könnte ein Mörder sein, sträubte sich alles in Jana. Es passte nicht zu ihm. «Wir werden es herausfinden. Kann ich kurz Elin anrufen? Ist das okay für dich? Es kann sein, dass sie dich vernehmen wird.»

«Ich werde alles sagen, was ich weiß.»

«Dir geht es gut?»

Werner nickte.

«Okay, ich bin gleich wieder da.»

Vor der Tür holte sie ihr Handy aus der Tasche. Elin ging sofort ran.

«Ich habe gerade mit Werner gesprochen. Er hat sich an etwas erinnert.»

«Ich stelle auf laut, damit Holger mithören kann.»

Nach vier Minuten, in denen Jana wiederholte, was Werner ihr erzählt hatte, atmete Elin hörbar aus. «Werner ist in guten Händen, und er bleibt erst mal, wo er ist?»

«Er ist absolut kooperativ. Willst du ihn vernehmen?»

«Nein, du bist nah an ihm dran, das ist gut so. Nur wenn sich weitere Hinweise ergeben, dann muss es sein. Sehen wir uns heute Abend zur Soko-Besprechung? Halb acht?»

Jana überschlug ihre Termine. Wenn sie zwei Sitzungen verschob, würde es klappen. «Wo?»

«Im Dead End.»

«So informell?»

«Ein bisschen Teambildung.» Elin schwieg einen Moment. «Damit es keine böse Überraschung gibt: Stefanie Eschenbach ist mit in der Soko.»

Jana zögerte, spürte Ärger, schluckte ihn herunter. Ausgerechnet die Eschenbach. Jana wusste nicht, ob sie es schaffte, ihr gegenüber neutral und sachlich zu bleiben. Sie nahm sich vor, es zu versuchen, sich nicht provozieren zu lassen. «Du suchst dir halt die Besten. Kann ich verstehen. Ich muss aber kein Blatt vor den Mund nehmen? Wenn sie Unsinn erzählt, dann ...»

«Dann darfst du sie korrigieren. Natürlich kollegial und sachlich.»

Jana war gespannt, ob sie das durchhielt. «Dann bis später.»

«Bis später.»

Sie legte auf, ging zurück ins Zimmer und setzte sich neben Werner, der sich einen Block und einen Kugelschreiber genommen hatte und etwas notierte.

«Ich will nichts mehr vergessen, verstehst du? Ich will mich an alles erinnern.» Er blickte sie geradezu flehentlich an. «Hilfst du mir dabei?»

Jana zögerte. Konnte sie es wagen, mit jemandem eine Traumatherapie anzugehen, der ihr so nahestand? Elin gegenüber hatte sie strikt abgelehnt, ihre Angst vor tiefen und engen Räumen zu behandeln.

«Bitte, Jana. Du bist die Einzige, mit der ich reden kann. Professor Maibaum war bei mir, er ist sicher total kompetent, das will ich gar nicht infrage stellen. Und ich verdanke ihm, dass ich hier bin. Aber ich kann nicht mit ihm so reden wie mit dir.»

Sie kannte Werner gut genug, um zu wissen, dass er ihr nichts vormachte. Damit saß sie in der Falle. Werner war ein wertvoller Zeuge, er wollte sich erinnern, er war mit allem einverstanden, eine bessere Compliance gab es nicht. Sie konnte schlecht ablehnen, auch wenn sie sich nicht wohl damit fühlte, sein Trauma zu behandeln.

«Also gut. Ich werde es versuchen. Allerdings unter einer Bedingung. Sollte ich merken, dass ich meine professionelle Distanz verliere, steige ich sofort aus und übergebe dich an eine Kollegin. Oder einen Kollegen.»

Werners Augen umspielte ein leises Lächeln, zum ersten Mal seit dem Vorfall in der Zeche. Er nahm ihre Hände. «Danke, Jana.»

Sie drückte sie fest und stand auf. «Ich muss los, in die forensische Psychiatrie. Sobald ich wieder Zeit habe, komme ich zu dir.» Sie lächelte ihn noch einmal an, dann ging sie zur Tür, winkte über die Schulter, machte sich auf den Weg.

Werner schien sich nicht im Klaren darüber, welche Dämonen auf ihn warten konnten. Dämonen, die ihn in die Hölle stürzen würden.

ESSEN-KRAY
——— GEGENWART

Elin stand vor dem Haus, in dem Anna Mergent seit so vielen Jahren vor sich hin litt, fragte sich, was jetzt in ihr vorging. Stand sie hinter der Gardine und beobachtete Elin und Holger, hoffte, dass sie endlich einstiegen und verschwanden? Kämpfte sie mit den Erinnerungen, wie sie ihren Mann ermordet hatte? Gemeinsam mit Hartmut Meier oder einem anderen Kumpel? Vielleicht sogar mit Werner Flemming. Elin hoffte inständig, dass dies nicht zutraf. Es hätte Jana das Herz gebrochen.

Elin stieg ins Auto ein, sie zeigte Holger das Ergebnis der Suchanfrage zu Hartmut Meier.

Er las das Dokument auf ihrem Tablet. «Wow. Sechs Verurteilungen wegen Körperverletzung, eine wegen schwerer. Alles Kneipenschlägereien. Der gute Mann hat sich nicht unter Kontrolle. Eine Gefahr für die Öffentlichkeit.»

«Er hat Glück gehabt, dass er nicht eingewiesen wurde.»

Holger scrollte weiter. «Er hat in der letzten Haft eine Aggressionstherapie gemacht. Auflage vom Richter. Moment.» Er öffnete eine verlinkte Datei. «Hier. Der Bericht des forensischen Gutachters. Die Therapie war erfolgreich. Zumindest gibt es danach keinen Eintrag mehr. Meier hat sich gefangen. Das ist die gute Nachricht.»

«Die schlechte ist», sagte Elin und zeigte auf einen Vermerk, «er ist Mitglied im Schützenverein, und er hat eine Waffenbesitzkarte. Das kann ja wohl nicht wahr sein.»

«Bei den Vorstrafen?» Holger schüttelte den Kopf.

Elin öffnete eine weitere Datei. «Seit seiner letzten Verurteilung sind mehr als fünfzehn Jahre vergangen, seine Strafe hat er abgesessen. Der Schützenverein hat für ihn gebürgt, deshalb war der Beitritt möglich. Er besitzt einen Smith & Wesson Revolver, Kaliber 0.357 Magnum, und eine Glock 17,9 mm Parabellum. Immerhin ist er in Essen gemeldet.»

«Glaubst du, er war es?», fragte Holger unvermittelt.

«Es ist möglich. Vor 34 Jahren war Meier ein Hitzkopf und gewaltbereit. Eine Waffe zu besorgen war kein Problem. Und er hatte ein doppeltes Motiv: Mergent hat ihn betrogen und verletzt. Und er war für Meier eine echte Bedrohung, schließlich wollte er ihn anzeigen.»

«Wir müssen noch mal mit Anna Mergent reden.»

Elin schloss das Suchfenster der Datenbank, sie stiegen aus und gingen zum Haus zurück. Anna Mergent öffnete die Tür, bevor Elin klingeln konnte.

«Bitte, kommen Sie herein.»

Jetzt hätte Elin gerne Janas Expertise zurate gezogen. Wie tickte diese Anna Mergent? Wie waren ihre Reaktionen einzuordnen? Elin konnte diese Frau nicht einschätzen, spürte nicht, ob sie traurig war oder wütend oder verzweifelt. Sie war wie eine Blackbox. Äußerlich glatt, aber was im Innern schlummerte, wusste Elin nicht. Es konnte ein Sprengsatz sein oder die Lösung ihrer Fragen.

«Danke», sagte sie.

Wieder blieben sie im kleinen Flur stehen. «Frau Mergent», begann Elin und sah ihr in die grauen Augen, die eingerahmt waren von tiefen Falten. «Ich weiß, es ist lange her, aber erinnern Sie sich an einen Vorfall am 3. Oktober 1988? An diesem Abend ist Ihr Mann angegriffen worden. Von einem Bergmann. In Ihrem Haus.»

Elin musste ihr genug Informationen geben, damit ihr Gedächtnis weit genug zurückspringen konnte, aber nicht zu viel, um ihre Erinnerung nicht zu beeinflussen.

Anna Mergent blickte zu Boden. Sie schwieg. Seufzte. Rieb sich mit den Fingern die Augen. Legte sie sich eine Geschichte zurecht, oder lösten die Erinnerungen starke Gefühle bei ihr aus? Die Blackbox schien zum Leben zu erwachen.

Sie blickte auf, an Elin vorbei.

«Rudolf war außer sich vor Wut. Zwei Bergleute hatten eine brennende Papiertüte vor die Tür gestellt, voll mit … Fäkalien. Er hat versucht, das Feuer auszutreten und hat dabei ein Paar seiner Lieblingsschuhe ruiniert. Er war gerade erst nach Hause gekommen, von einem Essen mit einem Kunden. Er hat das Messer gepackt, das immer bereitlag, und den einen, der ins Haus kommen wollte, in die Flucht geschlagen.»

Ein schwaches Lächeln huschte über ihr Gesicht. Auch nach so vielen Jahren war sie anscheinend stolz auf ihren Mann, der sich verteidigt hatte, obwohl sie ihm ansonsten nicht nachzutrauern schien.

Elin entging nicht das Wort «immer». Mergent schien also mit Angriffen gerechnet zu haben.

«Was für ein Messer war das?», fragte Holger.

«Ein Springmesser.» Anna Mergent formte ihre Hand zu einer losen Faust, so wie man ein Messer hält, und drückte mit dem Daumen. «Die Klinge ist seitlich rausgeschossen. Die war scharf wie ein Rasiermesser.»

«Ist es noch in Ihrem Besitz?»

Anna Mergent zögerte.

«Keine Sorge, Frau Mergent. Wir werden Sie nicht belangen, auch wenn das Messer die gesetzlichen Bestimmungen zum erlaubten Besitz nicht erfüllt. Es wäre als Indiz für uns wichtig.»

«Glauben Sie, dass es einer von den beiden war?» In ihren Augen flackerte es, als würde sie sich an etwas erinnern. Doch sie sagte nichts weiter.

«Im Moment sammeln wir nur Informationen, Frau Mergent», sagte Holger sanft. «Es waren also zwei?»

«Einer wartete draußen, an ihrem Wagen.»

«Würden Sie uns bitte sagen, wo das Messer ist?»

Anna Mergent sah sich wie in Zeitlupe um. Der Gedanke an das Messer schien sie zu lähmen. «Es muss irgendwo im Keller liegen ...» Sie schien für einen Moment zu schwanken.

Also hatte sie doch nicht alles beseitigt, was mit ihrem Mann zu tun hatte. Elin verzichtete darauf, sie damit zu konfrontieren. Hauptsache, das Messer war noch da. Und vielleicht auch andere Sachen.

Holger hielt ihr eine Hand hin. «Darf ich Ihnen behilflich sein? Das alles ist sicher nicht leicht für Sie.»

Sie stockte. Tränen traten ihr in die Augen. Jetzt zeigte sie starke Gefühle. Elin erkannte Wut und Zorn. Rührten die Emotionen daher, dass ihr Mann sie im Stich gelassen hatte? Aber sie wusste doch jetzt, dass das nicht der Fall gewesen war. Er war ermordet worden. Was also trieb sie um? Sie wusste seit mehr als dreißig Jahren, dass er betrogen hatte, deswegen hatte sie alles verloren. Kamen jetzt unterdrückte Gefühle ans Tageslicht, die ebenso lange verschüttet gewesen waren wie ihr Mann?

«Dieser verfluchte Mistkerl!» Sie stockte. «Verzeihen Sie bitte meine Ausdrucksweise. Ich fluche sonst nie.» Sie nahm Holgers Arm, hakte sich bei ihm ein.

Anna Mergent führte ihn durch den Flur zu einer Tür, die offensichtlich in den Keller führte. Elin folgte ihnen. Anna Mergent löste sich, zog die Tür auf, die Widerstand leistete und dann leise quietschend den Weg freigab. Mit sicherem Griff schaltete sie das Licht ein. Leuchtröhren flammten nacheinander flackernd auf. Elin hätte erwartet, dass es einen Gemeinschaftskeller gab, stattdessen handelte es sich um einen einzelnen, scheinbar privaten Raum, zu dem elf Stufen führten, die Anna Mergent nun vorsichtig hinunterging.

So wie die Stufen war auch der Boden des Kellers grau glänzend lackiert. Wie in Anna Mergents Wohnung herrschte hier peinliche Ordnung und Sauberkeit. Vorräte an Reis, Nudeln und Konserven aller Art standen aufgereiht in Metallregalen, auf denen nicht ein Stäubchen zu sehen war. Das reichte für gut zwei Monate.

Ein Regal fiel aus der Reihe. Es war ein Holzregal, zusammengeschustert aus Dachlatten. Darin drängten sich Schuhkartons, die irgendwann mal weiß gewesen sein mussten, jetzt aber grau und verwaschen.

Anna Mergent zeigte auf eine Kiste, auf der Elin noch die Aufschrift «Modell Adria, Größe 43» erkennen konnte.

«Ist das Messer dadrin?», fragte Elin.

Anna Mergent nickte und trat einen Schritt zurück, als fürchtete sie, dass beim Öffnen etwas herausschnellen und sie tödlich verletzen könnte.

Elin zog Latexhandschuhe an, nahm vorsichtig den Karton aus dem Regal, hielt ihn mit einer Hand. Er wog nicht viel, aber genug, dass etwas darin liegen musste. Sie hob den Deckel an. Es war das Messer. Sonst nichts. Anna Mergent kannte sich aus in ihrem Keller, wusste genau, wo was verstaut war.

Holger hielt Elin einen Beweisbeutel hin, sie fischte das Messer aus dem Karton und ließ es hineinfallen. Schon bei oberflächlicher Betrachtung erkannte sie eingetrocknetes Blut. Volltreffer. Holger beschriftete den Beutel und stellte die Quittung aus.

«Ich habe noch mehr Sachen von Rudolf.» Anna Mergents Stimme vibrierte. «Ich wollte Sie eben nicht belügen, ich hatte wirklich gedacht, dass ich alles weggeworfen habe.»

«Schon gut», sagte Holger mit einem Timbre wie ein Märchenonkel. «Das macht nichts. Ich weiß, dass Sie in einer unglaublich schwierigen Lage sind.»

Holger machte das großartig. Anna Mergent unter Druck zu setzen, wäre vollkommen falsch gewesen. Sie war im Moment das Beste, was sie hatten, die Blackbox war weit geöffnet. Elin kam ein Gedanke. «Die Schuhe ...»

Anna Mergents Augen leuchteten. «Aber ja, ich habe sie nicht weggeworfen, die waren doch so teuer gewesen, und vielleicht hätte Rudolf sie noch tragen wollen. Total verrückt.» Sie schüttelte den Kopf und zeigte auf eine weitere Kiste. «Ich wollte sie sauber machen, aber dann geriet alles durcheinander, und ...» Einen Moment starrte sie vor sich hin, schluchzte. «Entschuldigen Sie bitte.»

«Ich bitte Sie, Frau Mergent. Sie ahnen nicht, welchen Gefallen Sie uns tun», sagte Holger nachdrücklich, zog Handschuhe über und nahm den Karton aus dem Regal.

An den Sohlen würden Rückstände zu finden sein, und das Labor würde ohne Probleme feststellen können, ob es sich tatsächlich um die Ausscheidungen von Werner Flemming und Hartmut Meier handelte. Elin zweifelte nicht daran, und damit war seine Aussage, waren seine Erinnerungen mit handfesten Beweisen untermauert. Für Hartmut Meier wurde es eng. Blieb nur noch das Alibi. Das konnte auch für Werner Flemming zum Problem werden. Hatte er keins, war er ein Kandidat für Mittäterschaft.

Elin erinnerte sich an Holgers Worte. *Das hat keiner alleine gemacht.*

Hoffentlich würden sie eines Besseren belehrt.

ESSEN
--- GEGENWART

Jana verließ die forensische Psychiatrie, zwei Termine hatte sie verschieben können, die anderen waren im Zeitrahmen geblieben, dennoch musste sie sich beeilen, um pünktlich zur Besprechung im Dead End zu kommen. Sie nahm eine Abkürzung. Ein silbergrauer VW-Golf nahm denselben Weg und ließ erstaunlich viel Abstand zu ihr. Besaß Melzer ein Auto? Welches? Sie machte absichtlich einen Umweg, der Golf blieb an ihr dran.

Eine rote Ampel tauchte vor ihr auf, sie ging in die Eisen, hätte sie fast überfahren. Es wurde grün, sie fuhr rechts ran, atmete tief durch, rieb sich die Stirn. Warf einen Blick in den Rückspiegel. Der Golf war verschwunden. Verfluchtes Ritalin. Am Ende würde sie noch einen Unfall verursachen auf der panischen Flucht vor einem Verfolger, den es gar nicht gab. Natürlich hatte sie sich den Golf nicht eingebildet, aber dass Melzer hinterm Steuer saß, grenzte an Verfolgungswahn. Sie würde das Teufelszeug in den Abfluss spülen.

Trotz des Umweges und der Pause betrat sie das Dead End, die Stammkneipe der Kripo, auf die Minute um halb acht. Sie war nicht oft hier, ihr Revier war Tante Millies, da fühlte sie sich wohl. Das Dead End war eher ein Klub, mit Neonlicht, teuren Cocktails und jazziger Chillmusik.

Es gab einen Nebenraum, den Elin reserviert hatte. So konnten sie ungestört reden, auch wenn sie dabei auf unbequemen Leder-Metall-Stühlen sitzen mussten.

Kaum hatte Jana den Raum betreten, kam Elin auf sie zu und drückte sie. «Wie geht es deiner Mutter? Wie geht es dir? Was ist mit Werner?»

Jana hielt die Umarmung einen Moment, genoss die Wärme und die Zuwendung. «Den Umständen entsprechend gut», flüsterte sie. Sie wollte nicht, dass alle anderen im Raum mithörten. «Lass uns reden, wenn wir alleine sind und Zeit haben.»

Elin nickte. «Machen wir. Aber zuerst müssen wir den Fall besprechen.»

Sie lösten sich voneinander. Inzwischen hatten alle Platz genommen, Elin wandte sich den Anwesenden zu und deutete auf Jana. «Jana Fäller, forensische Psychiaterin, ich brauche euch nicht lange vorzustellen, ihr seid ausreichend miteinander bekannt. Wir duzen uns in der Soko, ist das in Ordnung für dich, Jana?»

Auch wenn Jana der Eschenbach gegenüber lieber beim förmlichen Sie geblieben wäre, stimmte sie zu. Persönliche Animositäten waren jetzt fehl am Platz. Sie nahm sich fest vor, konzentriert bei der Sache zu bleiben, was immer Stefanie Eschenbach auch sagen sollte. Hinten am Tisch war noch ein Stuhl frei, auf den sie zusteuerte.

Holger erhob sich. «Wie gut, dass du mit im Team bist, Jana. Willkommen.»

Jana lächelte ihn an und nickte. «Ich bin geschmeichelt, dass ihr mich hinzuzieht.» Sie setzte sich.

«Wunderbar», sagte Holger. «Also. Der Stand der Dinge. Lüderitz hat dem Labor wirklich Feuer unterm Hintern gemacht. Die geschraubte Hüfte und der Schädel gehören zu ein und derselben Person. Rudolf Mergent, der damit identifiziert ist. Die DNA-Untersuchung der Kollegen aus Kanada und den USA ist im Gange, aber die brauchen wir ja nicht mehr. Wir haben außerdem mit Anna Mergent gesprochen und einige Unstimmigkeiten entdeckt. Kurz und gut: Alles ist denkbar, auch wenn die Ermittlungen von 1988 bis 1996 nichts ergeben haben. Wir werden Anna Mergent durchleuchten.»

Die Eschenbach hob die Hand. Elin nickte ihr zu.

«Was ist mit Meier? Er ist doch die Nummer eins im Moment?»

«Gegen ihn spricht vieles», bestätigte Elin. «Aber einen handfesten Beweis haben wir noch nicht. Dass er Mergent zu Hause aufgelauert hat, gemeinsam mit Werner Flemming, macht ihn noch lange nicht zum Mörder.»

Stefanie Eschenbach nickte. «Das nicht, aber sein Profil spricht doch sehr dafür. Und dass auf seinen Vater eine Beretta 70 registriert war. Kaliber 0.22. Ob es die Tatwaffe ist, können wir noch nicht sagen. Dafür müssten wir sie haben.»

Jana hob die Hand. «Sicherlich ein weiteres Indiz. Ich halte es allerdings für wichtiger, nach seiner Motivlage zu sehen. Ich habe mir seine Akten angeschaut.» Als forensische Beraterin hatte sie Zugang zum Datensystem von Mareike Soderbergh und damit zu allen relevanten Fakten.

Elin sah sie mit hochgezogenen Brauen an. Sie fragte sich, wann Jana die Zeit gefunden hatte, auch noch Akten zu studieren, das konnte Jana ihr ansehen.

Jana fuhr fort. «Zuerst bin ich ebenfalls davon ausgegangen, dass Meier zwei starke Motive hätte. Sein Geld war weg, und er hatte Mergent angegriffen, wodurch eine Anzeige drohte. Dann habe ich mir die Details angesehen. Die Verurteilungen wegen Körperverletzung resultieren durchweg aus Kneipenschlägereien unter Bergleuten, denen Alkoholmissbrauch, männliches Imponiergehabe und Rechthaberei vorausging. In allen Fällen hat Meier die Verantwortung übernommen, weil er ein schlechtes Gewissen hatte. Er hat sich freiwillig einem psychiatrischen Gutachten unterzogen.

Ergebnis: Der Gutachter attestierte Meier zwar eine Neigung zu impulsiven Reaktionen, aber keinen Hang zu schwerer Gewaltkriminalität. In vielen Fällen hat Meier Schlägereien sogar verhindert.» Sie machte eine Pause, sah in die Runde. «Ich sage nicht, dass er es nicht gewesen sein kann, ich halte es aber für eher unwahrscheinlich. Hinzu kommt: Der Mord an Rudolf Mergent verlangt geplantes Vorgehen. Meier verfügt nicht über die strukturellen und intellektuellen Fähigkeiten.»

Stefanie Eschenbach verzog das Gesicht. «Klingt nett, die Interpretation der Fakten entspringt aber eher dem Drang, Werner Flemming zu schützen, oder? Er war doch an dem Fäkalienanschlag beteiligt? Und er hat Erinnerungslücken, nicht wahr? Steht alles in den Akten. Vielleicht sollten Sie sich mal mit Ihren eigenen Problemen auseinandersetzen.»

Jana sah sie an. Offenbar hatte sie sich in die Soko eingeschlichen, um es ihr heimzuzahlen.

«Stopp!», sagte Elin, bevor Jana etwas entgegnen konnte. «So nicht, Stefanie. Du unterstellst Jana die Manipulation der Ermittlungen? Geht's noch?» Elin hob einen Zeigefinger. «Du hast zwei Möglichkeiten. Erstens: Du entschuldigst dich und verlässt die Soko. Zweitens: Du verlässt die Soko ohne Entschuldigung.»

Stefanie Eschenbachs Gesichtszüge versteinerten. «Ich hätte wissen müssen, dass du deine Objektivität verlierst, sobald deine Busenfreundin dabei ist, Elin.»

Jana schluckte, schwieg aber. Stefanie Eschenbach hatte einen riesigen Fehler gemacht. Elin die Objektivität abzusprechen, war etwa so intelligent, wie mit der bloßen Hand in ein Wespennest zu fassen.

Elin lief rot an, aber sie behielt die Beherrschung. «Ich entbinde dich hiermit von der Teilnahme an der Soko 13. Du darfst gehen.» Ihre Stimme klang, als würde sie ein Todesurteil aussprechen.

Stefanie Eschenbach sprang von ihrem Stuhl auf, warf Jana einen hasserfüllten Blick zu. «Wir sind noch nicht fertig. Ich werde nicht zulassen, dass persönliche Befindlichkeiten die Aufklärung eines der bedeutendsten Mordfälle der letzten Jahrzehnte sabotieren.»

Jana schnappte nach Luft, Elin erhob sich langsam. «Und ich werde nicht dulden, dass dein persönlicher Ehrgeiz meine Soko sprengt, Stefanie. Raus!»

Sie verzog verächtlich das Gesicht, dann schaute sie Deniz an. «Kommst du?»

Deniz zögerte, knetete seine Finger. «Der Boss hat mich freigestellt. Die Order muss von ihm kommen.»

«Wie du willst.»

Sie griff nach ihren Unterlagen, Jana wollte aufspringen, aber Elin war schneller. Sie legte eine Hand darauf. «Die Sachen bleiben hier. Du hast ab sofort keinen Zugriff mehr auf die Akten der Soko. Ich erwarte, dass du mir alles übergibst. Dein Zugang wird sofort gesperrt. Und wehe, du versuchst, dich irgendwie reinzuhacken.»

Stefanie Eschenbachs Hand zuckte zurück, als hätte eine Schlange sie gebissen. «Alles klar, Frau Akay.» Sie betonte jedes Wort.

Ohne sich noch einmal umzudrehen, stürmte sie aus dem Raum.

Elin atmete hörbar aus.

Jana suchte den Blick ihrer Freundin und nickte ihr bestärkend zu. Auch wenn es auf Elin als Soko-Leiterin kein gutes Licht warf, wenn sich ihre Soko so schnell personell verkleinerte, hatte sie sofort einen Riegel vorgeschoben. Stefanie Eschenbach hätte ihre Arbeit torpediert, hätte Elin sie nicht rausgeworfen, das war sicher. Und Jana war ebenso klar, dass Elin noch eine Entscheidung treffen musste, die ihr sicherlich nicht leichtfiel.

«Deniz.» Elin sah ihn ernst an. «Ich weiß, dass du das anders siehst, aber du unterstehst Stefanie. Der Interessenkonflikt ist zu groß.»

Deniz runzelte verständnislos die Stirn. «Du glaubst, ich gebe Informationen weiter?»

Elin überlegte. «Du wirst dem Druck von Stefanie nicht standhalten können. Selbst wenn du es könntest, wäre euer Vertrauensverhältnis zerstört. Wenn du ehrlich bist, siehst du das ein.»

Deniz schloss die Augen, öffnete sie wieder. «Was, wenn ich eine Versetzung beantrage?»

«Dann wird Stefanie dich für den Rest ihrer Tage aus vollem Herzen hassen.»

«Da ich eben nicht hinter ihr hergedackelt bin, wird sie das so oder so. Damit kann ich besser leben, als jetzt zu ihr zu kriechen und um Gnade zu winseln.»

Elin schwieg.

Jana blieb misstrauisch. Barut und Eschenbach waren immer ein Arsch und ein Kopf gewesen. Man sagte ihnen sogar eine Affäre nach. Versuchte Deniz, sich in der Soko zu halten, damit er Eschenbach mit frischen Infos und Interna versorgen konnte?

«Gut», lenkte Elin ein. «Ich erwarte dein Versetzungsgesuch morgen Mittag auf meinem Schreibtisch. Unterschrieben von Stefanie und eurem Boss.»

Deniz schien erleichtert, er lächelte. «Okay. Morgen ist Sonntag, aber das sollte ich hinkriegen. Ich wollte schon länger weg, und ich denke, das ist eine gute Gelegenheit.»

Es klopfte.

«Herein», rief Elin und wandte sich der Tür zu, die sich öffnete und den Blick freigab auf jemanden, mit dem Jana nicht im Traum gerechnet hätte. Oberstaatsanwalt Küppersbusch.

«Guten Abend», sagte Küppersbusch aufgeräumt. «Ich war gerade in der Nähe, und da dachte ich mir, ich schaue mal vorbei.»

Holger verzog ungläubig das Gesicht. Elin reagierte schneller und deutete auf den Stuhl, auf dem gerade noch Stefanie gesessen hatte. Küppersbusch nahm Platz, er verzichtete auf Formalitäten, kam direkt zur Sache.

«Stefanie Eschenbach hat mich vor genau fünf Minuten angerufen. Sie sagt, sie sei aus der Soko geflogen, weil Frau Dr. Fäller eine falsche Einschätzung zu Hartmut Meier abgegeben habe, um von ihm und vor allem von Werner Flemming, der ein Freund der Familie Fäller ist, als Tatverdächtigen abzulenken, da eine Tatbeteiligung von Werner Flemming bei Täterschaft von Meier nicht auszuschließen sei.»

Der Oberstaatsanwalt blickte Jana fragend an, die den Inhalt des endlos langen Satzes erst mal verarbeiten musste. Eschenbach hatte unmittelbar nach ihrem Rausschmiss gepetzt. Das konnte ja noch heiter werden. Sie war versucht, ein Kurzgutachten zu Stefanie Eschenbach abzugeben, aber sie besann sich eines Besseren.

«Ich schließe gar nichts aus, sondern gebe auf Grundlage von Daten fundierte Einschätzungen ab, um die Ermittlungen zu unterstützen», sagte sie ruhig. «Ich finde es bedauerlich, dass Frau Eschenbach das anscheinend nicht begriffen hat.»

Küppersbusch wandte sich Elin zu, die jedoch schwieg.

«Es ist bekannt, dass Frau Eschenbach und Sie nicht gerade gut befreundet sind», stellte Küppersbusch, nun wieder an Jana gewandt, fest.

Worauf wollte er hinaus? Würde er Jana abberufen? Eschenbach wieder in die Soko holen? Damit hätte er Elins Autorität zu Staub zermahlen.

«Was mich betrifft», sagte Jana weiterhin ohne Emotion in der Stimme, obwohl sie Eschenbach am liebsten links und rechts geohrfeigt hätte, «trifft das zu. Aber das beeinflusst nicht mein professionelles Verhalten. Genauso wenig wie die Freundschaft zu einem potenziell Verdächtigen.»

Küppersbusch faltete die Hände und blickte in die Runde. «Dieser Fall hat politische Dimensionen, das ist Ihnen allen klar. Deshalb gehe ich davon aus, dass dieser Zwischenfall der letzte sein wird. Diese Soko muss laufen wie geschmiert. Frau Eschenbach hat sich unkollegial und unprofessionell verhalten. Aber sie hat im LKA einflussreiche Unterstützer, die nicht alle glücklich sind», er sah Elin an, «dass Sie diese Soko leiten. Ich verstehe, dass Sie Frau Eschenbach in die Soko geholt und wieder rausgeschmissen haben. Ich erwarte allerdings ab jetzt keine weiteren Überraschungen mehr.» Er machte eine Pause.

Elin nickte.

«Gut. Wie werden Sie jetzt vorgehen, Frau Akay?»

«Ich werde einen Durchsuchungsbeschluss für Hartmut Meiers Wohnung erwirken und ihn zur Vernehmung vorläufig festnehmen.»

Küppersbusch stand auf, wandte sich zum Gehen. «Ich weiß durchaus, warum ich Ihnen die Leitung übertragen habe. Viel Erfolg.» Ohne ein weiteres Wort verschwand er.

Jana hatte das Gefühl, als würde sie aus einer Halluzination erwachen. Sein Auftritt hatte keine zwei Minuten gedauert.

Elin klatschte in die Hände. «Okay, Leute, weiter geht's. Zurück zu Hartmut Meier.»

«Glaubst du wirklich, wir finden nach vierunddreißig Jahren die Tatwaffe bei ihm?», fragte Holger.

«Nein», sagte Elin bestimmt. «Es sei denn, er ist ein kompletter Idiot.»

TAG 3

– SONNTAG –

ESSEN-BORBECK
--- GEGENWART

Es war Viertel nach vier morgens. Der perfekte Zeitpunkt, der perfekte Ort. Meiers Wohnung in Altendorf, einem der übelsten Viertel Essens, war eine Falle, aus der er nicht entkommen konnte. Fünfter Stock, die Feuerleiter war nur über den engen Flur zu erreichen, der mit den Kollegen des SEK vollgestopft war. Die Luft knisterte vor Energie, alle waren gleichzeitig hoch konzentriert und auf alles gefasst, keiner war ängstlich oder nervös. Man wusste nie, was einen erwartete. Selbst ein siebzigjähriger, der im Rollstuhl saß, konnte eine Schrotflinte abfeuern.

Die Fassade des Hauses war so glatt, dass selbst der beste Freestyle-Kletterer keine Chance gehabt hätte, und selbst wenn, rund um das Haus warteten sechs Streifenwagenbesatzungen mit gezogener Waffe.

Der Richter vom Dienst hatte nicht gezögert, den Durchsuchungsbeschluss zu unterschreiben, und sogar gleich einen Haftbefehl ausgestellt, nachdem er die Vorstrafenliste Hartmut Meiers überflogen hatte. Das Labor hatte schnell gearbeitet und festgestellt, dass es die Fäkalien von Werner und ihm waren, die an Mergents Schuhen hafteten. Der Richter hatte sie nur angesehen und gesagt: «Das reicht mir vollkommen, Frau Akay.»

Bevor sie aufgebrochen waren, hatte Elin zwei Stunden im Büro schlafen können, sie fühlte sich frisch und ausgeruht. Sie hatte Dirk Bescheid gegeben, und er hatte gesagt, dass er sie liebte und dass sie verdammt noch mal aufpassen solle. Das würde sie. Deshalb warteten Elin, Holger und Deniz am Ende des Flurs, hinter einer Glastür, die ins Treppenhaus und zum Aufzug führte. Die Wände waren mit Graffitis übersät, darunter einfallslose Tags, mit denen einige Sprayer ihr Revier markierten, und kunstvolle Darstellungen des täglichen Überlebenskampfes. Eine Warteschlange gesichtsloser Menschen vor der Arbeitsagentur, eine Frau, die von einem Mann geschlagen wird, Kinder, die mit Drogen dealten. Alles hatte Elin schon erlebt. Zustände, die ihr die Laune vermiesten, dachte sie zu lange darüber nach.

Der Beginn des Einsatzes riss sie aus ihren Gedanken.

«Polizei. Aufmachen!», brüllte der Kollege, der direkt vor Meiers Tür stand, und schlug seine Faust dagegen. Dreimal musste er das machen, wenn sich dann nichts regte, kam der große schwarze Schlüssel zum Einsatz, die Ramme. Fünfzehn Kilo, geschwungen von einem Zwei-Meter-Kollegen, der damit jede normale Haustür in ein paar Sekunden aufbrechen konnte. Widerstand war zwecklos.

Elin wusste, dass Meier in seiner Wohnung war, das hatte das Observierungsteam durchgegeben, das unmittelbar nach der Besprechung im Dead End eingesetzt worden war. Sie hoffte inständig, dass er keine Schusswaffe benutzte. Sie wollte ihn lebend, und das SEK fackelte nicht lange, wenn jemand auf sie schoss. Meier hätte nicht den Hauch einer Chance.

«Polizei! Öffnen Sie die Tür, oder wir brechen sie auf.»

Eine Minute nervenzerrendes Warten. Elin spürte, dass ihre Hände feucht wurden. Nur leicht. Sie hätte ihre Waffe noch immer sicher halten können, aber die steckte im Holster. Mit dem Einsatz hatte sie nichts zu tun, das SEK würde ihr Meier liefern. Hoffentlich in einem Stück und in der Lage, ordentlich auszusagen.

«Zum letzten Mal! Öffnen Sie, oder wir brechen die Tür auf.» Wieder prügelte er seine Faust dagegen, so hart, dass Elin sich nicht gewundert hätte, wenn die Tür allein davon zu Bruch gegangen wäre. Sie wischte sich die Hände an der Jeans trocken, Holger kaute auf einem Zahnstocher herum, hatte die Hand am Holster. Deniz wippte leicht auf seinen Füßen vor und zurück, sein Kiefer mahlte. Jeder bekämpfte die Nervosität auf seine Weise.

Keine Reaktion. Der Kollege nickte dem Rammenträger zu. Der holte aus, es krachte, die Tür sprang aus den Angeln, fiel in die Wohnung, die Kollegen stürmten unter Gebrüll hinein, riefen immer wieder: «Polizei. Keine Bewegung. Auf den Boden.»

Elin rückte nach, Holger und Deniz folgten ihr. Sie blieb vor der Tür stehen. Sie würde dem SEK nicht ins Handwerk pfuschen. Es dauerte keine dreißig Sekunden, bis die Meldung kam: «Zielperson gesichert, Wohnung gesichert.»

Elin atmete auf. Zwei SEKler führten ihr Hartmut Meier vor. Er trug ein weißes Cord-Unterhemd und Shorts, beide frisch zerrissen, auf denen die Logos von Biermarken aufgedruckt waren. Die Füße waren nackt. Seine Hände waren hinter dem Rücken mit Kabelbindern fixiert, seine Beine zusammengeschnürt, sodass er nur kleine Schritte machen konnte. Mit einem gezielten Tritt an die richtige Stelle konnte man einen Menschen nicht nur schwer, sondern sogar tödlich verletzen. Da Meier unter Mordverdacht stand, gingen die Kollegen kein Risiko ein. Außerdem hatte er sich offenbar gewehrt, die zerrissene Kleidung sprach dafür. Keine gute Idee, wenn das SEK in der Wohnung stand.

Elin hielt ihm den Haftbefehl vor die Nase. «Hartmut Meier, ich verhafte Sie wegen des dringenden Tatverdachts einer Straftat gegen das Leben zum Nachteil von Rudolf Mergent.»

Bevor sie ansetzen konnte, ihm seine Rechte zu verlesen, schimpfte Meier los. «Ihr Idioten, ihr habt den Falschen! Ich hab das Arschloch nicht erledigt. Ihr Schwachköpfe. Lasst mich los!»

Er begann zu schreien, als hätte man ihn auf eine Stange gespießt.

Elin leierte die Rechtsbelehrung runter. Wenn Meier dachte, er könne sich einen Vorteil verschaffen, indem er später geltend machte, er habe die Belehrung nicht verstanden, war er auf dem Holzweg. Sie würde ihm eine schriftliche Belehrung vorlegen, sollte er auch die nicht zur Kenntnis nehmen, würde seine Weigerung dokumentiert und war damit gerichtsfest.

Elin trat zur Seite, die Kollegen schafften den brüllenden Meier weg.

Auch wenn sie sich nicht sicher war, ob Meier der Täter war, musste sie zugestehen, dass die Indizien und sein aggressives Verhalten ihn massiv belasteten. Ob der Haftrichter die U-Haft anordnen würde, konnte sie nicht sagen. Das kam darauf an, ob der Pflichtverteidiger, den man Meier zur Seite stellen würde, sich für das magere Honorar, das er bekam, ins Zeug legte. Denn Meier selbst konnte sich keinen Verteidiger leisten, er lebte von einer mageren Rente und Hartz IV.

Das SEK rückte ab, Elin zog sich Latexhandschuhe über und betrat Meiers Wohnung, ein Zimmer mit Küchenzeile. Der Geruch nach Nikotin stach ihr in die Nase. Die Wände waren gelb vom Rauch, der Boden war übersät mit leeren Pizzaschachteln, überall lagen Bierflaschen von Billigmarken herum, dazwischen dreckige Wäsche, ehemals weiße Unterhosen mit gelben Flecken und braunen Streifen. Auf der Spüle stapelte sich schmutziges Geschirr, in dem hier und da der Schimmel blühte, rot, grün und blau. Ein Fest für die Spusi.

Meier hatte sich der Verwahrlosung hingegeben, alles Geld, was er übrig gehabt hatte, in Zigaretten und Alkohol investiert. Allerdings hatte er eine gewisse Grenze nicht überschritten. Er hatte so weit die Kontrolle behalten, dass er seine Wohnung nicht aufgeben musste.

Holger trat neben sie. «Was für eine gescheiterte Existenz. Vom Bergmann zum Höhlenbewohner. Eine Schande.»

«Vielleicht hat ihn seine Schuld niedergedrückt. Er wäre nicht der Erste, der sich nicht stellt und an der Angst vor Entdeckung zugrunde geht», sagte Deniz.

Elin stimmte ihm zu, zog eine Schublade auf und war froh, dass sie Handschuhe trug. Alles war mit einem Dreckfilm überzogen, sie konnte nur ahnen, welche Bakterienstämme sich hier wohlfühlten. Zuoberst lagen ein paar Briefe. Das Papier war vergilbt, sie mussten sehr alt sein. Elins Herz schlug schneller. Sie waren an Anna Mergent adressiert, aber nie abgeschickt worden. Sie nahm den ersten Umschlag, zog ein Blatt billiges liniertes Papier heraus, das Spuren häufigen Gebrauchs zeigte. Der Brief musste oft in den Umschlag gesteckt und wieder herausgenommen worden sein. In ungelenker Schrift stand zuoberst: «Essen, im Oktober 1988. Liebste Anna!»

Elin las weiter, schloss kurz die Augen. Das war besser als die Tatwaffe. Das war so gut wie ein Geständnis.

Also doch. Meier war erledigt.

WOHNUNG JANA FÄLLER
––– GEGENWART

Die Harley schnurrte vor sich hin, Jana genoss den Fahrtwind, der so stark war, dass er ihr fast die Luft nahm. Sie öffnete leicht die Augen und erkannte, dass die Fahrgeräusche nicht von einem Motorrad, sondern von Cat kamen, die quer über ihrem Oberkörper lag, Jana mit gleichmäßigen Bewegungen ihres Schwanzes Luft zufächelte und mit ihrem Gewicht das angenehm beengende Gefühl in ihrer Brust auslöste.

Jana schloss die Augen, wollte sich noch nicht aus ihrem Traum verabschieden. Sie streichelte Cat über den Kopf, die Harley beschleunigte. Schon oft hatte sie darüber nachgedacht, die Frequenz zu messen, auf der Cat schnurrte. Sie vermutete, dass sie im unteren Bereich liegen musste, so um die 15 bis 20 Hertz, eine Frequenz, die beim Menschen die Ausschüttung von Serotonin verursachte, dem Hormon, das glücklich machte. Zum Teil lagen diese Frequenzen außerhalb des menschlichen Hörvermögens, aber allein die Vibrationen, die Cat auf Jana übertrug, wirkten beruhigend.

Jana öffnete nun endgültig die Augen, streckte sich, gab Cat einen sanften Schubs. Sie verstand, erhob sich, dehnte sich wie ein Gummiband, sah Jana noch einmal vorwurfsvoll an, ließ sich von ihrem Brustkorb rollen und blieb auf dem Rücken liegen. Jana kraulte ihr den Bauch, Cat streckte sich noch mehr. Unter das Schnurren mischte sich ein anderes Geräusch. Janas Handy vibrierte. Den Ton hatte sie über Nacht abgestellt, sie wollte ungestört schlafen. Sie würde erst ab nächstem Wochenende wieder Notdienst haben, dann würde sie das Handy auch in der Nacht auf voller Lautstärke lassen. Sie erkannte Elins Nummer und ging ran.

«Guten Morgen. Habe ich dich geweckt?»

«Tatsächlich nicht. Cat hat mich wach geschnurrt.» Jana warf einen Blick auf die Uhr. Kurz vor sechs. Der Wecker hätte sie sowieso in ein paar Minuten mit einem Violinkonzert aus dem Schlaf gerissen. Immer wenn sie Ritalin genommen hatte, schlief sie danach wie eine Tote und hatte Mühe, wach zu werden. Sie rieb sich die Schläfen. «Was gibt's? Habt ihr Meier?»

«Deswegen rufe ich an. Ich möchte, dass du ihn dir anschaust. Mit ihm redest und mir sagst, ob er geistig und seelisch gesund ist oder nicht. Ich sende dir die Daten aufs Handy. In einer halben Stunde? Ich schicke dir ein blaues Taxi.»

Eine halbe Stunde? Das reichte gerade zum Duschen und Anziehen. Training musste ausfallen. «Besorgst du mir ein Frühstück? Sonst kann ich mich nicht konzentrieren.»

«Du kennst unsere Kantine?»

«Dann lieber kein Frühstück.»

«Wie du meinst. Bis gleich.»

Jana legte auf, zog ihren Schlafanzug aus, warf ihn aufs Bett, Cat roch vorsichtig daran, legte sich darauf und sah Jana auffordernd an. Mit beiden Händen nahm Jana ihren Kopf und wuschelte durch ihr weiches Fell. «Einer von uns muss ja Geld verdienen. Da du das nicht bist, muss ich es tun. Und jetzt hör auf, mich so anzusehen.» Das war eine fromme Bitte, das wusste Jana, also ging sie unter die Dusche, stellte die Temperatur so heiß ein, dass es fast schmerzte, nahm ein belebendes Duschgel mit Zitronenduft und ließ sich das heiße Wasser auf den Rücken prasseln, bis sie das Gefühl hatte, bereit für den Tag zu sein. Sie rubbelte sich ab, zog sich dezent an, Jeans und eine beigefarbene hochgeschlossene Bluse, darunter einen festen BH. Sie durfte keinerlei unnötige erotische Reize aussenden. Ihr Handy gab ein helles Ping von sich. Die Daten über Meier. Sie überflog die Informationen und stolperte über den Brief. Sie las ihn mehrmals. So gut wie ein Geständnis. Es läutete. Das musste ihr Wagen sein. Sie schnappte sich ihre Handtasche, drückte die Ruftaste.

«Ich soll Sie abholen», sagte eine mürrische Stimme.

Jana verkniff sich eine Bemerkung über die Laune des Polizisten. «Komme», sagte sie ruhig, fischte den Schlüssel vom handgeschmiedeten Haken, den sie neben der Tür angebracht hatte. Melzer schoss ihr durch den Kopf. Und die Sendung. Cats ungewöhnliches Verhalten und der Golf, der sie so lange verfolgt hatte. Sie musste dringend in die Supervision, und doch schob sie den Termin ständig auf. Ein Alarmzeichen.

Sie trat in den Flur, schloss die Tür sorgfältig hinter sich ab, nahm die Treppe. Kurz entschlossen rief sie Siegfried an. Sie wusste, dass er immer um halb sechs aufstand und selten vor elf Uhr ins Bett ging. «Das Leben ist so kurz, da will ich es nicht mit Schlafen verschwenden», sagte er allen, auch wenn sie es nicht hören wollten.

«Jana, wie schön. Werner Flemming macht sich prächtig. Er schläft. Wie geht es deiner Mutter? Und dir? Wenn du um diese Zeit anrufst, ist was im Busch. Richtig?»

«Meine Mutter ist okay. Es geht um Gerd Melzer», kam Jana gleich zur Sache. «Ich glaube, er verfolgt mich, aber ich bin mir nicht sicher.»

«Hast du ein schlechtes Gewissen?»

Siegfried kannte sie gut, wusste, wo ihr Schwachpunkt war. «Nicht, was seinen Bruder angeht. Für dessen Tod bin ich nicht verantwortlich. Ganz klar. Aber vielleicht hätte ich ihn nicht in der Öffentlichkeit konfrontieren sollen.»

«Du bereust es?»

Jana seufzte. «Eigentlich nicht.»

«Und uneigentlich?»

«Ich bereue es *nicht*, du Schlauberger.» Sie musste lachen.

«Gut. Das ist die Hauptsache. Aber wenn du dich nicht sicher fühlst, solltest du etwas dagegen unternehmen.»

«Was?»

«Besorg dir Pfefferspray, rede mit Elin, konfrontiere Melzer noch einmal, in Begleitung. Lass es nicht anbrennen, lass es dich nicht auffressen.»

«Ich werde mir was überlegen, versprochen. Danke dir. Ich muss jetzt los.»

«Alles klar. Du wirst das Richtige tun. Da bin ich mir sicher.»

Jana legte auf, seufzte, war sich nicht so sicher, dass sie das Richtige tat. Sie trat vors Haus, wo der Streifenwagen wartete. Aus den Augenwinkeln sah sie einen Mann um die nächste Hausecke verschwinden. Groß gewachsen, schlank, kurze Haare, den Nacken sorgfältig ausrasiert, Jeans, ein leichter Blouson. Janas Herz schlug ihr bis zum Hals. Verdammt. Wenn man vom Teufel sprach. Das *musste* Melzer gewesen sein. Die Wahrscheinlichkeit, dass jemand, der genauso gekleidet war, sich zufällig vor ihrer Haustür herumdrückte, war verschwindend gering.

Sie stieg in den Wagen, grüßte den Beamten, dankte ihm. Der brummte nur und fuhr los. Sie dachte nach. Sollte sie Elin von Melzer erzählen? Aber wie sicher war sie sich, dass er sie verfolgte? Sie spürte ein Ziehen im Magen. Nicht sicher genug, Jana konnte nichts beweisen, sie hatte kein Foto, und niemand sonst hatte Melzer gesehen. Es gab keine Überwachungskameras, und sie musste zugeben, dass sie Melzers Gesicht nicht hatte erkennen können. Sie durfte sich nicht in diesen Strudel hineinziehen lassen, atmete einige Male tief ein und aus. Sie würde wachsam bleiben, sich aber nicht mehr verrückt machen.

Das war ein guter Plan, der es ihr erlaubte, sich auf die Aufgabe zu fokussieren, die vor ihr lag.

Sie nahm ihr Handy und studierte alle relevanten Fakten zu Hartmut Meier. Er war der perfekte Täter, ein gefundenes Fressen für die Justiz.

ESSEN, WOHNUNG TIM HARMS
––– GEGENWART

Tim drehte Janas Foto in den Händen, legte es zurück auf den Nachttisch, ein chinesisches schwarz lackiertes Schränkchen mit feinen dunkelroten Linien. Warum folterte er sich so? Das Foto war ein Selfie, es zeigte ihn und Jana in Paris vor dem Eiffelturm. Fünf Stunden zuvor hatten sie sich das erste Mal geküsst. Tim erinnerte sich daran, als wäre es sein erster Kuss gewesen. Er schüttelte den Kopf. Was für eine kitschige Scheiße!

Er hatte vor Jana vier ernsthafte Beziehungen gehabt, jedes Mal gedacht, es wäre die große Liebe, und dann alle in den Sand gesetzt und hinter sich gelassen. Warum also konnte er sich von Jana nicht lösen? Weil sie ihn in die Wüste geschickt hatte und nicht er sie, so wie in allen anderen Beziehungen? War er wirklich so ein armseliger kleiner Scheißer, der es nicht ertrug, verlassen zu werden? Er nahm das Foto und legte es in die Schublade.

Fast hätte er seine Wohnung gekündigt, weil ihn hier alles an sie erinnerte. Er wohnte direkt am Rüttenscheider Stern und hatte sie nur mit Mühe bekommen. In dieser Wohnung hatten sie sich das erste Mal geliebt, sich von der ersten Sekunde an verstanden, hatten gewusst, was der andere gerade wollte. Sie waren auf einer gemeinsamen Welle der Lust geschwommen. Und das war keine kitschige Scheiße. Sie hatten etwas miteinander gehabt, das Tim mit keiner anderen Frau gehabt hatte. Und das war vorbei. Punkt. Aus. Ende. Er musste endlich einen Schlussstrich ziehen, musste sich anderen Frauen gegenüber öffnen, sich verlieben. Das war die beste Medizin. Und wenn er niemals die Richtige finden würde, dann war es so. Punkt. Aus. Ende. Es gab Wichtigeres. Zum Beispiel einen Bürgermeister zu erlegen.

Heute war ein Tag, der ihn diesem Ziel näher bringen konnte. Er würde Oliver Hünenkamp treffen, einen der Überlebenden von Zeche Wilhelmshöhe. Den Bergmann, der an seinem Geburtstag gerettet wurde. Am 14.10., dem Tag des Unglücks. Der Glückspilz. An ihm war er schon lange dran, aber erst jetzt, nachdem das Wandernde Dutzend aufgetaucht war, wollte er mit Tim reden. An einem einsamen Ort, auf dem Friedhof am Hallo, wo sie nicht beobachtet und nicht abgehört werden konnten, zu einer unchristlichen Zeit: um halb sieben in der Früh. Tim hatte sich den Wecker auf fünf Uhr gestellt, die Wiederholung auf alle fünf Minuten, es hatte geholfen. Obwohl er nur vier Stunden geschlafen hatte, war er nach zehn Sekunden wach. Es ging doch nichts über eine amerikanische Polizeisirene als Weckton, auch wenn die Nachbarn sich schon darüber beschwert hatten.

Was Hünenkamp nicht wusste und was er auf keinen Fall bemerken durfte: Tim hatte sich verdrahtet, würde das Gespräch mitschneiden. «Mit allen Mitteln», hatte Wintersturm gesagt. Er würde sich daran halten. Sollte Hünenkamp etwas Relevantes erzählen, würde Tim es benutzen, auch auf die Gefahr hin, verklagt zu werden.

Er stieg auf sein Rennrad, damit konnte er den Friedhof am Hallo in einer Viertelstunde erreichen. Seit er sich das Rad zugelegt hatte, war es kein Problem mehr, in der Stadt mit den Autos mitzuhalten, die ständig an Ampeln stoppten, die im Stau steckten und warten mussten, wenn jemand einparkte. Er brauchte keinen Parkplatz, konnte sich jederzeit auf und davon machen, wenn die Situation es erforderte.

Sie hatten sich am Gedenkstein für die Bergleute des Grubenunglücks 1941 auf Zollverein 6/9 verabredet. Tim bog auf das Gelände ein, Hünenkamp war noch nicht zu sehen. Er lehnte sein Rad an eine Hecke, sperrte es aber nicht ab, hing sich das Schloss über die Schulter. Er wollte jederzeit aufspringen und wegfahren können. Das Schloss wog fast so viel wie das Fahrrad, das zum größten Teil aus Karbon bestand und ihn zwei Monatslöhne gekostet hatte.

Jemand trat von hinten an ihn heran, Tim fuhr herum. Es war Hünenkamp, riesig mit seiner Größe von zwei Metern, der Tim verlegen anlächelte.

«Entschuldigung, ich wollte Sie nicht erschrecken.»

Seine Stimme klang wie die eines jungen Mannes und nicht wie die eines über Sechzigjährigen. Zur Zeit des Unglücks war Hünenkamp 32 Jahre alt gewesen, erst im letzten Jahr war er mit 66 in Rente gegangen, obwohl er ohne Mühe die Frührente bekommen hätte. Alles an ihm strahlte die Energie eines jung gebliebenen Mannes aus, der noch lange nicht am Ende seines Lebens angekommen war. Er war schlank, seine braunen Haare voll, die Augen strahlten in klarem Blau Lebensfreude aus. Er war kein Dummkopf, sondern hatte nach der mittleren Reife die Ausbildung zum Maschinenfahrer gemacht. Er war verheiratet, hatte zwei Söhne, seine Frau war sechs Jahre jünger als er. Die vierzig Jahre im Pütt waren an Hünenkamp spurlos vorübergegangen. Vielleicht lag es daran, dass dieser Mann immer zufrieden gewesen war? Dass seine Rettung am Geburtstag ihm ein langes, an Körper und Seele gesundes Leben geschenkt hatte? Konnte jemand, der so ausgeglichen schien, ein dunkles Geheimnis mit sich herumschleppen?

«Sie sind Tim Harms, richtig?»

«Und Sie sind Oliver Hünenkamp?»

«So ist es. Gehen wir ein Stück?»

Tim wollte sich ungern von seinem Fahrrad entfernen, deutete auf eine Bank, die nur ein paar Meter weiter stand. «Sollen wir uns nicht lieber setzen?»

Hünenkamp betrachtete die Bank. «Von mir aus. Ich bin halt gerne in Bewegung. Das hält jung.»

Tim musste eingestehen, dass er selbst meist deutlich älter geschätzt wurde als seine 37 Jahre. Würde er mit fünfundsechzig bereits aussehen wie ein Greis? Weil er ein Leben auf der Überholspur führte, sich dabei aber nicht genug bewegte?

Sie setzten sich, Tim wartete einen Moment, ob Hünenkamp von sich aus beginnen würde zu erzählen. Tim hatte ihm am Telefon bereits erklärt, worum es ging. Doch Hünenkamp schwieg und sah ihn abwartend an. Also eröffnete Tim den Tanz.

«Schön, dass Sie gekommen sind, Herr Hünenkamp. Ich weiß, dass die Bergleute mir nicht trauen. Deshalb möchte ich Ihnen versichern, dass alles, was Sie sagen, vertraulich behandelt wird.» Die Lüge ging Tim leicht über die Lippen, denn er würde sein Versprechen nur brechen, wenn es nicht anders ging. Sein schlechtes Gewissen meldete sich. «Hast du nichts dazugelernt?», murrte es. «Das hier ist etwas anderes», antwortete Tim stumm. «Und jetzt schweig!»

«Alles klar, Herr Harms. Seien Sie beruhigt. Ich traue Ihnen tatsächlich nicht. Deshalb: Sie können alles, was ich sage, veröffentlichen. Legen Sie los. Was wollen Sie wissen?»

«Sie haben angedeutet, dass Torben Repsen etwas mit den Betrügereien von Rudolf Mergent zu tun haben könnte.» Tim hatte sich vorgenommen, nicht drum herumzureden. Er musste das Momentum nutzen.

Hünenkamp atmete tief ein. Tim schätzte, dass seine Lungen gut und gerne sieben Liter Luft fassen konnten, so viel wie die eines Leistungssportlers. In einen großen Sack ging eben mehr hinein als in einen kleinen.

«Ich muss ein wenig ausholen.»

Er machte eine Pause, die Tim als Frage verstand, ob er genug Zeit habe. «Nur zu. Mein Terminplan ist leer.»

«Na dann. Ich erinnere mich genau. Schließlich war es mein Geburtstag.»

ESSEN, ZECHE WILHELMSHÖHE, 14.10.1988
––– VERGANGENHEIT

Oliver setzte den Vorschlaghammer an, knallte ihn auf die Schraube. Mit einem trockenen Knacken riss der Kopf ab.

«Na bitte, geht doch», sagte Meier.

Seit knapp einer Woche kämpften sie mit den Schilden. Bei fünf von zehn war die Hydraulik ausgefallen, die Schrauben waren festgesifft, die Dinger standen wie angeschweißt in der Strecke und hatten wohl beschlossen, für immer hierzubleiben. Zwei Wochen waren veranschlagt, um die Schilde nach Sohle sieben zu schaffen. Das konnten sie getrost vergessen. Und jetzt waren sie auch noch in eine andere Strecke geschickt worden, wo irgendein Steiger noch ein paar vermisste Schilde gefunden hatte. Stand natürlich auf keinem Schichtplan.

Immerhin hatte es zu Schichtbeginn eine nette Überraschung gegeben. Flemming hatte für Oliver eine kleine Geburtstagsfeier organisiert, hatte einen Kuchen nach unten gebracht und zwei Kannen Kaffee, die Kumpels hatten gesungen, Oliver war ganz warm ums Herz geworden. Der Flemming war echt in Ordnung. Der würde mal ein prima Steiger werden, dem die Leute überallhin folgten. Flemming hatte die Kumpels zusammengeschweißt, hatte dafür gesorgt, dass sie das richtige Werkzeug hatten, dass es in der Kantine nach Schichtende für jeden was Anständiges zu beißen gab.

Sie mussten noch zweiunddreißig Schilde lösen, zerlegen, auf die siebte Sohle schaffen und dort wieder zusammensetzen. Die Strecke sollte ausgebaut werden. Oliver war nur nicht klar, wozu. Der Streb war tot wie ein Brathähnchen, da gab es nicht viel zu holen. Flemming war das nicht entgangen, trotzdem hatte er schon ein gutes Dutzend neue Schilde für die siebte Sohle geordert, so hoch war der Ausfall bis jetzt. Der Obersteiger war misstrauisch geworden, war bei einer Schicht mitgekommen, hatte eingesehen, dass alles mit rechten Dingen zuging, und Flemming ab da freie Hand gelassen, ihm noch mal eingeschärft, dass alles seine Richtigkeit habe und er, der Obersteiger, dafür geradestehen würde, wenn was schieflief. So weit so wie immer.

Überrascht war Oliver von Repsen, den er zuerst für einen Sesselfurzer gehalten hatte. Der hatte sich als echter Malocher entpuppt. Als einer, der nie aufgab. Der Überstunden schob, um eine Sache zu Ende zu bringen. So wie der Fäller, der Meier und der Flemming auch. Der Theiss war noch so ein guter Mann gewesen, aber der war in die Grubenwehr gewechselt. Auch nicht schlecht.

Wenn's drum ging, ein Schild noch fertig zu machen, obwohl es länger dauerte, hatte sich ein Team eingespielt: Flemming, Repsen, Fäller, Meier und er. Das machte Laune, und Flemming gab nach einer überlangen Schicht immer einen aus. Verdammt korrekter Kumpel, der beste Steiger, den Oliver bisher hatte. Die anderen Steiger hielten sich oft für was Besseres, allerdings kannte Oliver bisher nur eine Handvoll, das musste er zugeben. Vielleicht hatte er nur Pech gehabt und jetzt mal Glück.

Heute hatte Flemming angekündigt, dass es für die ganze Schicht pünktlich nach Hause gehen würde. Ein Schild musste noch abgebaut werden, dann war Feierabend. Und das hatte Oliver gerade in der Mache. Noch ein zugerotzter Bolzen, dann konnten sie den Fuß abnehmen. Der Bolzen flog raus, Oliver trat zurück. Repsen fuhr den Kran, Fäller und Meier legten die Gurte an. Repsen hob das Schild, der

Kran neigte sich gefährlich nach vorne, im letzten Moment ließ er das Schild wieder ab, es krachte auf den Boden, legte sich auf die Seite. Er stellte den Motor ab und sprang aus dem Führerhaus.

«Herrgott noch mal», bellte er, «könnt ihr das Scheißding nicht anständig festmachen?»

Oliver legte die Stirn in Falten. So hatte er Repsen noch nie erlebt. Normalerweise brachte ihn nichts aus der Ruhe. Fäller und Meier starrten ihn nur an. Repsen stapfte los, zum Anfang der Strecke, wo die anderen dabei waren, einige der Schilde weiter zu zerlegen, die sie bereits nach vorne transportiert hatten, um sie nach unten zu schaffen. Oliver ging ihm hinterher, er wollte nicht, dass Repsen den Fehler Fäller und Meier anlastete. Er nickte den beiden zu, dass sie mitkommen sollten, und sie setzten sich in Bewegung. Oliver hörte Repsen vor sich hin schimpfen.

«Ich habe die Schnauze voll», grollte er leise. «Die sind alle so bescheuert. Nur gut, dass ich damit bald nichts mehr zu tun habe. Dann mache ich die Biege. So wie der Mergent. Ab durch die Mitte. Mit anständig Kohle.»

Oliver wurde hellhörig. Repsen wollte die Biege machen? So wie der Mergent, der Schweinehund? Der das ganze Geld von den Kumpels eingesackt hatte? Hatten die zusammen geklüngelt? Repsen und Mergent?

Das musste er klären, jetzt sofort. Scheiß auf die Schilde. Oliver holte ihn ein.

«He, Repsen, warte mal, was hast du vor?»

Repsen blieb stehen, drehte sich um. «Was meinst du damit?»

«Du machst die Biege, wie Mergent? Willst du auch Kohle von den Kumpels abzocken?»

Repsen schüttelte unwillig den Kopf. «So ein Unsinn. Der

Mergent hat nicht nur Leute abgezockt. Der hat auch in Immobilien gemacht. Ich hab ein absolutes Hammergeschäft am Laufen. Alles legal. Und jetzt lass mich in Ruhe und erzähl keine Scheiße in der Gegend rum.»

Oliver wollte ihn an der Schulter packen, wollte mehr wissen, aber Repsen stapfte weiter, wandte sich an Flemming, der mit den anderen gerade eine Schildkappe ablegte. Die Dinger waren schwer, aber mit sechs Mann ging es ganz gut.

Repsen brachte sich in Position, schimpfte los. «Sag mal, Flemming, wo hast du denn die Pappnasen her?» Er deutete zuerst auf Oliver, danach auf Fäller und Meier, die gerade dazukamen. «Mir ist fast der Kran umgekippt, weil die ...»

Weiter kam er nicht. Die Hölle brach los. Eine Druckwelle fegte Oliver von den Beinen, er krachte auf den Rücken, hatte das Gefühl, jemand sei ihm mit beiden Füßen und voller Wucht gegen die Brust gesprungen. Heiße Luft nahm ihm den Atem. Instinktiv steckte er sich das Mundstück des Selbstretters in den Mund und zog die Schutzbrille über. Er öffnete die Augen, erkannte durch den Staub hindurch nur Schemen, vielleicht Gestalten, die umhertorkelten, hören konnte er außer einem lauten Pfeifen nichts. Er wollte aufstehen, doch sein rechtes Bein versagte ihm den Dienst. Er schaute hin. Ein Metallstab steckte im Oberschenkel, Blut sickerte aus dem Hosenbein. Er stöhnte, presste eine Hand aufs Bein. Noch immer spürte er keinen Schmerz, aber sein Hörvermögen kehrte langsam zurück. Er hörte Schreie und Rufe, wild durcheinander. Jemand zerrte an ihm. Es war Flemming.

«Wir müssen hier weg. Da kommt noch mehr.»

Oliver zeigte auf seinen Oberschenkel, spürte ein Pochen an der Wunde, das sich langsam zu einem dumpfen Schmerz auswuchs. Flemming packte ihn unter den Armen, zerrte ihn nach hinten, Schmerz explodierte in seinem Bein, er schrie auf, ihm fiel fast das Mundstück raus, er musste dagegen kämpfen, vor Schmerz zu krampfen. Flemming versuchte, ihn aus der Gefahrenzone zu schaffen, also musste er sich so leicht wie möglich machen. Flemming zerrte ihn ein Stück weiter und noch ein Stück, fünf Meter, sechs. Der Staub legte sich etwas. Oliver sah Repsen, der in die verkehrte Richtung lief, in die Strecke hinein, aus der die Druckwelle gekommen war. Jeden Augenblick konnte es eine weitere Explosion geben, die Feuerwalze würde durch alle Schächte und Strecken laufen und alles zu Asche verbrennen, das sich ihr in den Weg stellte. Was zum Teufel hatte Repsen vor?

Flemming stolperte, Schmerz flammte durch Olivers Bein, er konnte kaum noch klar denken. Dann, im Bruchteil einer Sekunde, verstand er. Die Schutztüren! Die Druckwelle war ungehindert in die Strecke gefegt, das hieß, die Türen blockierten, schlossen sich nicht, die Wassersperren hatten nicht ausgelöst, wahrscheinlich waren sie nicht nachgefüllt worden. Bei intakten Wassersperren hätte die Druckwelle nicht so viel Staub mit sich führen können, das Wasser hätte ihn gebunden. Repsen wollte die Schutztüren von Hand schließen und riskierte dabei sein Leben, um sie alle zu retten.

ESSEN, POLIZEIPRÄSIDIUM
--- GEGENWART

Jana grüßte den Portier, nahm die Treppe in den 3. Stock, betrat das Büro des KK 11. Elin drückte sie kurz, Holger lächelte ihr zu. Beiden sah man die Übermüdung an.

Elin begann ohne Umschweife. «Vernehmungsraum 3. Er ist auf hundertachtzig, will keinen Anwalt, er will aber auch nicht reden. Zwei Beamte bewachen ihn. Die schicken wir raus, wenn wir reingehen. Er soll Vertrauen fassen können.»

«Du erwartest ein Wunder, Elin.»

«Natürlich. Es ist schon ein Wunder, dass wir in so kurzer Zeit einen Verdächtigen haben, den wir auch ohne ein Wort von ihm anklagen können. Ich bin mir sicher, die Richter werden nicht zögern, ihn zu verurteilen.»

«Der Brief», sagte Jana.

«Genau.» Elin griff einen Packen Papiere. «Meier wird denken, wir haben massenhaft Beweise gegen ihn.»

Jana war skeptisch, was das anging. Wenn Meier nur ein wenig Verstand hatte, dann würde er schweigen. Man würde ihm zunächst einen Pflichtanwalt an die Seite stellen, aber Jana war sich sicher, dass sich einige Kanzleien darum reißen würden, diesen Fall zu übernehmen, denn bundesweite Medienresonanz war garantiert. Das hier würde kein Kinderspiel werden.

Sie traten in den Vernehmungsraum. Meier blickte auf, in seinen Augen loderte der Hass, er verdeckte mit einer Hand die Faust, ein deutliches Zeichen, dass er am liebsten sofort zugeschlagen hätte. Sie gingen ein gewisses Risiko ein, wenn sie die Kollegen rausschickten, aber Jana vertraute Elin und ihrer Reaktionsgeschwindigkeit. Die Dienstwaffe hatte sie natürlich abgelegt, sie weiter zu tragen, wäre eine Einladung für Meier gewesen, sie zu greifen, Geiseln zu nehmen und zu flüchten.

Elin nickte den Beamten zu, die sichtlich widerstrebend den Raum verließen.

Meier verschränkte trotz der Handschellen die Arme vor der Brust und lehnte sich in seinem Stuhl zurück, als wollte er Jana und Elin ausweichen. Er musterte Jana, schien überrascht, und Jana wusste, dass Elin gleich noch viel überraschter sein würde. Denn Jana kannte den Mann, der da saß. Und ihr war in dem Moment, als sie den Raum betreten und Meier gesehen hatte, klar gewesen, dass es, wenn überhaupt, nur eine Möglichkeit gab, Meier zum Reden zu bringen. Er und ihr Vater hatten sich gut gekannt. Meier würde ihr unbewusst vertrauen, würde sie nicht als Bedrohung empfinden, wenn sie es richtig anging. Für Meier war sie die Kleine vom Bernd.

Elin knallte die Papiere auf den Tisch, Meier zuckte zusammen. Der Mann war vollkommen verängstigt, Verschlossenheit und Aggression waren sein Schutz. Sie wollte sich setzen, aber Jana hielt sie zurück.

«Am besten gehen Sie wieder, Frau Akay», sagte sie streng zu ihr. «Ihr Versuch, Herrn Meier einzuschüchtern, zeigt mir, dass Sie nicht in der Lage sind, eine objektive Vernehmung durchzuführen.»

Jana wusste, was sie Elin damit einbrockte. Genau genommen durfte Jana auf keinen Fall einen Mordverdächtigen alleine vernehmen, geschweige denn ohne Schutz mit ihm in einem Raum bleiben.

Elin sah sie fassungslos an, räusperte sich. «Wie Sie meinen, Frau Fäller.» Sie deutete auf Meier. «Werden Sie doch glücklich mit ihm.» Sie riss die Tür auf, trat hindurch und knallte sie zu.

Meier schluckte hörbar.

Jana setzte sich, reichte Meier die Hand. Der zögerte, doch dann griff er zu, die Handschellen rasselten. «Wir kennen uns, zumindest nehme ich an, dass Sie sich an mich erinnern. Ich bin Bernds Tochter.»

«Ich weiß, wer Sie sind.»

«Ich erinnere mich noch, wie Sie meinem Vater geholfen haben, das Dach des Anbaus neu zu decken. Ich war sechs.» Jana schmunzelte. «Ach ja», sie zögerte. «Wollen wir nicht das Siezen lassen? Das fühlt sich falsch an.»

Meier zuckte nur mit den Achseln.

«Das nehme ich als ja. Also. Ich bin nicht hier, um dich in die Pfanne zu hauen, wie das Frau Akay sicherlich versucht hätte. Da spiele ich nicht mit. Ich habe mir die Akten angesehen und glaube Ihnen – dir –, dass du unschuldig bist.»

Jana stellte sich vor, wie Elin hinter der Spiegelglasscheibe stand, und fragte sich, ob sie unterbrechen würde, weil es ihr zu bunt wurde. Sie arbeiteten schon lange zusammen, doch eine solche Nummer hatte Jana noch nicht abgezogen. Die Tür blieb geschlossen.

«Vielleicht weißt du ja, dass ich forensische Psychiaterin bin. Ich bin hier, um festzustellen, ob du», sie hielt sich eine Hand vor den Mund, als ob sie einem Mitverschwörer einen Geheimcode sagen wollte, «verrückt bist. Du musst nicht mit mir reden. Aber wenn, wird die Polizei mithören.» Sie zeigte auf den Spiegel.

Meiers Mundwinkel zuckten. War er jetzt noch wütender? Aber dann grinste er. «Du hältst dich für schlau, was? Aber aus mir kriegst du nix raus. Ihr wollt mir was anhängen, weil ihr einen Sündenbock braucht. Ohne mich.»

Ein erster Erfolg. Meier redete. Jetzt musste sie den Köder auswerfen. «Ich will dir sagen, warum ich nicht glaube, dass du ein Mörder bist.»

Jana machte eine Pause. Ließ die Worte wirken. Setzte darauf, dass Meier neugierig war. Er musste nachfragen, dann hatte sie ihn am Haken.

«Das interessiert mich nicht die Bohne.»

Jana war nicht enttäuscht. Meier lehnte zunächst ab, um den Eindruck von Stärke zu erwecken. Sie nickte, nahm die Unterlagen, erhob sich, ging zur Tür. Stufe 2. Zeigen, wer am längeren Hebel saß.

«Scheiße, verdammt. Na gut. Warum?» Meier klang wie ein trotziges Kind.

«Wir müssen eine Vereinbarung treffen», sagte Jana, ohne sich umzudrehen. «Ich rede. Du redest. Dann sehen wir weiter.»

«Ja, ja, schon gut. Setz dich.»

Sie nahm wieder Platz, sah ihm in die Augen. Er hielt nur zwei Sekunden stand.

«Du hast eine erstaunliche Entwicklung durchgemacht. Positiv wie negativ. Vom Schläger zum friedlichen Zeitgenossen. Vom Bergmann zum verwahrlosten Hartz-IV-Empfänger.» Sie legte ihre Hände flach auf den Tisch. «Jetzt bist du dran. Was ist damals passiert, nachdem Mergent dich mit dem Messer verletzt hat?»

Er sah sie überrascht an, hatte wohl nicht damit gerechnet, dass sie so offen sprach. Er zögerte, dann schien er sich an den Deal zu erinnern, seufzte. «Flemming hat mich ins Krankenhaus gefahren. Notaufnahme. Da haben sie mir den Arm genäht. Ich hab gelogen und gesagt, es sei ein Unfall gewesen, zu Hause. Deswegen haben die das auch nicht gemeldet. Ein Bergmann lügt ja nicht.» Er lachte kurz und hart.

«War ein ganz schöner Schnatzer, der Mergent war brutal. Und schnell.»

Er hob langsam einen Arm, krempelte den Ärmel nach oben. Eine Narbe zog sich fast über den gesamten Unterarm.

«Ich habe oft darüber nachgedacht. Der hätte mich auch abstechen können. Wäre Notwehr gewesen, wahrscheinlich. Keine Ahnung. Ich hab mir auf jeden Fall vorgenommen, dem nicht mehr in die Quere zu kommen. Ist mir auch geglückt.» Er grinste schief. «Fast. Jetzt ist er mir in die Quere gekommen. Nach so vielen Jahren. Das ist doch bekloppt!»

«Warum bist du kein Bergmann mehr?»

Meier schien vergessen zu haben, dass er von Jana den Grund für ihre Unschuldsvermutung wissen wollte. Sie würde ihn in einem passenden Moment daran erinnern.

Seine Miene verdunkelte sich. «Nach dem Unglück konnte ich nicht mehr unter Tage. Ich hab's versucht, aber ich hab die Panik gekriegt, wenn ich den Förderturm nur gesehen habe. Die haben mich dann über Tage in die Materialausgabe versetzt. Aber das ist kein Job für einen Bergmann. Dann kamen die Albträume, ich hab zu viel getrunken, die Leute sind mir auf den Sack gegangen, und dann haben die mich vor die Tür gesetzt. So einfach ist das.»

Meier gehörte zu den Opfern der fehlenden psychologischen Betreuung nach dem Unglück. Er hätte dringend eine Traumatherapie benötigt. Werner wiederum hatte das Trauma eingekapselt, hatte genug Widerstandskraft gehabt, um nicht abzurutschen. Von den Geretteten waren vier abgestürzt. Das entsprach der statistischen Wahrscheinlichkeit nach traumatischen Erlebnissen. Gut zwei Drittel schafften es, damit zu leben. So wie ihr Vater, der keinerlei Auffälligkeiten nach außen gezeigt und sein Trauma auch nicht an

Jana weitergegeben hatte, wie viele Väter und Mütter nach dem Zweiten Weltkrieg ihre Traumata an die Kinder vererbt hatten. Co-Traumatisierung nannte man das, und die Folgen für die Kinder waren nicht minder dramatisch, als hätten sie das Trauma ihrer Eltern miterlebt.

«Später, im Gefängnis, hast du eine Therapie gemacht. Warum?»

«Ich hatte die Wahl. Noch mal zweieinhalb Jahre in den Bau oder Therapie und Bewährung.» Meier legte den Kopf in den Nacken. «Die Richterin war so ein richtiger Gutmensch. Wollte mir noch eine Chance geben. Weil ich doch einer der Geretteten bin. Der verdanke ich, dass ich nicht im Knast verfaule.» Er ließ den Kopf nach vorne fallen, flüsterte. «Da werde ich auch nie wieder hingehen, das kannst du mir glauben. Ich hab nichts getan! Sag denen das.» Er zeigte auf den Spiegel. «Sag denen, dass ich es nicht war.»

«Ich glaube dir, wie gesagt.»

Er blickte auf. Jana sah in seinen Augen Erleichterung und Angst gleichermaßen.

«Warum glaubst du mir? Ich habe gedroht, Mergent umzubringen. Schwarz auf weiß. Meine Handschrift. Du kannst mir nicht erzählen, dass die in meiner Wohnung nichts gefunden haben. Die Briefe, die ich nie abgeschickt habe.»

«Warum Anna Mergent?»

«Alle waren hinter ihr her. Alle.»

«War das der Grund, warum du sie so verehrt hast?»

Jana spürte, dass das Gespräch an etwas in ihr rüttelte, an dem sie nicht rütteln wollte. Zu starke Gefühle machten hilflos, angreifbar, schwach. Warfen einen aus der Bahn.

Meiers Haltung veränderte sich. Er streckte sich, setzte sich aufrecht hin. «Ich habe Anna geliebt. Ohne Wenn und Aber. Ich habe es ihr nie gesagt. Mir war klar, dass ich keine

Chance gehabt hätte. Deswegen habe ich die Briefe auch nie abgeschickt. Ich habe sie für mich geschrieben.»

«Wann hast du Anna Mergent kennengelernt?»

«Zum ersten Mal habe ich sie am elften Mai 1987 gesehen. Werde ich nie vergessen.» Er lächelte verträumt, dann wurde er wieder ernst. «Da hatte ich einen Termin mit Mergent. Aber nicht im Büro der Pro-Future-Finanz. So hieß die Firma, bei der er gearbeitet hat. Sondern bei ihm zu Hause. Die Betrügereien hat er da abgewickelt. Mergent erklärte mir, wie sich mein Geld vermehren würde, wenn ich den Vertrag bei ihm abschließe. Er hat mich mit einer Beteiligung an seiner Provision gelockt, die er mir sofort auszahlen wollte. Eintausendfünfhundert Mark. Das war 'ne ganze Stange Geld. Er hat mich gefragt, ob ich einen Kaffee will, ich wollte. Anna hat ihn gebracht. Sie hat mir in die Augen geschaut und gelächelt. Peng. Ich bin fast vom Stuhl gefallen, konnte mich aber so weit beherrschen, dass ich sie nicht angestarrt habe wie eine Erscheinung. Aber ich habe gewusst: die oder keine. Ganz schön bekloppt, was? Ich hab dann gesagt, ich müsste mir das Ganze noch mal überlegen mit dem Investieren, und habe einen neuen Termin vereinbart, nur um sie wiederzusehen.»

Jana nickte. Sein späterer Angriff auf Mergent hatte es Meier unmöglich gemacht, Anna Mergent danach noch mal zu Hause zu besuchen. Hatte er sie zu dem Zeitpunkt schon abgeschrieben?

«Warum bist du ein Jahr später auf Rudolf Mergent losgegangen?»

«Ich war so wütend, dass mir alles andere egal war. Anna war für mich sowieso unerreichbar, das war mir mittlerweile klar, manchmal hab ich sogar gedacht, dass die mit ihrem Mann unter einer Decke steckt. Dass sie den Leuten den Kopf verdreht und die dann alles unterschreiben.»

Kein schlechter Gedanke. Anna und Rudolf Mergent als Gangsterpärchen, aber die Ermittlungen der Polizei hatten ergeben, dass Anna Mergent nichts mit den Betrügereien ihres Mannes zu tun hatte.

Jana musste Ordnung in die Abläufe bringen. Meier hatte Anna Mergent eineinhalb Jahre vor dem Unglück kennengelernt, sich Hals über Kopf verliebt, aber seine Liebe nie gestanden, weil er sie von vornherein für hoffnungslos hielt. Er hatte Liebesbriefe geschrieben, auch den, in dem er ankündigte, den Weg für seine Liebe frei zu machen, indem er Rudolf Mergent tötete. Der Brief datierte auf den 2.3.1988, sieben Monate vor dem Unglück, bei dem Mergent wahrscheinlich gewaltvoll ums Leben gekommen war. Meier hatte Fantasien gehabt, sie schriftlich fixiert. Aber er hatte nie einen Plan niedergeschrieben. Jana fand ihre Vermutung bestätigt, hielt es für unwahrscheinlich, dass aus seinen Fantasien Handlungen geworden waren.

Meier schloss die Augen, verschränkte die Hände hinter dem Kopf, indem er ihn zwischen den Armen hindurchschob, die von den Handschellen zusammengehalten wurden. Es sah nicht sehr bequem aus. «Irgendwann habe ich gemerkt, dass es auch noch andere Frauen gab. Dass diese ganze romantische Scheiße nichts wert war. Deswegen hab ich auch nie geheiratet. Ist doch alles nur Lüge. Bis dass der Tod euch scheidet und so. Ich hab Anna seitdem nicht mehr wiedergesehen.»

Was immer Meier getan hatte oder auch nicht, eines wusste Jana ganz genau: Meier litt unter keiner psychischen Störung. Er war für jede seiner Handlungen voll schuldfähig. Wenn er gemordet hatte, würde er den Rest seines Lebens hinter Gittern verbringen.

ESSEN, POLIZEIPRÄSIDIUM
--- GEGENWART

Elin bereute ihre Entscheidung, Jana freie Hand zu lassen, nicht. Sie hatte Meier zum Reden gebracht, auch wenn er kein Geständnis abgelegt hatte, im Gegenteil. Sie mussten ihn vorerst laufen lassen. Da Küppersbusch während der Vernehmung eingetrudelt war, konnte sie die Sache gleich mit ihm klären. Sie fragte sich, ob er Gedanken lesen konnte, ob das gesamte Präsidium verwanzt war oder ob Küppersbusch in jeder Abteilung einen Spion untergebracht hatte. Der Fall schien ihm sehr wichtig zu sein, wenn er sich persönlich so ins Zeug legte. Üblicherweise warteten die Staatsanwälte die Ermittlungen ab und entschieden dann nach Aktenlage und Rücksprache das weitere Vorgehen. Elin mochte es nicht, wenn sie das Gefühl hatte, an die Kette gelegt zu werden.

Er wandte sich ihr zu, nickte zufrieden. «Wunderbar. Reife Leistung, Frau Akay. Der Fall ist gelöst. Dass Meier nicht gesteht, ist verständlich.»

Aus den Augenwinkeln sah Elin, dass Holger sein Gesicht verzog.

«Meier ist verdächtig, Herr Küppersbusch», wandte sie ein und spürte ein Kribbeln im Nacken. «Aber er ist noch lange nicht überführt. Wir haben keine Tatwaffe, wir haben keine Zeugenaussage, wir haben nur den Brief, in dem Meier sich ausmalt, Mergent zu töten. Indizien, ja, aber nichts wirklich Handfestes. Jeder Wald-und-Wiesen-Anwalt zerpflückt uns, ohne mit der Wimper zu zucken.»

Küppersbusch schürzte die Lippen. «Ich bin davon überzeugt, dass Meier der Täter ist. Er hat ein Motiv, hatte die Gelegenheit und zu der Zeit sicherlich auch die Mittel. Ich werde ihn so bald wie möglich anklagen. Wenn Sie so freundlich wären, mir Ihre Ermittlungsergebnisse zukommen zu lassen.»

«Aber ...»

Küppersbusch hob eine Hand. «Kein Aber. In einer Stunde ist Termin beim Haftrichter. Ich werde die Untersuchungshaft beantragen. Sie müssen nicht zu dem Termin erscheinen, das kriege ich geregelt. Noch irgendwelche Fragen?»

Elin hatte noch eine Frage, aber die verkniff sie sich. Es hätte sie interessiert, wer so mächtig war, auf Küppersbusch so viel Druck auszuüben, dass er Meier anklagen wollte, obwohl die Beweislage mehr als dürftig war. Stattdessen schüttelte sie nur den Kopf. Sie hatte Küppersbusch vollkommen falsch eingeschätzt. Sie hatte ihn für durch und durch unbestechlich gehalten, doch sie hatte sich wohl getäuscht.

«Keine Fragen? Wunderbar. Gute Arbeit.»

Und schon war er weg.

Deniz runzelte die Stirn. «Was ist da los? Warum soll dieser Meier als Bauernopfer einen Kopf kürzer gemacht werden, wenn die Ermittlungen gerade erst begonnen haben?»

Holger schlug in die gleiche Kerbe. «Das hab ich noch nie erlebt. Küppersbusch wird verlieren, das muss er doch wissen?»

Die Tür öffnete sich, Jana trat ein, blickte in die Runde. «Was ist denn hier los?», fragte sie erstaunt.

«Küppersbusch will Meier anklagen», sagte Elin tonlos. Sie hatte gar nicht bemerkt, dass Jana den Vernehmungsraum verlassen hatte.

Jana lachte kurz auf. «Wenn er meint. Er wird sich eine blutige Nase holen.»

Elin überlegte. «Küppersbusch ist einfach zu clever, als dass er einen solchen Anfängerfehler machen würde. Da steckt was anderes dahinter», sagte sie. «Wen will er schützen? Was will er vertuschen?»

«Repsen kann es nicht sein, den hat er auf dem Kieker», stellte Holger fest. «Wir sollten uns die Liste der Bergleute anschauen und nach Verbindungen suchen.»

Deniz sah zwischen ihnen hin und her, flüsterte. «Ihr wollt gegen Küppersbusch ermitteln?»

Elin blickte ihm fest in die Augen. «Hier ist was faul. Das können wir nicht akzeptieren. Unser Ruf steht auf dem Spiel. Oder willst du, dass es irgendwann heißt, dass ein Unschuldiger wegen uns lebenslänglich ins Gefängnis geschickt wurde? Also. Bist du dabei oder nicht? Entscheide dich jetzt.»

«Wenn das jemand mitkriegt, sind wir erledigt.»

«Also bist du raus?», fragte Jana.

Dass sie mit von der Partie sein würde, daran hatte Elin nicht eine Sekunde gezweifelt.

Deniz knetete seine Hände. «Man sollte wirklich achtgeben, was man sich wünscht. Ich wollte was erleben, an einem spannenden Fall arbeiten.» Er sah Elin, Holger und Jana der Reihe nach an. «Wenn das kein spannender Fall ist, weiß ich es auch nicht. Ihr könnt auf mich zählen.»

Elin nickte. «Okay. An die Arbeit. Wir haben nicht viel Zeit. Deniz, Holger, ihr nehmt euch Anna Mergent vor, ich den Rest. Vor allem sollten wir uns Repsen zur Brust nehmen. Versucht, auch ihn zu befragen. Mal schauen, wie er reagiert. Jana, du schreibst bitte dein Gutachten.»

Jana hob die Augenbrauen, wirkte überrascht. Nicht nur, weil Elin den Bürgermeister vernehmen wollte. «Das wird kein gerichtsfestes Gutachten, das ist dir klar? Nur eine vorläufige Einschätzung für den internen Gebrauch, dass Meier voll schuldfähig und bei Verstand ist.»

«Wie sicher bist du dir?»

«Absolut sicher.»

«Das genügt mir vollkommen. Ein paar Zeilen. Und dann fährst du nach Hause und ruhst dich aus.»

Jana schüttelte den Kopf. «Keine Chance. Ich muss das Gutachten schreiben. Schon vergessen?»

«Ein paar Zeilen reichen mir.»

«Aber mir nicht. Es gibt Regeln.»

Elin schmunzelte.

Jana stemmte die Arme in die Hüften. «Ich halte mich an Regeln, im Gegensatz zu dir, meine Beste.»

«Schon gut, du Streber. Dann bleib halt hier.»

«Brauchst du uns noch?», fragte Holger, erwartete keine Antwort. Er und Deniz machten sich auf den Weg.

Elin bedeutete Jana, noch einen Moment zu warten. Meier saß noch immer im Vernehmungsraum und betrachtete seine Fingernägel. Er schien vollkommen entspannt. So als hätte er nichts zu befürchten. Vielleicht ein schwerer Irrtum.

«Glaubst du, Deniz hält dicht?», fragte Elin.

Jana holte tief Luft. «Du bewegst dich auf dünnem Eis. Ich kann Deniz nicht einschätzen. Warum hast du ihn nicht rausgeworfen?»

Elin ließ sich auf einen Stuhl fallen. Inmitten der Abgründe der Menschen gab ihr Jana ein Gefühl der Sicherheit, der Vertrautheit und der Beständigkeit. «Gute Frage. Ich habe mich in Stefanie getäuscht, habe geglaubt, sie hätte ihre Lektion gelernt. Das war falsch, und vielleicht zweifle ich deshalb. Vielleicht täusche ich mich aber auch, und er ist ehrlich und steht loyal zu mir. Zudem ist er ein wirklich guter Ermittler. Er ist Bulle 24/7. Er lässt nicht locker, bis er die Wahrheit herausgefunden hat.»

«No risk, no fun. Wir müssen ihm vertrauen.»

Elin nickte, stand auf. «Na gut. Noch haben wir nichts getan, das uns in echte Schwierigkeiten bringen könnte.»

«So wie du das sagst, wird das aber bald passieren.»

«Davon gehe ich aus.»

Jana grinste. «Du kannst jederzeit bei mir als Sekretärin anfangen.»

«Ich kann mir kaum etwas Aufregenderes vorstellen.»

ESSEN, POLIZEIPRÄSIDIUM
--- GEGENWART

Elin hatte Jana einen Schreibtisch überlassen, inmitten des Großraumbüros des KK 11. Gedämpfte Gespräche, das Klicken von Tastaturen und Mäusen hüllte sie in eine wohlige Arbeitsatmosphäre. Es war nicht so viel los wie an Werktagen, aber auch die Bereitschaft musste ihren Papierkram erledigen. Üblicherweise verfasste Jana ihre Gutachten zu Hause, in Gesellschaft von Cat, die es begrüßte, wenn Jana sich an den Schreibtisch setzte. Dann machte sie es sich auf ihrem Schoß bequem und genoss es, zwischendurch gestreichelt zu werden.

Die vorläufige knappe Einschätzung von Meiers Geistes- und Seelenzustand hatte sie eine gute Stunde gekostet, mit ein paar Zeilen war es nicht getan. Auch eine interne Einschätzung musste den gesetzlichen Ansprüchen genügen. Vor allem ein Teil durfte nicht fehlen: «Diese Einschätzung basiert auf dem Studium der Akten und einem fünfundvierzigminütigen Gespräch. Es stellt nur eine vorläufige Anamnese dar. Für eine Beurteilung nach Strafprozessordnung bedarf es mehrerer Termine und ausgiebiger Tests.»

Jana druckte die Einschätzung aus, unterschrieb, reichte sie an Mareike weiter und verließ das Präsidium, nahm sich die Zeit, ihren Wagen zu holen.

Eine Viertelstunde später sperrte sie die Tür zu ihrem Elternhaus auf. Sofort schlug ihr der wunderbare Duft von Dampfnudeln mit echter Vanille und Zimt entgegen. Nicht gerade ein Sommeressen, aber immer noch eines von Janas Lieblingsgerichten, gleich nach Mutters unvergleichlicher Rindfleischsuppe mit selbst gemachten Markklößchen. Für einen Moment katapultierte sie der Geruch in die Vergangenheit. Ihr achtzehnter Geburtstag. Elin war da gewesen mit ihren Eltern und ihren Brüdern, die Jana ständig den Hof machten. Werner und Lotte, seine Frau, die jetzt schon so lange nicht mehr da war. Nach ihrem Tod war Werner oft bei ihnen zu Hause gewesen, Papa und Mama hatten sich um ihn gekümmert, und so hatte er trauern können, ohne aus der Bahn geworfen zu werden.

Jana hatte sich damals Dampfnudeln gewünscht, Mutter hatte den ganzen Tag in der Küche gestanden und ein mehrgängiges Menü gezaubert, das auch den Ernährungsregeln von Elins Eltern genügte, die kein Schweinefleisch aßen und keinen Alkohol zu sich nahmen, in welcher Form auch immer. Elin und ihre Brüder sahen das nicht so eng, und ihre Eltern akzeptierten das, aber sie selbst folgten den strengen Regeln des Korans.

Sie trat in den Flur, sog tief die Luft ein, genoss den Geruch, und gleichzeitig fragte sie sich, warum Mutter schon wieder zu Hause war.

«Ich bin da, Mama», rief Jana, stellte ihre Tasche in der Diele auf den Telefontisch. «Warum bist du nicht in der Klinik?»

Ihre Mutter erschien in der Küchentür. «Mir geht's gut. Ich bin fit. Gestern, das war nur eine kleine Schwäche. Die Ärzte haben mir eine unverwüstliche Konstitution bescheinigt und mich wieder nach Hause geschickt. Die wollten den ganzen modernen Kram gar nicht machen.»

Jana legte den Kopf schief. «Wenn ich deine Übertreibungen abziehe, haben die Ärzte wahrscheinlich gesagt, dass sie zwar keinen Befund haben, du es aber etwas langsamer angehen sollst.»

«So ähnlich. Und jetzt komm. Noch zwei Minuten.»

Jana strich über das Foto ihres Vaters, das im Flur hing. Es war vor zwanzig Jahren aufgenommen worden, als er noch kerngesund gewesen war. Im Hintergrund sah man das Matterhorn vor einem tiefblauen Himmel. Er lachte in die Kamera und zeigte auf den Berg, den er zwei Tage zuvor mit einer geführten Gruppe bezwungen hatte. Fast fünf Jahre hatte er darauf gespart und schon ein Jahr bevor es losging, eifrig angefangen zu trainieren. Zwar hatte er als Bergmann eine sehr gute Grundkondition, aber das Matterhorn verlangte mehr. «Wie gut, dass du dir das gegönnt hast», sagte Jana leise.

«Kommst du?», wiederholte ihre Mutter.

Sie schreckte auf. Sie war verloren gewesen in ihren Erinnerungen und Gedanken. Eine Idee zuckte ihr durch den Kopf.

«Ich bin gleich da!»

Sie sprang die Treppe hinauf, zog die Leiter herunter, die auf den Dachboden führte, kletterte hoch und fand mit einem Griff, was sie suchte. Die Kiste mit den Fotos.

«Wo steckst du denn?» Mutters Stimme klang verwirrt.

Jana hangelte sich die Leiter hinunter, hatte die Kiste mit den Fotos zwischen Arm und Hüfte geklemmt. «Komme.»

Sie drückte die Leiter hoch, die Kiste schien zu pulsieren. Jana wollte sich die Fotos beim Essen mit Mutter ansehen, vielleicht kamen ja Erinnerungen hoch, die erklärten, warum sie in Ohnmacht gefallen war, als der Name Mergent erwähnt wurde.

Jana setzte sich an ihren Platz, stellte die Kiste auf Vaters Stuhl. Wie immer hatte Mutter für ihn mitgedeckt.

«Es duftet so wunderbar», sagte sie in ihren Rücken, als sie dabei war, die Dampfnudeln aus dem Ofen zu holen.

«Ich hoffe, sie schmecken auch.»

Mit elegantem Schwung drehte sich Mutter zum Tisch

und stellte das Blech mit einer weichen Bewegung auf die Untersetzer.

Sie legte Jana eine Dampfnudel auf den Teller, wieder stieg ihr der Geruch in die Nase, diesmal blieb sie in der Gegenwart.

«Du willst Fotos schauen?», fragte Mutter mit einem unsicheren Seitenblick auf den Karton. «Ist das gut? Reißt das nicht Wunden auf?»

«Ich möchte Papa nicht vergessen. Sein Gesicht. Sein Lachen. Deswegen.» Jana trennte mit der Gabel ein Stück von der Dampfnudel ab, tunkte es tief in die Vanillesoße und verspeiste es mit geschlossenen Augen.

«Wirst du dir auch Bilder von mir ansehen, wenn ich mal nicht mehr bin?»

Jana öffnete die Augen, lächelte. «Mit Sicherheit. Und ich werde meine Lieblingsgerichte kochen, genau so, wie du sie machst. Dann kann ich dich nicht vergessen. Dann werde ich dich immer sehen, wie du in der Küche stehst, ein Liedchen vor dich hin summst und aus gewöhnlichen Zutaten Fünf-Sterne-Menüs zauberst.»

«Nun, dann werde ich lange leben müssen, denn ich muss dir noch ganz schön viel beibringen. Da ist viel Luft nach oben.» Sie schmunzelte.

So eine Antwort hatte Jana sich erhofft. Mutter hatte ihre Trauer noch lange nicht überwunden, aber sie schwebte nicht mehr in Gefahr. Schon lange nicht mehr.

Wenige Stunden nach Vaters Tod hatte sie Andeutungen gemacht, es sei für sie auch Zeit zu gehen, aber das war nur in der ersten furchtbaren Phase der Trauerverarbeitung gewesen. Bereits ein paar Tage nach Vaters Tod hatte sie sich von diesen trüben Gedanken verabschiedet.

Jana hatte ihre Trauer bisher unter der Arbeit und dem

Kümmern um ihre Mutter vergraben. Sie spürte, dass es für sie an der Zeit war, sich dem zu stellen. Die Fotos waren dafür der beste Anfang. Sie konnte sich selbst nicht einschätzen, wie sie reagieren würde. Heulen und Zähneknirschen? Sentimentale, warme Gefühle der Dankbarkeit? Wut auf das Leben, das sich einfach nahm, was es wollte?

Sie betrachtete den Karton, und ein anderes Gefühl bemächtigte sich ihrer: die Angst, den Deckel anzuheben. Die Angst, die Büchse der Pandora zu öffnen.

ESSEN, POLIZEIPRÄSIDIUM
--- GEGENWART

Elins Schreibtisch sah aus wie immer. Rechts lag ein Stapel Handakten, der linke Teil war frei und für den aktuellen Fall reserviert. An ihrem Monitor klebte ein Zettel von Mareike: *Alles erfasst bis einschließlich gestern Abend, 23.00 Uhr. Schlaf mal eine Runde. Bis morgen.* Mareike war einfach die Beste.

Elin rief die Daten auf, darunter viele Protokolle von Gesprächen der Kollegen mit möglichen Zeugen. Sie suchte per Schlagwortsuche nach Repsen. Es gab viele Treffer. Jeder Bergmann, der befragt worden war, erwähnte ihn und seine Heldentat. Alle redeten nur in den höchsten Tönen von ihm, auch wenn sie seine politischen Ansichten nicht teilten, aber Kumpel blieb Kumpel. Viele meinten, für einen CDU-Politiker sei er viel zu links, andere nahmen ihn als konservativen Menschen wahr, der eher das Erreichte erhalten als Neues wagen wollte. Keiner sprach von einer Verbindung zwischen Repsen und Küppersbusch oder Mergent.

Elin machte sich mit Repsens Lebenslauf vertraut, scrollte durch seine persönliche Website als Bürgermeister, fragte alle Polizei-Datenbanken nach ihm ab, erhielt keinen Treffer. Repsen war unbescholten, nichts wies auf eine Verwicklung in irgendwelche krummen Geschäfte hin. Entweder entsprach dies der Wahrheit, oder Repsen war ein Meister im Vertuschen. Deniz und Holger hatten ihn noch nicht vernommen, sie hatten keinen Termin bekommen.

«Holger», rief sie. «Ich kümmere mich noch mal um Repsen, okay?»

Deniz schaute enttäuscht, aber Holger nickte. «Vielleicht hast du mehr Glück.»

Sie zögerte einen Moment, schließlich war es Sonntag, aber dann wählte sie die Nummer von Repsens Sekretariat. Das Freizeichen ertönte viermal, dann meldete sich eine junge Frauenstimme. Elin war überrascht, dass das Büro besetzt war.

«Sekretariat Oberbürgermeister Repsen, Sybille Goderath am Apparat, wie kann ich helfen?»

«Guten Tag, Frau Goderath. Ich bin Kriminalhauptkommissarin Elin Akay vom KK 11 in Essen. Ich möchte Herrn Repsen sprechen.»

«Oh», sagte Goderath, «da muss ich mal schauen, ob er da ist. Bitte haben Sie einen Moment Geduld.»

Jetzt würde sich zeigen, ob Repsen es ihr nachtrug, dass sie ihn düpiert hatte. Elin schaute auf die Uhr. Nach dreißig Sekunden meldete sich die Sekretärin wieder.

«Danke, dass Sie gewartet haben, ich stelle Sie durch.»

Für einen Moment war die Leitung tot, dann meldete sich Repsen. «Frau Akay, wie kann ich Ihnen helfen?»

Sein Ton war neutral bis freundlich, Elin konnte nicht die geringste Spur von Feindseligkeit heraushören. «Schön, dass Sie Zeit für mich haben, Herr Repsen. Ich muss Sie als Zeugen vernehmen. Dazu wäre es sehr hilfreich, wenn Sie sich ins Präsidium bemühen würden. Ist das möglich?»

«Habe ich denn eine Wahl?»

«Sicher. Sie können warten, bis Sie eine Vorladung erhalten, und den Termin aufgrund wichtiger Sitzungen immer wieder von Ihrem Anwalt verschieben lassen.»

Repsen lachte auf. «Eine gute Idee. Könnte von mir sein.»

Er schwieg einen Moment, Elin vermutete, dass er nachdachte, und störte ihn nicht.

«Ich mache Ihnen einen Vorschlag, Frau Akay. Ich hätte jetzt eine gute Stunde, bevor ich zu einer dieser wichtigen, nicht aufschiebbaren Sitzungen erscheinen muss. Ich bin mitten im Wahlkampf, da ist meine Zeit tatsächlich sehr knapp bemessen. Sie würden mir einen großen Gefallen tun, wenn Sie ins Rathaus kämen. Ich lade Sie herzlich ein, dann können wir uns unterhalten.»

Das war mehr, als sie erwartet hatte. Nicht nur, dass er am Sonntag in seinem Büro war, auch, dass er sie freundlich und höflich behandelte, überraschte sie. Umso besser. Da es ihr nicht darauf ankam, Machtspielchen zu spielen, ging sie auf den Vorschlag ein. «Das ist wunderbar, Herr Repsen. Sie haben sicherlich nichts dagegen, wenn ich unser Gespräch mitschneide?»

«Im Gegenteil. Ich bestehe darauf. Sie haben sicherlich nichts dagegen, wenn unser Justiziar zugegen ist?»

«Das ist Ihr gutes Recht, auch wenn Sie nur als Zeuge befragt werden.»

Repsen räusperte sich. «Frau Akay, Sie haben mir einen großen Gefallen getan, als Sie mich von Küppersbusch zurückpfeifen ließen. Und einen noch größeren, weil Sie meinen Ausrutscher nicht an die große Glocke gehängt haben. Ich werde alles tun, was im Rahmen der Gesetze ist, um Ihnen zu helfen, den Mörder von Rudolf Mergent zu finden. Darauf gebe ich Ihnen mein Wort.»

Schade, dass Elin dieses Gespräch nicht aufnehmen konnte. Repsen schleimte sich derart bei ihr ein, dass sie sich fragen musste, ob der Oberbürgermeister von Essen noch derselbe war wie vorgestern. Dieser Mann schien ein Chamäleon zu sein, er passte sich der Umgebung und der Situation spielend an. Da hieß es aufpassen.

«Ich bin in ein paar Minuten bei Ihnen.»

Sie meldete sich bei Holger und Deniz ab, die sie entgeistert ansahen. Sie verzichtete auf einen Kommentar.

Das Essener Rathaus wirkte deplatziert. Das hatte Elin schon immer so empfunden. Ein Stahl-Glas-Ungetüm, über hundert Meter hoch, 27 Stockwerke. Das Gebäude hätte besser in die Skyline einer amerikanischen Großstadt gepasst, aber nicht in die Essener Innenstadt, die geprägt war von vier- bis sechsstöckigen Gebäuden. Elin wurde das Gefühl nicht los, dass wer auch immer in diesem Rathaus die Macht innehatte, sich über den Dingen stehend fühlte.

Genau diesen Eindruck machte auch Repsens Büro. Gute hundertzwanzig Quadratmeter, oberster Stock, eine Glasfront, die einen atemberaubenden Blick über die Stadt freigab. Was würde es mit ihr machen, wenn sie hier residieren würde? War Macht erstrebenswert? Für Elin nur insoweit sie für ihre Aufgabe nötig war. Ihre Macht als Kommissarin verlieh ihr der Staat, und dieser Macht musste sich auch ein Bürgermeister beugen. Sie war nicht als Bittstellerin hier, sondern als Repräsentantin der Exekutive, der sich alle unterordnen mussten, gleich welches Amt sie bekleideten. Das war zumindest die Theorie.

Repsen kam mit ausgestreckter Hand auf sie zu, sie drückte sie, sie war warm, der Händedruck nicht zu fest und nicht zu lasch. Er blickte ihr einen Moment in die Augen, nicht zu lang, nicht zu kurz. Alles an diesem Mann schien perfekt einstudiert. Was also hatte ihn bei ihrer letzten Begegnung so aus der Fassung gebracht?

Er wies auf einen Glastisch, an dem zehn Menschen Platz hatten, jetzt saß nur einer dort und sah Elin misstrauisch an, erhob sich aber dennoch, der Handschlag war kurz und knapp, er wich ihrem Blick aus. Er war um die fünfzig, hager, sein Gesicht schmal, seine Frisur nicht mehr zu retten. Die letzte tapfere Strähne hatte er sich über die Glatze gekämmt.

«Bitte nehmen Sie Platz, Frau Akay», sagte Repsen.

«Vielen Dank.» Sie sah den verschreckten Beamten an. «Mit wem habe ich die Ehre?»

«Elmar Tratto», kam es kaum hörbar über seine Lippen.

«Angenehm, Herr Tratto. In welcher Funktion sind Sie hier?»

Tratto warf Repsen einen Blick zu, der nickte knapp.

«Als Berater.»

Tratto schien nicht sehr gesprächig, und für sie war es nicht wichtig, welche Funktion er in Repsens Verwaltung hatte. Elin lächelte kurz, dann legte sie ihr Handy auf die Glasplatte, die so sauber war, dass es in der Luft zu schweben schien, und startete die Aufnahme. «Start der Befragung: 13:12 Uhr, anwesend im Büro des Oberbürgermeisters von Essen sind OB Torben Repsen, sein Berater Elmar Tratto und KHK Elin Akay.» Sie unterbrach die Aufnahme, sah Repsen an. «Ich denke, wir haben keine Zeit zu verlieren, oder?»

«Das sehe ich genauso», bestätigte Repsen.

Elin schaltete die Aufnahme wieder ein, nickte. «Herr Repsen. Können Sie sich noch an die Ereignisse am 14. Oktober 1988 erinnern?»

Repsen sah sie erstaunt an. «Und ob ich das kann. Ich spüre noch heute die unglaubliche Hitze der Explosion, habe nicht eine Sekunde vergessen. Es ist, als wäre es erst gestern geschehen.»

Sein Blick verschleierte sich, er wurde ernst.

Elin wartete.

ESSEN, ZECHE WILHELMSHÖHE, 14.10.1988 ——— VERGANGENHEIT

Torben starrte in die Strecke vor ihm. Das Licht der Lampen verlor sich schnell in der unbeleuchteten Weite. Seit zwei Wochen schufteten sie, um ein paar schrottreife Schilde abzubauen und in einen Streb zu schaffen, in dem es nichts zu holen gab. Das sah doch ein Blinder. Aber der Obersteiger stellte sich stur, wie immer. Den Prospektor musste Torben erst gar nicht ansprechen. Die waren so was wie Heilige, die irrten nie, und wenn, dann war jemand anders schuld.

Ihm ging es nicht ums Malochen. Das ging in Ordnung. Es war sowieso nicht mehr für lange. Die Sache war so gut wie geklärt, er musste nicht viel tun, und die Bezahlung war fürstlich. Das Wichtigste war, dass er sich zusammenriss, dass nichts durchsickerte. Solche Geschäfte machten sich nicht gut in der Biografie, und wenn er nicht aufpasste, könnte sich sogar der Staatsanwalt dafür interessieren. Mit seinem Mittelsmann hatte er alles geklärt. Und es war ja nicht seine Schuld, wenn die Leute so naiv waren und nicht selbst die Gelegenheit ergriffen, nicht die Kontakte nutzten, die sie hatten, und sie vergoldeten.

Das einzig Nützliche, das Vater ihn gelehrt hatte. In der Schule hatte Torben ausprobiert, ob es funktionierte. Er schaffte sich einen Kreis von Mitschülern, später Mitstudenten, die ihm verpflichtet waren, weil er ihre Hausaufgaben machte, eine Hausarbeit für sie schrieb, sie während der Klassenarbeiten abschreiben ließ oder sie zielgenau auf mündliche Prüfungen vorbereitete. Dafür erledigten sie Handlangerdienste für ihn, die ihn schon als Jugendlicher in der Partei nach vorne brachten.

Die Schule war ein Spielplatz für ihn gewesen, er musste nur zuhören, die Nase ein bisschen in die Bücher stecken, und schon lieferte er eine Eins nach der anderen. Nach hochbegabten Kindern wurde damals noch nicht geschaut. Ohne den Schachklub und die Sitzungen der Partei wäre er gestorben vor Langeweile.

Hätte Mutter von seinem neuesten Geschäft erfahren, sie hätte ihn ausgeschimpft, ihm vorgeworfen, der Familie Schande zu machen, vielleicht wäre sie sogar zur Polizei gegangen. Sie war dermaßen rechtschaffen, dass es schmerzte. Was wusste sie schon vom wahren Leben? Vater hatte sie von allem abgeschirmt, sie hatte noch immer keine Ahnung, womit er sein Vermögen gemacht hatte. Nur wie er es durchgebracht hatte, das wusste sie. Zocken, Huren, Saufen. Und trotzdem hatte sie ihn immer verteidigt. Selbst als der Gerichtsvollzieher sie aus dem Haus warf, hochschwanger und verzweifelt.

So etwas würde er seiner Familie niemals antun. Nein. Er hatte ganz andere Ziele. Er wollte Macht. Politische Macht. Schritt für Schritt würde er die Leiter hinaufsteigen, erst letzte Woche hatte er den Ortsverbandschef der Jungen Union in einem Handstreich entmachtet, indem er seine eigenen getreuen Handlanger nach und nach in die Partei hatte eintreten lassen. Mit nur einer Stimme Mehrheit hatte er sich durchgesetzt, sein Kontrahent hatte nach dem Misserfolg alle Ämter niedergelegt und die Partei verlassen. Torben hatte das genutzt, um im Nachhinein zu demonstrieren, dass sein Vorgänger nichts als ein undemokratischer Karrierist war, der die Partei im Stich ließ, wenn es nicht in seinem Sinne lief. Wer nach oben wollte, durfte nicht zimperlich sein.

Die Tage im Pütt waren für ihn jedenfalls gezählt. Die meisten glaubten ja, er wolle in die Gewerkschaft, aber da täuschten sie sich. Er war schließlich kein Sozi. Das Land brauchte eine starke Wirtschaft, diesem Ziel musste alles untergeordnet werden. Es gab nur einen Grund, warum er nach dem Abitur nicht sofort Jura studiert hatte. Er wollte die Welt von unten kennenlernen, wollte wissen, wie die Malocher wirklich tickten, wie man sie am besten für sich gewann. Es gab einen simplen Trick. Man musste für Brot und Spiele sorgen. Sichere Arbeitsplätze, Fußball und Volksfeste.

Das verstanden zu haben, würde ihn in seiner politischen Karriere weit nach vorn bringen. Aber Politik kostete Geld. Dafür würde er das Vermögen verwenden, das er bald besitzen würde. Und wenn er Glück hatte, würde sich Anna endlich von ihrem Mann frei machen. Er stand bereit, und er würde auch die Kinder als seine eigenen annehmen. Sie war ein Jahr älter als er und die unglaublichste Frau, die er je getroffen hatte. Mit ihr konnte er alles vollbringen. Sie hatte etwas in ihm ausgelöst, das er nur schwer in Worte fassen konnte. Aber er musste achtgeben, denn er war nicht der Einzige, der sie haben wollte. Fäller war auch hinter ihr her, und er musste zugeben, dass sein Konkurrent einiges zu bieten hatte. Er sah verdammt gut aus, war allzeit bestens gelaunt und brachte anständigen Lohn mit nach Hause. Noch hatte Anna sich für keinen entschieden, und manchmal fürchtete Torben, dass sie bei ihrem Mann bleiben würde. Eigentlich hatte er nicht die geringste Ahnung, wem ihr Herz wirklich gehörte, und er musste zugeben, dass sie ihn bisher noch nicht einmal geküsst hatte. Nach der Feier hatte sie sich nicht mehr gemeldet, und Torben traute sich nicht, sie anzurufen oder ihr einen Brief zu schreiben. Ihr Mann war furchtbar eifersüchtig und kontrollierte sie, wo immer es ging.

Er hatte sich entschlossen, heute seine letzte Schicht zu fahren. Die hatte er sich allerdings anders vorgestellt. Am laufenden Band ging irgendetwas schief, jetzt waren sie auch noch für eine andere Strecke abkommandiert worden, irgendwo am hinterletzten Ende, und zu allem Überfluss hatten Hünenkamp und die anderen Pfeifen dafür gesorgt, dass das verfluchte Schild umgefallen war. Eigentlich hätte ihn das kaltlassen können, und an anderen Tagen hätte es das auch, aber heute war ihm der Kragen geplatzt, er musste sich Luft machen. Fluchend marschierte er zum Ausgang der Strecke, wo Flemming dabei war, mit den anderen die Schilde zu zerlegen.

Er baute sich vor Flemming auf. «Sag mal, Flemming, wo hast du denn die Pappnasen her?» Er deutete auf Hünenkamp, Fäller und Meier, die hinter ihm hergedackelt kamen. «Mir ist fast der Kran umgekippt, weil die …»

Eine Druckwelle fegte ihn von den Füßen, instinktiv rollte er sich zusammen und schützte mit den Händen sein Gesicht. Eine Staubwolke verdunkelte die Strecke, heiße Luft nahm ihm den Atem. Hastig schob er sich das Mundstück des Selbstretters zwischen die Lippen, nahm einige tiefe Züge, um einen klaren Kopf zu bewahren und die Situation richtig einschätzen zu können. Sein Methanmessgerät zeigte Null an. Also eine Kohlenstaubexplosion. An seinem letzten Tag. Was für eine riesengroße Scheiße.

Immerhin lebte er noch, war handlungsfähig. Wo kam die Explosion her? Die Strecke, aus der die Druckwelle über sie hinweggefegt war, endete keine dreihundert Meter von hier, sie war verfüllt. Da gab es nicht genug, das dermaßen explodieren konnte. Fieberhaft überlegte er. Hier gab es keine Wassersperren mehr, die waren schon entleert, nur Schutztore, die sich automatisch schlossen, wenn eine Druckwelle durch die Strecke lief. Warum hatten die nicht ausgelöst? Torben spürte Vibrationen unter seinen Füßen. Da kam noch mehr.

Er hatte keine Ahnung, was da vor sich ging, aber wenn die Türen nicht schlossen, waren sie der Katastrophe hilflos ausgeliefert, was immer geschehen mochte.

Der Staub legte sich ein wenig, er konnte genug sehen, um den Eingang zur Strecke zu erkennen, der aussah wie ein riesiges Maul, das ihn verschlingen wollte. Er rannte los, hörte jemanden schreien, er renne in die falsche Richtung, rannte weiter. Nach hundert Metern sah er es. Die Tore hatten nicht ausgelöst, wie er vermutet hatte, die Anzeige für den Zustand der Türen war erloschen, Gesteinsbrocken hatten den Sicherungskasten beschädigt. Jetzt begriff er, was passiert sein musste. Die Explosion hatte sich im verfüllten Teil der Strecke ereignet, hatte die Verfüllung weggesprengt und sich in die dadurch freigelegte Strecke ausgebreitet, war aber erheblich abgeschwächt worden. Das hatte ihnen vorerst das Leben gerettet. Aber nicht den Kumpels, die weiter hinten gearbeitet hatten. Torben befürchtete, dass man von denen nicht mehr viel finden würde. Für die kam jede Hilfe zu spät.

Er öffnete den verbeulten Sicherungskasten. Es hatte einen Kurzschluss gegeben. Alle Sicherungen waren rausgesprungen. Verfluchter Mist. Ausgerechnet. Mit bloßen Händen zog er die Kabel auseinander, deren blanke Enden den Kurzschluss verursacht hatten. Funken sprangen, Torben hatte nicht die Zeit, sich darüber Gedanken zu machen, dass er damit eine neue Explosion verursachen könnte. Eine Sicherung nach der anderen drückte er hoch, die Anzeige leuchtete auf, sprang auf Grün, doch die Tore schlossen sich nicht. Er schlug mit der Faust auf den Notschalter, es knirschte, die Torflügel schienen sich weigern zu wollen, Torben ballte die Fäuste und schrie: «Verdammt noch mal, wollt ihr mich töten?» Nach einigen Sekunden, die wie eine

Ewigkeit schienen, schoben sich die Flügel des Tores endlich zusammen.

Torben wandte sich ohne Zögern um, rannte zurück, winkte mit den Armen. «Los, in die Strecke.» Zusammen mit Meier packte er sich Fäller, der sich nicht auf den Beinen halten konnte. Sie zerrten ihn, so weit es ging. Torben blickte sich um. Sie waren zu wenige. Viel zu wenige.

Die Druckwelle der zweiten Explosion wirbelte sie durcheinander wie Blätter, wenn ein Herbststurm die Bäume entlaubt. Das Letzte, das Torben sah, bevor er bewusstlos wurde, waren die Trümmer, die die Strecke versiegelten, das Letzte, das er dachte, war: ein verfluchter Tag zu viel.

ESSEN, FRIEDHOF AM HALLO
––– GEGENWART

Seit gut zwei Stunden saß Tim mit Hünenkamp auf der Bank. Der erzählte noch ein wenig über vergangene Zeiten, nichts, das Tim im Fall Repsen weitergebracht hätte, aber er hörte geduldig zu. Schließlich verabschiedete sich Hünenkamp, Tim bedankte sich und versprach, ihn auf dem Laufenden zu halten.

Eine Weile hing Tim seinen Gedanken nach, betrachtete die Menschen, die vorübergingen, die nichts wussten von ihm und Repsen und den Bergleuten, so wie er nichts von diesen Menschen wusste. Eine junge Mutter in Trainingshose und T-Shirt joggte vorbei, vor sich einen Kinderwagen schiebend, Ear-Buds in den Ohren, abwesender Blick. Er konnte sich das eine oder andere ausmalen über diese Frau, aber auch nicht mehr. Hörte sie Musik? Lernte sie eine Sprache? Telefonierte sie? Liebte sie ihr Kind? War sie alleinerziehend? Dutzende Fragen, die er nur würde beantworten können, wenn er sich mit ihr auseinandersetzte, sie kennenlernte, befragte, sie zu Hause besuchte. Doch das würde nicht geschehen. Sie trabte vorbei und verschwand aus Tims Gesichtsfeld und damit aus Tims Leben.

Er konzentrierte sich auf das Gespräch mit Hünenkamp, ließ es Revue passieren. Es war ergiebig gewesen, der Bergmann hatte seinen Verdacht, dass der Oberbürgermeister in dunkle Geschäfte verwickelt gewesen war, bekräftigt. Was Tim bereits wusste, war, dass Repsen vier Monate nach dem Unglück nach London gezogen war und sich dort auf einer Privatuni eingeschrieben hatte, um internationales Wirtschaftsrecht zu studieren. Nach drei Jahren war er zurückgekehrt, hatte in Deutschland weiterstudiert. Woher hatte er das Geld dafür gehabt? Seine Eltern hatten ihn auf jeden Fall nicht unterstützt, nicht unterstützen können. Repsens Vater war Unternehmer gewesen, hatte aber das Vermögen, das er erarbeitet hatte, durchgebracht, seine gut gehende Firma ruiniert. Seine Mutter war zeit ihres Lebens Hausfrau gewesen. Erstaunlich, dass Repsen überhaupt im Pütt geschuftet hatte, mit seinen Noten und seinem hellen Köpfchen. Nach dem Abitur hatte er auf der Grube eine Lehre als Maschinenfahrer gemacht. In die Politik war er erst nach seinem erfolgreichen Studium eingestiegen, das er mit Bestnoten abgeschlossen hatte – vorher hatte er immer mal wieder Ämter bei der Jungen Union bekleidet, aber nur nebenbei.

Tim grübelte vor sich hin. Er hatte keine Wahl. Er musste versuchen, im Grundbuchamt etwas zu finden. Wenn Repsen unsaubere Immobiliendeals gemacht hatte, dann war es dort verzeichnet. Aber er musste aufpassen, durfte nicht offiziell anfragen, Repsen durfte nichts von seinen Recherchen erfahren. Er würde sofort alle Hebel in Bewegung setzen, um Tim zu stoppen, und er würde Beweise vernichten oder vernichten lassen, wenn er das nicht schon getan hatte. Tim ging im Kopf seine Kontakte durch und entschied sich kurz entschlossen für eine Sachbearbeiterin, die Zugang zum Archiv und allen Datenbanken besaß, auch sonntags, und ständig in Geldnot war. Er rief sie an, sie nannte den Preis, er, was er wissen wollte.

Sie schluckte hörbar am Telefon. «Repsen? Das ist der OB.»

«Weiß ich», gab Tim zurück. «Deswegen ist es ja so wichtig. Du weißt, dass ich mich nicht mit Kroppzeug abgebe.»

«Wenn das rauskommt, bin ich erledigt.»

«Wenn rauskommt, dass du mir schon viermal Infos gegen Geld gegeben hast, bist du auch erledigt. Solange du dich nicht verplapperst und deine Spuren sorgfältig verwischst, passiert nichts. Okay?»

Für Tim hätte es ebenfalls ernste Konsequenzen, wenn rauskäme, wie er vorging. Denn er erfüllte den Tatbestand der Bestechung, im schlimmsten Fall konnte er dafür ins Gefängnis gehen. Aber so wie er auf seine Quelle angewiesen war, wusste er, dass seine Quelle auf ihn angewiesen war und nicht widerstehen konnte. Sie träumte von einer Profikarriere als Golferin, gab ihr Geld für teure Einzelstunden aus und für den Jahresbeitrag von fünfzehntausend Euro in einem exklusiven Klub.

«Na gut. Ich schicke dir alles, was ich finde, ins Darknet. Wie üblich.»

«Ich lasse dir das Geld zukommen. Bitcoins. Wie üblich.» Damit war alles gesagt. Tim legte auf, loggte sich in sein Spezialkonto ein, das von Wintersturm mit Geld aufgefüllt wurde, überwies einen Zehntelbitcoin, das entsprach etwa viertausend Euro, auf das Auslandskonto seiner Informantin, wartete zehn Minuten, bevor er sein Postfach im Darknet aufrief. Eine Mail blinkte im Eingang. Er öffnete sie, las den Anhang, hielt die Luft an, las noch mal. Endlich eine Spur. Eine konkrete.

Repsen hatte am 19.5.1986 ein Grundstück in Essen-Bredeney gekauft. Zwei Jahre später kaufte die Stadt es ihm wieder ab. Für das Dreifache des Kaufpreises, denn das Grundstück war Teil des Baugrundes für ein Gemeindezentrum. Das Projekt wurde jedoch nicht umgesetzt, das Land wieder verkauft. An Privatleute und Investoren. Tim schlug sich mit der Faust in die Hand, spürte die Glückshormone. Das stank alles gewaltig, und wenn er Belege für einen Insiderdeal fand, dann würden einige Köpfe rollen. Nicht nur der von Repsen.

Aber was hatte Mergent damit zu tun? Hatte er überhaupt etwas damit zu tun? War Tim auf der Suche nach Beweisen für einen Mord auf Beweise für einen Immobilienskandal gestoßen? War Repsen kein Mörder, sondern nur ein Betrüger?

Das Problem war, dass der Betrug verjährt war. Repsen würde nicht strafrechtlich belangt werden können. Aber seine Karriere als Politiker wäre beendet, wenn die Öffentlichkeit davon erfuhr. Tim las sich noch mal jede Zeile des kleinen Dossiers durch. Seine Informantin war ihr Geld wert, keine Frage. Er würde jede Person durchleuchten, die mit dem Kauf und Verkauf zu tun hatte. Eine Menge Namen. Zwei Notare waren darunter, eine Sachbearbeiterin bei der Sparkasse Essen, der ehemalige Liegenschaftsverwalter der Stadt, der Kämmerer und der Bürgermeister. Als Erstes würde er sich die Ratsbeschlüsse besorgen, die den Kauf und den Verkauf der Liegenschaften zum Thema hatten, und dann den Beschluss, in dem erklärt wurde, warum das Projekt verworfen worden war.

Tim steckte sein Handy ein, stand auf, schwang sich auf sein Fahrrad und fuhr in die Redaktion. Er würde die eine oder andere Nachtschicht einlegen müssen. Und genau das liebte er an seinem Beruf.

ESSEN, RATHAUS, BÜRO DES OBERBÜRGERMEISTERS — — — GEGENWART

Elin warf einen Blick aus dem Fenster und genoss den Ausblick auf die Stadt. Repsen schwieg seit gut zwei Minuten. Sie überlegte, ob sie ihn aus seinen Gedanken holen sollte. Er schien tief in Erinnerungen versunken zu sein, anscheinend hatte ihre Frage ihn in die Vergangenheit katapultiert. Sie wartete noch einen Moment, dann sprach sie ihn an. «Herr Repsen?»

Der Oberbürgermeister schreckte hoch, atmete ein paar Mal stoßweise, rieb sich die Augen, sah Elin an. «Ich dachte, es hört irgendwann auf. Aber seit die Kumpel gefunden worden sind, vergeht keine Minute, in der ich nicht an diesen Tag denken muss.»

Er schien sich zu sammeln, straffte sich. Dann schilderte er Elin das Unglück bis zu dem Moment, als er das Bewusstsein verloren hatte. Es klang, als wäre es gerade erst geschehen. Elin musste einräumen, dass Repsen damals wirklich heldenhaft gehandelt hatte. Er war nicht in Panik verfallen, sondern hatte das einzig Richtige getan, um sich und seinen Kumpels eine Überlebenschance zu verschaffen. Es hatte acht Stunden gedauert, bis die Rettungsmannschaften zu ihnen durchgedrungen waren. Die anderen zwölf Männer waren im wahrsten Sinne des Wortes vom Erdboden verschluckt worden.

Sie musste Repsen einige Fragen stellen, denn er hatte alles ausgelassen, was nicht mit der Katastrophe zu tun hatte. Kein Wort darüber, was er vorher gemacht hatte, wie er heute zu den Kumpeln stand. «Sie können stolz auf sich sein, Herr Repsen.»

«Danke, Frau Akay. Bitte fragen Sie.»

Elin musste es geschickt angehen, musste verhindern, dass Repsen den Eindruck bekam, dass sie ihn einer Straftat verdächtigte. «Reine Routinefragen, um Sie mit Sicherheit als Täter ausschließen zu können.»

«Natürlich», sagte er und lächelte kühl.

Er glaubte ihr kein Wort, das konnte sie an seiner Reaktion deutlich sehen. Dann musste sie auch kein Blatt vor den Mund nehmen. Küppersbusch würde ihr sowieso die Hölle heißmachen, wenn er erfuhr, dass sie mit Repsen geredet hatte. In seinen Augen waren die Ermittlungen abgeschlossen. Sie würde das Momentum nutzen, dass Küppersbusch Repsen anscheinend noch nicht darüber informiert hatte, dass es einen Täter gab, den er anklagen wollte.

«In welcher Beziehung standen Sie zu Rudolf Mergent?»

«Beziehung? Ich verstehe nicht.»

«Kannten Sie ihn? Hat er auch Ihr Geld veruntreut?»

Repsen nickte verstehend. «Sie suchen nach einem Motiv. Natürlich. Jeder ist verdächtig, der von Mergent betrogen worden ist. Ich bin nicht auf ihn hereingefallen. In der Tat habe ich den einen oder anderen sogar gewarnt, er solle sein Geld besser unters Kopfkissen legen, anstatt es diesem windigen Kerl zu überlassen.»

«Also wussten Sie über Mergent Bescheid. Es haben ihn bestimmt nicht viele durchschaut, schließlich hat er für eine seriöse Finanzagentur gearbeitet, die es noch heute gibt.»

Repsen hatte eine Schwäche, und die würde Elin ausnutzen. Er hielt sich für den Besten, litt unter Größenwahn, den er nur mühsam unter Kontrolle halten konnte. Deswegen war er auch nicht höher aufgestiegen. Nach einem anfänglichen Karrieresprung bekam er Anfang der 2000er einen erheblichen Dämpfer, als ihn ein ehemaliger Weggefährte bei der Wahl zum Landesvorsitzenden ausgebootet hatte. Damit war ihm ein Erfolg in der Bundespolitik verwehrt. Ein paar Jahre saß er im Bundestag, aber das war ihm zu wenig. Als Hinterbänkler hatte er nichts zu melden. Also wandte er sich wieder der Lokalpolitik zu, und derselbe Weggefährte, der ihn ausgebootet hatte, ebnete ihm den Weg zum Oberbürgermeister. Eine elegante Methode, einen potenziell unangenehmen Kollegen aus dem Weg zu räumen.

Elins Taktik, ihn bei seiner Eitelkeit zu packen, schien nicht zu funktionieren. Repsen schüttelte den Kopf. «Das pfiffen die Spatzen von den Dächern, dass da was faul war, Frau Akay. Jeder wusste das.»

«Wenn es jeder wusste, warum haben dann fast einhundert Bergleute, darunter auch einige damalige Kumpel von Ihnen, Mergent ihr Geld in den Rachen geworfen? Einige verloren ihre gesamten Ersparnisse, mussten Hypotheken aufnehmen. Niemand hat auch nur einen Pfennig zurückbekommen. Und niemand hat darüber geredet, bis Mergent verschwunden war.»

«Eine schlimme Sache, in der Tat.» Er rückte seinen Sessel zurecht, wollte Zeit schinden zum Nachdenken. Schließlich fuhr er fort. «Sie wissen doch, wie die Menschen sind. Sie können ihnen alle Fakten auf den Tisch legen. Wenn sie sich auf etwas festgelegt haben, nützt das nichts. Einige haben mir gar nicht zugehört, andere haben mir vorgeworfen, ich wollte Mergent nur schlechtmachen.»

«Warum unterstellte man Ihnen das?» Elin erinnerte sich an Meiers Aussage, alle seien hinter Mergents Frau her gewesen. Repsen etwa auch? Ging es um Eifersucht? Um einen Hahnenkampf, wer die Henne besteigen durfte?

Repsen sah sie lange an. Er kämpfte sichtbar mit sich. Hatte sie seine Fassade durchdrungen?

«Sie haben mich nicht ernst genommen, weil ich nicht vom Fach war. Dabei wusste ich damals schon mehr über die Finanzwelt als so mancher Broker. Auch ohne Studium.»

Glatt abgeprallt. Repsen war ein Profi, er würde sich keine Blöße geben. «Das heißt, Sie kannten Mergent nur vom Hörensagen? Waren nie bei ihm zu Hause? Haben auch seine Frau nicht kennengelernt?»

«Das ist korrekt.» Repsen räusperte sich. «Verzeihen Sie, mein Hals ist trocken vom vielen Reden.» Er nahm einen Schluck Wasser.

Jana hatte ihr erklärt, wie dieses Verhalten genannt wurde: Übersprunghandlung. Repsen hätte eigentlich lieber etwas anderes gesagt oder getan. Stattdessen hatte er sich geräuspert. «Wer, glauben Sie, hat Mergent ermordet?»

Elin hatte mit einer schnellen Antwort gerechnet, aber Repsen ließ sich auch diesmal Zeit.

«Darüber denke ich seit zwei Tagen nach. Der Kreis der Menschen, die ein Motiv hatten, ist einfach zu groß. Es kann ein Kumpel gewesen sein, es kann jemand aus einem ganz anderen Personenkreis gewesen sein, vielleicht hat es ja gar nichts mit Geld zu tun.»

«Sondern?»

«Haben Sie schon mal darüber nachgedacht, dass Mergent vielleicht eine Affäre hatte, die er beenden wollte? Frauen können sehr besitzergreifend werden.»

«Wir haben über sehr viel nachgedacht, Herr Repsen.» Auf solch plumpe Art ließ sich Elin keine Ermittlungsergebnisse entlocken. Nichts wies darauf hin, dass Mergent eine Geliebte gehabt hatte. «Wie kommen Sie darauf?»

Er warf seinem Berater einen Blick zu, der jedoch nicht reagierte. Hieß das «Weitermachen»?

«Na ja, ich will ja keine Gerüchte in die Welt setzen …» Er machte eine Pause.

Doch, genau das willst du, dachte Elin. Viele Täter versuchten, der Polizei alternative Tathergänge zu präsentieren, genau das, was Repsen gerade tat. Ihm schien nicht bewusst zu sein, dass er sich damit eher verdächtiger machte.

«Aber?», fragte Elin, um auf sein Spielchen einzugehen, ihn dazu zu bringen, mehr zu reden. Je mehr, desto besser.

«Man sagte, dass er alles bestieg, das nicht bei drei auf dem Baum war.»

Elin hob die Brauen. Der feine Herr Repsen wechselte das Sprachniveau. Fiel er zurück in alte Sprachmuster, oder war das fein kalkuliert, um Mergent in noch schlechteres Licht zu rücken? «Wer sagt das?»

Diesmal räusperte sich Tratto, Repsen lächelte gequält. «Das kann ich nicht sagen.»

Elin war sich nicht sicher, welche Strategie sie jetzt verfolgen sollte. Repsen provozieren, auf die Gefahr hin, dass er abbrach, oder ihm eine Plattform bieten, damit er ins Erzählen kam? Sie entschied sich für den direkten Weg. Er glaubte, stets die Kontrolle zu behalten, und wenn sie ihn ein wenig zwickte, würde er es noch mehr genießen, seine Überlegenheit zu zeigen.

«Vielleicht gab es ja eine Verschwörung gegen Mergent. Sie, Hünenkamp und Meier haben sich zusammengetan, um ihn für immer verschwinden zu lassen. Was wäre da geeigneter als ein Bergwerk? Irgendwie muss Mergent ja nach unten gelangt sein. Dazu braucht man Bergleute.»

Repsens Augen leuchteten auf. «Ein sehr guter Gedanke. Mit einem kleinen Schönheitsfehler. Ich war nicht beteiligt, ich hatte kein Motiv. Aber die anderen? Die waren mehr als verärgert, die waren stocksauer, die verfluchten den Mergent jeden Tag, und so mancher hat ihm sogar den Tod gewünscht.»

«Wer genau?»

Repsen hob entschuldigend die Hände. «Daran kann ich mich nach so vielen Jahren nun wirklich nicht mehr erinnern.» Er ließ sie sinken. «Und ich werde niemanden indirekt des Mordes beschuldigen.»

«Natürlich nicht.» Elin musste in die Offensive gehen. Musste riskieren, dass Küppersbusch sie zusammenfaltete. «Sind Sie mit Oberstaatsanwalt Küppersbusch bekannt?»

Repsen zuckte nicht mit der Wimper. «Natürlich. Er war so freundlich, mir an Zeche Ludwig den Kopf zurechtzurücken und mich vor einem schweren Fehler zu bewahren, wie Sie wissen.»

«Warum tut Küppersbusch so was? Sind Sie enger befreundet?»

«Sie meinen, ob er mich schützen will?»

«Ist das so?»

Tratto warf Repsen einen warnenden Blick zu. Das war es also. Die beiden Männer verband etwas – etwas, das den Oberstaatsanwalt dazu brachte, sehr hart am Wind zu segeln. Ohne es zu wissen, hatte Elin ihnen die Gelegenheit gegeben, eine Situation unbürokratisch zu bereinigen, die für Repsen hätte gefährlich werden können, indem sie sich ausgerechnet an Küppersbusch gewandt hatte. Sie spürte Wut aufsteigen. Küppersbusch hatte sie ausgenutzt. In der Öffentlichkeit tat er sich als Repsens Kritiker hervor, stützte ihn aber heimlich, damit seine Wiederwahl gesichert blieb. Dass er Meier anklagen wollte, war ein geschickter Schachzug. Sobald die Wahl gelaufen war, würde er ganz nebenbei erklären, dass sich Umstände ergeben hätten, die Meier entlasteten. Zu verdanken sei das der hervorragenden Arbeit der Polizei. Niemand würde ihm das übel nehmen, im Gegenteil, man würde ihm Respekt zollen, dass er einen Fehler eingestand und einen Unschuldigen vor dem Gefängnis bewahrte.

Elin dachte nach, ging ihre Möglichkeiten durch. Irgendwie mussten die Ermittlungen wieder in Gang kommen. Wenn sie die Verschwörungstheorie ins Spiel brachte, wenn sie den Verdacht erhärten konnte, dass Meier nur einer von mehreren Tätern war, dann mussten die Ermittlungen wieder aufgenommen werden, oder Küppersbusch würde seine Karriere gefährden, müsste sich mit einem übel gelaunten Justizminister auseinandersetzen.

Elin brauchte einen Verbündeten. Sie kannte eine Person, die Repsen lieber heute als morgen abserviert hätte. Doch diese Person hegte für Elin ganz ähnliche Gefühle.

Fragte sich, wen sie mehr hasste. Elin oder Repsen.

ESSEN-ALTENESSEN
––– GEGENWART

So viel hatte Jana schon lange nicht mehr gegessen. Zweieinhalb Dampfnudeln. Sie fühlte sich rund wie ein Ballon.

Mutter hatte ihr nachgelegt, und sie hatte nicht widerstehen können. Vielleicht auch deshalb, weil der Karton mit den Fotos auf sie wartete und sie noch immer zweifelte, ob es richtig war, den Geist aus der Flasche zu lassen. Sie rieb sich über den Bauch, der sich trotz des Gelages nicht wölbte, aber sie fühlte sich, als könne sie eine Woche lang nichts mehr essen.

Jana schob den Teller weg. «Ich platze gleich.»

Mutter hatte nach der ersten Dampfnudel aufgegeben und ihr schweigend beim Essen zugesehen. «Kein Wunder. Du hast fast so viel gefuttert wie Bernd, wenn er zur Schicht musste.»

«Nicht ganz. Er hat vier geschafft, wenn ich mich richtig erinnere.» Jana schmunzelte. «Ich konnte das nicht verstehen. Vor allem nicht zum Frühstück.»

«Im Pütt brauchst du jede Kalorie.»

«Klar, und Vater war ja schlank, bis zuletzt, obwohl er für drei gefuttert hat. Einige seiner Kumpel haben mit der Zeit einen ganz schönen Bauch bekommen.»

«Vielleicht waren die nicht zufrieden mit ihrem Leben? Bernd hat nie geklagt.»

Jana schloss die Augen. Sah Vater vor sich auf dem Sterbebett, sie saß auf der einen, Mutter auf der anderen Seite, jeweils eine seiner Hände haltend. Sah, wie er sie anlächelte und ihr sagte, dass er ein großartiges Leben gehabt habe, eine wunderbare Frau und eine Tochter, auf die er stolz sei.

«Ich liebe euch beide», hatte er geflüstert und war gestorben. Beißende Trauer stieg auf. Tränen drückten, bahnten sich ihren Weg, tropften auf die Tischdecke. Mutter nahm sie in die Arme, Jana kuschelte sich an sie, fühlte die Wärme und die Liebe.

«Hört das irgendwann auf, Mama?», flüsterte sie schluchzend.

Die Stimme ihrer Mutter klang gefasst und warm. «Nein. Aber man lernt, damit zu leben.»

Eine Träne tropfte Jana auf die Wange. Mutter weinte still, so wie sie immer alles still ertragen hatte, was immer es auch gewesen sein mochte.

Jana spürte Erleichterung, die Tränen versiegten. Sie holte tief Luft, so wie nach einem langen Tauchgang, wenn nur ein Gedanke das Sein beherrscht: Atme! Lebe!

Sie richtete sich auf, wischte sich übers nasse Gesicht, Mutter reichte ihr ein Taschentuch. Nicht eins aus Papier, sondern aus feinstem Leinen, sorgfältig gebügelt, mit ihren Initialen, die sie selbst eingestickt hatte.

«Danke, Mama.» Jana trocknete sich das Gesicht, doch um sich die Nase zu putzen, nahm sie ein Papiertaschentuch. Sie wollte das Leinen nicht beschmutzen, auch wenn es dafür gedacht war.

«Möchtest du einen Kaffee, Kind?»

Sie nickte. Mutter räumte ab, Jana durfte nie helfen. Sie hatte es versucht, aber Mutter hatte sie streng zurechtgewiesen: «Willst du mich ausrangieren?» Seitdem hatte Jana kein Geschirr mehr angerührt.

Wenige Minuten später stand die dampfende Tasse vor ihr. Sie trank den Kaffee schwarz, atmete noch einmal tief durch, dann nahm sie einen Schluck und seufzte genießerisch. Kein Kaffee auf der Welt schmeckte besser.

«Was ist mit den Fotos?» Mutter hob den Karton an und stellte ihn auf den Tisch.

Wie ein Monument stand er da, Ehrfurcht einflößend, fast bedrohlich. Würde sie erneut in Tränen ausbrechen, wenn sie das erste Foto sah?

«Warum hat Papa die Bilder nie in ein Album geklebt?»

«Ich weiß es nicht. Ich habe ihn einmal gefragt, aber er hat gesagt, es sei nicht nötig und außerdem Geldverschwendung. Er wollte auch nicht, dass ich es mache. Sollen wir?»

Sie blickten sich in die Augen. Jana nickte knapp, hob mit einer schnellen Bewegung den Deckel ab. Obenauf lag ein Foto, das sie drei in den Bergen zeigte, im Hintergrund das Matterhorn. Stahlblauer Himmel, rundum ein Meter Schnee. Gornergrat. Skiparadies. 3100 Meter hoch. Ihre Eltern hatten jahrelang gespart für diesen Urlaub. Eine Woche in Zermatt, ein Tagesausflug zum Gornergrat. Das Geschenk zu ihrem achtzehnten Geburtstag. Jana spürte, wie die Trauer sie wieder mit kalter Faust packen wollte, doch dann lächelte sie. Diese Woche war so wunderbar gewesen, dass die schöne Erinnerung daran stärker war. Sie hatte ihren Vater sehr geliebt, selbst während ihrer Pubertät hielt sich die Streiterei in Grenzen. Sie wusste, sie hatte Glück gehabt mit ihren Eltern, die alte Traditionen und Werte wichtig nahmen, aber immer offen gewesen waren für Neues, die vieles akzeptiert hatten, das sie nicht verstanden. Also gab es keinen Grund zur Trauer, wenn sie sich an diese Zeiten erinnerte. Im Gegenteil. Sie hob das Foto hoch.

«Diese Woche werde ich niemals vergessen. Wir waren einfach nur glücklich.»

Mutter lächelte. «So wie all die Jahre.»

Jana hatte ihre Eltern nie streiten gehört. Ob sie Streit nur niemals vor ihr ausgetragen oder wirklich nie gestritten hatten, wusste sie nicht. Sie sah ihre Mutter an. «Ich habe nie ein lautes Wort von euch gehört. Wie kommt das?»

Mutter lachte auf. «Du wirst es nicht glauben.» Sie zeigte nach unten. «Wir sind zum Streiten in den Keller gegangen. Gar nicht mal so selten. Aber auch nicht wirklich oft. Vielleicht einmal im Monat, manchmal ein halbes Jahr nicht. Und wir haben immer leise gestritten.» Sie senkte die Stimme und zischte: «Bernd, wie oft soll ich dir noch sagen, dass du die Schuhe vor der Tür ausziehen musst. ‹Aber die sind doch sauber›, hat er geantwortet.»

Jana musste lächeln. «Was hast du dann gesagt?»

Mutter hielt sich eine Hand vor den Mund. «Was sauber ist und was nicht, das bestimme noch immer ich.»

Jetzt lachte sie schallend. «Wie hat Papa reagiert?»

«Er hat mich angeguckt, fast eine Minute lang, und dann, ganz langsam, gesagt: ‹Wie konnte ich das nur vergessen, Schatz. Ich werde meine Schuhe ab sofort immer vor der Haustüre lassen.›» Mutter legte beide Hände flach auf den Tisch und rückte ihren Stuhl ein wenig zurück. «So war er. Ein wunderbarer Mann. Er wusste genau, wann er mir widersprechen durfte und wann nicht.» Sie grinste Jana an. «Ich wusste das auch. Vielleicht waren wir deshalb so glücklich miteinander.»

Ein Geschenk des Himmels, so aufeinander eingehen zu können, dachte Jana. Warum konnte sie das nicht? Wäre es mit Tim anders gelaufen, wenn sie es könnte?

Um sich von diesem sinnlosen Gedanken zu befreien, griff sie in die Kiste, zog das nächste Foto hervor. Ein Gartenfest. Werner war da und einige andere Kumpel, auch Hartmut Meier und Florian Theiss, der später zur Grubenwehr gewechselt war. Zu jedem Foto fiel ihnen eine Geschichte ein, manchmal eine Anekdote, manchmal ein Datum, Geburt, Heirat, Abschied, Tod.

Ganz zuunterst lagen einige Fotos, die nicht in die Reihe der Familienfotos passten und anscheinend auch nicht von Vater selbst geschossen worden waren. Fotos von Feierlichkeiten auf der Grube, in einer Kneipe und in einer Disco. Fotos, die ihn zeigten, als er noch nicht verheiratet war, das verriet das Datum auf den Rückseiten. Fotos, die geschossen worden waren, ohne dass er sich anscheinend bewusst war, fotografiert zu werden.

Doch auf einem Bild war jemand ganz anderes zu sehen. Jana hielt den Atem an. Vor ihrem inneren Auge flogen die Aussagen der Geretteten vorbei. Bei einer blieb sie hängen. Das Bild bewies, diese Aussage war eine glatte Lüge. Und damit gab es einen neuen dringend Verdächtigen im Mordfall Rudolf Mergent.

Die Karten wurden neu gemischt.

ESSEN, RATHAUS, BÜRO DES OBERBÜRGERMEISTERS ––– GEGENWART

Die weitere Vernehmung mit Repsen ergab nichts Neues. Elin war einigermaßen enttäuscht, sie hatte erwartet, ihn mehr aus der Reserve locken zu können, aber die stahlglatte Fassade dieses Politprofis konnte sie nicht durchdringen.

Repsens Alibi war ebenso wasserdicht wie das der anderen Bergleute. Der Zeitraum des Mordes an Rudolf Mergent konnte bis auf wenige Stunden eingegrenzt werden: Seine Frau hatte ihn am Abend des 13.10. um 23:00 Uhr zum letzten Mal gesehen, als er das Haus verlassen hatte. Spätestens am 14.10., nach der Explosion um fünf Minuten vor Mitternacht, hatte er nicht mehr gelebt. Hatte Elin es mit einem perfekten Mord zu tun?

Mit leeren Händen verließ sie Repsens Büro, der nicht aufhörte zu beteuern, dass er alles tun würde, um bei der Aufklärung des Mordes zu helfen. Er schüttelte ihr lange die Hand, lächelte, als könne er damit die Wahl gewinnen, und brachte sie persönlich zum Ausgang. Elin fragte sich, warum Repsen plötzlich so handzahm war und ob es wirklich Küppersbusch gewesen war, der ihn dazu verdonnert hatte.

In Gedanken versunken ging sie zurück zum Präsidium. Kurz bevor sie den Eingang erreichte, meldete sich Pharrell Williams und sang: «It might be crazy what I'm about to say ...»

Es war Holgers Nummer, sie ging ran, er legte sofort los.

«Wir haben einen Zusammenhang gefunden, Elin. Er wird dir nicht gefallen.»

«Ich bin beeindruckt, dass du mich so gut kennst.»

Holger überhörte die kleine Spitze. «Zwischen Küppersbusch und Repsen gibt es keine direkte Verbindung. Aber zwischen ihren Vätern. Und zwar eine tragische.» Er holte Luft. «Der Vater von Küppersbusch hat als junger Staatsanwalt den Vater von Repsen zu Unrecht angeklagt und damit dessen Firma ruiniert. Oder besser gesagt, ihr den Rest gegeben, denn zu der Zeit war Repsens Vater schon auf dem absteigenden Ast. Alkohol, Prostituierte, Zocken.»

Elin schwieg. Das war tatsächlich ein Ding. «Und jetzt will er nicht denselben Fehler noch mal machen. Ist das möglich?»

«Ich glaube nicht, dass Küppersbusch uns diese Frage beantworten wird.»

Davon ging Elin auch nicht aus. Selbst wenn Küppersbusch aus vielleicht ehrenhaftem Grund handelte, war es falsch, eine Ermittlung zugunsten eines möglicherweise Verdächtigen in die falsche Richtung zu lenken.

«Gute Arbeit, Holger. Vielleicht können wir das noch gebrauchen. Ich war bis eben bei Repsen, und irgendetwas verschweigt er uns. Im Moment müssen wir aber die Füße still halten. Ich bin gespannt, ob er Küppersbusch schon angerufen und sich ausgeheult hat, dass eine übereifrige Beamtin ihn belästigt.»

«Wenn ja, werden wir es merken.» Holger klang nicht begeistert. «Darf ich dich was fragen, Elin?»

Elin mochte diese Floskel nicht, diesen Versuch einer Annäherung, den Versuch, einer Zurechtweisung vorzubeugen, wenn die Frage unangemessen oder sogar verletzend war, den Versuch, sich Vergebung zu erlangen, bevor man sich geäußert hatte. Sie bevorzugte direkte Fragen, Fragen, die man sich vorher gut überlegt hatte. Holger wusste, dass er fragen konnte, was er wollte. Er musste nur mit einer entsprechenden Reaktion rechnen, wenn er eine falsche Frage stellte.

«Nein», gab sie trocken zurück.

Holger schwieg, sie hörte seinen Atem, der laut genug war, die Rauschunterdrückung zu übertönen. Er brummte, dann nahm er den Faden wieder auf. «Okay, verstanden. Hier die Frage, auch ohne Absolution. Geht das hier häufiger so zur Sache?»

«Was meinst du damit?»

«Ich bin jetzt ein gutes Jahr hier, das ist nicht lange, und bisher lief alles ganz normal. Und jetzt? Ein Staatsanwalt, der sein Amt missbraucht, um einen Bürgermeister zu schützen, ein Bürgermeister, der versucht, eine Kriminalhauptkommissarin einzuschüchtern, die Leiterin einer Soko, die vor versammelter Mannschaft eine Kollegin des LKA rausschmeißt.» Er schwieg einen Moment. «Habe ich etwas vergessen?»

Elin fehlten die Worte. Sie kaute auf ihrer Lippe, versuchte die Wut in den Griff zu kriegen, die Holgers Attacke in ihr auslöste. Was zum Teufel bildete sich der Kerl ein?

«Ja, es fehlt noch was. Ein anmaßender Kollege, der nicht weiß, was Loyalität ist», wollte sie sagen, doch sie biss die Zähne zusammen, dann atmete sie tief ein und aus.

«Nein, so geht es hier normalerweise nicht zu.» Es fiel ihr schwer, ihre Stimme in den Griff zu bekommen. Holger hatte genau den wunden Punkt getroffen. Ihr war die Kontrolle über die Ermittlungen entglitten, und deshalb war sie wütend, nervös und dünnhäutig. Die Erkenntnis beruhigte sie, die Wut ebbte ab. Jetzt hieß es handeln und Holger miteinbeziehen.

«Ich werde Stefanie Eschenbach fragen, ob sie den Fall Küppersbusch-Repsen übernimmt.»

Holger gab ein Geräusch von sich, das Elin nicht einordnen konnte. War er überrascht oder erfreut?

«Da ich weiß, dass du weißt, dass sie dich hasst, kann der Grund dafür nur sein, dass sie Küppersbusch noch mehr hasst, richtig? Dass sie es sein will, die ihn festnagelt, aus der sicheren Position des Landeskriminalamtes heraus?»

«Das hoffe ich.»

«Viel Glück, Elin.»

«Das werde ich brauchen, Holger. Ich danke dir. Auch dafür, dass du mir gegenüber ehrlich bist. Das weiß ich zu schätzen.»

«Und ich hatte noch nie eine so tolle Chefin», sagte er.

Elin lachte auf. «Jetzt ist aber gut mit dem Wettschleimen. An die Arbeit. Ich bin in zehn Minuten bei euch, wir müssen uns eine Strategie ausdenken, im kleinen Kreis. Du, Mareike, Deniz und ich.»

«Jawoll, Chef», antwortete Holger heiter und legte auf.

Was für ein Kerl, dachte Elin. Dann tippte sie die Nummer von Stefanie Eschenbach ein. Das Freizeichen ertönte zweimal, dann wurde die Verbindung unterbrochen. Elin versuchte es noch mal. Dasselbe Spiel. Stefanie ignorierte sie. Es wäre ja auch zu schön gewesen, die Sache jemand anderem zuzuschieben, zu einfach. Also blieb der Fall bei ihr, und sie musste sich selbst um Küppersbusch kümmern, mit allen Konsequenzen.

Sie seufzte, steckte das Handy ein. Die ganze Sache lief nicht rund. Noch nie hatte sie jemanden am ersten Tag einer Soko rausgekickt. War das ein Fehler gewesen? Sie horchte in sich hinein. Nein, es war die richtige Entscheidung. Stefanie hätte die Soko teilweise lahmgelegt, und das konnte sie nicht zulassen. Vielleicht hätte sie es diplomatischer angehen können? Nein, auch das wäre ein Fehler gewesen. Sie musste den anderen zeigen, dass sie ein so krasses Fehlverhalten nicht duldete und klare Grenzen zog. Sie konnte nicht Everybody's Darling sein, und sie wollte es auch nicht. Deshalb würde sie Küppersbusch nicht aus den Augen lassen, auch auf die Gefahr hin, richtig Ärger zu bekommen. So war das Leben. Manchmal musste man Dinge tun, die richtig waren, aber unangenehme Folgen nach sich zogen, um am Ende ans Ziel zu kommen.

ESSEN-ALTENESSEN
--- GEGENWART

Jana war es nicht leichtgefallen, aber Mutter hatte Verständnis, dass sie sofort zu Elin musste, um ihr das Foto zu zeigen. Sie sprang in den Smart, klemmte das Handy in die Halterung und verband es per Bluetooth mit der Freisprechanlage, wählte Elins Nummer, gab Gas, gleichzeitig ermahnte sie sich, nicht zu schnell zu fahren.

Elin meldete sich sofort. «Was gibt's?», sagte sie kurz angebunden. «Wir haben gerade das Meeting begonnen.»

«Ich bin gleich bei dir. Es gibt Neuigkeiten.»

«Wie dringend ist es?»

«Dringend genug, dass ich den Besuch bei meiner Mutter abgebrochen habe.»

«Okay, willst du es mir jetzt sagen?»

«Am besten du siehst es dir selber an, ich bin gleich da, wollte nur wissen, ob du im Präsidium bist.»

«Du machst es wirklich spannend. Bis gleich. Und fahr vorsichtig.»

«Klar.» Jana unterbrach die Verbindung und bremste auf die vorgeschriebene Geschwindigkeit ab.

Endlich fuhr sie vor dem Präsidium vor, hielt auf einem Parkplatz für Beamte, sprang aus dem Wagen und rannte los. Sie winkte dem verdutzten Pförtner zu, eilte in den zweiten Stock, riss die Tür zum Besprechungsraum auf. Holger sah sie überrascht an, Deniz hatte den Kopf auf die Hände gestützt, und Elin knallte im selben Moment eine Akte auf den Tisch. Es klang wie ein Schuss, nur nicht so laut.

Elin fuhr herum. «Jana! So schnell habe ich nicht mit dir gerechnet. Du musst gefahren sein wie Holger.»

«Das würde ich gerne können, aber nein, ich habe Glück gehabt. Kaum Verkehr.»

Elin legte die Stirn in Falten. «Und jetzt raus damit. Was hast du für uns?»

Jana zog das Foto aus der Tasche und legte es auf den Tisch. Elin zog scharf die Luft ein, Deniz sagte nur «Nee, echt jetzt?», Holger grinste und rieb sich die Hände.

«Repsen hat gelogen wie gedruckt!», stellte Jana fest.

Das Foto zeigte Torben Repsen in enger Umarmung mit Anna Mergent, es war am 8.10.1988 aufgenommen worden, auf einer Party in einer Disco.

Elin nahm das Bild. «Das müsste reichen, um Ermittlungen gegen Repsen aufnehmen zu können. Ein klarer Anfangsverdacht. Er hatte was mit Anna Mergent. Rudolf Mergent war ihm im Weg. So einfach ist das. Ich rufe Küppersbusch an. Der wird sich freuen.»

Oder dir die Hölle heißmachen, dachte Jana. Schließlich hatte Elin seine Anordnung missachtet.

Wie einstudiert nickten alle.

Elin wählte seine Nummer. Nach fünfzehn Sekunden wurde die Verbindung unterbrochen. Sie hielt sich das Handy vor die Nase. «Er geht nicht ran, keine Mailbox.» Das war seltsam. Küppersbusch war immer erreichbar, das wusste selbst Jana, zumindest war sein Anrufbeantworter ständig im Dienst. Elin rief die Zentrale an, spulte ungeduldig die eintrainierte Begrüßung ab. «KHK Elin Akay, guten Tag. Ich möchte Oberstaatsanwalt Küppersbusch sprechen.» Schnell hängte sie ein freundliches «Bitte» an, stellte auf Lautsprecher.

«Herr Oberstaatsanwalt Küppersbusch hat sich krankgemeldet, tut mir leid. Der Stellvertreter ist leider nicht im Haus, ich kann Sie aber mit dem Staatsanwalt vom Dienst verbinden.»

Elin seufzte. «Ja bitte. Vielen Dank.» Es dauerte einen Moment, dann meldete sich eine junge Männerstimme, nannte einen Namen, den Jana noch nie gehört hatte. An Elins Gesicht sah sie, dass es ihr ebenso ging. Elin schilderte ihm die Situation. Der Staatsanwalt bat um einen Moment Geduld. Der Moment dauerte zwei geschlagene Minuten.

«Ich sehe hier keine besonderen Vermerke von Kollege Küppersbusch in der Akte», meldete er sich zurück. «Ich muss mich erst einarbeiten. Bis dahin machen Sie einfach weiter. Sie sind ja mit der Materie vertraut. Wenn Sie was brauchen, rufen Sie mich an.»

«Vielen Dank, ich halte sie auf dem Laufenden.»

Elin unterbrach die Verbindung, sah in die Runde. «Er gibt uns vorerst freie Hand. Einerseits bin ich erleichtert, dass Küppersbusch sich gerade nicht mehr querstellen kann oder will, andererseits habe ich ein ungutes Gefühl. So als würde sich etwas zusammenbrauen. Warum ist Küppersbusch plötzlich krank?»

Holger zuckte die Schultern. «Der Mann ist abgetaucht, weil er befürchtet, in die Kritik zu geraten. Weil er gemerkt hat, dass er sich verrannt hat. Dass ihn das seine Karriere kosten kann.»

«Vielleicht hat Repsen ihn zusammengefaltet, weil er dich nicht unter Kontrolle hat, Elin», warf Deniz in den Raum.

Das waren mögliche Erklärungen, aber Jana hatte noch eine weitere parat. Eine einfache, jenseits von Verschwörungsgedanken.

Sie hob die Hände. «Oder er ist tatsächlich erkrankt. Herzinfarkt, Blinddarm, Ohnmacht wegen Kreislaufproblemen – es gibt Dutzende Möglichkeiten. Er ist nicht mehr der Jüngste und steht seit Jahrzehnten unter Dauerstress. Das hinterlässt Spuren.»

Elin nickte. «Wie auch immer, mit dem Foto haben wir einen stabilen Anfangsverdacht gegen Repsen. Was schlagt ihr vor?»

Holger antwortete sofort. «Wir nehmen ihn in die Zange. Drohen mit Verhaftung und Medien, wenn er nicht kooperiert. Machen richtig Druck.»

Deniz wiegte den Kopf. «Ich würde nicht zu viel Druck machen. Am Ende hat er eine einleuchtende Erklärung, und wir sind die Dummen.»

Elin wandte sich Jana zu. «Was meinst du?»

Jana überdachte, was sie wussten. «Wenn es so ist, dass Küppersbusch Zeit schinden will, um Repsen vor einer Vorverurteilung zu schützen, die ihn vielleicht das Amt kostet, würde ich sehr leise vorgehen, aber Repsen gegenüber sehr deutlich sein. Die Polizei zu belügen ist keine Kleinigkeit. Er hat eine handfeste Falschaussage gemacht, ihm droht eine Haftstrafe von drei Monaten bis fünf Jahren. Das würde Repsen vernichten. Wenn er bereit ist, alles auf den Tisch zu legen, könnte er mit einem blauen Auge davonkommen. Sich verantworten muss er so oder so. Aber wie gesagt, es kommt auf das Getöse an, das wir machen.» Sie hielt kurz inne, ein interessanter Gedanke schoss ihr durch den Kopf. «Was, wenn Küppersbusch genau das bezweckt? Er sitzt in einer Falle, in die er sich selbst hineinmanövriert hat, indem er einen Verdächtigen schützt. Also gibt er die Verantwortung ab. Auch wenn er damit vielleicht nicht sein Ziel erreicht, Repsen zu decken, kann er sich selbst entschulden.»

«Du meinst, Küppersbusch macht das alles mit Absicht?»

«Eine Möglichkeit.»

Elin schien nicht begeistert. «Was du sagst, Jana, klingt plausibel, aber ehrlich gesagt ist es mir egal. Ich kann jetzt vorgehen, wie ich will, ohne Konsequenzen fürchten zu müssen.» Sie ging zum Whiteboard, nahm einen roten Marker und schrieb in Großbuchstaben «Repsen» in die Mitte.

Jana sah Elin die Entschlossenheit an. Repsen hatte zwei große Fehler begangen: Er hatte versucht, Elin einzuschüchtern, und dann hatte er sie belogen. Keine gute Idee.

ESSEN, POLIZEIPRÄSIDIUM
––– GEGENWART

Holger setzte sich hinters Steuer. «Sonderrechte frei?»

Elin schüttelte den Kopf. «Leider nein. Keine Gefahr im Verzug.»

«Schade, ich hätte gerne mit Blaulicht eine Vollbremsung vor dem Rathaus gemacht.» Er legte den ersten Gang ein, fuhr langsam los, bog auf die Holsterhauserstraße und reizte die Geschwindigkeitsbeschränkung voll aus. 13 Minuten später hielt er vor dem Rathaus, sie stiegen aus, hielten dem Pförtner ihre Ausweise vor die Nase und stiegen in den Aufzug, fuhren in den 22. Stock, betraten erneut das Büro des Oberbürgermeisters.

Elin hielt sich nicht lange auf. Sie fragte die Sekretärin zuerst freundlich, ob der Herr Oberbürgermeister in seinem Zimmer sei oder noch in einer Sitzung. Die Frage wurde bejaht, die Sitzung sei verschoben worden. Elin und Holger bauten sich vor den zwei Bodyguards auf, die jetzt die Tür zu Repsens Büro versperrten und versuchten, einschüchternd zu wirken.

Elin schaute die beiden streng an, sie blickten stur geradeaus und bewegten sich nicht. «Ich zähle bis drei, dann nehme ich Sie wegen Störung einer Amtshandlung fest, wenn Sie nicht zur Seite treten. Eins.»

Die beiden wechselten einen Blick, machten einen Schritt zur Seite. Elin öffnete die Tür, sie und Holger traten ein, sie schloss die Tür. Repsen saß an seinem Schreibtisch und telefonierte, warf ihr einen Blick zu, formte mit dem Mund die Worte «Einen Moment bitte» und zeigte auf den Hörer.

Elin und Holger setzten sich auf zwei moderne Sessel, eierschalenförmig, beiges Leder. Es war ihr gleich, ob Repsen ihr einen Platz anbot oder nicht.

«Wir müssen darauf achten, dass die Plakate hoch genug hängen. Du weißt ja, dass es einige unzufriedene Zeitgenossen gibt, die sie gerne abreißen.» Er lauschte einen Moment. «Ja, rüste alle mit leichten Leitern aus, die mindestens drei Meter lang sind. Und nimm die kräftigen Kabelbinder. Ihr macht das schon. Alles klar, danke. Ich muss Schluss machen, ich habe gerade Besuch bekommen, den ich schlecht abwimmeln kann.»

Immerhin versuchte Repsen erst gar nicht, sie wieder loszuwerden. Er legte auf, wandte sich Elin zu, sein Lächeln war falsch.

«Wir hatten doch ein gutes Gespräch? Was gibt es denn noch? Ich hoffe für Sie, dass es dringend ist? Denn wenn nicht ...»

Elin freute sich über die Vorlage. Sie beugte sich nach vorne. «Es ist sehr dringend. Warum haben Sie uns belogen?»

Repsens Grinsen gefror, kurz sah Elin Panik, doch er hatte sich schnell wieder im Griff. «Entweder Sie bluffen, oder Sie haben etwas in der Hand.» Er faltete die Hände, legte seinen Kopf darauf. «Ich warte.»

Elin zog das Foto heraus und knallte es vor Repsen auf den Schreibtisch. «Falschaussage. Ein echter Karrierekiller.»

Repsen starrte das Foto an, schloss die Augen. «Was für eine Riesendummheit.»

«Allerdings», bestätigte Elin. «Sie haben zwei Optionen. Die Wahrheit, und zwar jetzt sofort – oder Festnahme und Vorführung beim Haftrichter.»

Repsen seufzte tief, lehnte sich in seinem Chefsessel zurück. «Die Wahrheit kann unangenehm sein.»

«Das trifft für Sie sicherlich zu, Herr Repsen», sagte Holger kühl.

Elin hörte, wie geladen er war. Ihm ging es wie ihr. Natürlich wussten sie, dass der Polizei gegenüber und vor Gericht fleißig gelogen wurde. Dennoch machte es sie immer noch wütend, vor allem wenn ein staatlicher Würdenträger log.

«Das Foto ist am 8.10.1988 in der Luna-Disco in Essen Vorbeck aufgenommen worden. Die Disco gibt es nicht mehr», stellte Repsen mit ruhiger Stimme fest, jetzt wieder ganz der Politprofi, der sich voll im Griff hatte. «Es zeigt mich und Anna Mergent bei einer Umarmung. Doch diese Umarmung ist freundschaftlicher, nicht erotischer Natur.»

Elin glaubte Repsen außer den Daten und dem Ort keine Silbe, dennoch ging sie zunächst darauf ein. «Das heißt, Sie kannten Anna Mergent so gut, dass Sie befreundet waren? Wie lange kannten Sie beide sich? Wie gut kannten Sie Rudolf Mergent?»

«Das sind drei Fragen auf einmal. Immer mit der Ruhe.» Er faltete wieder die Hände.

Elin konnte es nicht fassen. Repsen tat so, als hätten sie einen netten Plausch und er hätte die Oberhand. Ihm war anscheinend nicht klar, dass er gerade um seine Karriere kämpfte. Aus den Augenwinkeln sah sie, dass Holger nicht mit seiner Genervtheit hinterm Berg hielt und mit den Augen rollte.

Repsen fuhr fort, sein Ton gönnerhaft, so als würde er sich auf das niedere Niveau von Elin herablassen, um ein paar dumme Fragen zu beantworten. «Ich kannte ihn nicht wirklich gut. Rudolf Mergent war ja öfter im Kreis der Kumpel anzutreffen, schließlich ging er da auf Beutefang. Er ...»

«Herr Repsen», unterbrach Holger ihn, hob eine Hand,

den Daumen drei Millimeter über dem Zeigefinger. «Sie sind so weit von der Festnahme entfernt.»

Repsen starrte Holger an, sein rechtes Augenlid zuckte. «Sie meinen das ernst.» Das war keine Frage, sondern eine Feststellung.

«Allerdings», sagte Elin.

«Also gut.» Repsen nickte knapp. «Sie haben es so gewollt. Es wird Ihnen nicht gefallen.»

Diese Arroganz war unglaublich. Der Mann musste sich wegen einer Falschaussage verantworten, stand unter Mordverdacht und tat so, als wären Elin und Holger die Delinquenten. Glaubte er tatsächlich, er könnte sie damit beeindrucken?

«Anna war an diesem Abend vollkommen verängstigt.»

Er griff zum Telefon, Holger sprang auf und hielt seine Hand fest. Repsen zuckte zusammen, zog die Hand zurück, Holger ließ sie los.

Repsen wurde merklich blass. Holger hatte ihm einen anständigen Schreck eingejagt. «Bei allem, was recht ist, ich wollte uns nur einen Kaffee bestellen und etwas Gebäck.»

Holger beugte sich über den Schreibtisch, hielt ihm den Zeigefinger vor die Nase, Elin merkte, dass er auf hundertachtzig war. Oder spielte er den bösen Cop? Wenn ja, machte er das wirklich großartig.

«Das nächste Mal, wenn Sie etwas tun wollen, fragen Sie vorher.» Seine Stimme war schneidend. «Ist das klar? Bis dahin verhalten Sie sich ruhig.»

Repsen schob sich in seinem Sessel vom Schreibtisch weg, hob kurz die Hände. «Schon gut, du lieber Himmel, Sie tun gerade so, als wäre ich ein Schwerverbrecher.» Er schüttelte ungläubig den Kopf. «Ich bin ja bereit zu kooperieren. Dass ich gelogen haben, war dumm, das tut mir wirklich leid.»

Holger drehte sich zu Elin um, warf ihr einen zufriedenen Blick zu, so, dass Repsen es nicht sehen konnte. Also doch böser Cop. Er setzte sich, legte die Hände im Schoß zusammen, fixierte Repsen, der, sichtlich nervös geworden, mit den Fingern der rechten Hand auf die Schreibtischplatte trommelte, obwohl sie jetzt fast außer Reichweite war. Ein seltsamer Anblick, der ausgestreckte Arm, der signalisierte, dass Repsen sich gerne festgehalten hätte und gleichzeitig möglichst viel Abstand zwischen sich und Holger bringen wollte.

«Also keinen Kaffee?», brachte er mühsam hervor.

Die Frage klang schon fast flehentlich.

«Kein Kaffee», bestätigte Elin. «Erzählen Sie weiter.»

Um seine Nervosität zu bekämpfen, nahm Repsen seinen Füllfederhalter vom Schreibtisch, der aussah, als hätte er mindestens tausend Euro gekostet, und drehte ihn in der Hand, legte ihn zurück, streckte sich, schien sich etwas zu entspannen. Seine Gesichtsfarbe war wieder rosig-gesund. «Vielleicht sollte ich jetzt meinen Anwalt anrufen?»

Elin überließ es Holger, Repsen eine Lektion zu erteilen.

Er lehnte sich zurück. «Das können Sie gerne tun und ihm mitteilen, dass eine Anzeige wegen Falschaussage gegen Sie vorliegt und noch heute ein Ermittlungsverfahren gegen Sie eingeleitet wird. Wenn Sie uns aber glaubhaft die Wahrheit erzählen, können wir alles auf die lange Zeit schieben, die seitdem vergangen ist. Sie haben sich falsch erinnert. Das wäre für uns kein Problem.» Holger lächelte. «Was sagen Sie? Deal?»

Repsen zögerte nicht. «Deal. Aber ich brauche einen Kaffee.»

Holger stand auf, nahm den Hörer ab. «Verbinden Sie mich mit dem Vorzimmer.»

Repsen lehnte sich vor, drückte vorsichtig eine Taste, als

erwarte er einen erneuten Angriff von Holger. Sofort meldete sich die Stimme der Sekretärin. «Was kann ich für Sie tun, Herr Repsen?»

«Hier ist Kommissar Sieburg. Wären Sie so freundlich, uns Kaffee und Gebäck zu bringen?», sagte Holger zuckersüß. «Herr Repsen braucht dringend eine Kräftigung. Wenn Sie so weit sind, klopfen Sie bitte, ich nehme das Tablett entgegen. Vielen Dank.» Er legte auf.

Repsen sah ihn an, als wäre Holger gerade vom Himmel gefallen. «Berufskrankheit Paranoia?»

Holger nickte. «Absolut. Hat schon das Leben einiger Kollegen und Kolleginnen gerettet.»

«Und das von vielen Kumpeln. Funkenfreie Unterwäsche, funkenfreies Werkzeug, Kautabak, sie kennen das ja alles», ergänzte Elin.

Es klopfte. Holger ging zur Tür, öffnete sie, nahm das Tablett von der verdutzten Sekretärin entgegen, bedankte sich, schloss die Tür, stellte das Tablett auf Repsens Schreibtisch. «Ich denke, Selbstbedienung geht in Ordnung.»

Repsen schob sich wieder an den Schreibtisch heran, goss sich einen Kaffee ein, Holger und Elin verzichteten. Der Oberbürgermeister trank ihn schwarz und heiß, setzte die Tasse ab. «Anna hat mir gesagt, dass sie sich vor jemandem fürchtet, der gedroht hat, ihren Mann zu erschießen.»

Elin horchte auf. Sie ging im Moment erst mal davon aus, dass Repsen die Wahrheit sagte. «Hat dieser Mann einen Namen?»

«Dieser Mann hat einen Namen, und er hatte eine Waffe. Eine Beretta, Kaliber 0.22, lfB.»

«Und der Name?», hakte Holger nach, der nach vorne auf die Kante des Stuhls gerückt war.

Repsen nahm noch einen Schluck Kaffee, strapazierte

Elins Geduld. Langsam setzte er die Tasse ab. Schaute zuerst Holger an, dann Elin. «Wie gesagt. Sie wollten es so.» Er machte noch eine Kunstpause.

Elin machte Anstalten, sich zu erheben.

«Sein Name ist Bernd Fäller.»

ESSEN, TANTE MILLIES, 18.3.1988
--- VERGANGENHEIT

Bernd warf einen sehnsüchtigen Blick auf Millie, die gerade einen Kranz Bier für den Stammtisch fertig machte. Sie lachte über einen Witz, den ein Kumpel gemacht hatte, nahm eine Bestellung entgegen, bediente den Zapfhahn blind, schmiss den Laden heute alleine. Sie hatte «Tante Millies» an Silvester vor zwei Jahren eröffnet, hatte ein Fass Stauder auf den Tresen gestellt, genau um Mitternacht angeschlagen und kostenlos verteilt. Der Laden war gerammelt voll gewesen, obwohl niemand Millie vorher gekannt hatte. Mit Speck fängt man Mäuse, mit Stauder Kumpel. So war es gewesen. Um sechs gab es Mettbrötchen und Kaffee, um zehn schmiss sie alle raus, ein paar mussten getragen werden, aber ansonsten war die Feier zivilisiert über die Bühne gegangen. Niemand hatte randaliert, niemand hatte gekotzt.

Seit diesem Tag war Tante Millies die Stammkneipe der Kumpel von Zeche Wilhelmshöhe, und die Jungs kamen nicht nur, um die rothaarige Schönheit Millie zu bewundern und anzuschmachten, sondern auch, um ihre Sorgen und Nöte zu klagen und freudige Ereignisse wie Heirat und Geburt zu verkünden. Dann flogen die Lokalrunden, und Millie kam kaum hinterher mit dem Zapfen.

Obwohl Millie erst zwanzig war, hatte sie das Herz und die Weisheit eines langen Lebens. Bernd wusste nicht, wo sie das herhatte. Ihre Eltern waren tot, sie hatte keine Verwandten, das hatte sie erzählt. Vielleicht war sie deshalb wie eine Mama für alle, weil sie sich schon immer allein hatte durchs Leben schlagen müssen. Sie war aufgetaucht wie eine Marienerscheinung, und die Kumpel verehrten sie. Neben der heiligen Barbara war sie ihre zweite Schutzheilige, und so wurde sie auch behandelt. Die meisten träumten zwar davon, ihr Herz zu erobern, doch niemand wagte es, ihr gegenüber respektlos zu sein, irgendwelche anzüglichen Sprüche loszulassen oder sie dumm anzumachen.

Bis zu diesem Abend. Bernd hatte zwei Tage frei und sich mit Florian, Oliver und Hartmut bei Millies zum Skat getroffen. Die Runde war spannend geworden, sie spielten Bierlachs um die Zehntel, ein einfaches Karo war 18 Pfennige wert, da kam ganz schön was zusammen. Die meisten mussten am nächsten Tag malochen, gegen elf war der Laden bis auf zwei Kumpel am Nebentisch und ihre Skatrunde leer. Millie spülte Gläser, Bernd hob sein Blatt auf und musste sich zusammenreißen, nicht zu grinsen. Grand Hand mit Vieren, Schneider angesagt, 144 Punkte, eine Mark vierundvierzig. Nicht schlecht. Ein Humpen Stauder. Er wollte gerade Oliver achtzehn sagen, als die Tür aufschlug und vier Typen reinkamen, die Bernd hier noch nie gesehen hatte und die er hier auch nicht sehen wollte. Rocker. Mit Kutten, die zwei gekreuzte Bajonette zierten und der Schriftzug «Die Totenköpfe».

Sie setzten sich an den Tresen, Millie lächelte sie an. «Was darf es sein, die Herren?»

Der größte der vier pfiff durch die Zähne. «Vier Humpen.» Er taxierte Millie. «Und zum Nachtisch 'ne Rothaarige.»

Die anderen grinsten.

Millie lächelte weiter. «Pech, Jungs, ich lass mich nicht mit kleinen Kindern ein.»

Das hatte gesessen, Bernd schluckte ein lautes Lachen runter. Er wollte die Idioten nicht unnötig verärgern.

Der Große schlug mit der Faust auf den Tresen. «Ich glaube, du weißt nicht, wer wir sind, du Schlampe.» Er brüllte wie ein Stier.

Verdammt! Die waren auf Krawall gebürstet. Bernd warf seine Karten auf den Tisch. Vor solchen Typen, die sich einer Frau gegenüber stark fühlten, hatte er keine Angst. «So eine Scheiße, und das um die Zeit», grummelte er, nahm seinen halb vollen Humpen, stand auf, tippte dem Großen auf die Schulter. Der drehte sich um, Bernd klatschte ihm den Inhalt ins Gesicht. Das war es ihm wert.

Der Typ war so baff, dass er nicht reagierte, seinen Genossen standen die Münder offen. Bernd merkte, wie Florian, Oliver und Hartmut hinter ihn getreten waren, auch die beiden vom Nachbartisch waren aufgestanden.

«Ich glaube, ihr wisst nicht, wo ihr seid. Das ist Tante Millies, die Stammkneipe der Bergleute von Zeche Wilhelmshöhe. Millie steht unter unserem Schutz. Ihr habt drei Sekunden. Wenn ihr dann nicht aus der Tür seid, gibt's Dresche. Dann betrachten wir euch als Kohleflöz, das abgebaut werden muss, und befördern euch Stück für Stück nach draußen.»

Der Große reagierte immer noch nicht. Also begann Bernd mit dem Zählen. «Eins.»

«Ihr seid zu fünft», knurrte der Große schließlich. «Da kann jeder 'ne dicke Lippe riskieren, wenn er in der Überzahl ist.»

«Ja und?» Bernd hob die Schultern. «Wenn's drauf ankommt, sind wir dreihundert.» Er wartete einen Moment. «Zwei.»

«Wir ziehen ab. Aber wir sind nicht fertig miteinander.»

Bernd machte einen Schritt zur Seite, die vier Rocker drückten sich an ihm und seinen Kumpeln vorbei.

In der Tür drehte sich der Große noch mal um. Seine kalten Augen trafen Bernds. «Du bist tot!»

Bernd zeigte ihm den Mittelfinger, aber er musste sich eingestehen, dass diese Drohung nicht so einfach an ihm vorbeiging. Diese Typen waren zu allem fähig. Schwer fiel die Tür hinter ihnen ins Schloss.

Einen Moment war Stille.

«Danke, Jungs», sagte Millie. «Das sind echt schräge Vögel.»

«Das sind ausgewachsene Arschlöcher, Millie, mit denen ist nicht zu spaßen», sagte Florian.

Der musste es wissen, er hatte mal erzählt, dass sein Bruder in so einer Gang war, aussteigen wollte und das mit einem vierwöchigen Krankenhausaufenthalt bezahlt hat. Daran hatte Bernd gar nicht mehr gedacht. War auch gut so, denn ansonsten hätte er sich vielleicht nicht getraut, es den Idioten zu zeigen.

«Die sind echt angepisst», meinte Hartmut. «Die kommen wieder oder machen irgendeine andere Scheiße, das steht fest. Und zwar dann, wenn wir nicht damit rechnen, kurz vor Feierabend, wenn Millie alleine ist, oder sie lauern ihr zu Hause auf.»

«Da könnte was dran sein», sagte Florian. «Das sind letztlich Feiglinge. Allein kneifen sie den Schwanz ein, aber wenn sie in der Überzahl sind …»

«Okay», sagte Bernd. «Dann lasst uns vorsorgen, für den Fall, dass sie wiederkommen. Wir stellen eine Telefonkette auf. Wir malochen in drei Schichten, da ist immer gerade jemand erreichbar.» Er nahm den Skatblock, riss das oberste Blatt ab, schrieb «Millies Notruf» darüber und trug seine Nummer ein. Die anderen schlossen sich an. «Wir legen die Liste aus und den Schichtplan. Für jede Schicht einen Erstkontakt.» Er überlegte. «Wir brauchen zehn Minuten, schätze ich, bis ein Dutzend Leute hier sind.»

Millie seufzte. «Ich hatte damit gerechnet, dass das passiert, aber ich hatte gehofft, dass es nicht so weit kommen würde.»

Bernd sah sie an. «Kennst du die Idioten?»

«Der Präsi hat mir mal den Hof gemacht. Da war ich sechzehn, der war verheiratet, hatte drei Kinder und gerade seinen Vierzigsten hinter sich. Aber das war in einem anderen Leben.» Sie winkte ab. «Fragt nicht. Ihr müsst auch nicht so einen Aufwand treiben. Ich komme schon klar.»

Florian schüttelte den Kopf. «Die machen dir den Laden kaputt, Millie. Wenn es dir damit leichter fällt, unsere Hilfe anzunehmen: Wir machen das aus egoistischen Gründen. Nirgends gibt's bessere Frikadellen und frischeres Bier zu besseren Preisen.»

Millie lächelte, Bernd sah Tränen in ihren Augen schimmern. Also machten sie das Richtige. Sie brauchte Hilfe. Sie gehörte zur Familie. Also würde sie Hilfe bekommen. Ohne Wenn und Aber. Er nahm die Liste, auf der fünf Namen und fünf Nummern standen. «Wir organisieren für die nächste Zeit ein paar Jungs, die bis zur Sperrstunde warten und dich nach Hause bringen.»

Millie holte tief Luft. «Danke. Tausend Dank.»

«Wir machen den Anfang.» Bernd zeigte auf Millie. «Ach ja, und komm nicht auf den Gedanken, uns mit Freibier zu belohnen. Wir machen das für dich. Und für uns. Niemand nimmt uns unsere Millie weg.» Das fühlte sich großartig an. Etwas tun können, jemandem helfen, Widerstand leisten gegen widerwärtiges Gesindel. Gegen diese Leute war die Polizei machtlos. Aber nicht die Bergmänner. Die kämpften jeden Tag gegen einen tausendfach stärkeren und weitaus gefährlicheren Gegner.

Sie setzten sich wieder an den Tisch, Bernd nahm sein Blatt auf, hatte Mühe, sich zu konzentrieren. Millie hatte es ihm angetan. Und jetzt, wo er sie beschützt hatte, fühlte er sich noch mehr zu ihr hingezogen. Er musste aufpassen, dass er nicht den nötigen Abstand verlor, dass er sich nicht zu sehr in sie verliebte. Er spürte, dass es mit ihnen nicht klappen würde.

Sie spielten bis zur Sperrstunde, brachten Millie nach Hause, gegen zwei Uhr war Bernd im Bett, aber er fand keinen Schlaf. Nur gut, dass er am nächsten Tag freihatte. Gerade war er eingenickt, da schrillte das Telefon. Er sprang aus dem Bett, rannte in den Flur, riss den Hörer von der Gabel. «Fäller hier, was ist los?»

Millie schluchzte in den Hörer. «Sie stehen vor dem Haus. Kommt schnell, bitte.»

«Ruf die Polizei, wir sind unterwegs.»

Bernd rief Florian an, setzte die Telefonkette in Gang, stürzte sich in seine Klamotten, wollte zur Tür. Dann zögerte er. Aber nur einen Wimpernschlag. Er rannte zurück ins Schlafzimmer, riss die Kommode auf, nahm die Pappschachtel heraus, öffnete sie.

Sein Großvater hatte sie ihm geschenkt. Eine Beretta 70, Kaliber 0.22. Klein, handlich, tödlich.

ESSEN, *NEUE RHEIN-RUHR-ZEITUNG*, BÜRO DES CHEFREDAKTEURS
--- GEGENWART

Tim zögerte nicht, marschierte auf Wintersturms Büro zu. Er klopfte, sein Chef öffnete, sah ihn verwundert an.

«So dringend, dass Sie einen Anschiss riskieren?»

Tim wusste, dass er zuerst bei der Chefsekretärin hätte anrufen müssen, um sich bei Wintersturm anzumelden.

«Repsen ist erledigt!»

Wintersturm hob die Augenbrauen. «Dieses eine Mal lasse ich Ihnen das durchgehen. Wenn es wirklich dringend ist.»

Tim trat ein, blieb stehen, berichtete.

«Okay», sagte Wintersturm langsam, nickte anerkennend. «Gute Arbeit, Harms. Das geht in die richtige Richtung. Immobilienbetrug, sehr gut. Jetzt müssen wir das nur noch beweisen, dann muss sich Repsen warm anziehen. Dann ist er erledigt. Da hilft ihm auch die Verjährung nicht, selbst wenn er mit dem Mord nichts zu tun haben sollte, wovon ich noch lange nicht überzeugt bin.»

Das war Tims Stichwort. «Uns fehlt die Verbindung zu Mergent. Repsen hat kein Geld durch ihn verloren. Also kein Motiv.»

«Ja, das ist ein Problem.»

«Aber es gibt einen Hebel, an dem wir ansetzen könnten», warf Tim in den Raum, redete sofort weiter, weil Wintersturm dramatische Pausen nicht mochte. «Repsen hat den Kauf des Grundstücks über einen Kredit finanzieren müssen. Das geht aus dem Kaufvertrag hervor. Das Grundstück fungierte als Sicherheitsleistung, eine Hypothek ist eingetragen und später gelöscht worden, als Repsen an die Stadt verkauft hat.»

«Verstehe», sagte Wintersturm. Er nahm sein Handy vom Schreibtisch, tippte eine Nummer ein, wartete. Er lächelte. «Grüß dich, Ferdinand.» Pause. «Bestens, und dir?» Pause. «Wunderbar. Herzliche Grüße an deine Frau. Freut mich, dass es euch gut geht. Keine Langeweile als Rentner?» Pause. Wintersturm lachte. «Das dachte ich mir. Mit sechs Enkeln ist das kein Wunder.» Pause. «Richtig. Ich habe noch einen Grund, dich anzurufen, nicht nur um nach deinem Befinden zu fragen. Kommst du an die Daten aus 1986 ran?» Längere Pause. «Das ist mir klar. Wäre aber wichtig. Dir kann ich das ja sagen. Wir wollen Repsen absägen. Was hältst du davon?» Pause. «Siehst du. Es ist für einen guten Zweck.» Pause, Lachen. «Dachte ich mir. Es geht um die mögliche Kreditvergabe eines Rudolf Mergent, damals tätig bei der Pro-Future-Finanz, Begünstigter Torben Repsen.» Pause. «Wenn ich bei der Pro-Future-Finanz nachfrage, weiß Repsen zehn Sekunden später Bescheid, und das wollen wir nicht, oder?» Pause. «Genau. Wunderbar. Wie lange brauchst du?» Pause. «Zehn Minuten?» Wintersturm hob die Augenbrauen. «Wie machst du das?» Pause. «Okay, du hast recht, das will ich gar nicht wissen.» Pause. «Du schickst mir eine Mail. Perfekt.» Pause. «Du hast was gut bei mir, Ferdinand.» Pause. «Ein Essen bei Führinger? Kein Thema. Bring mit, wen immer du willst. Ich freue mich. Bis bald.» Wintersturm unterbrach die Verbindung.

Für Tims Geldbeutel wäre ein Essen bei Führinger eine erhebliche Belastung gewesen. Er sah Wintersturm fragend an.

«Ein alter Freund. War mal ein hohes Tier bei der Schufa. Seit den Siebzigern werden die Daten elektronisch verarbeitet. Er kennt jemanden, der jemanden kennt, der weiß, wo und wie die alten Datensätze einzusehen sind.»

«Ist das nicht illegal?», wandte Tim ein und kannte die Antwort bereits.

«Und wenn schon. Falls Ferdinand an die Daten rankommt und sie nicht doch gelöscht wurden, falls wir dann nachweisen können, dass Repsen von Mergent Geld bekommen hat für einen Insider-Deal, haben wir ihn so gut wie im Sack.»

«Das könnte reichen, um Repsen zu stürzen. Aber einen Mord können wir ihm noch lange nicht nachweisen.»

Wintersturm stand vom Konferenztisch auf, trat hinter seinen Schreibtisch, bückte sich, erhob sich mit einer Flasche Glengoyne, 21 Jahre alt. Ein schottischer Single-Malt-Whisky aus der 200-Euro-Klasse. Er schenkte zwei Gläser ein, einen Finger breit, reichte Tim eines, setzte sich, prostete ihm zu.

«Sein Sturz ist vollkommen ausreichend. Die Auflage wird einen Satz nach oben machen. Wenn wir ihn wegen Mordes drankriegen, wäre das das Sahnehäubchen. Auf die erfolgreiche Jagd.»

«Auf die erfolgreiche Jagd», echote Tim.

Er steckte seine Nase ins Glas, es wäre geradezu Ketzerei gewesen, den Whisky einfach runterzukippen. Der Duft von altem Obst und Sherryfässern schlug ihm entgegen, fruchtig und schwer zugleich. Schon der erste Schluck ließ Tim davon träumen, in einem schottischen Schloss Urlaub zu machen. Ließ Bilder der nebelverhangenen Highlands aufblitzen. Er nahm ein weiteres Schlückchen in den Mund, verteilte es, ließ den Whisky langsam am Gaumen entlang- und die Kehle hinuntergleiten. Was für ein Tropfen! Wie für Glengoyne üblich, keine Spur von Rauch, dafür eine milde, aber dennoch raue Zimtnote im Abgang. Grandios.

«Dass ich Mitarbeiter, denen ich Kaffee anbiete, rausschmeiße, war ein Gerücht. Ich jage diejenigen zum Teufel, die einen solchen Whisky wie billigen Fusel in den Rachen kippen.»

Tim wusste nicht, ob Wintersturm wieder einen schlechten Scherz machte. Er wollte es gar nicht wissen, denn sollte es stimmen, hatte er die Prüfung bestanden. Er betrachtete sein Glas mit der öligen dunklen Flüssigkeit darin. «Unfassbar. Single Cask. Nicht vermischt, kein Zusatz, er ist so, wie er nach 21 Jahren aus dem Fass gekommen ist.»

«Ein Höhepunkt menschlicher Kulturleistung, ohne Frage. Aber das ist noch nicht alles.» Wintersturm zog eine Schublade auf und stellte eine weitere Flasche auf den Schreibtisch.

Tim fielen fast die Augen aus dem Kopf. Ein Glengoyne 30. Abgesehen davon, dass dieser Whisky so um die 1500 Euro kostete, war er kaum zu bekommen.

«Den mache ich auf, wenn Repsen gefallen ist.»

Tim leerte sein Glas, genoss noch einmal die Geschmacksexplosion und das einsetzende Gefühl der Leichtigkeit und Sorglosigkeit. Er wusste, dass Whisky so auf ihn wirkte, und deshalb ließ er in der Regel die Finger davon.

Wintersturms Laptop gab ein Ping von sich. Tims Chef drückte eine Taste, sein Gesicht verzog sich zu einem fast schon diabolischen Grinsen. Er winkte Tim heran, drehte den Laptop so, dass er die Mail lesen konnte. Sie kam von Wintersturms altem Freund Ferdinand. Das ging verdammt schnell. Vernetzung war das A und O in diesem Job.

«Lieber Harald. Volltreffer. Viel Spaß.» Darunter die Kopie eines Darlehensvertrages. Darlehensnehmer war Torben Repsen. Darlehensgeber Rudolf Mergent. Es war genau die Summe, die Repsen für das Grundstück bezahlt hatte. Doch jetzt kam der Hammer. Im Anhang befanden sich Kontoauszüge. Kontoauszüge von Repsens Konto. Eingang: die Summe des Kredits. Ausgang: der Kaufpreis für das Grundstück und eine Rechnung an einen Notar. Zwei Jahre später: Eingang des Erlöses aus dem Grundstücksverkauf an die Stadt. Das Dreifache des Kaufpreises. Ausgang: ein Drittel davon an Rudolf Mergent. Die Summe des Darlehens. Plus fünf Prozent Provision von vierhunderttausend Mark.

«Was könnte zwischen den beiden vorgefallen sein, dass Repsen ein Motiv hatte, Mergent zu töten?», fragte Tim.

«Das ist die richtige Frage. Wir müssen mit Anna Mergent reden. Sie muss doch Interesse daran haben, dass die Wahrheit ans Licht kommt. Sie will sicher wissen, wer ihren Mann ermordet hat.»

Tim war sich nicht so sicher, aber was er wusste, war, dass sie Geld brauchte. Mit Bürgergeld konnte man sich nicht viel leisten. «Ich habe weiter freie Hand?»

Wintersturm nickte. «Aber ja. Ich nehme an, Sie wollen den Glengoyne 30 demnächst kosten?»

Das wollte Tim allerdings und noch mehr. «Gibt es eigentlich einen Glengoyne 40?»

Wintersturm lachte kurz. «Raus jetzt, an die Arbeit, wenn Sie übermütig werden, gibt es nur noch Wasser.»

ESSEN, TANTE MILLIES
--- GEGENWART

Holger parkte den Wagen direkt vor Tante Millies. Die Kneipe war in einem schmucken Backsteingebäude untergebracht, bunte bleiverglaste Fenster erschwerten den Blick hinein, was sicher beabsichtigt war. Seit sich Elin erinnern konnte, hatte sich außen nichts verändert. Allerdings war sie mindestens zehn Jahre nicht mehr hier gewesen. Vielleicht auch noch länger.

Es hatte einen Moment gedauert, bis sich Elin von dem Schock erholt hatte. Janas Vater hatte eine Waffe besessen, deren Kaliber mit der Mordwaffe übereinstimmte? Eine kühne Behauptung von Repsen, aber sie glaubte nicht, dass er ein weiteres Mal log. Dennoch musste sie das überprüfen, und Repsen hatte ihnen die Namen der Bergleute genannt, die seine Aussage bestätigen konnten. Er behauptete, keine Details zu kennen, aber es gebe eine alte Geschichte, darin ging es wohl auch um die Besitzerin der Stammkneipe der Bergleute von Zeche Wilhelmshöhe, Millie Brinkhaus. Elin kannte die Kneipe, Jana war als Kind öfter nach der Schule dorthin gegangen, um ein Eis oder einen Kakao abzustauben. Millie war immer großzügig gewesen, und so war auch Elin in den Genuss der kleinen Leckereien gekommen, wenn sie Jana begleitet hatte, was aber selten vorgekommen war. Ihr Vater hatte es nicht gerne gesehen, wenn seine Tochter sich in einer Kneipe herumtrieb, die mit Männern vollgestopft war.

Sie hatten das Gespräch mit Repsen zügig zu Ende geführt, nachdem er ihnen von Bernd Fällers Waffe erzählt hatte. Elin war sich sicher, dass sie noch mal wiederkommen würden, aber für den Moment hatten sie genug gehört.

Zum Schluss hatte sie Repsen noch gefragt, wozu er die beiden Bodyguards angestellt hatte. Die Erklärung war ebenso einfach wie erschreckend. Repsen hatte sich die Augen massiert und ihnen erklärt: «Obwohl viele mir vorwerfen, ich würde am rechten Rand fischen, weil ich für Recht und Ordnung bin, gehe ich gegen Reichsbürger vor, ich beziehe klar Stellung zu Impfgegnern und allen Feinden unserer demokratischen Gesellschaftsordnung. Das kommt bei vielen nicht gut an. Trotz Morddrohungen erhalte ich keinen Personenschutz vom Staat, so geht es vielen meiner Kolleginnen und Kollegen. Das ist eine Schande.»

Auch wenn Elin seine Haltung beeindruckte, blieb sie dem Mann gegenüber misstrauisch. Sie schärfte ihm ein, die Füße still zu halten, ansonsten würde sie ihn sofort wegen der Falschaussage belangen. Repsen hatte alle Eide geschworen, sich ab jetzt voll kooperativ zu zeigen, er habe eingesehen, dass er sich mit seinen Lügen mehr geschadet als genutzt hatte.

Es ging doch nichts über eine kleine Erpressung, und sie musste sich eingestehen, dass es ihr gefiel, Repsen in der Hand zu haben. Es war ja nicht aus Eigennutz, sondern um einen Mord aufzuklären.

Auf der Fahrt hatte Holger sie gefragt, ob es für sie ein Problem sei, dass es um den Vater ihrer besten Freundin ginge. Sie hatte nicht sofort geantwortet, einen Moment nachgedacht. Die Antwort war ihr dann doch leichter gefallen, als sie zunächst angenommen hatte.

«Im Gegenteil, Holger. Solange ich ermittle, weiß ich, dass alles korrekt abläuft, und ich kann Jana und ihre Mutter vor einigen Unannehmlichkeiten bewahren, ohne die Ermittlungen in irgendeiner Weise zu behindern oder zu gefährden.»

Holger nickte. «So sehe ich das auch.»

«Und du wirst mir Bescheid geben, sollte ich mich falsch verhalten.»

«Unbedingt.»

Es war kurz vor drei am Nachmittag, also sollte Millie Brinkhaus hinter ihrem Tresen stehen. Vier Stufen führten zu einer schweren Eichentür. Holger öffnete sie, fröhliches Gelächter drang ihnen entgegen. Er ließ Elin den Vortritt, sie machte ein paar Schritte, blieb stehen. Der Gastraum hatte sich verändert. Ein wenig. Es gab jetzt Separees mit gemütlichen Sesseln. Ansonsten war alles, wie sie es von früher kannte.

«Hey, wenn das nicht die kleine Akay ist!», rief eine raue Stimme.

Elin wandte sich ihr zu und erkannte Oliver Hünenkamp, der mit ein paar ehemaligen Kumpeln an einem Tisch saß und einen Skat drosch. Ein Berg Centmünzen lag neben den Karten eines jeden Spielers. Sie zockten um die Zehntel. Seit gefühlt hundert Jahren. Da Skat als Geschicklichkeitsspiel galt und nicht als Glücksspiel, gab es damit auch keine Probleme. Hinzu kam, dass die Einsätze viel zu gering waren, als dass sich jemand ernsthaft hätte ärgern können. Hätten sie gepokert, auch um solch kleine Beträge, hätte Millie ihre Lizenz verlieren können, weil sie illegales Glücksspiel in ihrer Kneipe ermöglichte.

Elin winkte ihm zu. Sie kannte Oliver fast so lange wie Werner, er war ein immer gut gelaunter, freundlicher Mensch, einer der wenigen, die sie «Kleine» nennen durften. Hätte sie Zeit gehabt, sie hätte sich zu ihm gesetzt, ein Bier mit ihm gezischt und über die alten Zeiten geredet. Doch zuerst musste sie mit Millie sprechen. Ihn konnte sie im Anschluss befragen. Sie ließ den Blick durch den Raum schweifen, fand Millie an einem der hinteren Tische, wo sie gerade Frikadellen, Kartoffelsalat und Bier austeilte. Elin lief das Wasser im Mund zusammen.

Millie sah zu ihr rüber. «Komme gleich!», rief sie, machte auf den Deckeln der Gäste ein paar Striche, räumte die leeren Gläser auf ein Tablett und ging hinter den Tresen.

Elin lehnte sich auf die Kante.

«Hey, Elin.» Millie zeigte auf Holger. «Wer ist denn der gut aussehende Kerl in deinem Kielwasser?»

Holger reichte Millie die Hand über den Tresen, sie griff zu. «Holger Sieburg, Kriminaloberkommissar, Elins Partner.»

Ohne Holger aus den Augen zu lassen, sagte sie zu Elin: «Du hattest schon immer einen guten Geschmack.»

«Okay, Millie, genug geflirtet. Holger ist verheiratet.»

Millie zuckte die Schultern. «Ja und? Das ist doch bestens. Die Verheirateten machen am wenigsten Ärger.»

«Es sei denn, sie verfallen voll und ganz einer schönen Frau», sagte Holger.

Millie seufzte. «Ein Gentleman alter Schule. So was sieht man hier selten. Wie kann ich euch helfen?»

«Hast du ein paar Minuten für uns? Unter vier Augen?»

«So ernst?» Millie hob die Brauen, wandte sich um. «Ben! Kommst du mal? Ich muss kurz nach hinten.»

Ein junger Mann um die zwanzig, wahrscheinlich ein Student, kam aus der Küche, wischte sich die Hände an einer Schürze ab, die er um seine Taille gebunden hatte.

Holger warf einen Blick auf ihn. «Sie haben aber auch einen guten Geschmack, wenn ich das sagen darf.»

Elin seufzte. «Los jetzt, ihr beiden, das ist ja nicht auszuhalten.»

Ben nahm sich die Schürze ab, Millie bat Holger und Elin nach hinten in die Küche, in der es nach Frikadellen duftete, die in einer großen Pfanne vor sich hin brutzelten. Elin warf einen Blick darauf.

Millie hob die Brauen. «Deswegen bist du hier. Wegen der Frikadellen. Verstehe. Du brauchst was Anständiges zwischen die Kiemen. Setzt euch.»

Elin winkte ab. «Mach dir keine Umstände.» Aber sie nahm Platz, denn ihr Magen knurrte, und das Wasser lief ihr im Mund zusammen.

Millie grinste nur, nahm zwei Teller und Besteck, packte je drei Frikadellen drauf, dazu zwei Kellen Kartoffelsalat, und stellte scharfen Senf hin.

«Lasst es euch schmecken.»

Das ließ sich Elin nicht zweimal sagen. «Vielen Dank, Millie, du kannst Gedanken lesen.»

«Gedanken lesen? Dein Blick war ja wohl eindeutig.»

Elin steckte sich ein Stück Frikadelle in den Mund. Sie waren schlicht großartig. Dazu echt scharfer Senf und selbst gemachter Kartoffelsalat ohne Chemie, aber mit Zwiebeln und Speck und leicht sauer. Wunderbar.

Elin schluckte einen großen Bissen herunter. Trotz des Festmahls musste sie Millie befragen. «Du kannst dir denken, dass wir nicht nur wegen der Frikadellen hier sind.» Sie überlegte, wie sie es am besten formulierte, und entschied sich für den direkten Weg. «Kannst du dich daran erinnern, dass Janas Vater eine Waffe hatte? Hat er sie vielleicht mal dabeigehabt und rumgezeigt?»

Millies Blick ging für einen Moment ins Leere. «Eine Waffe rumgezeigt? Damit geprahlt? Da kennst du Bernd Fäller schlecht.» Sie lachte kurz auf.

Hatte Repsen doch gelogen?

«Er hat mir das Leben damit gerettet. Meine Zukunft. Einfach alles.»

Elin hörte auf zu kauen, Holger ebenfalls.

Millie nickte mehrmals. «Bernd war ein Held. Ein wahrer Mann. Ohne Furcht und Tadel.»

«Was ist passiert?», fragte Elin.

Millie zögerte, sah aus dem Fenster. «Da waren diese Rocker.»

ESSEN, MARGARETHENHÖHE, 18.3.1986 ——— VERGANGENHEIT

Millie sah den Bergleuten hinterher, die sie nach Hause gebracht hatten. Winkte noch einmal, dann zog sie die Vorhänge zu, ließ sich in den Ohrensessel fallen, ein Erbstück ihrer Großmutter. Vielleicht hätte sie Bernd und den anderen doch die Wahrheit erzählen sollen. Aber hätte das etwas geändert? Die Totenköpfe hatten sie gefunden. Manfred, ihr Präsident, hatte sie gefunden. Er würde sie nicht in Ruhe lassen. Würde einfordern, worauf er glaubte, ein Recht zu haben. Wollte sie mit Haut und Haaren. Er hatte eine klare Vorstellung von Eigentum. Sie gehörte ihm, und er würde alles in Bewegung setzen, um sie wiederzubekommen. Klar, er hatte ihr geholfen. Vor vier Jahren hatte er sie am Bahnhof in Düsseldorf aufgegabelt, sie war vor den Bullen abgehauen, die sie wieder ins Heim gebracht hätten, zurück in die Hölle. Zwei Wochen wohnte sie im Klubhaus, hatte ein eigenes Zimmer, Manfred hatte sie mit allem versorgt, was sie brauchte. Doch dann war Zahltag. Er schleppte einen alten Sack an, der sie vögeln wollte, gegen Bezahlung. Manfred wollte sie zur Hure machen.

Aber er hatte sich verschätzt, sie war schon immer misstrauisch gewesen und hatte sich deshalb einen Fluchtweg offengehalten. Schon am zweiten Tag hatte sie das Fenster so präpariert, dass sie es jederzeit öffnen konnte. Das Schloss war eine Kleinigkeit gewesen, da hatte sie schon ganz andere Sachen geknackt, als sie auf Trebe gewesen war. Manfred ließ sie mit dem geilen alten Sack allein. Was für eine Dummheit. Sie trat dem Typen in die Eier, als der sie mit stierem Blick begrapschen wollte, sprang aus dem Fenster, und weg war sie.

Bis heute hatte sie nicht begriffen, warum Manfred sie nicht zugeritten und damit ihren Willen gebrochen hatte. Vielleicht war der alte Sack nur eine Prüfung gewesen, ob sie von sich aus bereit war, alles für ihn zu tun?

Sie hatte sich damit abgefunden, es nie zu erfahren. Und dann begann ihr Märchen. Auf der Flucht geriet sie genau in dem Moment an gute Menschen, als sie sie am dringendsten brauchte. Sie saß am Straßenrand, heulte. Ein uralter Lieferwagen hielt an. Das Paar, das sie aufnahm, lebte weit draußen im Bergischen Land, auf einem kleinen Hof, den sie aber nicht mehr bewirtschaften konnten. Beide waren über siebzig. Millie kümmerte sich um sie, pflegte sie, und als sie achtzehn war, starben die beiden kurz hintereinander in Frieden und hinterließen ihr den Hof. Sie verkaufte ihn für 40 00 Mark und hatte damit das Startkapital für Tante Millies, die Erfüllung ihres Traumes.

Zu lange war es gut gegangen, zu lange hatte sie das dunkle Kapitel ihrer Vergangenheit hinter sich lassen können. Bis heute die vier Rocker aufgetaucht waren.

Sie musste die Stadt verlassen. So gut es die Bergleute meinten, mit den Totenköpfen legte sich nur an, wer lebensmüde war.

Tränen liefen ihr über das Gesicht, während sie packte. Aus dem Dielenversteck holte sie ihr Notfallpaket: Reisepass, zehntausend Mark in bar und Briefe an die Brauerei und den Vermieter. Vorgefertigte Kündigungen, in die sie nur noch das Datum eintragen musste. In jedem Brief lag das Geld, das sie bis zum Ende der Kündigungszeit zahlen musste. Sie würde niemandem etwas schuldig bleiben, nicht nur, weil sowohl die Brauerei als auch der Vermieter sie immer mit Respekt behandelt hatten, sondern weil es ihr Lebensprinzip war.

Sie würde nach Paris gehen, dort als Au-pair-Mädchen arbeiten und schauen, was sich ergab. Sie drückte die beiden Koffer zu, blickte sich noch einmal um. Ihre Einzimmerwohnung in der Bergarbeitersiedlung war spärlich möbliert, es gab nichts Persönliches, an dem sie hing. Dann hörte sie das Geräusch.

Ein Geräusch, dass sie so sehr gefürchtet hatte, seit sie damals aus dem Fenster geklettert war. Das Röhren der schweren Maschinen.

Es war zu spät. Sie war zu langsam gewesen. Sie waren hier. Sie würden die Tür eintreten und sie mitnehmen. Es gab nur eine Hoffnung auf Rettung. Fieberhaft kramte sie den Zettel mit den Telefonnummern heraus, wählte die Nummer von Bernd, dem Bergmann, der die Rocker vertrieben hatte.

Er meldete sich sofort, seine Stimme klang klar, sie hatte ihn nicht geweckt.

«Fäller hier, was ist los?»

Er war nicht nur hellwach, er hatte anscheinend mit ihrem Anruf gerechnet.

Millie schluchzte in den Hörcr. «Sie stehen vor dem Haus. Kommt schnell, bitte.»

«Ruf die Polizei, wir sind unterwegs.»

Es klingelte. Millies Herz raste, drohte ihr aus der Brust zu springen. Sie standen vor der Haustür. Irgendwie musste sie Zeit gewinnen. Sie wartete. Es klingelte erneut, ohne Unterlass. Millie wischte sich die Tränen aus den Augen, rannte ins Bad, warf sich kaltes Wasser ins Gesicht, atmete tief durch, blickte in den Spiegel. Sie sah Entschlossenheit in ihren Augen. Etwas hatte sich verändert. In dem Moment, als sie Bernd angerufen hatte. Sie war nicht machtlos. Sie hatte Verbündete. Nicht nur Verbündete. Sie hatte Freunde. Sie waren wie eine Familie. Das war kein Gerede. Bernd, Florian, Oliver, Torben, Hartmut, sie alle handelten, waren Männer der Tat. Millie wurde ruhig, fühlte Kraft und Stärke. Sie trat ans Fenster, öffnete es. Auf die Polizei würde sie verzichten. Die konnte sie nicht schützen.

«Was soll die Scheiße? Ich bin müde. Außerdem weckt ihr alle Nachbarn auf. Verpisst euch!»

Manfred trat in ihr Gesichtsfeld. Um ihn herum bestimmt zwei Dutzend Männer auf Motorrädern. Er grinste höhnisch. «Glaubst du, irgendwer stellt sich zwischen dich und mich? Die Hanseln in deiner Kneipe waren in der Überzahl. Sechs gegen vier. Schau dich um. Wir sind dreiundzwanzig. Und jetzt komm runter, oder wir holen dich.»

«Dreiundzwanzig gegen eine Frau. Ihr seid wirkliche Helden», rief Millie.

Auf der anderen Straßenseite öffnete sich eine Tür. Zwei Männer traten heraus, beide mit Knüppeln bewaffnet.

«Dreiundzwanzig gegen drei», rief der Jüngere.

Eine weitere Tür öffnete sich. Und die nächste. Motorenlärm näherte sich. Eine Reihe Kleinwagen steuerte auf die Rocker zu. Käfer, R4, Enten, Bullis, ein paar Fiat 131 und VW-Golf, ein Opel Manta und ein Ford Mustang versperrten die Straße. Männer stiegen aus den Wagen, weitere kamen aus den angrenzenden Häusern, schlossen die Rocker ein, bildeten eine Wand, drängten die Kuttenträger zurück, die inzwischen eins zu drei in der Unterzahl waren. Bernd schob sich nach vorne, sah kurz zu Millie hoch und platzierte sich vor Manfred, der ihn hasserfüllt anstarrte.

Bernd zeigte auf die Kumpel. «Hör gut zu, du Clown. Heute Abend hast du die einmalige Chance, mit heiler Haut hier rauszukommen. Wenn ihr euch verzieht, geht das hier ohne Getöse ab. Wenn nicht …» Er ließ den Satz in der Luft hängen.

Millie starrte auf die unwirkliche Szenerie. Sie kam sich vor wie in einem Mafiafilm. Rocker wollen ein Viertel übernehmen und kriegen von den Italienern Dresche. Doch das hier war real. Wie weit würde Manfred gehen? Wie weit Bernd und seine Kumpel? War dies der Anfang eines Bandenkrieges, Rocker gegen Bergleute?

Inzwischen hatten sich locker achtzig Kumpel eingefunden. Eine kleine Armee. In ihren Gesichtern las Millie Ruhe und Entschlossenheit. Niemand pöbelte, niemand hetzte. Sie spürte die Ruhe auch in sich, warf sich eine Federboa um, legte blitzschnell ein wenig Rouge auf und zog sich die Lippen nach. Sie hatte das Gefühl, sich für ihre Familie schön machen zu wollen, wollte die Tränen kaschieren und Manfred klarmachen, dass sie nur sich selbst gehörte, niemandem sonst. Sie hastete die Treppe hinunter, wechselte in einen weichen eleganten Gang, bevor sie nach draußen trat und sich neben Bernd stellte.

Manfreds Kiefer spannte. Es musste ihm Schmerzen bereiten, seine Beute so nah vor sich zu sehen und sie nicht erreichen zu können. «Ist das dein neuer Stecher?», presste er zwischen den Zähnen hindurch, ohne Millie anzusehen.

Bernd grinste. «Du bist es jedenfalls nicht und wirst es nie sein.»

Auf Manfreds Stirn pulste eine Ader. Mit einer schnellen Bewegung zog er ein Stilett. «Ich stech dich ab, du Scheißhaufen, und deine nuttige Freundin ...»

Bernd wich einen Schritt zurück. Und plötzlich hatte er eine Pistole in der Hand, die er auf Manfred richtete. Der erstarrte, einige stöhnten vor Schreck auf, die meisten waren still.

«Du bist tot», sagte Bernd tonlos, spannte den Hahn und drückte ab.

Manfred zuckte zusammen, schrie gleichzeitig auf und schlug die Hände vors leichenblasse Gesicht.

Doch es hatte sich kein Schuss gelöst. Es hatte nur «Klick» gemacht.

Bernd senkte die Waffe, zog eine Patrone aus der Hosentasche und zeigte sie Manfred. «Das nächste Mal ist sie geladen. Wenn du Krieg willst, wirst du bitter büßen. Wir wissen, wo deine Familie wohnt.» Er steckte die Pistole in seinen Hosenbund. «Merk dir: Wir sind Bergleute. Wir lösen Probleme. So oder so. Ich sage es nur noch einmal: Millie steht unter unserem Schutz.» Bernds Blick wanderte nach unten, er verzog plötzlich ungläubig das Gesicht, lachte schallend. «Er hat sich in die Hose gepisst», rief er so laut, dass alle es hören konnten. «Was für ein Held!»

Die Bergleute stimmten in das Gelächter ein, es schwoll an, Manfred krümmte sich, als hätte man ihm einen Hieb in den Magen verpasst, er schlich zu seiner Maschine, startete sie, fuhr los. Die Bergleute ließen ihn passieren, so wie die ganze Rockerbande, die mit hängenden Gesichtern abzog.

Manfred war die längste Zeit Präsi gewesen, das wusste Millie. Wer sich in die Hose machte, war erledigt. Ob sie vor seiner Rache sicher war, bezweifelte sie. Gewalt erzeugte immer Gegengewalt. So war das Leben.

ESSEN, SONNENKLINIK
——— GEGENWART

Jana betrat das Foyer der Sonnenklinik, fragte nach Siegfried. Sie wollte ihn begrüßen, ihm noch mal danken, doch er war nicht da. Also ging sie zu Werners Zimmer, klopfte. Werner rief «Herein», Jana öffnete die Tür. Er saß auf einem gepolsterten Stuhl am Fenster, hielt ein Buch in der Hand, ließ es sinken, stand auf.

«Jana, wie schön, dich zu sehen.» Er zeigte auf einen Ohrensessel. «Setz dich doch.»

«Normalerweise sitzen meine Klienten in den bequemen Sesseln.»

«Ich sitze gar nicht gerne in dem Ungetüm. Ich habe dann immer das Gefühl, nicht mehr hochzukommen.»

Das war natürlich ein gutes Argument. Sie ließ sich nieder, und tatsächlich, der Sessel wirkte auf sie, als steigere er die Schwerkraft. Sie wusste, dass ihr Gefühl auch eine der Nachwirkungen des Ritalins war. Gesteigerte Müdigkeit, Sehnsucht nach Ruhe, nach Entspannung.

«Wie geht es dir, Werner?»

Er drehte den Stuhl vom Fenster zu ihr, setzte sich, faltete die Hände. Die Ellbogen lagen auf den Knien, sein Oberkörper war leicht nach vorne gebeugt. «Ich kann nicht klagen. Ich schlafe gut, auch ohne Pillen, ich träume viel, kann mich aber immer noch nicht richtig erinnern. Es ist einfach zu lange her.»

«Du bleibst noch ein paar Tage zur Beobachtung hier, und dann kannst du wieder nach Hause. Wie klingt das?»

Janas Handy vibrierte, sie warf einen kurzen Blick darauf. «Es ist Elin. Entschuldige.»

«Geh ruhig ran, es ist bestimmt wichtig.»

Sie wischte über den grünen Button, meldete sich. «Elin, was gibt es? Ich bin bei Werner.»

«Wir stehen auf dem Parkplatz der Sonnenklinik. Es wäre gut, wenn du kommen könntest.»

Jana musste nicht nachfragen, ob es dringend war. «Okay. Zwei Minuten.» Sie unterbrach die Verbindung, wandte sich Werner zu. «Ich wollte eigentlich länger bleiben, aber ich muss zu Elin.»

«Kein Problem, wenn was ist, rufe ich Professor Maibaum. Ansonsten machen wir es so, wie du gesagt hast.»

Jana umarmte Werner, drückte ihn fest. «Ich melde mich.»

«Alles klar.» Er lächelte, etwas Nachdenkliches lag in seinem Blick, als sei er mit den Gedanken weit weg. «Ich hoffe, ihr findet den Mörder bald.»

Jana verließ Werners Zimmer, eilte die Treppe hinab und auf den Parkplatz, schob sich auf die Rückbank hinter Elin, nickte Holger zu, der am Steuer saß.

«Okay, schieß los, was gibt es so Wichtiges, dass du mich aus einer Sitzung mit Werner rausholst?»

Elin wandte sich zu Jana um, seufzte. «Wir haben Repsen in die Mangel genommen. Und er hat behauptet, dein Vater habe eine Beretta 70 besessen.»

Jana brauchte einen Moment, um zu begreifen. «Das glaubt ihr ihm? Er beschuldigt meinen toten Vater, der sich nicht mehr wehren kann?» Wut stieg in ihr auf.

«Wir haben das nachgeprüft. Wir haben mehrere Zeugenaussagen, die bestätigen, dass Bernd eine solche Waffe besessen hat.» Elin erzählte ihr, was Millie und die anderen erzählt hatten.

Jana schwieg. Ihr fehlten die Worte. Das alles klang vollkommen unwirklich. Von wem redete Elin? Es konnte nicht um Bernd Fäller gehen, um ihren Vater. Doch genau um den ging es. Sie rang sich Worte ab. «Von der Geschichte mit den Rockern hat er nie ein Wort erwähnt.»

Warum auch? Die Sache lag weit zurück, für ihren Vater war sie erledigt gewesen. Er war nicht der Typ, der mit Heldengeschichten angab. Oder war da noch etwas anderes? Weswegen er geschwiegen und seine Kumpel verdonnert hatte, die Klappe zu halten? Ihr Puls raste, sie ballte die Hände zu Fäusten. Was hatte er noch vor ihr verborgen? Und vor Mutter? Sie hatte ihm bedingungslos vertraut.

«Jana, wir müssen das Haus deiner Eltern durchsuchen.»

Der Satz klang noch unwirklicher, noch surrealer. Eine Hausdurchsuchung! Das passierte nur anderen. Nicht ihr, nicht ihrer Mutter.

«Habt ihr einen Beschluss?» Sie fühlte sich wie nach einem Hundert-Meter-Sprint, presste die Zähne aufeinander.

Elin drehte sich in ihrem Sitz um, nahm Janas Hand. «Das ist alles furchtbar, und ich werde alles tun, damit die Durchsuchung anständig vonstattengeht. Noch haben wir keinen Beschluss, aber er ist unterwegs.» Sie sah Jana in die Augen. «Ich würde die Durchsuchung gerne mit dem Einverständnis deiner Mutter durchführen. Das macht es vielleicht einfacher.»

Jana schoss ein furchtbarer Gedanke durch den Kopf. War Mutter ohnmächtig geworden, als sie Mergents Namen ausgesprochen hatte, weil sie etwas wusste? Vielleicht sogar beteiligt war? Jana schüttelte unwillig den Kopf. Nein, nein und nochmals nein. Weder ihr Vater noch ihre Mutter wären in der Lage gewesen, einen Menschen zu töten. Es musste eine Erklärung geben. Sie war Elin dankbar, dass sie ihr die Möglichkeit gab, ihre Mutter auf die unvermeidliche Durchsuchung vorzubereiten, und dass sie sicherlich Rücksicht nehmen würde, ihre Leute anweisen würde, sich anständig zu verhalten. Ihre Wut ebbte ab.

«Okay, gut, ich rede mit ihr und sorge dafür, dass sie nichts Unbedachtes tut.» Jana spürte, dass sie die Situation wieder kontrollierte, dass sie ihren kühlen Kopf bewahren konnte. «Ich nehme an, ihr wollt mich mitnehmen?»

«Deinen Wagen holen wir später ab. Hast du dringende Termine?»

Jana hätte fast gelacht. «Jetzt nicht mehr.»

Sie sah Holger im Rückspiegel nicken. Er startete, fuhr los.

Sie brauchten 25 Minuten, Jana ging in Gedanken immer wieder durch, was sie ihrer Mutter sagen wollte, wie sie ihr beibringen sollte, dass fremde Menschen in ihren Sachen wühlen, dass das Haus auf den Kopf gestellt und jeder Winkel ausgeleuchtet würde. Plötzlich wurde ihr klar, dass sie jetzt Teil einer Ermittlung gegen ihren Vater war. Dass ihre beste Freundin die ermittelnde Kommissarin war. Dass ihr Vater unter Mordverdacht stand.

Holger hielt vor ihrem Elternhaus, mehrere Streifen warteten bereits. Jana und Elin stiegen aus. Janas Mutter öffnete die Tür.

«Ich stand zufällig am Fenster. Elin, schön, dich zu sehen, kommt doch rein.» Sie wies auf die Streifenwagen. «Was ist denn los? Wozu die ganzen Polizisten?»

«Das erkläre ich dir gleich, Mama.»

«Na gut. Einen Kaffee?»

Jana umarmte ihre Mutter. «Ja, gerne, kann ich brauchen.»

«Na dann.»

Sie ging vor, Elin setzte sich neben Jana, ihre Mutter bereitete den Kaffee zu, stellte vier Tassen auf den Tisch, Zucker, Sahne, schenkte ein, setzte sich.

«Was gibt es, Jana? Normalerweise kommt ihr nicht einfach so vorbeigeschneit.»

Jana hielt es für falsch, lange Vorreden zu halten. «Wir müssen dich etwas fragen: Hast du bei Papa mal eine Waffe gesehen?»

Ihre Mutter schloss kurz die Augen. «Also darum geht es. Irgendwann musste es ja rauskommen.»

Das klang nicht gut.

«Was musste rauskommen, Mama?», fragte Jana.

«Was Bernd mit diesem Rocker gemacht hat.»

ESSEN-ALTENESSEN, 8.6.1989
––– VERGANGENHEIT

«Du bist schwanger?»

Bernd sprang vom Stuhl hoch, starrte sie mit offenem Mund an. «Du – bist – schwanger!» Jedes einzelne Wort betonte er, hob dabei die Arme wie ein Zirkusdirektor. «Meine Frau ist schwanger! Ich werde Vater!»

Vorsichtig umarmte er sie. «Du machst mich zum glücklichsten Mann der Welt. Was es wohl wird?»

«Ich hoffe doch, es wird ein Mensch.»

Bernd lachte leicht überdreht. «Das wäre ein guter Anfang.» Er atmete mehrmals schnell ein und aus, strich sich mit einer Hand über die Stirn. «Deswegen das Festmahl?»

Sie lächelte. «Ist doch ein Grund zum Feiern, oder?»

Er blies die Backen auf. «Du glaubst nicht, wie ich mich auf diesen Moment gefreut hab. Ab sofort darfst du nicht mehr schwer heben, du musst dich ausruhen, und in den Keller gehe ich jetzt immer ...»

Franziska hielt ihm einen Zeigefinger vor den Mund. «Ich bin schwanger, nicht krank.»

Bernd seufzte. «Aber du kannst mich nicht daran hindern, auf euch beide aufzupassen.» Er bückte sich, legte seinen Kopf an ihren Bauch. «Hallo? Alles klar da drinnen?» Er lauschte. «Es sagt ‹Ja›!»

Franziska fuhr ihm liebevoll durchs Haar. «Du alter Kindskopf.»

Er richtete sich auf, fasste ihre beiden Hände. Seine Miene wurde ernst. «Ich werde Vater. Das macht mich glücklich. Und ich möchte, dass du alles über den Vater deiner Kinder weißt. Alles.»

Franziska schluckte. Würde er jetzt alle seine Sünden beichten? Wollte sie das?

«Aber ich muss nicht mehr von dir wissen als das, was ich schon weiß», sagte sie schnell. «Dass du mich liebst, dass du dich auf unsere Kinder freust, dass du ein guter Vater sein wirst.»

Bernd lächelte. «Weil du mir vertraust, will ich dir alles anvertrauen. Ich weiß, dass immer wieder Gerüchte um die Häuser ziehen, und ich will, dass du dir sicher sein kannst, dass dein Mann kein schlechter Kerl ist.»

«Aber das weiß ich doch.» Sie drückte seine Hände, merkte, wie ihre eigenen zitterten.

«Ich hoffe, du denkst noch genauso, wenn ich dir alles erzählt habe.»

Mit einem Mal pulsierte wieder die Frage in ihr, ob er etwas mit Mergents Verschwinden zu tun hatte. Auch wenn sie sich geschworen hatte, ihn so zu lieben, wie er war, beschlich sie ein ungutes Gefühl. Was hatte er vor ihr verborgen?

«Setzen wir uns.»

Franziska schob sich auf die Küchenbank, sie ließ seine Hände nicht los, wollte ihm nah sein, ihn fühlen.

«Du kennst ja Millie.»

Der Schreck fuhr Franziska in den Bauch. Hatte er sie betrogen? Kam jetzt das Geständnis? Die Behauptung, das sei nicht von Bedeutung gewesen?

«Sie ist von Rockern bedroht worden.»

Das hatte Franziska natürlich gehört, es war vor ihrer Zeit mit Bernd gewesen. Und dass sie verschwunden waren, nachdem die Bergleute sie mit fast hundert Mann eingekreist hatten. Aber auch nicht mehr.

«Als die Rocker vor Millies Tür gestanden haben, habe ich den Präsi mit der Beretta bedroht und abgedrückt. Sie war nicht geladen, aber der Typ hat sich in die Hose gemacht und ist abgezogen. Ich habe gedacht, damit wäre die Sache erledigt, aber das war sie nicht. Zwei Wochen später haben sie einen Brandsatz auf Millies Wohnung geworfen. Niemand kam zu Schaden, aber Millie stand kurz davor, die Kneipe dichtzumachen und die Stadt zu verlassen. Wir haben alles repariert, und wir konnten sie davon überzeugen, dass dies das letzte Mal sein würde, dass die Rocker sie angreifen würden.»

Er sah aus dem Fenster, schwieg.

«Was hast du getan, Bernd?», flüsterte Franziska.

Er sah sie an. «Ich bin mit ein paar anderen zum Haus des ehemaligen Präsi gefahren. Eine fette Spießerhütte am Stadtrand von Bochum. Wir wussten, dass er abgelöst worden war, aber auch, dass er noch immer einiges zu sagen hatte, die Befehle jetzt sozusagen aus der zweiten Reihe gab. Oliver war dabei, Florian und Hartmut. Meine Besten. Ich wusste, auf die kann ich mich verlassen. Wir haben den Kerl abgepasst, ihn mitgenommen und ihm zuerst eine Tracht Prügel verpasst und dann ...» Bernd senkte den Kopf. «Ich schäme mich dafür, auf der anderen Seite war der Typ ein echtes Arschloch. Die Polizei hat nichts gemacht. Also mussten wir doch was tun?»

Er wartete nicht auf eine Antwort, blickte Franziska direkt in die Augen. Sie wusste, dass er die Wahrheit sagte, und auch wenn sie furchtbar war, sie war froh darüber.

«Diesmal war die Beretta geladen. Wir haben ihn an einen Baum gebunden, ich habe auf ihn angelegt und dann eine Kugel ein Stück über seinem Kopf in den Stamm gejagt. Er hat gejammert und gefleht, hat uns Geld angeboten, alles versprochen, was man nur versprechen kann. Wir haben ihm gedroht und gesagt, dass wir seine Familie auslöschen, wenn Millie jemals wieder irgendetwas zustoßen sollte. Er hat alle

Eide geschworen. Dann haben wir ihn losgebunden und zwei Kilometer von seinem Haus entfernt freigelassen.» Bernd holte Luft, räusperte sich. «Die nächsten Wochen lagen wir auf der Lauer. Er hat sein Wort gehalten. Danach schworen wir, nie wieder so etwas zu tun. Wir alle leiden noch heute darunter, und es vergeht kein Tag, an dem ich mich nicht frage, wie ich in der Lage sein konnte, so grausam zu sein, nicht besser als die schlimmsten Verbrecher, nicht besser als der, den wir bedroht haben.» Er machte eine kurze Pause, hob den Blick. «Willst du mich immer noch?»

«Was ist mit der Waffe?»

«Die habe ich unschädlich gemacht.»

Sie nahm seinen Kopf in die Hände, küsste ihn, so leidenschaftlich sie konnte. «Du verrückter Kerl! Du bist der beste Mann, den sich eine Frau wünschen kann. Aber eine Frage habe ich noch.»

Bernd atmete durch. «Nur zu, heute ist der Tag der Wahrheit.»

«Was, wenn jemand mich oder unsere Kinder bedrohen würde? Würdest du deinen Schwur brechen?»

Er antwortete ohne Zögern. «Ja. Wer dich oder meine Kinder angreift, dem Gnade Gott. Aber ich werde nie wieder jemanden foltern oder bedrohen. Das ist mein Schwur, bei der heiligen Barbara. Den werde ich nicht brechen.»

«Gut. Das wollte ich hören.»

Franziska überlegte, ob sie nach Mergent fragen sollte, verwarf den Gedanken. Bernd hatte gebeichtet, mehr gab es nicht zu sagen, sie hatte genug gehört. Nur noch eine letzte Frage hatte sie. Sie setzte sich auf seinen Schoß, flüsterte in sein Ohr. «Kannst du dir vorstellen, mit einer Schwangeren Sex zu haben?»

Das konnte er.

ESSEN-ALTENESSEN
--- GEGENWART

Elin hatte schon Hunderte Schwüre gehört, die nichts wert gewesen waren. Menschen logen Tag für Tag, und Schwüre waren besonders beliebte Lügen. Man schwor sich ewige Liebe und stellte dann fest, dass die Ewigkeit erstaunlich kurz war. Wie viel war Bernd Fällers Schwur wert?

Janas Mutter atmete tief durch. «Als ich gehört habe, dass Mergent gefunden worden ist, ermordet, erschossen, habe ich mich an alles erinnert. Und habe für einen Moment an Bernd gezweifelt.»

Das war also der Grund für ihren Zusammenbruch gewesen. Elin beobachtete Jana, die immer blasser geworden war, je mehr ihre Mutter erzählt hatte.

«Elin muss das Haus durchsuchen», sagte Jana knapp. «Sie hat noch keinen Beschluss. Ist das ein Problem für dich?»

«Aber nein. Ich habe nichts zu verbergen.» Sie sah Elin an. «Ich weiß es zu schätzen, dass du mich nicht mit zwanzig grimmigen Beamten überfallen hast.»

«Es fühlt sich trotzdem furchtbar an.» Am liebsten hätte Elin die Durchsuchung abgeblasen. Sie wusste, auch wenn man noch so einfühlsam vorging, war es ein schmerzhafter Eingriff in die Intimsphäre, und sie fürchtete, etwas zu finden, das für Jana noch schrecklicher sein konnte. Einen Beweis, dass ihr Vater etwas mit dem Mord an Rudolf Mergent zu tun hatte. Oder – und das wäre die absolute Katastrophe – ihre Mutter.

Janas Mutter schüttelte den Kopf. «Du machst deinen Job, wo kämen wir hin, wenn du das nicht mehr machen würdest? Ich koche noch mehr Kaffee, und ich hab auch noch das eine oder andere da, um ein paar Schnittchen zu richten. Die Sache wird sicherlich eine Zeit lang dauern.»

Das war für Elin eine Premiere. Noch nie hatte ihr jemand bei einer Hausdurchsuchung Kaffee angeboten. Aber so kannte sie Janas Mutter. Immer gastfreundlich, immer höflich, immer gesetzestreu. Niemals würde sie die Rechtmäßigkeit der Durchsuchung infrage stellen. Elin nahm das Funkgerät, drückte die Ruftaste. «Okay, Holger, ihr könnt kommen. Und seid höflich.»

Jana stand auf. «Ich lasse sie rein.»

Kurz darauf strömten die Beamten ins Haus, fast zwei Dutzend. Ein ganzes Haus zu durchsuchen war keine Kleinigkeit, das konnte schon mal zwei Tage dauern. Die meisten kannte Elin nicht, sie waren verfügbar, also wurden sie eingesetzt. Was sie suchten, war klar: einen Hinweis auf eine Verbindung von Bernd Fäller und Rudolf Mergent. Und eine Beretta 70.

Die Kollegen schwärmten aus, Elin blieb bei Jana und ihrer Mutter. Sie hatte noch ein paar Fragen an Franziska und hoffte, dass sie nichts verheimlichte.

«Franziska, du hast gesagt, Bernd könne nichts mit dem Mord an Rudolf Mergent zu tun haben. Das denke ich auch, aber ich muss es prüfen.»

Jana reagierte nicht, schaute nur ihre Mutter an, die nickte.

«Ich weiß, es ist ewig her, aber kannst du dich noch an die Zeit kurz vor und kurz nach dem Unglück erinnern? War Bernd zu der Zeit verändert? Hat er ungewöhnliche Dinge gesagt oder getan?»

Franziska warf Jana einen liebevollen Blick zu. «Ich habe Bernd am 8.6.1989 eröffnet, dass er Vater wird. Genau 236 Tage nach seiner Rettung. Drei Tage vor der Katastrophe hatten wir uns kennengelernt, eine wundervolle Nacht verbracht. Bernd war spritzig, wild, charmant. Ich hatte keine Wahl. Ich musste mich verlieben.» Sie lächelte, sah Elin an. «Weißt du, Elin, es hat eine Weile gedauert, bis Bernd verarbeitet hatte, dass 12 seiner Kumpel verschollen, mit allergrößter Wahrscheinlichkeit tot waren. Nach dem Unglück hat er sich in der Tat verändert. Er ist nachdenklicher geworden, ruhiger. Erst mit der Zeit wurde er wieder der Alte.»

Elin wunderte sich, dass Franziska Bernds Veränderungen so genau benennen konnte, wo sie sich doch erst drei Tage gekannt hatten. Aber sie glaubte ihr. «Nie ein Wort über Mergent?»

«Oh doch, wenn Mergents Betrug zur Sprache kam, fluchte Bernd gotteslästerlich und wünschte ihm die Pest an den Hals.»

«Er hätte also ein Motiv gehabt ...»

«Aber ja, Elin. So wie Dutzende, wenn nicht Hunderte andere.»

Jana hatte die ganze Zeit aufmerksam zugehört. «Ich erinnere mich an eine Situation, ich muss dreizehn oder vierzehn gewesen sein.» Sie blickte ins Leere. «Papa hat mich auf die Seite genommen und mir eingeschärft, niemals ein Problem mit Gewalt zu lösen. Ich verstand nicht, warum er mir das ausgerechnet an diesem Tag so eindringlich sagte. Ihr hattet mich ja zu einem friedlichen Menschen erzogen, nicht nur weil ich ein Mädchen war, sondern weil es eure Überzeugung war, dass Gewalt falsch ist. Ich weiß bis heute nicht, was das sollte. Ich habe ihm gesagt, das sei doch kein Thema, aber er hat seinen Appell wiederholt, und ich hatte das Gefühl, er wollte noch etwas sagen. Aber er hat mich nur umarmt, mich dabei fast zerquetscht und mir ins Ohr geflüstert, jeder Mensch mache Fehler und wenn mir das passieren würde, sollte ich dazu stehen.»

Jana konnte sich durchaus eine Erklärung für das Verhalten ihres Vaters vorstellen, das wusste Elin. Aber dafür musste sie ihm einen Mord zutrauen. Wenn ihr Vater diese Schuld auf sich geladen hatte, dann konnte es sein, dass er damals, viele Jahre später, kurz davor stand zu beichten. Das Gewissen lässt die wenigsten in Ruhe, wenn sie ein schweres Verbrechen begangen haben.

Elins Funkgerät krächzte. Sie drückte den Empfangsknopf.

«Frau Akay, ich denke, Sie sollten mal in den Keller kommen.»

Jana sprang auf, Franziska wurde blass. «Was bedeutet das?», fragte sie leise.

«Das werden wir gleich sehen», sagte Elin. Sie zeigte auf Jana und ihre Mutter. «Wollt ihr mitkommen?»

Jana nickte. Elin eilte in den Keller, Jana und ihre Mutter folgten ihr.

Holger kam ihnen entgegen. «Verdammt, Jana, es tut mir leid. So ein verdammter Mist.»

Er wies auf die Waschküche, Elin tauchte unter frisch gewaschenen Bettlaken hindurch, die nach Frühling dufteten, richtete sich auf. Jana stellte sich neben sie, ihre Mutter blieb etwas zurück. Eine Kollegin zeigte auf ein Loch in der Wand. «Wir haben die Mauer abgeklopft und den Hohlraum gefunden. Er ist groß genug, um einen mittelgroßen Koffer darin unterzubringen.» Sie hielt ihr einen transparenten Beweisbeutel hin.

Elin erkannte die Waffe sofort. Eine Beretta 70.

ESSEN-ALTENESSEN
––– GEGENWART

Elin starrte die Beretta und das Loch in der Wand an, indem sie eingemauert gewesen war. Das konnte doch nicht sein. Sie mussten, so schnell es irgend ging, wissen, ob es die Tatwaffe war.

Sie reichte den Beutel mit der Beretta einem Streifenbeamten. «Die muss sofort ins Labor. Höchste Dringlichkeit. Sonderrechte frei.»

Der Kollege nickte, nahm die Tüte und machte sich auf den Weg. Kurz darauf hörte Elin die Sirene des Streifenwagens. Als Nächstes wählte sie Reifferscheids Nummer. Als Leiter der Spusi konnte er die Untersuchung sofort durchführen lassen.

Er ging ran. «Frau Akay, wie kann ich helfen?»

«Ein Kollege bringt eine Beretta 70 vorbei …»

«… und Sie müssen sofort wissen, ob sie die Tatwaffe im Fall Rudolf Mergent ist. Keine Frage. Wird sofort erledigt. Wo?»

«Das kann Ihnen der Kollege erzählen.»

«Alles klar. Ich melde mich.»

«Danke.»

Reifferscheid legte auf. Elin wandte sich Jana und ihrer Mutter zu, die leichenblass auf das Loch starrten.

Jana schüttelte den Kopf, ihre Stimme zitterte. «Das ergibt alles keinen Sinn. Warum sollte Vater die Waffe, mit der er jemanden erschossen hat, in unserem Haus einmauern?»

Elin fühlte sich elend. Einerseits. Andererseits würde Meier davor bewahrt, für ein Verbrechen verurteilt zu werden, das er nicht begangen hatte, sollte sich herausstellen, dass tatsächlich Janas Vater der Täter war. Das war trotz der furchtbaren Erkenntnis tröstlich.

Für Jana und Franziska war es viel schwerer, denn Bernd Fäller war tot – sie konnten sich mit ihm nicht aussprechen, ihm nicht ihre Wut und ihre Enttäuschung zeigen, ihm nicht beistehen.

Franziska vergrub ihren Kopf in den Händen, Jana legte ihr den Arm um die Schultern. «Das kann nicht sein. Das würde er niemals tun», murmelte sie. «Warum sollte er? Wegen Geld?»

«Lasst uns in die Küche gehen und das Ergebnis abwarten. Dann können wir uns immer noch den Kopf zerbrechen», sagte Elin und nickte den Kollegen zu.

Sie stieg mit Jana und ihrer Mutter die Treppe hinauf, sie nahmen in der Küche Platz, bewegten sich wie in Zeitlupe. Elin legte Jana, die noch immer ihre Mutter umfasst hielt, eine Hand auf den Unterarm. «Warten wir den Laborbericht ab. Es gibt Tausende Berettas.» Sie wandte sich an Franziska. «Brauchst du Hilfe? Soll ich einen Arzt rufen?»

Janas Mutter hob den Kopf. «Ich brauche keinen Arzt.»

«Er hat gelogen, nicht wahr, Mama? Er wollte die Waffe zerstören. Aber er hat es nicht getan. Er hat nicht geglaubt, dass die Rocker klein beigeben würden. Hat Angst gehabt, dass sie sich an ihm rächen. Dann hat er dich kennengelernt und ihre Rache umso mehr gefürchtet. Als du schwanger wurdest, hat er Angst gehabt, dass sie dir oder mir wehtun könnten. Und dann hat er die Waffe einfach vergessen oder verdrängt, dass sie existiert.»

«Trotzdem hat er gelogen.» Janas Mutter kreuzte die Arme vor der Brust.

Sie verfielen in Schweigen, hingen ihren Gedanken nach, ab und zu kam ein Kollege herein, fragte etwas, machte weiter mit der Durchsuchung. Janas Mutter kochte noch mehr Kaffee, Jana stand immer wieder auf, lief herum, setzte sich.

Elins Handy meldete sich. Reifferscheid. Er musste wirklich Himmel und Hölle in Bewegung gesetzt haben. Seit ihrem Anruf bei ihm waren keine vierzig Minuten vergangen. Sie ging ran, hörte zu, bedankte sich knapp, legte auf. Sie musste nichts sagen. Jana und Franziska erkannten die Wahrheit in ihrem Gesicht.

Jana sprach sie aus. «Mit der Beretta meines Vaters wurde Rudolf Mergent erschossen.»

Elin nickte. «Das Labor hat es bestätigt.»

«Dieser Mistkerl.» Franziska schlug mit der flachen Hand auf den Tisch, sprang auf, räumte das Gedeck für ihren Mann weg. «Dieser Mistkerl, dieser ...»

«Glaubst du wirklich, dass Papa jemanden erschossen hat?», fragte Jana entsetzt.

«Nein, natürlich nicht. Aber er hat mich angelogen. Von Anfang an. Er hat geschworen, dass er das Ding nicht mehr hat. Hat seinen Eid gebrochen.»

«Ja, das ist schlimm, keine Frage, Mama, aber ...» Jana brach ab.

Elin wusste, was sie hatte sagen wollen, und verkniff sich, dass es hier ja um etwas noch viel Schlimmeres ging: darum, ob Bernd Fäller tatsächlich Rudolf Mergent erschossen hatte. Aber das half Franziska nicht, denn dass Bernd Fäller gelogen hatte, stand bereits fest, seine Schuld am Mord war noch zu ermitteln. Wobei es eine Illusion war zu glauben, er habe die Tat nicht begangen. Für Staatsanwaltschaft und Gericht war mit dem Fund der Tatwaffe alles klar. Bernd Fäller hatte Motiv, Gelegenheit und Mittel gehabt. Manche Frage würde sie nicht beantworten können, zum Beispiel, wie er die Leiche nach unten ins Bergwerk geschafft hatte. Oder warum Bernd Fäller die Waffe ausgerechnet im eigenen Haus eingemauert hatte. Aber das war auch nicht nötig. Die Beweislage war eindeutig genug.

Sie musste zurück ins Präsidium, Meier musste freigelassen, die Beweise zusammengetragen, der Bericht geschrieben werden. Doch eins war vorher zu tun, etwas, das ihr unendlich schwerfiel.

«Ich muss dich von dem Fall ausschließen, Jana.»

Jana nickte. «Natürlich.»

Elin stand auf, zog Jana hoch, umarmte sie.

«Mein Vater ist kein Mörder, Elin», flüsterte sie ihr ins Ohr. «Das werde ich niemals glauben. Niemals. Ich weiß, dass die Angehörigen das immer sagen, aber ich bin mehr als eine Angehörige. Ich bin forensische Psychiaterin, ich bin Gutachterin. Ich weiß, dass er es nicht getan hat. Und ich werde es beweisen. Koste es, was es wolle.»

«Das würde ich genauso machen, Jana.» Sie löste sich, strich Jana über die Wange, die kurz die Augen schloss. «Ich muss ins Präsidium.»

«Klar.» Jana gelang ein kurzes Lächeln.

«Eins noch», sagte Elin. «Die Kollegen müssen jetzt alles, was mit Bernd und dem Fall zu tun haben könnte, einpacken. Ihr könnt natürlich im Haus bleiben, wenn ihr wollt.»

«Ich weiß», antwortete Jana.

Elin gab noch ein paar Anweisungen, winkte Holger. Sie stiegen in den Wagen.

Elin atmete aus. «So eine verdammte Scheiße.»

«Das kannst du laut sagen. Bernd Fäller, ein Mörder? Ich habe ihn nicht gekannt, aber trotzdem. Janas Vater! Hätte ich niemals gedacht, aber wir wissen ja, selbst der netteste Kerl kann zum Täter werden. Einmal und nie wieder, aber das eine Mal macht ihn zum Mörder. Nichts kann ein solches Verbrechen ungeschehen machen, und nichts kann es rechtfertigen.»

«Das weiß ich alles», sagte Elin gereizt. «Es ist trotzdem zum Kotzen.»

«Entschuldige. Natürlich ist das zum Kotzen.»

«Du kannst ja nichts dafür.»

Holger fuhr gemächlich los, nach ein paar Minuten meldete sich Elins Handy. Es war Küppersbusch. Sie stellte auf Lautsprecher.

«Herr Küppersbusch, guten Tag. Mein Kollege Holger Sieburg hört mit.» Sie verzichtete darauf zu fragen, warum er nicht erreichbar gewesen war.

«Frau Akay, grüße Sie. Ja, kein Problem. Grüße Sie, Herr Sieburg.» Er redete sofort weiter. «Wer hätte das gedacht. Ich habe schon die Entlassung von Meier veranlasst. Die Vorwürfe gegen ihn sind nicht mehr haltbar. Gut, dass wir noch keine Klage erhoben haben, das spart die Verzögerung durch eine richterliche Anordnung.»

Elin spürte ihre Wut wieder aufkochen. «Diese Vorwürfe waren noch nie haltbar.»

Holger sah sie von der Seite an, schüttelte leicht den Kopf. Elin war es egal. Küppersbusch war ein falscher Hund, und sie würde mit ihrer Meinung nicht hinterm Berg halten.

«Das müssen wir jetzt nicht mehr diskutieren», sagte Küppersbusch hart. «Der Fall ist erledigt. Ich habe schon mit dem zuständigen Richter gesprochen. Ich brauche nur noch Ihren Abschlussbericht nach Durchsicht der beschlagnahmten Unterlagen, von denen ich mir allerdings nicht viel erwarte. Dann wird das Verfahren nach § 206a Abs. 1 StPO eingestellt. Der Täter ist tot.»

«Sie wollen die Akte schließen?»

«So leid es mir für Frau Fäller und ihre Mutter tut, Bernd Fäller ist der Täter. Das muss Ihnen doch klar sein.»

Elin kniff sich mit den Fingern in den Oberschenkel, um nicht zu explodieren. «Es sieht danach aus, aber sollten wir nicht aus Achtung vor ihm und seinen Angehörigen sauber zu Ende ermitteln?»

Küppersbusch räusperte sich. «Wozu? Das verbraucht unnötige Ressourcen. Der Fall ist sauber zu Ende ermittelt. Gute Arbeit, Frau Akay. Die Soko wird noch heute aufgelöst. Ich erwarte Ihren Bericht bis morgen Mittag.»

Elin holte tief Luft. «Was glauben Sie ...», polterte sie los.

Weiter kam sie nicht. Holger schlug ihr das Handy aus der Hand, bremste hart, hielt an, es fiel ihr vor die Füße.

«Was zum Teufel ...»

Er beugte sich blitzschnell hinunter, packte das Handy und hielt es ein Stück von sich weg. «Die Verbindung ist schlecht, wir sehen uns später. Guten Tag, Herr Küppersbusch.» Mit einem Wisch beendete er das Gespräch.

«Bist du verrückt geworden?», fuhr sie ihn an, riss ihm das Handy aus der Hand. «Was soll das?»

«Was das soll? Ich habe gerade deine Karriere gerettet. Du bist vollkommen außer dir, kannst nicht mehr denken. So erreichst du *nichts* gegen Küppersbusch. Er sitzt verdammt noch mal am längeren Hebel, Elin. Jetzt komm zu dir, und dann überlegen wir, was wir machen können. Etwas, das funktioniert.»

Elin atmete tief durch, ließ die Schultern fallen. «Dieser Mistkerl. Was Besseres kann ihm doch gar nicht passieren.»

«Korrekt. Er hat Glück gehabt. Aber wir sind noch nicht fertig mit ihm. Glaub mir. Ich würde ihn auch gerne abschießen.»

«Aber wie?»

Holger sah sie an und grinste. «Wie wohl?»

«Indem wir etwas tun, das unmöglich ist. Beweisen, dass Bernd Fäller unschuldig ist.»

ESSEN-KRAY
––– GEGENWART

Tim stand vor dem Haus, in dem Anna Mergent wohnte. Allein. Keine Pressemeute weit und breit. Erstaunlich. Er sah sich um. Typisch Essen-Kray. Nicht wirklich schlecht, aber auch nicht wirklich gut. Nicht verwahrlost, im Gegenteil. Alles sauber. Aber auch nicht schön. Die meisten Tragödien spielten sich sowieso hinter den Fassaden ab, ob sie nun aus Marmor waren oder einfachem Verputz, der nur mit einer dünnen Schicht Farbe abgedeckt wurde.

Bevor Tim losgefahren war, hatte er alles zusammengetragen, was er über Anna Mergent in Erfahrung bringen konnte, und das war nicht wenig. Zwei Praktikanten hatten ihm dabei geholfen, und er musste sagen, die hatten gute Arbeit geleistet. Mit Sicherheit war Elin schon hier gewesen. Tim kannte sie gut genug, um einschätzen zu können, dass sie eine äußerst gründliche Ermittlerin war.

Er klingelte, die Sprechanlage meldete sich. «Wer ist da?»

Eine weibliche Stimme, etwas verzerrt von der in die Jahre gekommenen Technik, die zum Alter von Anna Mergent passte. «Guten Tag. Mein Name ist Tim Harms. Ich komme von der *Neuen Rhein-Ruhr-Zeitung*, ich …»

«Ich rede nicht mit der Presse. Gehen Sie, oder ich rufe die Polizei.»

Jetzt kam es darauf an, ob Tim Anna Mergent richtig einschätzte. «Das verstehe ich. Aber ich weiß auch um Ihre schwierige Situation.» Er machte eine Pause. «Ich kann Ihnen Ihre Sorgen nehmen, Frau Mergent.»

«Was wissen Sie schon?»

«Sie leben von Bürgergeld. Ich kann Ihnen eine völlig legale Möglichkeit bieten, zehntausend Euro zu verdienen. Dann wären Sie doch sicherlich einige Sorgen los, oder?»

Sie zögerte, das konnte Tim durch die Sprechanlage merken. «Sie wollen mich nur ausfragen. Wie die anderen auch.»

«Ich möchte Sie ausfragen, aber nicht umsonst und zu Ihrem Vorteil.»

Tim wunderte sich, dass anscheinend noch keiner seiner Kollegen versucht hatte, Anna Mergent mit Geld zu locken.

«Woher soll ich wissen, dass Sie kein Betrüger sind?»

«Ich kann Ihnen meinen Presseausweis zeigen. Sie können auch in der Redaktion anrufen.»

Stille, dann hörte er sie wieder. «Moment.»

Es klickte in der Gegensprechanlage. Tim wartete, vermutete, dass sie tatsächlich in der Redaktion anrief. Zwei Minuten später brummte der Türöffner. Tim drückte die Tür auf, stieg drei Stufen zur Wohnungstür hoch, die bereits offen stand. Anna Mergent wies ihm den Weg in die Küche, bot ihm einen Platz an. Sie war stark gealtert, mehr als ihre Lebensjahre hergaben, aber sie trug noch immer die gleichmäßigen Züge, die als junge Frau ihre Schönheit ausgemacht hatten. Selbst die Falten und der verhärmte Gesichtsausdruck konnten daran nichts ändern. Sie bot ihm nichts an, also begann er mit der Frage, die ihm gerade auf der Zunge brannte.

«Wo sind die anderen Medienvertreter? Ich hatte damit gerechnet, mir einen Weg durch meine Kollegen hindurch zu bahnen.»

Anna Mergent zuckte die Achseln. «Als sie gemerkt haben, dass ich nichts sage, sind sie abgezogen. Ein paar haben geklingelt, aber sie waren anmaßend. Ich habe ihnen mit der Polizei gedroht, sie sind verschwunden.»

Das war erstaunlich. Aber die Ressourcen waren knapp,

es gab jeden Tag eine neue Sau, die durchs Dorf getrieben wurde. Anna Mergent war nicht gewinnbringend, also hatte sich die Meute verzogen.

«Warum haben Sie mich eingelassen?»

«Sie waren der einzige, der ehrlich zu mir war, zugegeben hat, mich ausfragen zu wollen.»

Tim hatte Anna Mergent doch falsch eingeschätzt. Ihr ging es nicht ums Geld, sondern um Ehrlichkeit. Verwirrend.

«Da hat mir die Wahrheit tatsächlich mal geholfen», sagte Tim.

Anna Mergent lächelte kurz. Sie war so weit. Jetzt konnte er sein Angebot unterbreiten.

«Frau Mergent, die *Neue Rhein-Ruhr-Zeitung* möchte Ihre Geschichte exklusiv bringen. Die langen Jahre, die Sie gewartet haben, die schweren Zeiten, in denen Sie alleine Ihre Kinder großgezogen haben, der Schock, als Sie erfuhren, dass Ihr Mann so viele Menschen um ihr Vermögen gebracht hat.» Schonung war hier fehl am Platze. Er musste alles klar und deutlich benennen, damit Anna Mergent genau wusste, worauf sie sich einließ. «Für die exklusiven Rechte zur Veröffentlichung zahlen wir Ihnen zehntausend Euro.»

Er ließ seine Worte wirken, beobachtete Anna Mergent genau. In ihrem Gesicht arbeitete es, das konnte er erkennen. Aber in welche Richtung ihre Gedanken gingen, war nicht zu sagen.

Tim faltete seine Hände und stützt den Kopf darauf. «Was meinen Sie?»

Anna Mergents Unterlippe zitterte, Tränen traten in ihre Augen. Tim bereitete sich auf alles vor.

«Ich will kein Geld», flüsterte sie.

«Okay. Kein Problem. Ich dachte nur, ich könnte Ihnen damit helfen.»

«Mir kann niemand helfen.» Ihre Stimme bebte, die Tränen liefen jetzt über ihre Wangen.

Tim horchte auf. Sie warf ihn nicht raus, wertete sein Angebot nicht als Affront. Sie war verzweifelt, aber nicht Geld war ihr Problem, sonst hätte sie das Angebot angenommen oder den Preis nach oben getrieben. Da steckte etwas anderes dahinter. Sie wollte reden. Tim stand kurz vor einem Durchbruch.

«Vielleicht ja doch», sagte er behutsam. «Sie müssen mir nur sagen, wie. Dann will ich alles versuchen, was in meiner Macht steht.»

Sie legte eine Hand auf seinen Unterarm. «Seit er gefunden worden ist, sucht er mich jede Nacht heim. Ich sehe ihn vor mir, er hebt eine Hand und sieht mich an. Dann fällt er, ich kann ihn nicht halten, und er ist tot.»

Tim wusste nicht, was er sagen sollte. «Aber Sie können doch nichts für den Tod Ihres Mannes.»

Sie sah ihn an, schien wie aus einer Trance aufzuwachen. «Dafür kann ich nichts, das ist wahr», sagte sie tonlos. Sie stand auf. «Bitte gehen Sie. Ich will kein Geld, will nichts mit den Medien zu tun haben. Entschuldigen Sie bitte.»

Aus und vorbei. Tim blieb keine Wahl. Er legte seine Karte auf den Tisch. «Es ist Ihre Entscheidung. Falls Sie es sich anders überlegen.»

Sie zeigte nur auf die Tür. Er machte zwei Schritte, wandte sich um. «Ich danke Ihnen, dass Sie mir überhaupt zugehört haben. Ich verspreche Ihnen, dass wir Sie nicht mehr belästigen.»

Es war wichtig, keinen Druck aufzubauen, im Gegenteil. Würde sie es sich anders überlegen, dann nur, wenn sie das Gefühl hatte, dass Tim keine Bedrohung für sie war. Er verließ die Wohnung, das Haus, stieg in den Wagen und fuhr los, schaltete routinemäßig den Polizeifunk ein. Er spürte, dass Anna Mergent etwas Entscheidendes gesagt hatte, aber er konnte es nicht greifen.

Eine Streife meldete sich. «Hier Anton sieben. Sind mit der Durchsuchung bei den Fällers so gut wie durch. Ging schneller als erwartet. Haben eine Beretta 70 gefunden. Die Tatwaffe im Fall Rudolf Mergent.»

Tim machte eine Vollbremsung, hinter ihm ertönte lautes Hupen. Janas Vater war der Täter? Das konnte nicht sein. Und wenn doch? Er atmete tief durch. Was, wenn doch? Was, wenn es Janas Mutter war? Aber aus welchem Grund? So viele Fragen und keine Antworten.

Eines wusste Tim genau. Er würde zur Stelle sein, wenn Jana ihn brauchte. Was immer es sein mochte.

ESSEN-ALTENESSEN
––– GEGENWART

Jana saß noch immer am Küchentisch, hatte die gefühlt hundertste Tasse Kaffee getrunken und wartete, bis die Polizisten die Küche inspiziert hatten und sie alleine waren. Die Hausdurchsuchung war so gut wie fertig, die Spurensicherung war im Keller zugange.

Sie stand vom Stuhl auf, schob sich auf die Küchenbank, rückte ganz nah an ihre Mutter heran, die noch immer mit gekreuzten Armen dasaß und vor sich hin grollte. «Du kannst von mir aus sauer auf Papa sein. Aber ich werde nicht zulassen, dass sein Andenken beschmutzt wird. Hilfst du mir?»

Ihr Mutter sah sie an. «Na klar helfe ich dir. Was glaubst du denn?»

«Okay. Als Erstes brauche ich alle Ermittlungsergebnisse, die bis jetzt vorliegen. Noch habe ich Zugang, Elin wird mich erst sperren, wenn sie von Küppersbusch offiziell den Befehl dazu bekommen hat. Das kann nicht mehr lange dauern. Damit Elin keinen Ärger bekommt und ich auch nicht, muss ich mich mit einem VPN einloggen. Der ist auf meinem Laptop installiert, der ist aber bei mir zu Hause. Ich muss ihn also auf meinem Handy installieren. Danach dauert es eine Weile, bis die Daten heruntergeladen sind. Es sind ein paar Gigabyte.»

«Ich verstehe kein Wort, mein Kind, aber ich glaube, du willst, dass ich dir den Rücken freihalte.»

Jana küsste ihrer Mutter auf die Wange. «Genauso ist es. Ein übereifriger Polizist des Durchsuchungskommandos könnte auf die Idee kommen, jegliche Kommunikation nach außen unterbinden zu wollen, was er nicht darf, aber es würde Zeit kosten, mich dagegen zu wehren.»

«Aber wenn der das doch nicht darf …»

«Durfte Papa das halbe Haus auf Kosten der Grube renovieren?»

Ihre Mutter senkte den Kopf. «Schon verstanden. Hier kommt keiner rein, und wenn, dann werde ich ihn mit Kaffee und Kuchen überwältigen. Dem hält keiner stand.»

Jana lächelte. «Gut, dass du deinen Humor nicht verloren hast.»

Sie wechselten die Plätze, Mutter ließ die Tür nicht aus den Augen, Jana lud die Software herunter, installierte den VPN, loggte sich ins System der Kriminalpolizei ein und begann den Download. Sie hatte vielleicht zehn Minuten, dann würde dem Systemadministrator auffallen, dass ein VPN aktiv war. Er konnte sie nicht lokalisieren, aber er konnte sie rausschmeißen. Der Downloadbalken bewegte sich quälend langsam nach rechts, die Minuten verstrichen, jeden Moment konnte der Account geschlossen werden.

«Frau Fäller?»

Jana zuckte zusammen, doch bevor sie reagieren konnte, war Mutter aufgestanden. «Womit kann ich helfen, mein Junge?»

Der «Junge» war ein Polizeioberkommissar, fast vierzig und seit mindestens zwanzig Jahren im Dienst.

«Auf dem Dachboden steht eine Truhe. Die ist abgeschlossen. Ich wollte fragen, ob Sie einen Schlüssel haben, dann müssen wir sie nicht aufbrechen.»

«Das ist sehr freundlich von Ihnen. Ja, ich habe für alles einen Schlüssel. Kommen Sie mit. Das Schlüsselbund hängt neben der Haustür.»

Sie schob den Beamten aus dem Zimmer, schloss die Tür.

Mutter war großartig, und für einen Moment stellte sich Jana vor, sie hütete ein Geheimnis, nämlich dass sie und Vater zusammen krumme Dinger gedreht hätten, damals, bevor Jana geboren war.

Ihr Handy vibrierte einmal. Geschafft. Der Download war abgeschlossen. Sie kappte die Verbindung, wenn sie Glück hatte, war ihr Eindringen gar nicht bemerkt worden.

Sie öffnete den Ordner und kopierte alle Dateien in ihre Cloud. Es waren Hunderte Dokumente, Vernehmungsprotokolle, Tatortfotos, Berichte von Lüderitz aus der Gerichtsmedizin und Reifferscheid von den Ergebnissen der Spurensicherung. Sie einzeln durchzugehen war unmöglich. Vor allem wusste sie nicht, wonach sie suchen sollte.

«Frau Fäller, haben Sie einen Moment?» Ein Beamter drängte sich an Mutter vorbei in die Küche, ein junger Mann, vielleicht dreiundzwanzig. Hatte sie sich verkalkuliert, und die EDV des Präsidiums hatte schon Alarm geschlagen?

Der Beamte versuchte, sie freundlich anzuschauen, was ihm nicht ganz gelang. Sie konnte die Anspannung in seinem Gesicht erkennen.

«Worum geht es denn?»

Er legte ihr das Durchsuchungsprotokoll vor die Nase. «Würden Sie das bitte unterschreiben?»

«Nein, warum sollte ich?»

«Nun ja, äh, ich dachte ...» Er sah sich unsicher um, wurde rot.

Jana schluckte eine Bemerkung herunter. Sie wollte ihren Unmut nicht an dem überforderten Polizisten auslassen. Wahrscheinlich hatte irgendein Vorgesetzter ihm das Papier in die Hand gedrückt und ihm befohlen, sich die Unterschrift bei Frau Fäller zu holen, von der es nun mal zwei gab.

«Meine Mutter ist die Eigentümerin des Hauses, sie muss

unterschreiben. Aber ich schaue gerne rüber, ob das Formular korrekt ausgefüllt ist.»

Der Beamte sagte nichts, starrte nur auf die Fliesen.

«Wo sind die beschlagnahmten Gegenstände?», fragte Mutter sanft, die das Gespräch mitgehört hatte.

«Hier entlang», sagte der Polizist, ohne sie anzusehen.

Der würde noch an seinem Selbstbewusstsein arbeiten müssen, wenn ihn so eine Kleinigkeit schon aus der Bahn warf. Jana folgte den beiden. Sie gingen ins Esszimmer, der Beamte zeigte auf drei graue Plastikkisten und stellte sich neben ihnen auf.

«Ich lese vor, und du kontrollierst, Mama, okay?»

«So machen wir es.» Sie seufzte. «Wann bekommen wir die Sachen wieder zurück?»

Der Polizist räusperte sich. «Sobald das Verfahren beendet ist. Ausgenommen davon sind Beweise, die asserviert werden müssen.»

«Und welche Sachen sind das?», fragte Mutter leicht gereizt.

«Die Waffe und, äh, das kommt darauf an.»

Ein weiterer Beamter betrat das Esszimmer, ein Polizeihauptkommissar, drahtig, um die vierzig. Er zeigte mit dem Daumen auf die Tür. «Abmarsch, ich übernehme.»

Der junge Beamte zog mit hängenden Schultern ab.

«Sorry für den Anfänger, der ist gar nicht so übel, nur ein bisschen neben der Spur heute. Kann jedem passieren. Bitte, fahren Sie fort.»

Jana las vor: «Drei Fotoalben.»

«Die sind hier», sagte Mutter leise. «Die habe ich angelegt. Das tut ganz schön weh, dass fremde Menschen einfach in unseren privaten Dingen rumschnüffeln.»

Der Polizeihauptkommissar nickte. «Das kann ich gut

verstehen. Würde mir genauso gehen. Ich hoffe, Sie verzeihen mir, ich habe keine Wahl.»

Mutter sah ihn an, lächelte. «Das tue ich.»

Der Polizist lächelte warm zurück.

Tatsächlich gab es Beamte, die selbst nach unzähligen Dienstjahren den Respekt vor der Privatsphäre der Menschen nicht verloren hatten. Dieser gehörte dazu.

«Vielen Dank, das macht uns die Sache leichter.» Jana zog die Liste zurate. «Zwölf Notizbücher.»

«Ach Bernd», murmelte Mutter. «Was hast du da drin alles versteckt?»

Jana war sich sicher, dass ihr Vater keine Mordpläne aufgezeichnet hatte oder irgendetwas, das darauf hinwies, dass er jemanden umgebracht hatte. Wenn, hätte er alles schon längst vernichtet.

«Sechs Ordner mit Kontoauszügen und sonstigen Unterlagen.» Elin und ihre Leute würden prüfen, ob von Vaters Konto ungewöhnliche Beträge abgegangen waren oder ob er Geld erhalten hatte, dessen Herkunft unklar oder verdächtig war. «Das war's.»

Auf den ersten Blick war das nicht viel, aber bis alles gesichtet war, würde einige Zeit ins Land gehen. Falls Küppersbusch das überhaupt zuließ. Wahrscheinlich genügte ihm eine oberflächliche Durchsicht, und dann Deckel drauf und fertig. Jana reichte Mutter das Protokoll, sie unterschrieb, der Beamte bedankte sich, ließ alles nach draußen bringen und in einem Streifenwagen verstauen.

Die Durchsuchung galt als abgeschlossen, der Rest der Mannschaft zog ab, jetzt waren sie bis auf die Spurensicherung allein. Der Fundort der Waffe musste genau untersucht und dokumentiert werden. Deshalb durften sie den Keller noch nicht betreten.

Sie standen im kleinen Flur, zwischen den Fotos an der Wand und all den Dingen, die an ihren Vater erinnerten. Jana nahm die Hände ihrer Mutter. «Ich werde beweisen, dass Papa unschuldig ist. Dafür muss ich etwas Dringendes erledigen, Mama. Kommst du klar?»

«Wie willst du das anstellen, Kind? Die Beweise sind erdrückend. Wer immer uns das angetan hat, ist ein böser und hinterhältiger Mensch. Die Falle ist zugeschnappt.»

«Nach vierunddreißig Jahren? Ich glaube nicht, dass es eine Falle war.»

Kannte sie ihren Vater gut genug? Er hatte Dinge getan, von denen sie keine Ahnung gehabt hatte. Er hatte gelogen, einen wehrlosen Menschen verletzt und bedroht. Alles war unklar, nichts ergab Sinn.

Sicher war nur eins: Indem sie das Foto gefunden und Elin gegeben hatte, hatte sie genau das getan, was ihre große Befürchtung gewesen war: die Büchse der Pandora geöffnet. Und die ließ sich nicht mehr schließen.

TAG 4

– MONTAG –

ESSEN, OSTVIERTEL
––– GEGENWART

Tim wälzte sich aus dem Bett. Seine Gedanken drehten sich im Kreis. Bernd Fäller der Mörder von Rudolf Mergent? Wie ging das zusammen? Er hatte Janas Vater noch kennenlernen dürfen. Er war ein gutmütiger Mann mit einem großen Horizont und klaren Werten gewesen. Mord hätte gegen alles gesprochen, was Bernd Fäller für richtig gehalten hatte. Tim stellte sich unter die Dusche, sein Körper fühlte sich an wie nach einem Besäufnis. Er musste den Kopf klar kriegen. Er machte sich einen Gemüse-Smoothie und einen doppelten Espresso. Der Morgen war warm, die Sonne ging gerade auf. Er warf sich hinters Steuer und fuhr ein Stück aus der Stadt raus, ins Grüne. Er musste nachdenken, und er musste wissen, was es mit der Waffe auf sich hatte. Er ließ den Polizeifunk laufen, dachte über die verschiedenen Möglichkeiten nach, landete aber immer wieder bei Jana.

Das alles war furchtbar für Jana. Sie musste an ihrem Vater zweifeln, die Tatsachen ließen keinen anderen Schluss zu. Gut für Repsen. Damit war der Bürgermeister aus der Schusslinie, was den Mord anging. Verdammt! Jana musste sich elend fühlen. Was würde sie tun? So wie er sie kennengelernt hatte, würde sie alle Hebel in Bewegung setzen, um die Wahrheit herauszufinden, wie immer sie aussehen mochte.

Tim wusste nichts über Bernd Fällers Vergangenheit, aber er wusste, dass jeder eine Leiche im Keller hatte. So wie Anna Mergent. Das spürte er. Er musste alles über sie und ihren Mann erfahren. Aber vorher musste er mit Jana sprechen. Sie brauchte Hilfe, auch wenn sie es sich nicht eingestehen würde. Kurz entschlossen wählte er ihre Nummer. Das Freizeichen ertönte sieben Mal. Dann hörte er ihre Stimme und lächelte. Es war schön, sie zu hören.

«Tim, was willst du?» Sie klang nicht wütend oder verbittert oder verstimmt, aber auch nicht gerade erfreut. Neutral, das traf es am besten.

«Ich habe Gerüchte gehört, dass die Tatwaffe im Haus deiner Eltern gefunden worden ist.»

«Du hörst noch immer den Polizeifunk ab?»

Jana würde ihn niemals verpetzen. «Ich bin Journalist.»

«Das weiß ich nur zu gut.» Die Spitze traf ihn, aber er schluckte den Schmerz runter. «Also, was willst du?»

«Dir meine Hilfe anbieten. Eine Zusammenarbeit. Mir ist klar, dass du die Unschuld deines Vaters beweisen musst. Aber das schaffst du nicht alleine. Und ich auch nicht.»

Jana schwieg. Tim dachte schon, sie hätte aufgelegt, als sie weitersprach.

«Okay. Du hast recht. Unter einer Bedingung.»

Tim war klar, was sie von ihm erwartete, sein schlechtes Gewissen würde nie aufhören, ihn zu quälen. «Story nur mit deiner Erlaubnis.»

«So ist es. Wenn nicht, lernst du mich von einer ganz anderen Seite kennen.»

Jana sagte das vollkommen ruhig, umso weniger zweifelte Tim an ihren Worten. «Ich schwöre dir, dass ich mich daran halte.»

Wieder dauerte es einen Moment, bis sie antwortete.

«In zwanzig Minuten bei mir. Ich habe die Ermittlungsakten. Bring dir was zu essen mit und eine Menge Zeit.»

«Du hast die Ermittlungsakten?»

«Halt keine Volksreden, Tim.»

Sie legte auf, er startete den Motor und gab Gas.

Zwanzig Minuten später stand er vor ihrer Tür, klingelte, spürte Nervosität und dieses seltsame Ziehen im Magen. Deshalb hatte er sich nichts zu essen mitgebracht. Er hätte nichts zu sich nehmen können. Die Gegensprechanlage meldete sich.

«Wer ist da?», fragte Jana.

«Tim.»

Der Summer brummte, er drückte die Tür auf, stieg die Treppe hinauf, spürte sein Herz schneller schlagen. Er hatte Jana seit seinem Rausschmiss nicht mehr gesehen. Ihre Wohnungstür stand einen Spalt offen, er trat in den Flur, Erinnerungen an die wunderbare Zeit mit ihr stürzten auf ihn ein, doch er wurde durch ein grollendes Miauen aus den Gedanken gerissen. Vor ihm saß eine Katze, so groß wie ein kleiner Hund, und schaute ihn vorwurfsvoll an. So ein Quatsch. Das bildete er sich nur ein.

Jana trat aus der Küche. «Das ist Cat. Sie ist normalerweise zahm. Nur bei Leuten, die sie nicht mag, könnte sie ihre Krallen ausfahren.»

Sie ist wie du, dachte Tim, hütete sich aber, es auszusprechen. «Hallo, Cat, freut mich, dich kennenzulernen.» Unwillkürlich musste er an Gandalf aus *Herr der Ringe* denken, als er dem Balrog den Weg versperrte mit den Worten: «You shall not pass! – Hier kommst du nicht vorbei!»

Cat streckte sich, warf ihm noch einen misstrauischen Blick zu und verzog sich ins Wohnzimmer.

«Prüfung bestanden?»

Jana schaute Cat hinterher. «Zumindest vorläufig. Komm, ich zeige dir die Akten, wir haben keine Zeit zu verlieren.» Sie hielt inne und musterte ihn.

«Kaffee?»

«Gute Idee.»

Jana ging vor, Tim betrat die Küche, die sich nicht verändert hatte, seit er das letzte Mal hier gefrühstückt hatte. Auf dem Glastisch standen ein Laptop und ein Tablet, beide sahen aus wie neu. Jana machte sich an der Kaffeemaschine zu schaffen, er packte seinen Laptop aus, der deutliche Gebrauchsspuren zeigte und dessen Bildschirm eine Reinigung vertragen könnte. So war es von Anfang an gewesen. Jana, perfekt bis ins Detail, immer. Ihre Kleidung, ihre Wohnung, ihre Computer, ihr Schreibtisch, ihre Unterlagen, ihre Küche und jetzt auch ihre Katze. Nichts stand herum, aber dennoch war ihr Zuhause nicht steril. Es bot Raum für Ruhe, aber auch für Kreativität. Kaffeeduft stieg ihm in die Nase. Frisch gebrüht, eine herbe Bohne.

Sie stellte ihm eine Tasse hin. Seine Tasse. Jana hatte sie nicht weggeworfen.

«Du willst keinen?»

«Ich bin aufgedreht genug.»

«Kein Wunder. Das ist echt krass. Muss schrecklich für dich sein.» Was Jana gerade geschah, konnte einen echt umhauen.

«So ist es. Danke. Jetzt aber zu den Fakten. Du kannst ins Internet, ich habe die Passwörter nicht geändert. Die Akten liegen in meiner Cloud, ich habe dir einen Link geschickt.»

Tim fuhr seinen Rechner hoch, er loggte sich automatisch in Janas Router ein, öffnete sein E-Mail-Postfach, das wie immer überquoll, suchte Janas Mail, klickte auf den Link. Der Ordner öffnete sich, Tim holte tief Luft. Jana wusste, dass sie sich strafbar machte, dass sie einiges riskierte. Im schlimmsten Fall konnte sie ihr Renommee als Gutachterin verlieren. Kein Gericht würde ihr noch Aufträge geben.

«Dafür brauchen wir Wochen.»

«Aber nicht die KI, die mir alles raussucht, was relevant ist. Ich muss ihr nur die Parameter geben.»

«Du nutzt eine KI?»

«Ja.»

Tim wartete noch eine Sekunde, aber Jana würde nicht mehr dazu sagen. Sie hatte eine KI. Punkt.

«Okay. Was ist relevant?»

«Das weiß ich noch nicht ganz genau. Wir sollten zuerst unser Wissen austauschen, dann können wir es eingrenzen.»

«Guter Plan.» Tim lächelte. «Darf ich dir eine Frage stellen?»

Sie sah nicht vom Bildschirm auf. «Du darfst mich fragen, was du willst, wenn du mit den Antworten klarkommst oder damit, dass ich nichts sage.»

«Warum hast du so schnell zugesagt?»

Jetzt sah sie ihn doch an, schmunzelte. «Weil ich dich brauchen kann. Weil ich weiß, wie du arbeitest, weil ich weiß, dass du mir Informationen besorgen kannst, die mir sonst niemand besorgen kann.» Sie sah ihn einen Moment fast mitleidig an. «Wenn du glaubst, dass ich nachts wach liege, von dir träume und ins Kissen heule, liegst du definitiv falsch.»

Tim spürte, wie die Röte in sein Gesicht stieg. «Wunderbar. Das ist eine solide Basis.»

Jana verschonte ihn mit einer spitzen Bemerkung, obwohl sie allen Grund dafür gehabt hätte. Seine Frage war dumm gewesen. Eitel.

«Gut. Was weißt du?»

ESSEN, OSTVIERTEL
––– GEGENWART

Jana hörte Tim fast eine Dreiviertelstunde zu, machte sich Notizen.

«Das war's», sagte er. «Noch Fragen?»

«Vorerst nicht. Ich denke, ich fasse noch mal zusammen, damit du mir sagen kannst, ob ich alles richtig verstanden habe.»

«Gute Idee.»

Jana zog ihre Notizen zurate. «Repsen hat ein illegales Immobiliengeschäft durchgezogen. 1986 kauft er ein Grundstück mit einem abbruchreifen Geschäftshaus darauf für 200 000 Mark. Eine Stange Geld. Repsen ist da gerade 20. Am 19.10.1988 verkauft er an die Stadt und kassiert das Dreifache, 600 000 Mark. Eindeutig ein Insidergeschäft. Er muss gewusst haben, dass die Stadt das Grundstück erwerben wollte. Er tilgt den Kredit, zahlt Mergent 20 000 Mark, fünf Prozent Provision von Repsens Gewinn von 400 000 Mark. Mit dem Rest hat er sein Studium in England finanziert, das er zwei Monate nach dem Grubenunglück begonnen hat. Vorher verschwindet Rudolf Mergent, der ihm den Kredit über die 200 000 Mark verschafft hat. Hat Mergent ihn erpresst? Wollte er mehr, als sie vereinbart hatten? Wir wissen, dass Mergent ein Gierschlund war, der nicht genug bekommen konnte, und Repsen ebenfalls einiges an krimineller Energie besaß und vielleicht auch noch heute besitzt.»

Tim nickte bedächtig.

«Repsen ist erledigt, wenn das herauskommt. Die Frage ist: Können wir ihm einen Mord nachweisen? Er hätte es tun können. Die Beretta muss zwischen Anfang Dezember

1988 und Ende 1999 in meinem Elternhaus platziert worden sein.»

Tim runzelte die Stirn. «Woher willst du das wissen?»

«Meine Eltern sind erst Anfang Dezember 1988 dort eingezogen, vorher kann niemand die Waffe dort versteckt haben. Die Zeitspanne ab dem Einzug ist nur eine ungefähre Angabe, aber die Waffenforensiker haben schnell und gründlich gearbeitet. Die Beretta ist sehr gepflegt. Sie war in ein Öltuch eingewickelt und bestens gereinigt und geschmiert. Sie konnten analysieren, wann sie das letzte Mal geölt worden ist, und sie sind sicher, dass das nicht nach 1989 gewesen sein kann und die Waffe wahrscheinlich mindestens seitdem dort liegt. Repsen war in diesem Jahr komplett im Ausland. Aber die ersten zwei Wochen nach dem Einzug meiner Eltern war er noch da.»

«Eine kleine Lücke bleibt», stimmte Tim zu.

«Stimmt. Aber Repsen rutscht auf der Liste ein wenig nach hinten, zumindest, bis wir ein klares Motiv bei ihm sehen.»

«Das wir bei den Bergleuten haben.»

«So ist es.» Jana nickte. «Wir suchen den Täter im nahen Umfeld meines Vaters, zu dem Repsen nicht gehörte.»

«Jemand aus diesem Umfeld, der jederzeit Zutritt zum Haus gehabt hätte.»

Jana seufzte. «Alle hatten Zugang zu unserem Haus, sie alle haben geholfen, wenn es etwas zu reparieren oder auszubessern gab. So wie Werner. Ich habe ihn umfangreich befragt. Für mich scheidet er als Verdächtiger aus. Auch wenn er sich nicht erinnern kann. Er hat kein Motiv.»

«Okay. Immerhin einer weniger. Was soll ich tun?»

«Ich denke, Anna Mergent lügt. Finde heraus, was es ist.»

«Das war auch mein erster Eindruck.» Tim erinnerte sich

an das Gespräch mit ihr. «Ich glaube, sie lügt nicht, sie verheimlicht etwas. Wir haben noch nicht die richtigen Fragen gestellt, bei denen sie uns anlügen muss.»

«Und diese Fragen müssen wir finden. Lass uns loslegen.»

«Was ist mit Elin? Ist sie dabei?»

«Wir treffen uns gleich. Ich halte dich auf dem Laufenden.» Mehr musste Tim nicht wissen.

«Eins muss ich noch fragen.»

Jana hob nur die Augenbrauen.

«Ist die Theorie, dass jemand die Tatwaffe eines Mordes im Haus eines Freundes einmauert, wirklich plausibel? Wäre es nicht viel einfacher gewesen, die Waffe einfach verschwinden zu lassen? Für immer, in einem See oder, noch besser, tief im Berg?»

Jana kniff die Augen zusammen. Sie wusste, was Tim damit andeuten wollte, und er hatte recht. «Oder entspringt diese Theorie dem verzweifelten Wunsch, meinen geliebten Vater von seiner Schuld reinzuwaschen?»

ESSEN, ANATOLIENGRILL
--- GEGENWART

Elin betrat den Anatoliengrill, schaute sich um. Sie hatte Jana angesimst, ihr Ort und Zeitpunkt genannt, wann sie sich treffen sollten. Jana war noch nicht da, also setzte sie sich an den Tisch, der am weitesten von allen anderen stand, und bestellte einen türkischen Tee. Während sie das heiße Getränk Schluck für Schluck schlürfte und den Geschmack ihrer zweiten Heimat, Anatolien, genoss, ging sie alle Fakten durch, die sie und Holger in den letzten zwei Stunden erörtert hatten. Daraus hatte sich nichts Neues ergeben. Ein zentraler Bestandteil, der noch fehlte, war das Bewegungsprofil der Bergleute. Das konnte Deniz anlegen, eine gute Aufgabe für ihn. Das Problem war, dass die Erinnerungen der Kumpel natürlich verzerrt bis nicht vorhanden waren.

«Darf ich mich setzen?»

Elin schreckte auf. Jana stand vor ihr und lächelte sie an. Schnell erhob sich Elin, umarmte ihre Freundin. «Ich bitte darum.»

Sie setzten sich, Jana bestellte einen schwarzen Kaffee.

«Wie geht es dir? Wie geht es Franziska?»

«Den Umständen entsprechend gut. Sie ist eine Kämpfernatur.»

«So wie du.»

Sie nickte entschlossen. «Ich werde nicht aufgeben, bis ich bewiesen habe, dass Papa unschuldig ist.»

«Dafür haben wir nicht viel Zeit. Deinen Account musste ich bereits sperren. Ich hoffe, die Zeit hat gereicht?»

«Hat sie.»

«Die IT hat nichts gerafft.» Elin nahm ihre Teetasse und

schlürfte ein Schlückchen. «Aber Küppersbusch macht Druck. Er hat bereits die finalen Schritte eingeleitet, er wartet nur noch auf den Abschlussbericht und die Übergabe der Ermittlungsakten.»

Jana sah sie entgeistert an. «Wie soll das gehen? Der Fall ist noch längst nicht abgeschlossen.»

«Wem sagst du das. Damit lasse ich mich nicht abspeisen. Ich werde weiter ermitteln, egal, was Küppersbusch sagt.»

Jana schüttelte den Kopf. «Auf gar keinen Fall. Damit machst du dich angreifbar. Das kann dich den Job kosten.»

«So schnell geht das auch nicht. Wenn es rauskommt, krieg ich ein Disziplinarverfahren und einen Eintrag in meine Personalakte, die Chancen auf Beförderung schwinden zwar, was mich aber nicht weiter stört. Die werfen mich nicht raus.»

«Es sei denn, Küppersbusch und Repsen legen es drauf an. Der Bürgermeister mag dich nicht besonders, glaube ich.»

«Davon können wir ausgehen. Trotzdem. Ich lasse dich nicht im Stich. Du brauchst meine Hilfe, sonst hast du keine Chance.»

«Das ist lieb von dir, aber ich will nicht, dass du Ärger bekommst.»

Elin legte eine Hand auf Janas Hand. «Du gehörst zu meiner Familie, klar? Wir helfen uns. Keine Diskussion. Du würdest dasselbe für mich tun.»

«Auf jeden Fall, trotzdem …»

«Schluss jetzt», befahl Elin. «Wir können keine Zeit mit Treueschwüren und anderem gefühlsduseligen Kram vergeuden. Zuerst sollten wir unsere Strategie absprechen. Wir müssen aufpassen, dass Küppersbusch nicht mitbekommt, wenn ich dir Informationen aus meinen Ermittlungen zukommen lasse. Das könnte wirklich Ärger geben. Da du nicht mehr in den Fall einbezogen bist, wäre das Geheimnisverrat. Wir sprechen also nur noch direkt miteinander. Holger und ich nutzen die Zeit, die uns bleibt, um neue Zeugen aufzutreiben.»

«Da ist noch was, das du wissen solltest.» Jana rieb sich die Nasenwurzel. «Tim war bei mir.»

Elin zuckte zusammen.

«Keine Angst, ich mache denselben Fehler nicht zweimal.»

«Das will ich hoffen», sagte Elin. «Was wollte er?»

«Uns helfen.»

«Wie?»

«Er kommt an Informationen ran, die für uns nicht zugänglich sind. Auch für dich nicht. Du kennst ja seine Methoden.»

«Allerdings», sagte Elin. «Am liebsten würde ich ihn dafür einbuchten.»

Jana schmunzelte. «Das kannst du gerne tun, wenn wir ihn nicht mehr brauchen.»

«Okay, jetzt glaube ich dir etwas mehr, dass du mit ihm fertig bist.»

«Aber ich werde ihn nicht verpfeifen. Du musst ihn schon selber drankriegen.»

«Bedauerlicherweise müsste er dafür jemanden umbringen», sagte Elin und lachte kurz. «Den Gefallen wird er mir nicht tun.»

Jana hob einen Zeigefinger. «Genug gescherzt. Ich rede mit den Bergleuten. Mir werden sie alles sagen, was sie wissen.»

«Wir treffen uns morgen um dieselbe Uhrzeit hier und tauschen uns aus. Bis dahin Funkstille. Okay?»

«So machen wir es.»

ESSEN, SONNENKLINIK
——— GEGENWART

Jana schloss die Tür hinter sich, das Schloss war unversehrt, der Klebstreifen, den sie unsichtbar außen an Tür und Zargen geklebt hatte, war intakt. Anscheinend hatte Melzer aufgegeben, oder sie hatte sich alles nur eingebildet. Letzteres wäre ihr am liebsten.

Sie zog ihre Schuhe aus, Cat rieb den Kopf an ihrem Bein und schnurrte, was das Zeug hielt. Sie wollte den Schlüssel aufhängen, und genau in diesem Moment traf sie der Gedankenblitz. Sie erstarrte mitten in der Bewegung, Cat sah sie erschrocken an und drückte sich dann so kräftig an ihre Waden, dass sie fast umfiel. Jana beugte sich zu ihr hinunter, strich ihr über den Rücken. Sie ließ sich auf den Rücken plumpsen, streckte alle viere von sich. Jana verstand, kraulte ihr den Bauch. Niemand sonst durfte das. Sie hätte jedem anderen alle zwanzig Krallen in den Arm geschlagen und kräftig zugebissen.

Jana hatte alle Termine für heute abgesagt, auch den Termin bei Siegfried für die Supervision. Das musste warten. Nach dem Treffen mit Elin war sie nach Hause gefahren, hatte darauf geachtet, ob sie jemand verfolgt, aber sie hatte niemanden ausmachen können.

«Ich weiß jetzt, was ich machen muss, Cat. Aber vorher will ich auf Nummer sicher gehen.»

Sie fütterte die KI, ließ sie das Ermittlungsmaterial scannen und alle Personen heraussuchen und priorisieren, die die Möglichkeit gehabt hatten, die Waffe zu verstecken, und die ein Motiv und die Gelegenheit gehabt hatten, den Mord zu begehen. Die Liste umfasste insgesamt 83 Namen. Sieben davon in der Wahrscheinlichkeitsstufe 1, alle anderen waren als eher unwahrscheinlich gekennzeichnet.

Sie machte sich frisch, zog sich um, versprach Cat, bald wieder zu Hause zu sein, rief bei Werner an, der erfreut war, sie so bald wiederzusehen. Sie machte sich auf den Weg. Ob er immer noch erfreut wäre, wenn sie ihm ihren Plan erklärte, war fraglich.

Werner begrüßte sie herzlich, als sie sein Zimmer betrat. «Was treibt dich hierher? Ich habe dich erst morgen erwartet.»

Sie drückte ihn. «Ich wollte nach dir sehen. Und ich habe noch ein paar Fragen.»

Er nickte. «Es ist schön warm. Sollen wir in den Park gehen?», schlug er vor, und Jana willigte ein.

Sie gingen ein Stück schweigend nebeneinanderher, Werner zeigte auf eine Bank. Sie setzten sich, Jana genoss den Moment der Ruhe, das Zwitschern der Vögel und das Rascheln des Laubes in den Bäumen, träumte von einer oder zwei Wochen auf den Kanarischen Inseln, wo der ewige Frühling herrschte. Von Gomera, schwarzem Sand, Palmen und Cocktails zum Sonnenuntergang. Sie spürte bleierne Müdigkeit, rieb sich die Augen, wartete, bis ihr Blick wieder klar wurde. Sie stutzte.

Sie hatte etwas rascheln gehört, in dem Gebüsch, das auf der anderen Seite der Wiese an den Wald angrenzte, etwa 20 Meter vor ihnen. Jana fokussierte ihren Blick. Jemand kauerte dort. Eine Gestalt, ein Mann wahrscheinlich, geduckt, dunkel gekleidet.

Und er hielt etwas in der Hand. Es sah aus wie eine Pistole.

Jana sprang auf, stieß Werner an, schrie: «Wir müssen weg hier, sofort!»

Werner sah sie einen Moment verständnislos an, dann verstand er, sprang auf, folgte ihr.

«Lauf zickzack!», schrie Jana über die Schulter.

Sie rannten davon, schlugen Haken wie der Hase, der vor dem Habicht flieht, bis sie die ersten Gebäude der Sonnenklinik erreichten, stießen eine Tür auf, flüchteten sich in einen Lagerraum, Jana knallte die Tür zu und verriegelte sie.

«Was zum Teufel ist denn los, Jana?», fragte Werner, völlig außer Atem.

«Hast du ihn denn nicht gesehen? Im Gebüsch? Er hatte eine Waffe!» Sie wischte sich den Schweiß von der Stirn, schloss die Augen, ihr Puls hämmerte, sie konzentrierte sich darauf, ihn zu beruhigen. Langsam senkte sich die Schlagzahl ihres Herzens. Sie öffnete die Augen.

Werner schüttelte den Kopf. «Ich habe niemanden gesehen. Vor allem keine Waffe.»

Jana war sich sicher, dass sie sich nicht getäuscht hatte. Der Mann war nur zwei oder drei Sekunden sichtbar gewesen. Sie atmete tief ein und aus, versuchte, sich zu beruhigen. War es nicht spätestens jetzt an der Zeit, die Polizei einzuschalten? Aber was könnten die tun? Werner hatte nichts gesehen, es gab auch sonst keine Zeugen, es war nicht geschossen worden, es gab keine Spuren, nichts. So war es leider oft bei Stalkern. Opfer wurden nicht ernst genommen. Erst wenn es zu spät war, griff die Polizei ein.

Oder hatte sie sich doch getäuscht? Die Zweifel nagten an ihr. Am besten war es, noch vorsichtiger zu sein und sich Melzer vorzunehmen, sobald der Mord an Rudolf Mergent aufgeklärt war. Wenn er es gewesen war, der ihr aufgelauert hatte, wusste er jetzt, dass sie gewarnt war.

Sie straffte sich, versuchte, sich zusammenzureißen, merkte, wie sich ihr Körper beruhigte.

«Wahrscheinlich hast du recht.»

Er sah sie von der Seite an. «Jana, ich kenne dich ein Leben lang. Du gehörst nicht zu denen, die sich was einbilden. Irgendwas war da.» Er rieb sich das Kinn. «Ich habe die Sendung gesehen. War es dieser Melzer?»

Jana hatte Werner eindeutig unterschätzt. Sie zögerte. «Könnte sein, ich weiß es nicht genau.»

Werners Blick war ernst. «Wenn du Hilfe brauchst, du weißt, wir sind da. Melzer wäre nicht der Erste, den wir zur Ordnung rufen.»

«Das weiß ich, und es kann sein, dass ich auf euch zurückkomme. Erst mal brauche ich aber nur deine Hilfe. Es ist nicht ungefährlich.»

«Wunderbar. Mir wurde schon langweilig hier. Die Klinik ist großartig, und ich werde Professor Maibaum ewig dankbar sein. Aber auf Dauer fällt mir die Decke auf den Kopf.»

«Das können wir ganz schnell ändern.»

«Dann raus damit, Jana. Was soll ich tun?»

Sie erläuterte ihm ihren Plan. Als sie geendet hatte, atmete Werner tief durch.

«Das ist in der Tat ein Ritt auf der Rasierklinge.»

«Du musst das nicht machen.»

Werner grinste. «Das weiß ich. Aber ich will es machen.»

«Dann lass uns aufsitzen.»

ESSEN, RÜTTENSCHEID
––– GEGENWART

Tim saß zu Hause an seinem Schreibtisch, er hatte Wintersturm kurz auf den neuesten Stand gebracht, der nach dem Gespräch den Zahlenmenschen aus der Vorstandsetage berichten musste. Er konnte ihnen gute Nachrichten überbringen: Die Auflage war in den letzten sechs Monaten um zwölf Prozent gestiegen, die Werbeeinnahmen um acht.

Zuerst hatte sich Tim die Krankenakte von Anna Mergent besorgt. Das war kein Problem gewesen. Einige Leute von der Krankenkasse waren redselig und vor allem eitel. Gegen einen kleinen Artikel über ihr Hobby oder den Kleingartenverein machten die fast alles. Ganz nebenbei erfuhr er auch, dass die Kripo die Akten ebenfalls angefordert hatte und ihr eine Kopie übergeben worden war. Wenn Elin die Daten in die Finger bekam, würde ihr sicherlich sofort alles auffallen, das seltsam erschien. Sie war eine hervorragende Spürnase.

Er ging die Krankheitsgeschichte von Anna Mergent durch. Mit siebzehn Mandeloperation. Recht spät und zu der Zeit gar nicht so ungefährlich. Die üblichen Geschichten. Grippe, eine Schnittverletzung, ein gequetschter Daumen, ein Beinbruch, beim Putzen von der Leiter gefallen. Bei der Gartenarbeit über den Gartenschlauch gestolpert. Hausfrau war ein gefährlicher Beruf. Im Haushalt starben dreimal so viele Menschen wie bei Verkehrsunfällen. Tim las weiter, stutzte. Dennoch. Anna Mergent hatte eine bemerkenswerte Serie, an deren Schluss die Fehlgeburt ihres Sohnes stand, nachdem sie die Kellertreppe hinuntergestürzt war. Das Muster war nicht zu übersehen. Immer wieder Brüche der Elle und Speiche. Abwehrverletzungen, Hämatome. Rippenbruch. Da war häusliche Gewalt im Spiel, ohne Frage. Sicher gab es Menschen, die jeden Unfall magisch anzogen, aber Anna Mergent hatte bis zu ihrer Hochzeit Sport getrieben: Kunstturnen. Also verfügte sie über einen außerordentlich guten Gleichgewichtssinn, schnelles Reaktionsvermögen und eine sehr stabile Kondition. Das ging auch aus einem Bericht des Hausarztes hervor, der der Akte beilag. Aber wozu dieser Bericht? Tim gab den Namen des Arztes bei Google ein. «Dr. med. Andreas Berendt.» Es dauerte 0,23 Millisekunden, bis die Ergebnisse erschienen. Gott sei Dank kein Nachruf. So wie es aussah, lebte Berendt noch. Es dauerte nur einige Momente, bis Tim seine Adresse und seine Telefonnummer gefunden hatte. Er tippte die Zahlen ein, sein Herz schlug schneller, er spürte, dass er an einem Faden zog, an dem einiges dranhing. Das Freizeichen ertönte sechsmal, dann meldete sich eine Stimme, die für Tim nicht zu einem fast Achtzigjährigen passte, eher zu einem energischen Mann in den Fünfzigern.

«Berendt hier.»

Tim schüttelte seine Irritation ab. «Guten Tag, Herr Dr. Berendt. Tim Harms ist mein Name. Ich arbeite für die *Neue Rhein-Ruhr-Zeitung* und schreibe einen Artikel über das Wandernde Dutzend. Darf ich Ihnen dazu ein paar Fragen stellen?»

«Ein Journalist, soso.» Berendt klang amüsiert. «Ich nehme an, Sie wollen etwas über Anna Mergent wissen. Und über ihren Ehemann. Mir ist zu Ohren gekommen, dass er tot ist. Erschossen. Man hat ihn zusammen mit den anderen Bergleuten gefunden, nicht wahr?»

Berendt war gut informiert. «So ist es.»

«Das habe ich in Ihrer Zeitung gelesen.»

«Wunderbar. Dann haben Sie ja sicher meinen Namen gesehen.»

«Tim Harms. Woher soll ich wissen, dass Sie der sind, der Sie vorgeben zu sein?»

«Sie können gerne in der Redaktion anrufen.»

Einen Moment herrschte Stille. Tim hielt es für besser, vorerst nichts zu sagen. Berendt überlegte sicherlich, wie er sich verhalten sollte, ob er überhaupt etwas mit den Medien zu tun haben wollte. Die Stille dehnte sich. Vielleicht brauchte Berendt doch einen kleinen Stupser. Oder den großen Haken.

«Rudolf Mergent hat seine Frau geschlagen, nicht wahr?»

Entgegen Tims Erwartung antwortete Berendt sofort. «Wir machen das so: Ich komme zu Ihnen. Wenn ich denke, dass ich Ihnen vertrauen kann, rede ich. Was sagen Sie?»

Tim zögerte nicht. Etwas Besseres konnte ihm kaum passieren. Er gab seine Adresse durch.

«Ich bin in einer Viertelstunde bei Ihnen. Laufen Sie nicht weg.» Er lachte rau, legte auf.

Das liebte Tim an seinem Beruf. Immer wieder wurde er überrascht. Berendt war straight und tough. Hoffentlich war er kein Angeber, der sich aufplustern wollte. Während er wartete, studierte Tim Anna Mergents Krankenakte weiter, vertiefte sich, die Zeit verflog. Es klingelte. Tim öffnete. Vor ihm stand ein schlanker Mann, zweifellos Dr. Berendt. Man sah ihm sein Alter nicht an. Tim reichte ihm die Hand.

«Dr. Berendt, wie schön, dass Sie Zeit für mich haben, bitte treten Sie ein, nehmen Sie Platz.» Er zeigte mit der anderen Hand auf seinen Küchentisch aus Eichenholz, für den er eigenhändig Bretter zugesägt hatte. Ein befreundeter Schreiner hatte daraus ein echtes Design-Möbelstück gezaubert.

Berendt drückte seine Hand fest. «Gerne, Herr Harms.»

«Kaffee? Tee? Ein Bier?»

«Gegen ein kühles Blondes hätte ich nichts einzuwenden.»

Wieder eine Überraschung. Tim hatte Berendt eher in die Tee-Fraktion eingeordnet.

Er reichte ihm ein Stauder und ein Glas, er selbst nahm sich Orangensaft, damit er klar im Kopf blieb.

«Danke, ich trinke aus der Flasche.» Berendt öffnete die Flasche, setzte an, stöhnte genüsslich. «Haben Sie einen Presseausweis?», fragte er unvermittelt.

Tim zog ihn aus seinem Geldbeutel, legte ihn auf den Tisch.

Berendt griff zu, musterte ihn, nickte, legte ihn zurück. «Was soll das werden? Eine Sensationsgeschichte oder die Wahrheit?»

«Weder noch.»

Diesmal hatte Tim anscheinend Berendt überrascht.

«Was dann?»

«Ich kann Ihnen nur so viel sagen, dass ich ein großes Unrecht verhindern will.»

«Wie ritterlich.»

Berendt glaubte ihm kein Wort, das sah Tim ihm an. «Dr. Berendt, ich weiß nicht, was ich tun kann, damit Sie mir glauben.»

Berendt nahm noch einen Schluck. «Überhaupt nichts. Ich versuche nur, das Risiko abzuschätzen, falls Sie mich ausnutzen.»

«Im schlimmsten Fall würde ich Ihre Aussagen gegen Ihren Willen verwenden. Was halten Sie davon: Wir schneiden das Gespräch mit, jeder mit seinem Handy. Ich werde klipp und klar machen, dass alles, was Sie sagen, vertraulich und nicht zur Veröffentlichung bestimmt ist.»

«Wenn Sie es doch tun, ist es zu spät.»

Tim legte sein Handy auf den Tisch. «Richtig, aber dann können Sie mir erhebliche Schwierigkeiten machen. Sie können mich verklagen, mein Chefredakteur würde mir die Hölle heißmachen, und vielleicht würde mich der Presserat sogar rügen. Das ist für einen Journalisten äußerst unangenehm. Das kann seine Karriere beenden.»

Berendt beugte sich vor. «Herr Harms, mir geht es um eine Sache. Anna Mergent darf keinen Schaden nehmen. Sie darf nicht bedrängt werden, sie darf in den sozialen Medien nicht erscheinen.»

«Ich kann nicht mehr tun, als Ihnen in die Hand zu versprechen, wenn Sie wollen, auch zu schwören, dass ich Anna Mergent aus allem heraushalten werde. Aus allem, das ich beeinflussen kann.» Diesen Schwur würde Tim halten, koste es, was es wolle.

Berendt sah Tim eine Weile in die Augen, zückte sein Handy, legte es auf den Tisch und schaltete die Diktierfunktion ein. Tim startete ebenfalls seine Aufnahme, wiederholte sein Versprechen und leistete einen Eid darauf.

Berendt leerte seine Flasche, Tim stellte ihm die nächste hin, der ehemalige Arzt nahm einen tiefen Schluck.

«Ich kenne Anna Mergent, seit sie ein Kind war. Seit dem Verschwinden ihres Mannes ist der Kontakt allerdings abgerissen.» Er massierte sich die Nasenwurzel, schien zu überlegen, bevor er weitersprach. «Sehen Sie, früher war es so, dass die Hausärzte die Familien sehr gut kannten. Sie glauben nicht, was ich bei Hausbesuchen alles erfahren habe. Ganz abgesehen davon, wie es in den Häusern und Wohnungen ausgesehen hat, ob sie gepflegt waren oder verwahrlost, habe ich die Menschen kennengelernt. Ich wusste, wer wo arbeitet, ob die Leute damit zufrieden waren oder nicht, ich wusste, ob das Geld knapp war, der Kühlschrank leer oder voll. Mir entging nicht, wie Eltern mit ihren Kindern umgingen und wie Eheleute zueinander standen. Ich kannte von allen Familienmitgliedern die Blutgruppe.» Er holte tief Luft. «Anna und Rudolf Mergent hatten eine, heute würde man sagen, toxische Beziehung. Sie war eine Schönheit, das wusste sie, und natürlich wusste Rudolf Mergent das ebenfalls. Viele Männer hätten sich gerne auf ein Schäferstündchen mit ihr getroffen. Mit Sicherheit ist es einem gelungen.»

Tims Herz setzte für einen Moment aus. Das war der Knaller! «Sie hatte eine Affäre?»

«Ob es eine Affäre war, weiß ich nicht, ich weiß nur, dass ihr drittes Kind nicht von ihrem Mann war.»

«Woher?»

«Es ist so banal. Die Blutgruppe. Es konnte nicht sein. Die Eltern hatten beide Blutgruppe A. Das dritte Kind AB, Rhesusfaktor negativ.» Berendt trank. «Sparen Sie sich die Frage. Anna Mergent kam nach dem Sturz zu mir. Sie verlor Fruchtwasser; als ich sie untersuchen wollte, kam es zu heftigen Wehen und der Fehlgeburt. Das Kind war nicht zu retten.»

Tim sah einen wässrigen Glanz in Berendts Augen, und er musste eingestehen, dass ihn Anna Mergents Schicksal ebenfalls nicht kaltließ. Ein Kind zu verlieren musste furchtbar sein.

«Ich habe Anna erstversorgt und den Krankenwagen gerufen. Bevor sie abtransportiert wurde, habe ich sie gefragt, wie es dazu kam, dass sie die Treppe hinuntergestürzt ist. Sie hat mich nur traurig angesehen.»

«Rudolf Mergent hat sie gestoßen, nicht wahr?», folgerte Tim.

«Davon ist auszugehen.» Berendt schüttelte resigniert den Kopf. «Wie oft habe ich ihre Verletzungen behandelt und ihr geraten, die Polizei zu rufen. Oder sich an ein Frauenhaus zu wenden. Aber sie hat immer wieder behauptet, ihr Mann habe nichts mit ihren Verletzungen zu tun. Ich war machtlos.»

Tim verabscheute Gewalt gegen Frauen zutiefst. Er musste nachfragen. «Woher haben Sie die Blutgruppe des Kindes?»

«Das Kind kam in meiner Praxis auf die Welt.» Er holte tief Luft. «Ich habe den Fötus konserviert. Für den Fall, dass Anna ihn vielleicht doch begraben wollte.»

«Sie wollte aber nicht.»

«Nein.»

Tim witterte eine Spur, eine Wendung, spürte, dass Repsen wieder mit im Spiel war. Er hatte Anna Mergent mindestens gut gekannt. Er war jung gewesen und wild, ohne große moralische Skrupel. Er hätte nicht Nein gesagt, wenn Anna Mergent sich offen gezeigt hätte, mit ihm zu schlafen.

«Wo ist der Fötus jetzt?»

«Im gerichtsmedizinischen Institut. Ich habe ihn zu Untersuchungszwecken gespendet. Anonym.»

«Ohne die Erlaubnis von Anna Mergent?»

«Ja.» Mehr sagte Berendt dazu nicht, und das war auch nicht nötig.

Tim wurde ganz kribbelig. Die nächste Frage entschied, ob das hier wirklich der große Schritt war, auf den er hoffte. «Kann man aus dem Fötus DNA extrahieren?»

«Aber ja. Ich habe zur Konservierung die FFPE-Methode angewendet. Formalin und Paraffin. Ist seit über hundert Jahren in Gebrauch. Es ist ein bisschen aufwendig, die DNA herauszukitzeln, aber das dürfte für ein modernes Labor kein Problem sein.»

Tim sah aus dem Fenster, begriff, was er gerade gehört hatte. Es war bei dem Mord an Rudolf Mergent nicht um

Geld gegangen, sondern um das älteste Motiv überhaupt: Liebe, Eifersucht, Rache. Fragte sich nur, woher Tim die DNA von dem Mann bekommen sollte, dem er den Mord von jetzt an am ehesten zutraute: Bürgermeister Torben Repsen.

ESSEN, OSTVIERTEL
––– GEGENWART

Alles musste echt wirken, keiner durfte auf die Idee kommen, Jana spielte ihnen etwas vor. Sie hatte vierzig Buletten bei Millie bestellt, ein kleines Fass Stauder gekauft und sich eine Zapfanlage für zu Hause gemietet. Den Kartoffelsalat machte sie selber, nach Mamas Rezept. Cat schaute sie misstrauisch an.

«Was ist?», fragte Jana. «Keine Sorge, ich lade niemanden ein, der dir Konkurrenz machen könnte. Ich habe es dir bewiesen. Tim ist wieder weg. Es kommen nur Bergleute. Alle älter als fünfzig.»

Cat räkelte sich, strich um Janas Beine, rieb ihren Kopf an Janas Waden, sprang auf die Arbeitsfläche und ließ sich neben der Schüssel mit dem Kartoffelsalat nieder. Wer immer Cat erzogen hatte, war ein Katzenkenner gewesen und hatte klare Vorstellungen davon gehabt, wie sich eine wohlerzogene Katze verhalten sollte. Jana hätte Cat mit den Buletten und dem Salat alleine lassen können. Sie hätte weder das eine noch das andere angerührt. Sie wusste genau, was ihr gehörte. Dazu zählten ihr Kratzbaum, ihre Ecke auf dem Sofa mit der Kamelhaardecke, ihr Fressnapf, der Schrank voller Katzenfutter und natürlich Jana.

Sie erwartete um sechs Uhr die sieben Bergleute, die damals ungehindert Zugang zu ihrem Elternhaus gehabt hatten, bei denen es also nicht aufgefallen wäre, wenn sie sich eine Zeit lang im Keller aufgehalten hätten, wenn sonst niemand im Haus war. Ihre Eltern hätten jedem sofort die Schlüssel anvertraut: Oliver Hünenkamp, Wolfgang Kepler, Florian Theiss, Heinz Kokoschinski, Friedel Hoffmann, Kurt

Weber und Hartmut Meier, der nach seiner Entlassung gar nicht wusste, wohin mit seinen Gefühlen. Er hatte sie angerufen und ihr tausendmal gedankt, schließlich hatte er Jana seine Freilassung zu verdanken. Und ihr gleichzeitig versichert, dass er nicht eine Sekunde daran glaube, dass ihr Vater der Mörder sei, und dass er bereit sei, alles zu tun, um ihr zu helfen.

Keiner der Kumpel glaubte das. Deshalb waren sie so kurzfristig ihrer Einladung gefolgt, um ihr alles zu erzählen, was sie wussten. Auch das, was sie der Polizei vielleicht nicht auf die Nase gebunden hatten.

Es klingelte. Jana drückte die Gegensprechtaste.

«Wir sind es!»

Jana erkannte Olivers Stimme. «Wunderbar. Kommt hoch.»

Sie öffnete die Tür, hörte das Getrappel der Schuhe. Ein gutes Gefühl. Wenn sie Hilfe brauchte, waren sie da. Ihr Vater hatte das genauso gehandhabt, hatte Millies Freiheit beschützt, war zu allem bereit gewesen. Doch Jana musste aufpassen, nichts von den Bergmännern zu verlangen, das sie in Schwierigkeiten bringen konnte. Deswegen hatte sie ihnen auch nichts davon erzählt, dass sie Melzer im Verdacht hatte, sie zu stalken, und er eventuell sogar plante, sie zu ermorden. Sie hätten ihn durch den Fleischwolf gedreht, und vielleicht hatte Melzer ja gar nichts damit zu tun, vielleicht bildete sie sich ja nur ein, dass er sie verfolgte.

Cat stellte die Ohren auf, die Kumpel traten ein, allen voran Oliver, der Jana einen riesigen Blumenstrauß in die Hand drückte.

«Ihr verrückten Kerle», sagte Jana und lachte. «Das wäre doch nicht nötig gewesen. Wo soll ich denn eine Vase hernehmen, in die diese Blumen passen?»

Hartmut Meier trat vor, hob seinen rechten Arm, in der Hand hielt er die passende Vase. Jana war sprachlos. Aber eigentlich war das zu erwarten gewesen. Bergleute machten keine halben Sachen, und sie kannten sie gut, hatten gewusst, dass sie Blumen liebte, und alle Eventualitäten bedacht.

Jana strahlte über das ganze Gesicht. «Ich danke euch vielmals. Die Blumen sind wunderschön, die Vase ist genau mein Geschmack. Na los, kommt rein, steht nicht so verlegen rum, setzt euch, ein Bierchen?» Sie zeigte auf die Zapfanlage. «Florian, übernimmst du das?»

«Geht klar. Irgendjemand, der keins will?» Niemand meldete sich. «Na dann.»

Florian zapfte, was das Zeug hielt, die Kumpel setzten sich, Jana versorgte die Blumen, tischte auf. Als jeder seinen Humpen hatte, erhob sich Oliver.

«Also Leute. Ich denke, ich muss nicht viel sagen. Heute gilt: Alle Karten auf den Tisch. Wir wissen, Bernd ist kein Mörder.»

«Alle Karten auf den Tisch», riefen alle gleichzeitig, hoben die Humpen, tranken, setzten sie ab.

Jana brachte die Kumpel auf den neuesten Stand der Ermittlungen, ließ jedoch das eine oder andere aus, um keine Erinnerungen zu verfälschen. Sie nahm ihnen das Versprechen ab, niemandem gegenüber zu erwähnen, dass sie diese Infos weitergegeben hatte. Cat sprang währenddessen auf den Schoß von Oliver, stupste ihn mit ihrem Kopf an, ließ sich ein wenig kraulen und ging dann zum Nächsten über, bis sie alle mit dem Zeichen ihrer Gnade beglückt hatte. Danach nahm sie ihren Platz auf der Couch ein, rollte sich zusammen und fiel sofort in tiefen Schlaf.

Die Kumpel tranken, bedienten sich an den Buletten, dem

Kartoffelsalat, lobten Janas Kochkünste ausgiebig. Schließlich waren sie fertig. Zeit, die Rede auf den Mord an Rudolf Mergent zu bringen.

«Okay», begann Jana. «Euch ist klar, worum es geht. Ich bitte euch, genau zu berichten, was ihr wisst. Lasst nichts aus. Es geht ungefähr um die zwei Wochen vor und zwei Wochen nach dem Unglück.» Sie setzte sich, deutete auf Wolfgang Kepler. «Bitte, fang an.»

ESSEN, ZECHE WILHELMSHÖHE, 13.10.1988
--- VERGANGENHEIT

Wieder geriet der ganze Zeitplan durcheinander. Vier Kumpel waren krank, eine Dieselkatze hatte mit einem unschönen Röcheln den Geist aufgegeben, und als würde das nicht ausreichen, hatten die Prospektoren mal wieder eine Niete gezogen. So langsam fragte sich Wolfgang, wofür die überhaupt bezahlt wurden. Es wäre billiger gewesen, einfach auf gut Glück ein paar Löcher in den Berg zu bohren, einen guten Kilometer tief, dann würden sie schon auf das nächste Flöz stoßen. Dafür waren sie schließlich ausgebildet. Löcher in den Berg bohren. Hunderte. In kürzester Zeit. Waagerecht und senkrecht. Und wo das Gestein sich weigerte, dem Bohrer aus dem Weg zu gehen, wurde es einfach weggeschossen mit Wettersprengstoff. Der zermahlte alles zu Staub.

In seiner Schicht arbeiteten acht Kumpel, den Steiger nicht mitgezählt. Kurt Weber gehörte dazu und Heinz Koschinski sowie der Schießmeister, einer vom alten Schlag, der sie anleitete.

Eigentlich hätten sie heute einen toten Streb mit einer gezielten Sprengung versiegeln sollen, aber dann hatten die Prospektoren die Aktion im letzten Moment abgeblasen, weil dort angeblich doch ein Flöz versteckt sei. Also waren sie zu Fuß zurück zum Füllort getrottet und hatten dort auf einen anderen Auftrag gewartet. Ganze zwei Stunden hatte es gedauert. Der Schießmeister hatte die Zeit genutzt, um die Arbeit mit den Zeitzündern noch mal genau zu beschreiben und ihnen einzuschärfen, dass der Wettersprengstoff eigentlich keine Methangasexplosion auslösen konnte. Das lag an seiner chemischen Zusammensetzung. Aber wenn es nur einen minimalen Fehler in der Mischung gab und genau da, wo der Fehler einen Funken erzeugte, gerade eine Methanblase war, dann konnte alles nach hinten losgehen. Damit meinte er nichts anderes als eine Methanexplosion, die eine Kettenreaktion auslöste, die ganze Stollensysteme zerstören konnte und alles, was sich darin befand. Deshalb achteten sie immer darauf, dass der Sprengbereich mit Explosionssperren vom Rest des Bergwerks abgetrennt war und dass keiner mehr unter Tage war, das verstand sich von selbst. Trotzdem. Man konnte nicht vorsichtig genug sein, betonte der Schießmeister.

Natürlich wussten sie das alles schon, sie hatten schließlich den Schießschein bestanden, aber lieber hundertmal wiederholt, als einmal einen Fehler gemacht, der einen Kumpel verletzen oder gar töten konnte.

Es gab einige Hersteller von Wettersprengstoffen, hier auf Zeche Wilhelmshöhe verwendeten sie Roburit-B, einen besonders sicheren Sprengstoff. Peinlich genau wurde über die Bestände und die Verwendung Buch geführt. Wer was aus dem Lager angefordert und erhalten hatte, wann und wozu es verwendet wurde. Die Bücher wurden regelmäßig geprüft, eine elende, langweilige zusätzliche Aufgabe, die alle mit Schießschein reihum nach der Schicht erfüllen mussten. Wolfgang hatte Glück, bis Ende des Monats war Florian an der Reihe. Der hatte heute allerdings frei.

Als kein neuer Auftrag kam, beschloss der Steiger kurzerhand, dass die Schicht eine Stunde früher zu Ende war. Dagegen hatte niemand etwas einzuwenden. Jeder hatte genug Überstunden, um die Fehlstunde auszugleichen.

Am nächsten Tag änderte sich alles. Wolfgang hatte Spätschicht, hatte mit einem Kumpel getauscht, der an diesem

Freitag mit seiner Freundin ausgehen wollte, die am nächsten Tag nach Bayern zu ihren Eltern musste.

Kurz nach Mitternacht riss ihn die Explosion von den Füßen, er verlor das Bewusstsein. Alles war still, schwarz. Leer.

Als er zu sich kam, sah er das Gesicht von Florian über sich. Er war der erste der Freiwilligen gewesen, die durch den Notschacht eingefahren waren, erfuhr Wolfgang später. Auch auf die Gefahr hin, sein Leben zu riskieren.

«Hast du Schmerzen, Wolfgang?»

Wolfgang stöhnte. «Ich fühle mich, als hätte ich mich stundenlang geprügelt. Jeder Knochen tut weh.»

«Kannst du deine Zehen bewegen?»

Er probierte es. «Ja, alles gut. Ich glaube, ich bin mit dem Schrecken davongekommen.» Er richtete sich auf. «Wo sind die anderen? Was ist passiert, gottverdammmich?»

«Schlagwetter. Kohlenstaub. Vielleicht durch Funkenschlag von herabfallendem hartem Gestein. Vielleicht auch eine defekte elektrische Installation. Wir wissen es nicht. Jetzt schaffen wir dich erst mal hier raus.»

Wolfgang konnte kaum denken. Eine Schlagwetterexplosion, das war heftig, so ein Vorfall endete mit hoher Wahrscheinlichkeit tödlich. Das Glücksgefühl, überlebt zu haben, kribbelte in seinem ganzen Körper.

Florian half ihm in die Dahlbuschbombe, die Rettungskapsel, die mit 38,5 Zentimetern so eng war, dass nicht jeder hineinpasste. Ab einem Brustumfang von 120 Zentimetern war Schluss. Wolfgang hatte Gott sei Dank nur knapp hundertzehn zu bieten. Er quetschte sich hinein, Florian verschloss die Rettungskapsel, er spürte den Ruck, hörte das Knarzen und Ächzen, fühlte den Luftzug. Die Kapsel konnte nur langsam hochgezogen werden, nach scheinbar endlosen

10 Minuten flutete plötzlich Licht herein, sie wurde abgesetzt und geöffnet. Applaus brandete Wolfgang entgegen.

Ein Mann der Grubenwehr reichte ihm die Hand. «Gratuliere, Kumpel. Du hast es geschafft. Als Erster.»

ESSEN-KRAY, SPEDITION ESSEN-TRANS
––– GEGENWART

Elin zog sich in ihr Büro zurück, um kurz mit Dirk zu telefonieren. Er ging sofort ran, sie genoss seine warme Stimme.

«Na, wie sieht's aus? Habt ihr den Mörder?» Er machte eine winzige Pause. «Wahrscheinlich nicht, sonst würdest du nicht anrufen. Wie stehen die Chancen, dich in diesem Jahr noch mal zu sehen?»

«Schlecht», antwortete Elin. «Wenn es ein Cold Case wird, dann werde ich wohl hier in mein kleines gemütliches Büro ziehen müssen.»

«Hauptsache, du hast Internet, damit wir zoomen können.»

Sie lächelte. «Ich sehne mich nach dir, Dirk.»

«Das will ich sehr hoffen. Ich liebe dich, weißt du das?»

«Aber ja. Sobald der Fall erledigt ist, fahren wir eine Woche lang, wohin du willst. Paris. Oder London.»

«In die Berge. Wandern. Alpen oder Pyrenäen. Von Hütte zu Hütte. Aber eher zwei Wochen.»

Zwei Wochen waren eine lange Zeit. «Zehn Tage?»

Dirk räusperte sich. «Wie im Basar. Okay, aber unter einer Bedingung. Kein Handy. Kein Internet. Digital Detox.»

«Okay. Abgemacht.»

«Ich nehme dich beim Wort, Elin Akay. Und ich freue mich wahnsinnig darauf. Ich liebe dich. Habe ich dir das schon gesagt?» Er lachte.

«Ich liebe dich auch.»

Sie legte auf, auch wenn sie noch gerne mit Dirk geplaudert hätte.

Die Zeit lief ihr davon. Küppersbusch wollte den Bericht,

wollte die Akte schließen, endgültig. Sie hatte ihn vertröstet, aber das ging nicht mehr lange gut.

Elin nahm sich die Daten des Einwohnermeldeamtes über die Nachbarn der Mergents im Jahr 1988 vor. Es gab nur eine Person, die zu dieser Zeit dort gewohnt hatte und nicht verstorben war. Sigrid Volland. Damals war sie erst 5 Jahre alt gewesen. Eine schwierige Zeugin. Aber einen Versuch war es wert, denn ansonsten hatte sie keine neuen Hinweise gefunden.

Sigrid Volland hatte Karriere gemacht, sie war Prokuristin bei einer der größten Speditionen Essens, der Essen-Trans, die europaweit agierte. Elin hatte ihr erklärt, worum es ging, sie war gerne bereit zu helfen. Um ihr Unannehmlichkeiten zu ersparen, hatte Elin sich bereit erklärt, zu ihr in die Firma zu kommen, Holger blieb im Präsidium und durchforstete mit Deniz die Bewegungsprofile und die bisherigen Ermittlungsergebnisse nach jedem noch so kleinen Ansatzpunkt, den sie vielleicht übersehen hatten.

Das Gelände der Essen-Trans lag günstig am Autobahndreieck Essen-Ost, die Ladebuchten waren von 1 bis 63 durchnummeriert, die Büros thronten in einem modernen Beton- und Glasbau direkt am Eingang.

Der Pförtner kontrollierte Elins Personalien und ihren Dienstausweis, dann konnte sie weiterfahren und auf einem der Besucherparkplätze ihren Wagen abstellen. Im Bürogebäude gab es eine Anmeldung, doch es war gar nicht nötig, dass Elin sich dort meldete. Sigrid Volland, gut an ihrem Namensschild zu erkennen, kam auf sie zu und reichte ihr die Hand.

«Frau Akay, bitte, folgen Sie mir.»

Sigrid Volland hatte einen kräftigen Händedruck, sie trug ein kurzes tiefblaues Top, ihre Arme waren sehnig, muskulös und gebräunt, ebenso ihre Beine, die ein schwarzer Rock freigab. Die zierlichen Füße steckten in rehbraunen Pumps.

Sie führte Elin in einen lichtdurchfluteten Besprechungsraum, ausgestattet mit jeder erdenklichen Technik, einer Küchenzeile mit Kapselkaffeemaschine und einem Kühlschrank, der so gut ins Design eingepasst war, dass Elin ihn erst erkannte, als Sigrid Volland ihn öffnete und ihr eine Fassbrause servierte. Sie setzten sich an den großen Besprechungstisch.

«Ich danke Ihnen vielmals, dass Sie Zeit für mich erübrigen», begann Elin. «Es wird auch nicht lange dauern. Wie gesagt. Es geht um das Jahr 1988. Damals wohnten Sie mit Ihren Eltern neben Anna und Rudolf Mergent. Ist Ihnen da etwas Spezielles in Erinnerung geblieben?»

Sigrid Volland hob den Blick, überlegte einen Moment. «Ich habe die fragliche Zeit rekapituliert, meine Eltern nach den genauen Daten gefragt. Die waren mir als Kind nicht bewusst. Es ist lange her, ich war fünf, wurde im Dezember sechs. Aber ich erinnere mich tatsächlich noch an ein paar Dinge im Oktober dieses Jahres, vor allem an den 13.10. und den 17.10.»

Das war erstaunlich. Hoffentlich waren es keine eingepflanzten Erinnerungen. Dennoch schöpfte Elin Hoffnung. Wenn sich Sigrid Volland an diesen Tag erinnerte, musste etwas Besonderes vorgefallen sein, das in ihrem Gedächtnis Spuren hinterlassen hatte. Natürlich konnte es etwas sein, das nichts mit dem Fall zu tun hatte. «Woran erinnern Sie sich?»

«Ich hatte schlecht geträumt in der Nacht vom 13. auf den 14. Ich bin wach geworden, habe aus dem Fenster geschaut. Ich hatte Angst, dass im Garten Monster sein könnten, ich hatte dort schon öfter welche gesehen.» Sie lachte leise.

«Aber da war nichts. Dafür habe ich etwas anderes gesehen, das ich nicht begriff. Erst Jahre später ist mir klar geworden, warum ich es damals nicht verstanden hatte, warum ich es nicht hatte einordnen können.»

«Was war es?»

«Vor dem Haus der Mergents stand ein Kohlelaster. Aber anstatt etwas abzuladen, lud ein Mann, den ich nicht erkennen konnte, etwas auf. Zwei Teppiche, Müllsäcke und Kohlensäcke. Mitten in der Nacht, das fand ich damals schon merkwürdig. Ich dachte, dass er die Kohlen bestimmt schon abgeladen hatte und jetzt noch ein bisschen Sperrmüll mitnahm. Einschlafen konnte ich dann trotzdem nicht mehr, und ich bekam Fieber. Deswegen musste ich am nächsten Tag auch nicht in die Schule.»

Elin wurde heiß. Sigrid Volland konnte recht haben, und es handelte sich wirklich um eine harmlose Hilfsaktion der Bergmänner, die Mergents Müll entsorgten. Nur dass zu dieser Zeit wohl kaum ein Bergmann den Mergents auch nur Guten Tag gesagt hätte.

«Was war am 17.10.?»

«Die Polizei war da und hat gefragt, ob wir was gesehen hätten in der letzten Zeit. Ich habe den Polizisten erzählt, dass ich in der Nacht zwar keine Monster gesehen hätte, aber einen Kohlenlaster. Die haben mich ausgelacht.»

Elin seufzte. Zu oft nahmen Streifenbeamte Aussagen nicht ernst, mit denen sie nichts anfangen konnten. Erst recht, wenn es Kinder waren, die etwas beobachtet hatten.

«Wie gesagt, später habe ich dann verstanden, was mich so irritiert hatte – abgesehen von der Uhrzeit. Die Mergents hatten eine Ölheizung. Die brauchten gar keine Kohle. Was also fingen sie mit Kohlensäcken an? Mit achtzehn war ich noch mal bei der Polizei. Ich war mir sicher, dass Rudolf Mergents Leiche in einem der Säcke gewesen war. Oder im Teppich eingerollt. Dasselbe Ergebnis. Die lachten mich aus.»

Es war ein weit verbreiteter Missstand, dass viele Kollegen nur sahen, was sie sehen wollten, oder im Wust der Spuren und Aussagen Hinweise falsch gewichteten. Sigrid Vollands Aussage war damals von größter Bedeutung gewesen und genauso heute. Ein klares Indiz, dass Rudolf Mergent wahrscheinlich zu Hause ermordet worden war. Ein Beweis war es nicht, es würde nicht einmal für einen Durchsuchungsbeschluss reichen. Anna Mergent konnte behaupten, sie wisse nichts von einem Kohlelaster, sie habe Schlaftabletten genommen und sich die Ohren zugestopft, sie konnten ihr nicht das Gegenteil beweisen. Nur wenn es Elin gelang, ihr etwas zu entlocken, das sie lieber verschweigen wollte, indem sie ihr auf den Kopf zusagte, was sie verheimlichte, bestand die vage Möglichkeit, dass Anna Mergent Dinge preisgab, die einen Staatsanwalt dazu brachten, einen Durchsuchungsbeschluss zu erwirken.

Sigrid Volland nickte abschließend. «Ich glaube, das war alles.»

Elin stand auf. «Ich danke Ihnen vielmals. Sie haben mir sehr geholfen.»

Sigrid Volland erhob sich ebenfalls. «Das freut mich. Tun Sie mir einen Gefallen? Halten Sie mich auf dem Laufenden?»

Elin schüttelte ihr die Hand. «Ich werde Ihnen alles sagen, was ich Ihnen sagen darf. Einverstanden?»

«Danke. Ich bringe Sie raus.»

Elin gelang es, noch etwas Small Talk zu führen, während Sigrid Volland sie zur Tür begleitete. Doch in ihrem Kopf arbeitete es.

Sie ging zum Auto, stieg ein, steckte das Handy in die

Halterung und aktivierte die Freisprechanlage, fuhr vom Gelände, und kaum war sie auf der Bundesstraße, wählte sie Holgers Nummer, setzte ihn in Kenntnis und bat ihn, zu veranlassen, dass Anna Mergent überwacht wurde. Noch waren die Ermittlungen nicht abgeschlossen, noch konnte Elin Maßnahmen anordnen. Sie legte auf, und sofort meldete sich ihr Handy. Die Nummer verriet, dass Professor Lüderitz am Apparat war.

«Frau Akay, grüße Sie. Es gibt Neuigkeiten. Sitzen Sie?»

«Ja, hinter dem Lenkrad.»

«Ich weiß, Sie sind so schnell nicht zu erschüttern. Aber ich bitte Sie dennoch. Fahren Sie rechts ran.»

Elin holte tief Luft. Sie war doch kein Rookie. «Schon gut, Professor. Nur raus damit. Wenn ich in den Graben fahre, sind nicht Sie schuld.»

«Wir haben, bis auf ein paar kleine Knochen, alle Skelettteile zusammen von den dreizehn Leichen. Es grenzt an ein Wunder, aber anscheinend haben sich die Leichen immer innerhalb eines begrenzten Raums mit dem Schutt mitbewegt. Vielleicht in einem alten Mann. Wer weiß? Jede Menge Textilreste sind ebenfalls aufgetaucht. Wir haben alles gründlich untersucht auf so ziemlich jede Chemikalie. Sie wissen ja, ich bin penibel. Wissen Sie, was wir gefunden haben?»

«Ja, natürlich weiß ich das.»

«Wie bitte? Woher ...»

«Ich weiß es natürlich nicht.»

Der Professor räusperte sich. «Oh, ah, sehr witzig.»

«Also, raus damit.»

«Reaktionsüberreste von Roburit-B.»

«Bitte, Professor Lüderitz.» Elin spürte, dass ihr Geduldsfaden gefährlich dünn war.

«Roburit-B ist ein Wettersprengstoff. Der könnte den großen Knall damals ausgelöst haben. Unsere Opfer waren in der Nähe, aber nicht so nah, dass sie von der Explosion direkt getroffen wurden. Deshalb auch nur Spuren der Reaktionsüberreste. Aber das ist nicht alles. Wir haben Fragmente eines Zeitzünders gefunden. Gute Bergbauqualität. Die 34 Jahre haben den Bauteilen nicht viel anhaben können.»

Elin wurde von einem Hochgefühl überspült. Mit einem Mal war klar, was damals zu der großen Katastrophe geführt hatte. Wer immer die Sprengung ausgelöst hatte, wusste genau, was zu tun war, damit er sich nicht selbst in die Luft sprengte. Er muss den Zeitzünder so eingestellt haben, dass er rechtzeitig vor der Explosion wieder über Tage war. Ob es nun Absicht gewesen war oder nicht. Wer immer die Sprengung ausgelöst hatte, trug seit 34 Jahren eine Last auf den Schultern, schwer wie der Berg selbst. Sie stellte sich gerade Küppersbuschs Gesicht vor, wenn er erfuhr, dass sie jetzt nicht mehr in *einem* Fall von Mord ermittelten, sondern in dreizehn Fällen.

ESSEN, OSTVIERTEL
––– GEGENWART

Jana hatte Kepler aufmerksam zugehört, doch nichts deutete darauf hin, dass er etwas zur Aufklärung des Mordes beitragen konnte.

Er nahm noch einen Schluck, wischte sich den Schaum vom Mund. «Ich verstehe bis heute nicht», sagte er, «warum der Repsen als Held gefeiert wurde und nicht du, Florian.»

«Ich wollte nicht. Was ich getan habe, war selbstverständlich. Hätte ich es nicht getan, wäre ich ein Feigling gewesen. Die sind an mich herangetreten, die von der Presse, und wollten mit mir eine große Story machen, aber ich habe denen gedroht, dass ich sie verklage, wenn ich auch nur ein Wort von mir lese. Die waren echt hartnäckig, aber irgendwann haben sie aufgegeben.»

«Echt jetzt?» Oliver sah Florian entgeistert an. «Davon hab ich nichts mitbekommen.»

«Kein Wunder, du hast ja mit dir selbst genug zu tun gehabt», erklärte Jana. Sie warf einen Blick auf Hartmut Meier, der still und in sich gekehrt vor seinem Teller saß und gerade seine letzte Bulette auf die Gabel spießte. Er hatte nur zwei Tage im Gefängnis verbracht, doch selbst diese kurze Zeit hatte Spuren hinterlassen. Das Gefühl, der Haft vollkommen ohnmächtig ausgeliefert zu sein, die Vorstellung, den Rest des Lebens unschuldig in einer solchen Zelle zu verbringen, konnte ein schweres Trauma nach sich ziehen.

«Hartmut», sagte sie leise. «Alles klar bei dir?»

Er blickte auf, kaute, schluckte. «Geht so.» Die anderen wandten sich ihm zu, er legte die Gabel weg. «Ich weiß nicht, was schlimmer ist. Dass die mich eingesperrt haben oder dass Bernd ein Mörder sein soll. Beides ist so ...» Er rang nach Worten. «Beides ist einfach Quatsch.»

Die anderen murmelten zustimmend.

Jana konnte ihm nur recht geben. Aber beweisen konnte sie es nicht. Noch nicht. «Ihr wisst ja, worum es geht. Kann sich irgendwer von euch noch an etwas Wichtiges erinnern? Irgendein Hinweis, der auf den wahren Täter deuten könnte?»

Kurt spielte mit seiner Gabel. «Jana, es tut mir leid, aber es ist einfach zu lange her. Mir geht es wie Oliver. Nach dem Unglück war ich mit mir beschäftigt. Es hat fast vier Monate gedauert, bis ich wieder einfahren konnte.» Er sah die anderen an. «Ich glaube, ich war der Einzige, der zu einem Psychologen gegangen ist.» Er grinste verlegen. «Nicht ganz freiwillig. Meine Freundin hat mir die Hölle heißgemacht, hat gedroht, mich zu verlassen, wenn ich das nicht mache. Sie hat gesagt, sie wolle nicht mit einem in einem Bett liegen, der jeden Moment wegen so einer traumatischen Geschichte ausflippen könne.»

«Da hat sie nicht ganz unrecht. Eine posttraumatische Belastungsstörung kann unerwartete Reaktionen zur Folge haben», erklärte Jana.

Kurt zeigte mit der Gabel auf sie. «Im Nachhinein war ich ihr dankbar. Ohne die Therapie hätte ich es nicht geschafft.»

«Hätte mir vielleicht geholfen», sagte Hartmut.

«Es ist nie zu spät. Versuch's einfach mal», ermunterte ihn Kurt. «Vielleicht kann dich so ein Psychoklempner wieder einnorden.»

Jana war sich sicher, dass Hartmut Unterstützung brauchte. Sobald die Sache hier erledigt war, sobald ihr Vater rehabilitiert war, würde sie mit ihm reden und ihm ihre Hilfe anbieten. Sie hatte zu vielen Kolleginnen einen guten Draht und könnte sicher kurzfristig einen Platz für ihn bekommen.

Falls er nicht doch der Täter war. Sie konnte keinen ausschließen. «Sonst noch jemand?»

Heinz lehnte sich zurück. «Die Zeit nach dem Unglück ist mir noch gut im Gedächtnis. Weil ich dem Tod gerade so von der Schippe gesprungen war, habe ich jeden Tag viel intensiver gelebt und alles sehr genau und penibel gemacht. Ich bin in den Fuhrpark gewechselt. Habe dort erst mal aufgeräumt, dafür gesorgt, dass alle Fahrzeuge gewartet und alle Aufzeichnungen auf den neuesten Stand gebracht wurden. Also, da herrschte jetzt nicht das totale Chaos, aber es gab schon einiges zu tun. Bei einigen Lastern war das Fahrtenbuch nicht korrekt geführt, für einen Laster fehlte es komplett. Das kam immer mal wieder vor, ich hab mir nichts dabei gedacht, den Verlust notiert und ein neues angelegt. Die Fahrer waren nicht begeistert, dass ich jede Kleinigkeit prüfte, der Steiger schon. Mit der Zeit hat sich alles wieder eingeschliffen, und ich habe nur zu den Jahrestagen an das Unglück gedacht.» Er überlegte einen Moment. «Seit fünfzehn Jahren ist es nur noch ein Termin im Kalender. Keine Trauerfeier, nichts. Eigentlich eine Schande.»

Jana kommentierte Heinz' Auffassung nicht. Trauer hatte eine Funktion, und wenn die nicht mehr gegeben war, war es richtig, sie aufzugeben, um nicht unnötig in der Vergangenheit zu bleiben und dem Schmerz zu viel Raum zu bieten. Gedenktage ließen Personen oder Erlebnisse trotzdem nicht in Vergessenheit geraten.

Ihr Handy meldete sich. «Werner», sagte sie zu den Kumpeln. «Da muss ich rangehen.» Sie ging ein paar Meter vom Tisch weg, hob ab.

«Werner, hallo, wie geht es dir?»

«Ich bin bereit.»

Wunderbar. Er hielt sich an den Plan. Jetzt musste sie

Überraschung vortäuschen, damit niemand auf die Idee kam, dass sie eine Absprache hatte. «Wirklich? Jetzt sofort? Ich habe Gäste.» Sie machte eine entschuldigende Geste. «Unaufschiebbar. Na gut, wenn du meinst. Ich hole dich ab. Bis gleich.»

Sie legte auf, blickte in die Runde. «Es tut mir leid, aber Werner erinnert sich. Er will mit mir unter Tage, denn er glaubt, dass ihm dort alles wieder einfällt. Er hat den Täter gesehen, weiß nicht mehr genau, wann, kann sich noch nicht an sein Gesicht erinnern. Wir hoffen, dass dadurch, dass er das Unglück noch mal durchlebt, sein Gedächtnis zurückkehrt. Dr. Maibaum und ich haben mit ihm trainiert, ihn zu dem Zeitpunkt zurückgeführt, aber bisher ...» Sie holte Luft. «Drückt die Daumen. Wir fahren in Ludwig V ein, auf Sohle sechs. Da ist alles, was wir brauchen, damit Werner die Reise ins Jahr 1988 machen kann.»

«Wie ist das möglich? Habt ihr eine Zeitmaschine?», fragte Wolfgang. Er schaute Jana skeptisch an.

«Erinnerungen können verschüttet sein», erklärte sie, «so tief, dass sie unserem Bewusstsein nicht mehr zugänglich sind. Indem wir in der Zeit zurückgehen und Impulse geben, die mit dem Erlebnis in Verbindung stehen, kommen diese verschütteten Erinnerungen wieder hervor. Sie werden ausgegraben, Schicht für Schicht. Am Ende fehlt nur noch ein kleiner Schubser. In diesem Fall ist es die Seilfahrt. Das funktioniert nicht immer, bei Werner könnte es wirken.» Sie gab vor, einen Moment nachzudenken. «Nein, nicht könnte. Ich bin mir sicher, dass es bei Werner wirkt.»

Wolfgang nickte. «Großartig. Ich bin gespannt, was dabei herauskommt.»

Das war Jana auch. Und sie war gespannt, ob sie die Sache mit heiler Haut überstehen würde.

Sie verabschiedete die Kumpel, die sich bei ihr bedankten und ihr versicherten, sollte sie Hilfe brauchen, sie wären sofort zur Stelle. Jana war dankbar für das Angebot. Aber bei dem, was sie tun musste, konnte ihr niemand helfen.

ESSEN, POLIZEIPRÄSIDIUM
––– GEGENWART

Das Büro des KK 11 hatte sich bereits weitgehend geleert. Elin hatte die Soko aufgelöst, wie Küppersbusch befohlen hatte. Die Enttäuschung war allen ins Gesicht geschrieben gewesen, aber einige waren auch froh, wieder zu normalen Zeiten zu arbeiten. Der Bereitschaftsdienst hatte sich wie immer installiert und wartete auf den ersten Fall.

Elin hatte zum sechsten Mal Küppersbuschs Nummer gewählt, und endlich ging er ran.

«Frau Akay. Ist der Bericht fertig?»

«Haben Sie es nicht gehört? Die Explosion, bei der die Bergleute ums Leben gekommen sind, ist vorsätzlich ausgelöst worden. Wir müssen die Ermittlungen wieder aufnehmen im Fall Rudolf Mergent.»

«Müssen wir nicht.»

Küppersbusch schien in einem anderen Universum zu leben als sie.

«Was soll das heißen?» Sie kochte vor Wut.

«Das heißt, Frau Akay, dass wir es mit zwei verschiedenen Fällen zu tun haben und daher mit zwei verschiedenen Tätern. Der eine ist der Mord an Rudolf Mergent. Bernd Fäller ist überführt, er ist verstorben. Das Verfahren ist und bleibt eingestellt. Der zweite Fall ist der mutmaßliche Mord an zwölf Bergleuten. Die Ermittlungen gegen Unbekannt laufen. Finden Sie sich damit ab. Bernd Fäller ist der Mörder von Rudolf Mergent.»

«Das ist nicht Ihr Ernst. Das ist jenseits jeglicher kriminalistischer Vernunft.» Die Spuren, Indizien und Zeugenaussagen ließen nur eine Schlussfolgerung zu. Der Mörder von

Rudolf Mergent wollte sein Opfer auf Nimmerwiedersehen verschwinden lassen. Deshalb hatte er Mergent hinunter auf Sohle sieben geschafft und die Explosion ausgelöst, versehen mit einem Zeitzünder, um sich selbst in Sicherheit zu bringen. Doch so wie es aussah, war etwas schiefgelaufen und hatte zwölf Bergleuten das Leben gekostet.

«Liebe Frau Akay.» Küppersbusch atmete hörbar ein und aus. «Sie segeln gerade hart am Wind. Ihre Reaktion zeigt, dass Sie nicht unbefangen sind. Insofern war es die richtige Entscheidung, die weiteren Ermittlungen ans LKA abzugeben. An Stefanie Eschenbach.»

Für einen Moment war Elin sprachlos. «Warum das LKA, verdammt noch mal?»

Holger und Deniz warfen ihr einen warnenden Blick zu. Elin war so laut geworden, dass auch die Kollegen an den anderen Schreibtischen die Köpfe hoben.

Es war nicht ratsam, einen Oberstaatsanwalt anzuschreien, aber das war Elin im Moment gleichgültig. Sie war dermaßen wütend auf Küppersbusch und seine Ignoranz, dass sie ihn wahrscheinlich gewürgt hätte, wäre er leibhaftig anwesend.

«Weil wir davon ausgehen, dass es bei der Sprengung um eine politisch motivierte Tat geht», sagte er vollkommen ruhig.

«Politisch motiviert? Sind Sie von allen guten Geistern verlassen? Mit der Sprengung sollte die Leiche von Rudolf Mergent für immer im Berg begraben werden. Nichts sonst. Politisch motiviert. Ich bitte Sie! Wir reden hier von ein und demselben Täter! Und es ist nicht Bernd Fäller.»

Holger hob beschwichtigend eine Hand, aber Elin blitzte ihn nur böse an. Noch einmal würde er ihr das Telefon nicht wegnehmen.

«Jetzt hören Sie mir mal gut zu, Frau Akay. Ich warne Sie. Halten Sie sich ab jetzt raus aus allem, was mit dem Wandernden Dutzend und Rudolf Mergent zu tun hat. Sollten Sie sich nicht daran halten, bekommen Sie richtig Ärger. Da können Sie drauf wetten.»

Ohne ein weiteres Wort unterbrach Küppersbusch die Verbindung. Elin starrte ihr Handy an, als sei es eine giftige Schlange. Am liebsten hätte sie es an die Wand geworfen, aber damit hätte sie sich nur selbst geschadet. Ihre Wut galt Küppersbusch. Und sich selbst, dass sie sich so vorführen ließ. Ihre Gedanken rasten. Was konnte sie noch tun, bevor sie öffentlich machen musste, dass Küppersbusch sie vom Fall abgezogen hatte?

«Deniz, wo ist die Liste der Personen, die damals Zugang zum Haus der Fällers gehabt haben könnten oder sicher gehabt haben?»

Mit einem Handgriff hatte er das Dokument und reichte es ihr. Er war ein wirklich guter Mann. Ob er zum LKA zurückgehen würde? Jetzt, wo die Eschenbach Oberwasser hatte?

«Danke.» Sie überflog die Liste, setzte sich an den Rechner, rief die Suchmaske auf. Noch hatte sie Zugriff auf die Akten. «Spreng*» gab sie ein. Damit suchte das System alles, was mit Sprengen zu tun hatte. Es dauerte nur einen Wimpernschlag, bis die Ergebnisse erschienen. Heinz Kokoschinski und Florian Theiss. Beide waren 1988 sprengberechtigt gewesen, sie hatten Zugang zum Lager, durften Sprengstoffe und Zünder entnehmen gegen Vorlage eines entsprechenden Auftrags, der wiederum vom Obersteiger genehmigt werden musste. Beide kamen also infrage, den Sprengsatz mit Zeitzünder platziert und die Zeit so eingestellt zu haben, dass bei der Sprengung, absichtlich oder unabsichtlich, mindestens 12 Menschen ums Leben kamen. Sie schickte das Ergebnis an Deniz und Holger.

«Wir teilen uns auf. Ihr fahrt zu Heinz Kokoschinski. Ich übernehme Florian Theiss. Die Durchsuchungsbeschlüsse reichen wir nach, Gefahr im Verzug.»

Keiner von beiden machte Anstalten aufzubrechen. Deniz stand auf, verschränkte die Arme vor der Brust.

«Für wie dämlich hältst du uns eigentlich?»

Elin biss sich auf die Zunge. «Ich weiß nicht, was du meinst», presste sie hervor.

Holger erhob sich, stellte sich neben Deniz. «Küppersbusch hat dir den Fall entzogen. Alles, was du jetzt machst, ist ein Verstoß gegen die Dienstordnung. Du verlässt den Pfad des Gesetzes.»

Elin kniff die Augen zusammen, öffnete sie wieder. «Nett formuliert. Aber Küppersbusch *hat* ihn längst verlassen, schon vergessen? Er manipuliert die Ermittlungen.»

«Das wirst du niemals beweisen können», sagte Holger und machte einen Schritt auf sie zu. «Elin. Willst du das wirklich? Küppersbusch sitzt am längeren Hebel. Er wird dich zerquetschen.»

«Das würde er gerne, aber wenn wir beweisen können, dass entweder Kokoschinski oder Theiss die Explosion absichtlich verursacht hat, um Mergents Leiche verschwinden zu lassen, dann zerquetsche ich ihn. Einer von den beiden muss Mergent und die Kumpel getötet haben. Kein anderer, der mit dem Fall zu tun hat, hatte Zugang zu Sprengstoff.»

Deniz stellte sich neben Elin. «Ich bin nicht Bulle geworden, um den Schwanz einzuziehen, wenn's mal ein bisschen rauer wird. Ich bin dabei.»

Elin war überrascht und erfreut zugleich. Sie hatte damit

gerechnet, dass Deniz ihr in den Rücken fallen würde. Doch er hatte sich dagegen entschieden. Und Holger?

Der schaute sie lange an, mahlte mit dem Unterkiefer. «Wenn es schiefgeht, wechseln wir in den privaten Sektor.»

Elin durchrieselte ein warmes Gefühl. Zwei Aufrechte an ihrer Seite. Was sollte da noch schiefgehen?

Alles, dachte sie. Alles konnte schiefgehen.

ESSEN, ZECHE LUDWIG V, SOHLE 6
--- GEGENWART

Jana hatte bewusst den späten Abend gewählt. Lüderitz und seine Leute arbeiteten so spät nicht mehr, die Spusi kam nur noch, wenn Lüderitz sie anforderte. Der Fahrsteiger hatte sich bereit erklärt, die Fahrt zu ermöglichen, schärfte ihnen aber ein, den Füllort nicht zu verlassen, denn die Strecken, die von dort abgingen, waren nicht gesichert. Außerdem sollten sie sich beeilen, denn seine Schicht war in einer Stunde zu Ende. Jana hatte ihm dieselbe Geschichte erzählt wie den ehemaligen Kumpeln, dass sie mit Werner einfahren würde, damit er sich erinnern konnte, und versprach, vorsichtig zu sein. Dass es ihre Chance war, endlich die Wahrheit zu erfahren. Das hatte den Fahrsteiger überzeugt.

Rasselnd schloss sich das Gitter hinter ihnen. Werner war vollkommen ruhig, Jana aber spürte ihre Nervosität. Was sie hier machte, war ein Himmelfahrtskommando, sie wusste nicht, was passieren würde. Ob überhaupt jemand kommen würde und, wenn ja, ob er Mordgedanken in sich trug. Bis auf Pfefferspray hatte sie nichts, womit sie sich verteidigen konnte. Wäre es doch besser gewesen, Elin mit ins Boot zu holen? Aber was, wenn sie vollkommen danebenlag? Außerdem hätte Elin ihr wahrscheinlich eine Predigt darüber gehalten, wie gefährlich ihre Aktion war und dass das gar nicht ginge, und hätte sie daran gehindert. Und das durfte nicht sein. Vater war zu Unrecht des Mordes beschuldigt worden. Sie hatte es in der Hand, die Wahrheit herauszufinden und Küppersbusch davon abzuhalten, Vaters Andenken zu beschmutzen und Mutter damit zutiefst zu verletzen. Im Berg würde sie die Wahrheit herausfinden, das spürte sie.

Der Käfig blieb mit einem Ruck stehen, die Gitter flogen zur Seite, Jana machte einen Schritt in den Füllort auf Sohle sechs, sah sich um. Niemand zu sehen. Doch das hieß nichts. Sie ging hinter Werner her, ein Stück in den großen beleuchteten Raum hinein. In den zwei Strecken, die von hier abgingen, verlor sich das Licht nach zwanzig Metern. Wer dort in der Dunkelheit stand, war unsichtbar.

Sie mussten mit dem Theater anfangen, das sie vorher ausführlich besprochen hatten. Jana holte tief Luft. «Werner, bitte schließ die Augen.»

Werner hob leicht den Kopf und senkte seine Augenlider.

Jana legte ihm eine Hand auf den Rücken. Hokuspokus, aber das gehörte zur Show dazu. «Gut. Jetzt denke bitte an den 13.10.1988.»

Werner nickte.

«Jetzt verlass deinen Körper, so wie wir es geübt haben. Konzentriere dich ganz auf deinen Geist.»

Ein Zittern durchlief Werner, dann stöhnte er auf. An ihm war wirklich ein Schauspieler verloren gegangen.

«Was siehst du?»

Werner schwieg, wiegte den Kopf hin und her. Er machte das großartig. Jeder Außenstehende würde meinen, hier ginge eine Séance vonstatten. Eine Weile verstrich, in der Werner sich scheinbar seiner Vision hingab, Jana befürchtete schon, er würde es übertreiben, doch dann brachte er stotternd ein paar Worte hervor.

«Ich sehe einen Kohlelaster. Jemand lädt etwas ab. Aber das kann nicht sein. Es sind ein Teppich und ein paar Säcke, aber da sind keine Kohlen drin. Aus dem Teppich hängt etwas heraus. Ein Arm ...»

Jana übte leichten Druck auf Werners Rücken aus. Das hieß: langsam, nichts erfinden, nichts sagen, das nur der Täter wissen kann. Bleib allgemein, sodass man alles hineininterpretieren kann.

«Nein, doch nicht, ich kann es nicht richtig erkennen ...»

Jana atmete innerlich auf. Ein falsches Wort konnte dem Täter zeigen, dass sie nur Theater spielten.

«Gut, Werner. Kannst du das Gesicht sehen von dem, der da etwas auflädt?»

«Noch nicht. Warte. Er dreht sich um ...» Werner zuckte mehrmals zusammen, riss die Augen auf. «Das kann doch nicht wahr sein!» Er beugte sich zu Janas Ohr und flüsterte: «Da ist niemand.»

Jana schlug die Hände vors Gesicht. «Bist du dir sicher?»

«Absolut sicher», sagte Werner noch ein wenig schleppend, so als sei er gerade aus tiefem Schlaf erwacht.

«Wir müssen sofort die Polizei verständigen», sagte Jana. «Sie müssen ihn festnehmen ...»

«Das wird nicht passieren.»

Aus dem Dunkel der Strecke trat ein Schatten, zielte mit einer Pistole auf Werner. Jana erkannt sofort seine Stimme. Florian.

Noch vor einer Stunde war er bei ihr zu Gast gewesen, hatte gegessen, getrunken, mit ihr angestoßen, ihr in die Augen gesehen. Er musste sich höllisch beeilt haben, musste woanders eingefahren sein, um vor ihnen hier sein zu können.

«Verdammt, Werner, Jana.» Seine Stimme hallte im Füllort. «Warum habt ihr es nicht dabei belassen? Es ist vierunddreißig Jahre her. Bernd ist tot, dem tut es nicht mehr weh.»

Jana spürte Zorn aufwallen, unterdrückte ihn, denn das half ihr nicht weiter. «Aber mir und meiner Mutter. Mein Vater ist unschuldig.»

«Das mag sein. Dennoch. Er ist tot, ich lebe. Ich muss mich schützen.»

«Florian.» Werner ballte die Fäuste. «Ich gebe zu, um Mergent tut es mir nicht leid. Aber du hast zwölf Kumpel umgebracht. Dafür sollst du in der Hölle schmoren.»

«Ich glaube nicht an die Hölle. Aber ich denke jeden Tag an die Kumpel. Das war nicht beabsichtigt. Ich wusste nicht, dass die kurzfristig auf die andere Sohle geschickt worden waren. Als ich es gemerkt habe, war es zu spät. Der Zeitzünder tickte, ich hätte es nicht mehr geschafft. Also habe ich mein Leben riskiert, um dich und die anderen zu retten.»

Werner trat einen Schritt vor, ein Schuss krachte, Dreck und Betonsplitter spritzten vor ihm auf. Jana zuckte zusammen, fürchtete schon, dass eine mächtige Explosion folgen würde, aber hier unten gab es nichts mehr, was explodieren konnte. Das wusste Florian nur zu gut.

«Mach keinen Fehler», grollte er.

Werner blieb stehen, Hass funkelte in seinen Augen. Jana wurde klar, dass sie einen gewaltigen Fehler gemacht hatte. Sie hatte sich blenden lassen von ihrem Wunsch, ihren Vater zu entlasten, sie wollte mit dem Kopf durch die Wand, koste es, was es wolle. Das Schlimmste war, dass sie Werner mit hineingezogen hatte. Lebend würden sie hier nicht rauskommen.

Aber es gab noch eine kleine Chance. Wenn sie nah genug an Florian herankam, konnte sie das Pfefferspray benutzen, das in ihrer Jackentasche förmlich brannte.

«Und warum? Wegen des Geldes, das Mergent veruntreut hat?» Sie schob sich einen Schritt weiter.

«So ein Unsinn. Scheiß auf das Geld. Er wollte Annas Kinder umbringen.» Florian trat nun aus dem Schatten ins Licht, Tränen standen in seinen Augen, liefen über, er wischte sich mit einer ungeduldigen Bewegung über die Wange. «Meinen Sohn hatte er bereits ermordet.»

Jetzt ergab alles einen Sinn. Tim hatte Jana die Aufnahme seines Gesprächs mit Anna Mergents Arzt geschickt, sie hatte sie im Auto angehört. Florian Theiss hatte Anna und ihre Kinder schützen wollen. Hatte Mergent erschossen, um ihn dann für alle Zeiten verschwinden zu lassen. 34 Jahre war er damit durchgekommen. Und sie hatte ihm in ihrer Blindheit ermöglicht, auch weiterhin ungestraft davonzukommen, indem er zwei weitere Morde begehen würde, hier und heute.

«Warum hast du die Waffe bei Vater versteckt? Sogar eingemauert?»

«Ganz einfach. Ich dachte, ich brauche sie noch mal. Die Gelegenheit war günstig. Ich habe Bernd in der Waschküche geholfen, den Sockel für die Öltanks zu mauern. Er ist für eine Stunde weg, Material besorgen. Ich wusste, dass in der Wand in der Waschküche ein Stein locker war und dahinter ein ziemlich großer Hohlraum. Vielleicht stammte der noch aus der Nazi-Zeit, als jemand falsche Papiere verstecken wollte. Also Waffe rein, Waffenöl rein, Speis drauf, fertig. Und dann habe ich sie vergessen, verdrängt, was auch immer ihr Psychos dazu sagt. Schlicht und einfach. Als ich mich erinnert habe, war es mir zu riskant, sie aus dem Versteck zu holen. Es hat sich einfach keine Gelegenheit ergeben. Als es die Runde machte, dass die Tatwaffe in eurem Haus gefunden worden war, dachte ich, das ist die Fügung des Schicksals.»

Sie starrte ihn fassungslos an.

Er wedelte mit seiner Pistole. «Die habe ich von einem Russen. Die haben Tausende davon. Niemand wird sie finden. Ich mache denselben Fehler nicht noch einmal. Und jetzt genug geplaudert.»

Sie war in ihre eigene Falle getappt. Florian konnte sie beide unschädlich machen, ohne damit rechnen zu müssen, dafür belangt zu werden. Jana machte einen weiteren Schritt nach vorne, doch er schwenkte die Waffe und zielte auf ihren Kopf.

«Dir muss doch klar sein, dass ich nichts zu verlieren habe. Ihr geht jetzt brav in die Strecke. Ich werde euch nicht hier erschießen, aber ich werde euch Schmerzen zufügen, die ihr nicht ertragen könnt, wenn ihr nicht tut, was ich sage. Nehmt hin, dass euer Leben zu Ende ist. Das macht es leichter.»

Janas Herz begann zu rasen, Panik schnürte ihr die Kehle zu. Das durfte nicht sein. Aber sie war weder in der Lage zu denken noch zu handeln. Sie war wie betäubt. Wie ferngesteuert setzte sie sich in Bewegung, setzte Fuß für Fuß in die Strecke, das Licht versickerte, nur der Schein ihrer Kopflampe machte es ihr möglich weiterzugehen. Sämtlicher Wille, sich zu verteidigen, war erloschen. Sie bewegte sich vorwärts, Schritt für Schritt, unfähig, einen Gedanken zu fassen.

Sie spürte Werner neben sich. «Es tut mir so leid, Werner», flüsterte sie, und endlich kamen die Tränen. Sie weinte still, dachte an ihre Mutter, deren Leid sie vervielfachte, an Elin, die sich zeit ihres Lebens fragen würde, ob sie ihren Tod hätte verhindern können. Immer weiter gingen sie, die Strecke machte eine Kurve, und schließlich, nach gut hundert Metern, hörte sie ihren Henker rufen.

«Halt! Stehen bleiben. Ich mache es kurz und schmerzlos.»

Jana drehte sich um, begann am ganzen Leib zu zittern, dann schrie sie ihre Wut und Trauer hinaus, machte einen Satz auf ihn zu. Florian hob die Waffe, grinste teuflisch und drückte ab. Werner hechtete in den Schuss, fiel. Jana warf sich über ihn, er atmete, stöhnte, sein Oberschenkel blutete, ein glatter Durchschuss.

«Ihr habt es so gewollt. Immerhin seht ihr euch gleich wieder, auf der anderen Seite.» Florian lud durch, die Waffe machte ein metallenes Geräusch.

Dann meldete sich der Berg zu Wort.

ESSEN, KETTWIG
——— GEGENWART

Die Straßenlaterne warf schummeriges Licht über die Straße, gerade genug, um alles zu sehen. Theiss hatte eine Dreizimmerwohnung im vierten Stock eines gepflegten Mietshauses. Elin drückte alle Klingelknöpfe, der Summer ertönte, sie stieß die Tür auf und rannte die Treppe hinauf in den vierten Stock. Fein säuberlich stand «Florian Theiss» auf dem Klingelschild. Sie schlug mit der Faust an die Tür. «Polizei, aufmachen!»

Nichts regte sich. Sie donnerte noch mal gegen das Holz. «Aufmachen, oder ich breche die Tür auf!»

Immer noch nichts. Theiss war anscheinend nicht zu Hause. Aber darauf wollte Elin sich nicht verlassen. Sie zog ihren Lockpicker aus der Tasche, setzte ihn an. Es dauerte keine zehn Sekunden, bis das Schloss leise klickte. Elin zog ihre Waffe, drückte sie an die Brust, den Lauf nach vorne gerichtet, ging in die Hocke, schob die Tür auf. Sie blickte in einen kurzen Flur, der am Ende in die Küche mündete, das war unschwer zu erkennen. Zwei Türen gingen nach rechts ab, eine nach links. Sie lauschte. Nicht das geringste Geräusch. Gebückt ging sie Raum für Raum durch. Das Bad war verlassen, im Wohnzimmer standen einige leere Bierflaschen auf einem kleinen Couchtisch. Es war nicht aufgeräumt, aber sauber. Elin blickte in die Küche, dann ins Schlafzimmer, auf dem gemachten Bett lagen ein paar Klamotten.

Sie drückte die letzte Tür auf. Das Quietschen der Angeln durchschnitt die Luft, das Holz schlug leise gegen die Wand. Elin zog scharf die Luft ein.

Vor ihr lag ein kleines, ordentliches Büro. Über dem großen Holzschreibtisch hing eine Korkpinnwand, die über und über mit Artikeln, Fotos und Dokumenten behängt war. Sie trat näher. Alle beschäftigten sich mit der Katastrophe und Rudolf Mergent. Auf dem Schreibtisch lag ein Notizblock, auf dem obersten Blatt prangte ein Flussdiagramm. In der Mitte stand Janas Name, rot umrandet, daneben, mit einer dicken schwarzen Linie verbunden, «Was weiß Werner?». Von «Werner» aus verzweigte sich das Bild weiter, in mehrere Szenarien, je nachdem, was Werner Theiss' Meinung nach wusste oder woran er sich erinnerte.

Szenario 1: Werner weiß nichts. Alles gut.
Szenario 2: Werner erinnert sich an etwas, aber er kann mich nicht identifizieren. Alles gut.
Szenario 3: Werner erinnert sich und kann mich identifizieren. Werner muss weg.
Szenario 4. Er hat sich erinnert und Jana alles erzählt: Beide müssen weg.

Elin zögerte nicht, wählte Janas Nummer. Das Freizeichen ertönte, dann die Ansage ihrer Mailbox. Mist, verdammter. *Wo war sie?* Als Nächstes rief sie die Sonnenklinik an. Werner musste ebenfalls gewarnt werden. Eine freundliche männliche Stimme meldete sich.

«Hauptkommissarin Elin Akay hier. Ich muss mit Werner Flemming sprechen. Sofort. Egal, was er gerade macht.»

«Einen Moment bitte.»

Elin hörte Tastaturgeräusche.

«Herr Flemming ist nicht im Haus, tut mir leid.»

Elin beschlich ein ungutes Gefühl. «Ist er mit Jana Fäller unterwegs?»

«Aber ja. Richtig.»

«Danke», sagte Elin kurz angebunden und legte auf. «Verflucht, Jana, was für einen Unsinn hast du dir ausgedacht?»

Sie wählte Tim Harms' Nummer. Vielleicht hatten die beiden etwas ausgeheckt. Jana war alles zuzutrauen, um ihren Vater zu rehabilitieren.

«Harms hier.»

«Tim, weißt du, wo Jana steckt?»

Er musste überrascht sein, dass sie ihn anrief, aber er war nicht dumm. Wahrscheinlich läuteten bei ihm alle Alarmglocken.

«Ich habe keine Ahnung. Wir haben uns getroffen, abgesprochen, was wir machen. Sie hatte vor, die Bergleute zu befragen, aber sie hat nichts darüber gesagt, wo sie hinwollte.»

Er berichtete kurz, Elin kam ein furchtbarer Gedanke. «Okay, Tim, ich melde mich.»

«Halt, warte, was zum Teufel ist los? Was kann ich tun?»

Sie senkte die Stimme. «Tim, ich weiß, dass dir Jana wichtig ist, aber jetzt hilfst du ihr am besten, indem du nichts tust.» Sie machte eine Pause. «Und wenn doch, dann kriegst du es mit mir zu tun. Und zwar richtig. Überlass die Sache jetzt den Profis. Verstanden?»

Sie hörte Tim schlucken. «Alles klar. Versprich mir, dass du sie findest.»

«Bis später», sagte Elin und unterbrach die Verbindung. Niemals würde sie irgendjemandem irgendetwas versprechen, das in der Zukunft lag und nicht unter ihrer Kontrolle war.

Ihr Handy meldete sich. Holger.

«Elin, halt dich fest. Ich habe es gerade von Kokoschinskis Frau gehört. Jana hat sich mit sieben Kumpeln getroffen und ist dann mit Werner auf Ludwig V eingefahren, runter auf Sohle sechs, nachdem sie ausgiebig darüber geredet hat, dass er sich jetzt an alles erinnern und den Täter identifizieren könne.»

«Aptal inek!», entfuhr es Elin. «Diese dumme Kuh! Ich habe es geahnt. Bei allen Propheten, wie kann sie nur so bescheuert sein? Warum hat sie mich nicht eingeweiht? Theiss ist der Täter, verdammte Scheiße. Ich habe hier alle Beweise.»

Holger schaltete direkt. «Jana und Werner schweben in höchster Lebensgefahr. Theiss wird sie aus dem Weg räumen wollen. Wir müssen sofort los. Deniz, du verständigst die entsprechenden Stellen.»

«Stopp», rief Elin. «Wenn wir auf die warten, kommen wir zu spät. Wir müssen sofort handeln, wir können nicht auf ein SEK warten oder auf Küppersbusch, der alles hinauszögern wird, um seine Fehler zu vertuschen. Ich rufe die Kumpel an.» Sie legte auf, wählte Olivers Nummer, er ging sofort ran. Elin erklärte, worum es ging.

Oliver überlegte nicht eine Sekunde. «Wir kriegen das geregelt. Wenn Jana und Werner noch leben, holen wir sie raus und nageln Florian fest. Wir treffen uns am Schacht.»

«Alles klar», sagte Elin. «So machen wir es. Bis gleich.»

Elin schlug die Tür hinter sich zu, warf sich hinters Steuer, setzte das Blaulicht aufs Dach und gab Gas. Ihr Gesicht spiegelte sich in der Windschutzscheibe. Es war gezeichnet von Verzweiflung und Angst.

ESSEN, ZECHE LUDWIG V, SOHLE 6
——— GEGENWART

Jana spürte die Vibration. Aber sie kam nicht aus ihrem Inneren. Es war der Berg, der erzitterte. Nur ein wenig, aber es genügte, um einen Sargdeckel zu lösen, einen flachen Gesteinsbrocken, der im Hangenden feststeckte. Bevor Theiss abdrücken konnte, brach er, ohne einen Mucks von sich zu geben, zusammen. Der Sargdeckel hatte seinen Schädel geknackt wie eine Nuss und ihn dann unter sich begraben.

Jana brauchte einen Moment, bis sie begriff, was da gerade passiert war, dann stieg in ihr der Impuls auf, hysterisch zu lachen. Mit einem Schlag war die Verzweiflung verschwunden, und Endorphine überschütteten ihren Körper, Glück und Erleichterung pulsierten in ihr. Alles war gut. Das Leben war schön. Sie waren gerettet. Fast.

Werner neben ihr stöhnte. «Wir müssen weg hier. Die Strecke ist instabil, sie sollte schon längst verfüllt werden. Deshalb hat uns Theiss hierhergebracht.» Er wies nach oben. «Da hängt noch genug Scheiße, um uns wie Kakerlaken zu zerquetschen.» Wieder stöhnte er. «Verflucht, das tut höllisch weh.»

Jana stand auf, half Werner auf die Beine. Er war unglaublich schwer, fast knickte sie ein, als er sich auf sie stützte. Doch die Endorphine sorgten dafür, dass sie all ihre Kräfte mobilisieren konnte. Sie schleppten sich voran, wieder zitterte der Boden unter ihren Füßen, Jana hörte ein Grollen, diesmal noch lauter. Weitere Gesteinsbrocken stürzten von der Decke, mehr zu hören, als zu sehen im schummrigen Licht. Dann passierte es. Keine zehn Meter vor ihnen brach der Fels ein, verschloss die Strecke mit Tonnen von Geröll.

Der Berg hatte beschlossen, auch sie nicht mehr gehen zu lassen.

Jana sank auf die Knie, Werner ließ sich auf die Seite fallen, hielt sich das Bein. «Dieser verfluchte Berg. Wir sind doch die Guten.»

Jana schnappte nach Luft, spürte jetzt die Anstrengung, denn wieder überflutete sie die Angst. «Das kommt auf die Sichtweise an», presste sie hervor. «Du gehörst zu denen, die in seinen Bauch Tausende Löcher gebohrt haben. Das könnte er dir übel genommen haben.»

Was für einen Unsinn ich da erzähle, dachte sie. Der Berg hatte weder Seele noch Gewissen noch einen Willen. Sie waren dem Tod durch einen Menschen entkommen, jetzt drohte ihnen der Tod durch die Naturgewalten.

Erstaunlicherweise tröstete sie das ein wenig. Die Natur war nicht böse oder gut. Jana war ein Teil von ihr, und jetzt würde sie durch die Natur sterben, die sie hervorgebracht hatte. Sie hoffte nur, dass es schnell ging. Sie fürchtete nicht den Tod, sondern den Weg dahin. Durst, Hunger, Schmerzen, Verzweiflung und Wahnsinn.

ESSEN, ZECHE LUDWIG V, SOHLE 6 ––– GEGENWART

Zeitgleich mit den Kumpeln kamen sie an Zeche Ludwig V an. Der Pförtner hob die Brauen, als Elin, Holger und Deniz ihm die Dienstausweise hinhielten.

«Wir müssen sofort nach unten. Es besteht Lebensgefahr für Menschen, die da unten sind.»

«Die besteht allerdings», sagte der Pförtner und schaute erstaunt. «Die Meldung ist gerade erst rausgegangen.» Er sah auf die Uhr. «Um 19:45 Uhr.»

«Was für eine Meldung?», fragte Holger ungeduldig.

«Da unten ist eine ungesicherte Strecke eingebrochen. Auf Sohle 6.»

«Wie kann das sein?»

Der Pförtner schaute Elin mitleidig an. «Das passiert in nicht ausgebauten oder zurückgebauten Strecken ständig. Ist nur eine Frage der Zeit. Heute hatten wir noch dazu ein kleines Beben, keine 1,5 auf der Skala. Hat aber gereicht.»

Elin hatte genug gehört. «Wir müssen da runter. Jetzt. Sofort.»

Der Pförtner hob beide Hände. «Das geht nicht. Einsturzgefahr. Die Strecke wird dichtgemacht. Ab morgen wird sie verfüllt. Da lass ich keinen mehr runter. Außerdem ist der Fahrsteiger auch nicht mehr da.»

Holger machte einen Schritt auf ihn zu. «Da unten sind Freunde von uns. Wenn du uns nicht helfen willst, kein Problem.» Er zeigte auf die Kumpel. «Wir haben genug Leute, die sich auskennen.»

Oliver drängte sich nach vorne, legte dem Pförtner beide Hände auf die Schulter. Der Mann schien ein Stück zu schrumpfen. Oliver lächelte ihn an. «Ich sage dir, wie wir es machen. Du lässt uns rein. Dann rufst du die Grubenwehr. Klar? Wenn jemand Ärger macht, nehmen wir alles auf unsere Kappe. Bist du Bergmann, oder was? Da unten sind unsere Freunde in Lebensgefahr. Bis schweres Gerät unten ist, sind sie tot. Seit wann kneift ein Bergmann?»

Der Pförtner schaute reihum in die Gesichter und sah genau das, was auch Elin sah: nichts als Entschlossenheit. Sogar Deniz nickte bekräftigend.

«Okay, aber ihr seid wirklich bekloppt.»

«Davon kannst du ausgehen», sagte Oliver. «Los jetzt.»

Der Pförtner ließ sie durch, sperrte sein Häuschen ab und hetzte hinterher. Die Motoren standen unter Strom, der Leitstand war einsatzbereit.

Elin warf einen Blick auf den Förderkorb. Augenblicklich wurde ihr flau im Magen, die Knie wurden weich.

«Du musst nicht mit runter», flüsterte Holger. «Du kannst auch hier oben alles organisieren.»

Elin schluckte schwer. «Ich lasse Jana nicht im Stich. Da müsste sich mir schon mehr als so ein blöder Berg in den Weg stellen. Außerdem will ich, wenn's schiefgeht, als Heldin in die Geschichte eingehen und nicht als Feigling.»

Holger grinste. «Filmreif. Alles klar. Dann los.»

Wolfgang Kepler verteilte Schaufeln, Hacken, Brechstangen, Handschuhe, Helme mit Kopflampen und Sauerstoffselbstretter, da mit Staub zu rechnen war, der es unmöglich machen konnte zu atmen. Nur Methan würden sie nicht befürchten müssen und auch keine kritische Menge an Kohlenstaub. Also verzichteten sie auf den Kleiderwechsel. Das hätte zu viel Zeit gekostet. Jede Minute war kostbar, entschied über Leben und Tod.

Holger zog die Gitter zu, der Pförtner klingelte fünf Mal,

dann ging es hinab. Elin spürte ihren Magen im Hals und den Impuls, sich auf dem Boden zusammenzukauern. Holger stützte sie.

«Schließ die Augen, Elin. Denk an eine grüne Wiese. An Sonne, an Dirk.»

Elin versuchte es, aber ihr Gehirn folterte sie mit Angst, sie fühlte sich, als müsse sie sterben. Die Sekunden dehnten sich, sie zählte, wimmerte leise. Der Gedanke an Jana schmerzte. Schon setzte der Korb hart auf, der Ruck warf sie fast von den Beinen. Holger riss die Türen beiseite, der Füllort war noch beleuchtet, Gott sei Dank. Zwei Strecken gingen ab.

Elin atmete durch. Verdammt. Zwei Strecken. Sie mussten sich aufteilen. Sie wusste nicht, in welchem der schwarzen Löcher Jana und Werner verschwunden waren.

«Ich würde die rechte Strecke nehmen», sagte Oliver. «Die ist länger. Theiss wird die beiden möglichst tief in den Berg schaffen.»

Sie überlegte kurz. «Oliver, Holger, Friedel, Deniz, Kurt und ich nach rechts, Wolfgang und Hartmut nach links.» Ein Risiko, wenn Oliver unrecht hatte; nur mit zwei Mann Theiss entgegenzutreten, war gefährlich, aber heute hieß es alles oder nichts.

Zwar fühlte Elin noch immer Druck im Magen und leichten Schwindel im Kopf, dennoch rannte sie los. Schnell versickerte das Licht, nur die hin und her zuckenden Kopflampen beleuchteten die unwirkliche Szenerie, gerade so, dass sie heruntergefallenen Brocken ausweichen konnten. Nach gut einhundert Metern sahen sie es. Geröll bis ins Hangende, frisch eingebrochen. Kein Durchkommen. Die Strecke war dicht.

Die Männer zögerten nicht, setzten sofort Hacke, Schüppe und Brechstange an, versuchten, einen Durchgang freizuschaufeln. Oliver und Friedel stiegen so hoch wie möglich. Einen Schuttberg musste man immer von oben angreifen, sonst lief man Gefahr, verschüttet zu werden, wenn das Geröll nachrutschte. Außerdem war er oben am schmalsten.

«Achtung!», brüllte Oliver.

Elin zog sich mit den anderen ein gutes Stück zurück. Ein dicker Brocken polterte in die Strecke, Staub hüllte sie ein.

«Selbstretter anlegen», rief Holger.

«Der hätte uns zu Mus verarbeitet», stellte Elin fest, öffnete die Box, zog das Mundstück heraus, das genauso aussah wie bei einem Tauchgerät, verschloss sich die Nase mit der Klemme, setzte die Schutzbrille auf, schaltete den Selbstretter ein. Sie atmete tief und gleichmäßig, obwohl sie am liebsten davongerannt wäre. In Ruhe konnte sie das Atemgerät fast zwei Stunden versorgen, bei schwerer Arbeit höchstens eine Dreiviertelstunde.

Oliver und Friedel schufteten wie die Berserker, massenhaft Geröll rutschte in die Strecke, die Sicht wurde immer schlechter, die Luft immer dicker, Elin hatte immer mehr Mühe, nicht in Panik zu verfallen. Sie sah auf die Uhr. Oliver und Friedel rackerten sich nun schon seit einer halben Stunde ab. Unfassbar, welche Energie und Kraft die beiden hatten, obwohl sie weit über sechzig waren, und wie schnell die Zeit verflog. Wo blieb die Grubenwehr? Irgendetwas musste sie aufhalten. Gut, dass Elin und die Männer nicht gezögert hatten.

Noch war kein Durchkommen. Sie mussten sich abwechseln. Elin gab Kurt und Holger ein Zeichen. Der nahm ein kleines Steinchen und warf es auf Oliver, der sich daraufhin umdrehte. Holger winkte ihm, er verstand, tippte Friedel auf die Schulter. Sie legten das Werkzeug hin, kamen vom Geröllberg herunter, waren klatschnass geschwitzt, Holger und Kurt stiegen hinauf, standen ihren Vorgängern in nichts nach.

Elin zeigte auf Olivers Anzeige für die Restlaufzeit. Noch 20 Minuten. Kein Wunder, er war groß, hatte sich angestrengt und verbrauchte natürlich entsprechend mehr Sauerstoff. Elin deutete auf ihr Gerät. Oliver nickte. Sie nahm einen tiefen Zug, dann tauschten sie die Geräte. Damit konnte Oliver noch mal eine gute halbe Stunde graben.

Als dritte Schicht stieg Deniz auf den Berg vor ihnen, Oliver folgte ihm in seine zweite Runde. Allmählich war ein Fortschritt zu sehen, immerhin gelang es ihnen, eine schmale Öffnung aufzugraben, ein Loch im Schuttberg, in dem Oliver fast ganz verschwand, aber noch immer war die andere Seite nicht in Sicht. Oliver und Deniz wechselten noch einmal mit Holger und Friedel, dann kamen noch mal Kurt und Deniz, der kaum noch stehen konnte. Diese Arbeit war er nicht gewohnt. Holger jedoch schien noch fit, er stützte Deniz, der wieder von Oliver abgelöst wurde und vom Schuttberg stieg.

Elins Sauerstoff neigte sich dem Ende zu, bei den anderen sah es nicht besser aus. Ihnen lief die Zeit weg. Von der Grubenwehr, die der Pförtner angefunkt hatte, war noch immer weit und breit nichts zu sehen. Elin vermutete, dass sie erst Sicherungsmaßnahmen durchführten, bevor sie ihre Leute unnötig in Gefahr brachten.

Oliver und Kurt waren beide tief in der schmalen Öffnung verschwunden, als Elin Schritte hörte. Sie wandte sich um. Wolfgang und Hartmut. Sie schüttelten den Kopf. Elin zeigte auf die Sauerstoffanzeige, dann auf den Schuttberg. Die beiden nickten, erklommen den Berg, lösten Oliver und Kurt ab, die sich in den Füllort zurückziehen mussten, da ihnen der Sauerstoff ausging. Holger und Deniz folgten ihnen, ebenso Friedel, der schon besorgniserregend hustete.

Schließlich war Elin alleine mit Wolfgang und Hartmut, die außerhalb ihrer Sicht arbeiteten. Elin sah auf ihre Anzeige, sie konnte noch 45 Minuten bleiben, dann musste auch sie zurück. Unbarmherzig tickten die Sekunden herunter. Endlich steckte Wolfgang den Kopf aus dem Gang, hangelte sich heraus, hinter ihm Hartmut. Er nahm kurz das Mundstück heraus, flüsterte ihr mit heiserer Stimme ins Ohr.

«Wir sind durch. Aber du musst es versuchen.» Er setzte das Mundstück auf, atmete, setzte es wieder ab. «Es ist zu eng für uns. Wir lassen dir unsere Selbstretter da und holen frische. Viel Glück.»

Er atmete noch viermal tief durch, dann legte er das Gerät ab und rannte los, Hartmut tat es ihm gleich, wie Geister verschwanden sie im undurchdringlichen Staub.

Elin stand kurz vor einer vernichtenden Panik. Sie war allein. Musste sich durch ein Loch zwängen, das sie jederzeit verschlucken konnte, hatte kaum Luft und konnte nur durch den trockenen Mund ein- und ausatmen. Sie versuchte, sich zu bewegen, aber sie konnte nicht. Ihre Füße gehorchten nicht. Da oben, auf diesem Schuttberg, lauerte der Eingang zur Hölle, dort warteten furchtbare Qualen und der sichere Tod auf sie. Ihre Füße zwangen sie zurückzuweichen, sie ging rückwärts, nur weg von hier, sie musste raus, frische Luft atmen, sie brauchte Platz um sich, musste sich frei bewegen. Hier würde sie qualvoll verenden, über Stunden hinweg, niemand kam zu Hilfe, und sie würde auch Jana und Werner nicht helfen können. Die beiden waren sicherlich schon tot, erstickt, erschlagen von Tausenden Tonnen Gestein. Elin wandte sich um, begann zu rennen. Doch tief in ihr schrie eine laute Stimme: «Halt!» Abrupt blieb sie stehen. Vor ihren Augen tauchte Jana auf, sah sie flehentlich an. «Hilf mir, Elin», flüsterte sie. Elin schloss die Augen, nahm das Mundstück heraus und stieß einen langen, verzweifelten Schrei aus. Sie steckte das Mundstück wieder in den Mund, atmete, wandte sich um, betrachtete den Geröllberg, machte ein paar schnelle Schritte, griff nach den Selbstrettern, die Hartmut und Wolfgang zurückgelassen hatten. Sie erklomm den Berg, durch die dicken Handschuhe spürte sie die spitzen Steine, sie stachen ihr in die Knie. Das Loch starrte sie an, wirkte wie das Maul eines riesigen Monsters, das sie verschlingen wollte. Da sie nicht schreien konnte, knurrte sie in sich hinein, fluchte in Gedanken, nannte den Berg einen gottverdammten Radaubruder, stieg ins Dunkel, ging auf die Knie, legte sich auf den Bauch, streckte die Arme aus und schob sich vorwärts. Nach ein paar Metern musste sie das Steuergerät des Selbstretters von der Hüfte lösen und vor sich her schieben, so eng wurde es. Nachfallendes Geröll hatte den Gang wieder verengt. Verdammt! Dieser verdammte Berg. Ein weiterer Selbstretter hing an ihrem Handgelenk, einer an ihrem Fuß. Wie eine Raupe bewegte sie sich vorwärts, drückte sich mit den Zehen ab, krallte sich mit den Fingern in den Dreck. Der Spalt zwischen Geröll und Decke wurde immer enger, und fast wäre sie stecken geblieben, aber sie schaffte es, einen Stein zu lösen und mit dem Steuergerät vor sich herzuschieben. Sie spürte, wie sich ihre Haare sträubten, aus jeder Pore ihres Körpers drang der Schweiß, ihr Herz raste, ihr Atem ging stoßweise. Sie hatte das Gefühl, bereits Hunderte Meter zurückgelegt zu haben, doch ihr Verstand sagte ihr, dass es nur wenige sein konnten. Sie schob sich wieder ein paar Zentimeter vorwärts, ihre Finger wollten sich in den Schutt krallen, doch sie griffen ins Leere. Ein Schauer der Erleichterung lief durch ihren Körper. Sie hatte das Ende erreicht. Sie zog sich aus dem Loch, aus dem Höllenschlund, und rutschte auf der anderen Seite den Schuttberg hinunter.

Ein schrilles Piepen zeigte an, dass ihr Selbstretter leer war. Sie wechselte ihn und gewann noch mal 20 Minuten Leben spendende Luft.

Ihre Kopflampe leuchtete in den Dunst, doch sie konnte niemanden entdecken. Sie richtete sich auf, ging los, leuchtete von rechts nach links, langsam lichtete sich die Staubwand, nach guten zweihundert Metern nahm sie den Selbstretter ab, das Mundstück heraus und die Klemme von der Nase. Vorsichtig atmete sie ein. Die Luft schmeckte schal, aber sie war atembar. Doch keine Spur von Jana und Werner. Sie hob den Kopf, leuchtete in die Strecke hinein, die eine leichte Kurve machte.

«Jana», schrie sie auf vollem Hals, musste sofort husten, schluckte mehrmals, rief erneut nach ihr. Lauschte, da war etwas.

Tatsächlich. Sie hörte einen schwachen Ruf.

Sie stürzte los, rannte ins Dunkel.

Endlich, hinter der Biegung, machte sie zwei Körper aus, die am Boden lagen, eine Gestalt beugte sich über die andere. Jana und Werner.

«Jana!», rief sie erneut. Die Wut über ihre riesengroße Dummheit wich grenzenloser Erleichterung, dass Jana lebte. Nur das zählte.

«Elin!» Jana rappelte sich auf, kam ihr entgegen, warf sich in ihre Arme, weinte. «Du bist gekommen. Mein Gott, du bist gekommen.»

ESSEN, ZECHE LUDWIG V, SOHLE 6
––– GEGENWART

«Wie …», schluchzte Jana.

«Ohne die Jungs hätte ich es niemals geschafft. Oliver, Wolfgang, Heinz, Kurt, Friedel, Holger, Deniz und Hartmut.» Elin drückte Jana fest an sich.

«Ich war so ein Idiot», flüsterte Jana.

«Das kannst du laut sagen.» Elin machte sich los. «Was ist mit Werner?»

«Er hat einen Durchschuss am Oberschenkel. Ich habe eine provisorische Kompresse angelegt. Es geht ihm den Umständen entsprechend gut.»

Elin ging zu Werner, der sich an der Strecke angelehnt hatte, sie ansah und lächelte. «Elin! War selten so erfreut, dich zu sehen. Hast du einen Radlader mitgebracht?»

«Selbstverständlich, ich musste ihn nur durch ein kleines Loch im Geröllhaufen quetschen.» Sie drückte seine Hand. «Einen Moment dauert es noch. Aber über Tage weiß man, wo wir sind.»

«Dann hoffe ich, dass die Kumpel schnell machen. Ich spüre es in den Knochen, das war noch nicht alles, was der Berg zu bieten hat.»

Jana schaute in die Strecke, hörte, dass ihre Stimme vibrierte. «Wo sind die anderen?»

«Hilfe holen. Wo ist Florian Theiss?»

«Du weißt, dass er es war?»

Elin holte tief Luft, Jana spürte, dass sie wütend auf sie war, auch wenn sie es nicht offen zeigte. «Wir waren vorhin in seiner Wohnung. Er hat alles fein säuberlich dokumentiert. Dass er dich und Werner umbringen will, solltet ihr zu viel wissen.»

Jana erschrak. Mit ihrer Scharade hatte sie das ganze Drama erst ins Rollen gebracht. Sie schämte sich in Grund und Boden. «Er ist tot. Ein Sargdeckel hat ihn erschlagen. Ironie des Schicksals. Er liegt am Ende der Strecke, am Ort. Und ich bin an allem schuld.»

«Jetzt mal langsam, Jana. Klar, du hast einen riesigen Fehler gemacht, aber nicht du wolltest jemanden umbringen, sondern Florian Theiss. Er ist der Mörder, der Täter. Dass der Berg ihn erschlagen hat, das ist einfach nur wunderbar, weil du sonst tot wärst. Und das hätte ich mir nie verziehen.»

Jana wusste, dass Elin recht hatte, trotzdem. Sie würde noch einige Zeit mit ihren Schuldgefühlen kämpfen müssen. Immerhin hatte sie noch ein Geschenk für Elin.

«Ich habe sein Geständnis.» Sie zog das Aufnahmegerät heraus, hielt es Elin hin. «Alles hier drauf.»

Elin nahm das Gerät und steckte es vorsichtig ein. «Ich hoffe nur, das Bergamt gibt die Strecke und den Schacht für die Rettung frei. Wenn der Berg gleich einstürzt, nützt uns das alles nichts. Das ganze Grubengebäude hier ist instabil.»

Jana war zuversichtlich, sie kannte die Kumpel, wusste, dass sie, wenn nötig, ihr Leben riskierten, um jemanden zu retten. «Ich glaube, das ist den Kumpeln egal. Die werden kommen.»

Wie zur Bestätigung lief eine leichte Vibration durch die Strecke. Der Schreck fuhr Jana in die Glieder, sie hielt die Luft an, aber nichts weiter geschah. Anscheinend hatten sich die meisten Verspannungen im Berg gelöst, vielleicht hatten sich auch ein paar Hohlräume gefüllt, die jetzt nicht mehr gefährlich waren. Noch einmal vibrierte der Berg, als wollte er ihnen Angst machen, was ihm auch gelang.

Elin und Jana schauten sich an, hoben ihre Köpfe zum Hangenden.

«Dieser verdammte Berg», fluchte Jana. Das half ihr ein wenig, ihre Angst im Zaum zu halten.

«Stören wir?», fragte eine Frauenstimme.

Elin und Jana fuhren herum. «Edith!», rief Elin erfreut aus.

«Ihr kennt euch?», fragte Jana erstaunt.

«Aber ja. Sie hat mir beigestanden, als ich das erste Mal hier heruntermusste. Jetzt wird alles gut.»

Edith hob die Augenbrauen. «Hoffentlich. Ich denke, Ihr kleiner Ausflug ist jetzt zu Ende. Oder möchten Sie noch ein wenig die Luft hier unten genießen?»

«Es ist wirklich gut, Sie zu sehen. Danke, dass Sie so schnell gekommen sind, trotz des Risikos», sagte Elin.

«Bilden Sie sich nur nicht zu viel ein. Wir haben zuerst umfangreiche Sicherungsmaßnahmen durchgeführt. Das hat gedauert. Ich riskiere doch nicht meine Leute für ...» Sie senkte ihre Stimme und fixierte Jana. «So etwas Bescheuertes habe ich noch nie erlebt. «

«Dessen bin ich mir bewusst, Edith», sagte Jana kleinlaut. «Aber immerhin haben wir den Mörder von Rudolf Mergent und dem Wandernden Dutzend entlarvt. Es ist Florian Theiss.»

Ediths Miene zeigte Freude und Erstaunen. «Der Theiss? Unfassbar! Wo ist er? Ich würde ihm gerne meine Meinung sagen.»

«Das wird schwierig. Er liegt am Ort unter einem Sargdeckel.» Jana zeigte hinter sich in die Strecke.

Edith sah sie überrascht an. «Er ist tot? Das ist bedauerlich, ich hätte ihn gern für den Rest seines Lebens im Gefängnis gesehen. Da ist er aber billig davongekommen.»

Das sah Jana genauso.

Edith wies nach hinten. «Es ist, wie es ist. Sie verlassen jetzt das Bergwerk, wir holen Theiss.»

Fernes Grollen rollte durch die Strecke.

«Los jetzt, wir sollten nicht länger trödeln.» Edith winkte ihren Männern, die Werner auf eine Trage hoben und mit ihm in Richtung Füllort trabten.

Elin und Jana nahmen Atemgeräte entgegen, setzten die Masken auf und folgten der Trage.

Jana traute ihren Augen nicht. Der Schuttberg war zur Hälfte abgetragen, wohl drei Dutzend Männer der Grubenwehr waren dabei, das Hangende abzustützen und die Strecke weiter zu sichern. Sie machten Platz, als der kleine Trupp über den Schutt hinwegkletterte, die Männer der Grubenwehr trugen dabei Werner immer waagerecht. Es sah aus wie eine elegante Choreografie, die hundertmal geübt worden war. Jeder wusste genau, wie hoch er die Trage halten musste, damit sie nicht in Schieflage geriet.

Dann ging es im Laufschritt zum Förderort, Werner wurde mit dem ersten Korb hochgefahren, Elin, Jana und die anderen mit dem zweiten. Schon waren sie oben, das Gitter rasselte zur Seite, ein Sanitäter fragte, ob sie Hilfe bräuchten, aber außer Werner war niemand ernsthaft verletzt.

In der Weißkaue warteten die anderen Kumpel, sie klatschten, als sie Elin und Jana sahen.

Jana drückte jeden einzelnen von ihnen. «Ich danke euch. Ihr habt mir und Werner das Leben gerettet.»

Oliver machte eine wegwerfende Handbewegung. «Kein Thema. Jederzeit gerne wieder. Aber ich glaube, wir brauchen jetzt eine Dusche und dann unser Bett. Was meint ihr, Jungs?»

«Da kannst du drauf wetten», stellte Kurt klar. «Wir sehen uns.»

«Auf jeden Fall. Bei mir. Und dann wird noch mal richtig gefeiert.» Jana zeigte auf Deniz, Elin und Holger. «Ihr kommt natürlich auch.»

«Dann aber ohne anschließende Mörderjagd.» Oliver zwinkerte ihr zu.

Jana fühlte sich ertappt, sie wollte etwas entgegnen, aber die Kumpel lachten nur und machten sich aus dem Staub.

Bevor er die Weißkaue verließ, rief Oliver noch über die Schulter: «Übrigens. Ihr geht besser hinten raus. Vorne wimmelt es nur so von Presse. Ein gewisser Tim Harms hat nach dir gefragt, Jana. Er sah aus, als hätte er sich alle Nägel abgekaut.» Dann verschwand er.

Jana sah ihnen hinterher. Das waren treue Seelen.

Elin wandte sich Holger und Deniz zu. «Ich danke euch. Ihr habt zu mir gehalten. Das werde ich euch nie vergessen.»

Deniz grinste. «Du hast keine Ahnung, wie langweilig mein Job bisher gewesen ist. Bei dir einzusteigen, war die beste Entscheidung seit Langem. Und jetzt genug davon. Wir sehen uns morgen. Ich denke, es wartet ein dezenter Papierkrieg auf uns.»

Elin drückte den überraschten Deniz und gab ihm dann einen Stups in Richtung Tür. «Ab mit dir. Und willkommen im Team.»

Deniz winkte noch einmal und trottete davon. Blieb noch Holger.

«Jana, bitte entschuldige meine Neugier, aber was ist da unten passiert?»

Elin gab ihm das Aufnahmegerät. «Sie hat mitgeschnitten. Hör's dir an.»

Holger machte große Augen. «Du hast dich verkabelt?»

Jana zuckte nur mit den Achseln, Elin drückte auf Abspielen.

Holger lauschte. «Okay, du bist echt tough. Das muss man dir lassen. Aber Elin wird dir sicher noch eine Standpauke verpassen.» Er warf ihr einen Blick zu, Elin hob nur die

Augenbrauen, er seufzte. «So, ich mache mich auf den Weg nach Hause. Deniz findet das alles ja toll, aber ich bin eigentlich zu alt für so einen Kram.»

Holger hatte sich genauso abgerackert wie die gestandenen Bergleute, das hatte Elin betont. Er war fit, hatte eine Bärenkondition.

«Red keinen Unsinn und grüß Lydia von mir», sagte Elin und senkte die Stimme. «Ich bin froh, dass du das noch kannst.»

Holger nickte bedächtig, steckte die Hände in die Hosentaschen und schlenderte davon, als spazierte er durch Paris auf der Suche nach einem netten Café.

Jana zog ihr Handy aus der Tasche. Tippte eine Nachricht.

«Tim?», fragte Elin.

«Er soll wissen, dass es mir gut geht. Er hat mir geholfen, weißt du. Eine kurze SMS. Nicht mehr.»

«Okay», sagte Elin gedehnt, aber Jana reagierte nicht auf ihre Bemerkung, ihren Zweifel, ihre Skepsis.

Das Hochgefühl, gerettet worden zu sein, wich einer tiefen Erschöpfung, aber sie wollte noch nicht ins Bett. Ein Gedanke nagte an ihr, der irgendwo im Hinterkopf herumgeisterte.

«Was denkst du, Elin? Ein bisschen frisch machen und dann ein Absacker bei Millies? Alles Weitere kannst du sicherlich morgen machen. Die Kollegen von der Bereitschaft tüten alles ein, nicht wahr?»

Elin sah sie nachdenklich an. «Mir geht eine Sache nicht aus dem Kopf. Etwas, das nicht ganz zusammenpasst.»

«Mir geht es genauso. Da ist etwas, das wir übersehen.» Jana überlegte, und plötzlich fiel es ihr ein. «Wie kam Theiss in Mergents Haus? Wir wissen, dass Mergent nicht unterwegs war, und er hätte ihn niemals eingelassen. Anna Mergent sicher auch nicht. Hätte ihr Mann die beiden erwischt, er hätte sie windelweich geprügelt. Es sei denn …»

«Denkst du dasselbe wie ich?»

«Definitiv.»

Jana war plötzlich hellwach. «Du kannst dich bei mir umziehen, und dann statten wir Anna Mergent einen kleinen Besuch ab.»

ESSEN-KRAY
--- GEGENWART

Jana genoss das heiße prickelnde Wasser auf ihrer Haut. Sie wusste, noch stand sie unter Schock, noch putschte das Adrenalin sie wieder auf, Elin würde es nicht anders gehen. Sie schätzte, dass es noch zwei oder drei Stunden dauern würde, bis der Zusammenbruch kam. Aber heute würde sie kein Ritalin nehmen. Sie würde es ihrem Körper überlassen, ihr zu signalisieren, wann die Erschöpfung so groß war, dass sie nicht mehr konnte. Dann war es sinnvoll, dass sie weder hinterm Steuer saß noch in einer Vernehmung oder in einem Gerichtssaal.

Sie stellte das Wasser ab. Jana hatte Elin vorgelassen, denn Cat hatte ihre Aufmerksamkeit verlangt, war ihr um die Beine gestrichen, hatte geschnurrt, als würde sie dafür bezahlt. Jana hatte sie auf den Arm genommen, Cat hatte ihren Kopf ohne Unterlass an Janas Wange gerieben. Nur unwillig hatte sie sich absetzen lassen, als Elin aus der Dusche gekommen war. Als Jana jetzt das Bad verließ, war Elin schon angezogen.

Es war praktisch, dass Elin Janas Größe hatte. Sie war zwar drei Zentimeter kleiner, aber das fiel nicht ins Gewicht. Jeans, Bluse, Blazer, alles passte wunderbar.

«Sieht gut aus», stellte Jana fest. Ihre Freundin war wirklich eine schöne Frau, wenn sie nebeneinanderstanden, waren sie wie helle und dunkle Schokolade.

Jana föhnte sich die Haare, schminkte sich dezent, Elin hatte das nicht nötig, ihre Haut war makellos, ihr dunkler Teint brauchte keine Farbauffrischung.

Zuletzt legte Elin ihr Schulterholster an, steckte ihren

Dienstausweis in die Innentasche des Blazers, Jana kraulte Cat noch einmal, dann verließen sie die Wohnung.

Die Straßen waren so gut wie leer, es war kurz vor elf, recht spät für einen Besuch, aber sie würden Anna Mergent aus dem Bett klingeln, wenn es nötig war. Sie brauchten keine zehn Minuten bis nach Kray. Sie stiegen aus, Elin ging voran auf eine der identischen Türen zu.

Jana schaltete die Diktierfunktion ihres Handys ein, platzierte es so, dass es ihr Gespräch verständlich aufzeichnen konnte, klingelte. Fast unmittelbar ertönte der Summer. Anscheinend hatte Anna Mergent auf sie gewartet. Oder auf jemand anderen? Auf Florian Theiss, der ihr berichten sollte, dass das Problem aus der Welt geschafft war?

Elin drückte die Tür auf. Anna Mergent stand auf dem Flur, wich zurück, als sie erkannte, wen sie da eingelassen hatte, wollte sich in ihre Wohnung retten, aber Elin war schneller. Mit einem Satz war sie bei Anna Mergent, griff sie am Arm.

«Das ist eine ganz schlechte Idee, Frau Mergent. Ich denke, wir haben einiges zu besprechen.» Sie drängte sich mit ihr in die Wohnung, Jana schloss die Tür hinter ihnen.

«Das dürfen Sie nicht», protestierte Anna Mergent schwach.

«Und ob wir das dürfen, Frau Mergent. Sie stehen im dringenden Verdacht, Ihren Ehemann, Rudolf Mergent, ermordet zu haben. Setzen Sie sich.»

Anna Mergent ließ sich auf einen Stuhl fallen, Elin und Jana platzierten sich rechts und links von ihr.

«Sie haben auf Florian Theiss gewartet, nicht wahr?»

Sie schlug den Blick nieder, schüttelte den Kopf. «Wo ist er?»

Elin warf Jana einen Blick zu. Sie nickte minimal, sie würde ab hier übernehmen. Sie mussten Anna Mergent in eine

Position bringen, die es ihr ermöglichte, reinen Tisch zu machen, alles zu erzählen und nichts auszulassen. Lange Vorreden nützten nichts.

«Florian Theiss ist tot. Bei dem Versuch, mich und Werner Flemming zu ermorden, ist er durch Steinschlag ums Leben gekommen.»

Bedauern zu heucheln, wäre ebenfalls fehl am Platze gewesen. Theiss hatte nicht den Tod verdient, das stand außer Frage, aber Jana verspürte keine Trauer. Sie war nicht für seinen Untergang verantwortlich, ebenso wie ihr Vater nicht für den Tod von Rudolf Mergent verantwortlich war. Wie viel Verantwortung Anna Mergent trug, das würden sie hoffentlich heute herausfinden.

Anna Mergent gab ein Geräusch von sich, das an einen Schluckauf erinnerte, sah Jana fest in die Augen. «Sie haben ja keine Ahnung, wie das ist.»

«Wie was ist?»

ESSEN, 1988
––– VERGANGENHEIT

Egal, wo sie gewesen war. Im Café, beim Friseur oder im Geschäft beim Einkauf. Alle Freundinnen hatten ihr geraten, die Finger von Rudolf Mergent zu lassen, aber Anna hatte die Warnungen in den Wind geschlagen. Sie hatte ihnen vorgeworfen, nur neidisch zu sein. Rudolf sah blendend aus, war charmant, verdiente gut und trug sie auf Händen. Im Bett war er einfühlsam, auch wenn er es nicht schaffte, sie zum Höhepunkt zu führen. Aber es gab Wichtigeres. Er wollte Kinder, einen ganzen Stall, er wollte ihnen die beste Bildung ermöglichen, er war großzügig und hatte einen guten Geschmack, was Kleidung, Möbel und Essen anging. Rudolf war genau der Mann, den Anna gesucht hatte, und er machte ihr den Hof. Natürlich ging sie darauf ein.

Es war nie die Frage gewesen, ob, sondern nur, *wann* er sie fragen würde, ob sie ihn heiraten wolle. Es war an einem lauen Sommerabend in ihrer Küche gewesen, sie hatte gekocht, er war auf ein Knie gegangen und hatte die Frage der Fragen gestellt. Sie hatte freudestrahlend Ja gesagt, die Flitterwochen verbrachten sie in Paris, Anna schwebte auf Wolke sieben.

Umso tiefer war der Fall. Zehn Monate nach der Heirat kam Anne-Marie zur Welt, ihre erste Tochter. Rudolf war zutiefst enttäuscht. Er hatte sich einen Sohn gewünscht. Er fing an zu fragen, ob er wirklich der Vater sei. Anna verstand die Welt nicht mehr. Es wäre für sie undenkbar gewesen, mit einem anderen Mann zu schlafen. Sie wollte Kinder von Rudolf, von niemand anderem. Nach ein paar Wochen beruhigte er sich, ein Jahr später kam Lucia zur Welt, die nächste Tochter.

Rudolf rastete vollkommen aus. Er machte Anna Vorhaltungen, bezichtigte sie der Untreue, warf Geschirr nach ihr und schlug sie ins Gesicht. Anna blieb nichts anderes übrig, als sich zu fügen, klein beizugeben, um ihre Töchter zu schützen. Denn immer öfter wurde er aus nichtigem Anlass wütend, ging mal auf Anne-Marie, mal auf Lucia los. Anna stellte sich zwischen ihn und ihre Kinder und büßte dafür regelmäßig mit einer Tracht Prügel, der ebenso regelmäßig Beteuerungen folgten, es sei nicht so gemeint gewesen und er liebe sie doch, es würde nie wieder vorkommen. Doch es kam wieder vor. Immer wieder. Anna gewöhnte sich daran, entwickelte Strategien, das Schlimmste abzufedern. Sie lernte, sich so zusammenzurollen, dass die Schläge nicht so sehr schmerzten und damit er ihr nicht ungeschützt in den Unterleib boxen konnte.

Dann lernte sie Florian Theiss kennen. Rudolf war auf einer Geschäftsreise. Sie ging einkaufen, hatte noch Schmerzen von der letzten Prügelattacke, strauchelte, riss den Einkaufswagen mit. Florian half ihr auf, räumte alles wieder in den Wagen und brachte sie nach Hause. Es war Liebe auf den ersten Blick.

Am nächsten Tag kam er vormittags zu ihr, um nach ihr zu sehen, sie schliefen miteinander, und Anna erlebte den ersten Höhepunkt ihres Lebens. Doch da war mehr. Sie fühlte, dass Florian ein ganz anderer Mensch war. Dass er sich um sie kümmern würde und um ihre Kinder, liebevoll, zugewandt. Er hatte sogar Verständnis dafür, dass sie sich noch nicht traute, Rudolf zu verlassen. Er warf ihr nichts vor. Stattdessen besorgte er ihr eine Pistole, zeigte ihr, wie sie funktionierte, damit sie sich wehren konnte, wenn es nötig war. Sie nahm die Waffe, aber sie war sich sicher, dass sie das Mordinstrument nie benutzen würde, verstaute sie im Kleiderschrank, unter einem Berg Pullover. Rudolf kümmerte sich nicht um die Wäsche oder irgendeine andere Hausarbeit, dort war die Pistole bestens versteckt.

Als die Regel ausblieb, wurde Anna klar, dass sie von Florian schwanger war, in der fraglichen Zeit hatte sie nicht mit Rudolf geschlafen. Doch sie verschwieg ihm, dass er Vater werden würde. Er hätte Himmel und Hölle in Bewegung gesetzt, damit sie Rudolf endlich verließ. Rudolf, der sie schlug, ihre Töchter schlug und bald auch ihr jüngstes Kind schlagen würde, Florians Kind.

Als sie in der 28. Woche war, passierte es. Rudolf hatte sich mal wieder aufgeregt, behauptete, er habe erfahren, dass sie ihn betrog. Er prügelte auf sie ein, verlangte, sie solle die Wahrheit sagen, doch sie sagte kein Wort, riss sich los, versuchte zu fliehen. An der Kellertreppe holte er sie ein, trat ihr in den Rücken, sodass sie die Stufen hinunterstürzte. Sie hörte Rudolf brüllen, sie solle doch verrecken, dann schlug die Haustür. Sie schaffte es noch bis zu Dr. Berendt. Dann verlor sie das Bewusstsein.

Als sie im Krankenhaus zu sich kam, spürte sie es sofort. Ihr Kind war weg. Trauer überfiel sie und Verzweiflung. Dr. Berendt, der ihr das Leben gerettet hatte, aber das ihres Kindes nicht, erkundigte sich nach ihr, sie sagte, alles sei gut, sie wollte kein Gerede.

Am liebsten wäre sie gestorben. Doch sie würde ihre Töchter nicht diesem Ungeheuer überlassen. Nach drei Tagen wurde sie nach Hause geschickt, Rudolf hatte sich nicht blicken lassen, er war auch nicht zu Hause gewesen, seine Mutter war von Hannover heruntergekommen, hatte sich um die Kinder gekümmert, war wieder zurückgefahren.

Am Abend war Rudolf dann heimgekommen, Anna war zu Tode erschrocken, als die Tür ging und er plötzlich im Flur stand, leicht schwankend.

«Du verfluchtes Miststück», brüllte er. «Gut, dass der Bastard tot ist.»

Anna stellten sich die Nackenhaare auf.

Er wusste es.

Er würde sie umbringen.

Er ging auf sie zu, doch er griff sie nicht an, sondern stolperte in die Küche, kam mit dem Brotmesser wieder heraus.

«Die zwei anderen Bastarde kommen jetzt dahin, wo der andere auch ist. In die Hölle.»

Anna wurde starr. Er wollte Anne-Marie und Lucia umbringen.

Auf einmal war glasklar, was zu tun war. Etwas in ihr trieb sie an. Eine namenlose Wut, die ihr Kraft verlieh. Sie stürzte an ihm vorbei die Treppe hoch, rannte ins Schlafzimmer, wühlte in den Pullovern, zog die Pistole hervor, erinnerte sich, was Florian ihr gezeigt hatte, entsicherte die Waffe, lud sie durch. Sie rannte ins Kinderzimmer, wo Rudolf vor Lucias Bett stand. Sie hob die Waffe.

«Hör sofort auf, oder ich erschieße dich.»

Er fuhr herum, zornesrot, das Gesicht von Hass verzerrt. «Du wagst es, mich zu bedrohen. Du Schlampe! Du Hure! Dich stech ich als Erstes ab.»

Er wankte auf sie zu, Anna wich zurück in den Flur, immer weiter, er grinste nur teuflisch. «Traust dich nicht, du Feigling.»

Er machte eine schnelle Bewegung, die sie ihm in diesem Zustand nicht zugetraut hätte, die Klinge glitt durch die Luft, erwischte sie am linken Arm, die Pistole hielt sie noch immer in der rechten Hand. Seltsam, sie spürte keinen Schmerz. Er packte sie am Hals, hob das Messer. Dann krachte ein Schuss.

Rudolf sackte zusammen. Anna trat einen Schritt zurück. Blut quoll aus seinem Bauch.

Er atmete nicht mehr.

Er war tot. Sie hatte ihn umgebracht.

Sie riss den Hörer von der Gabel, betete, dass er zu Hause war. Nach vier Freizeichen hob er ab.

«Florian», wimmerte sie, «du musst kommen. Ich habe Rudolf erschossen.»

ESSEN-KRAY
––– GEGENWART

«Florian hat die Waffe aufgehoben, Rudolf in einen Teppich gewickelt, auf einen Kohlelaster gehievt, seine Sachen in Kohlensäcke gestopft und auf die Ladefläche geworfen. Ein zweiter Teppich war blutverschmiert, der musste auch weg. Er gab mir noch einen Kuss, dann stieg er ein und fuhr. Seitdem habe ich Florian nicht mehr gesehen, das hatten wir uns geschworen, damit nicht herauskommt, dass wir eine Liebschaft hatten. Die Polizei hätte uns sicherlich verdächtigt und alles so gründlich untersucht, dass sie Spuren gefunden hätten. Das dachten wir. Aber daran hatten die gar kein Interesse. Rudolf war mit dem Geld abgehauen, das war ihre These. Ende, aus, Akte zu. Trotzdem, ich habe jeden Tag damit gerechnet, dass die Polizei mich holt. Und so ist es gekommen.»

Jana schaute Elin an, die nickte. Manchmal war es fast unheimlich, wie sie sich ohne Worte verstanden.

«Wo hat der Schuss Ihren Mann getroffen?», fragte Elin, obwohl sie beide es bereits wussten.

Anna Mergent sah sie müde an. «In den Bauch.»

«Und Sie haben nur einmal geschossen?»

«Ja.»

Ihre Antwort ließ nur einen Schluss zu. «Sie wissen nicht, woran Ihr Mann gestorben ist», stellte Jana fest.

«Doch. Ich habe ihm in den Bauch geschossen. Florian hat ihn in den Teppich eingewickelt. Er hat sich nicht gerührt und nicht geatmet. Sein Puls war nicht zu spüren. Er war tot.»

«Sehen Sie, Frau Mergent», erklärte Elin, «in früheren

Zeiten hatten die Menschen zu Recht Angst davor, lebendig begraben zu werden, denn oft verwechselten die Ärzte eine tiefe Bewusstlosigkeit mit dem Tod. Aber fehlender Puls, fehlende Atmung oder Bewegungslosigkeit sind keine sicheren Todeszeichen.»

«Doch, er war tot, das hat auch Florian gesagt. Ich habe ihn umgebracht.» Anna Mergent sah aus dem Fenster. «Ich gestehe, dass ich nicht traurig war. Traurig war ich nur darüber, dass ich mich nicht früher befreit habe und deshalb mein Sohn sterben musste. Das haben mir auch meine Töchter vorgeworfen, aber damals konnte ich es nicht zugeben, dass ich so viele Jahre lang ein Feigling war. Ich bin erleichtert, dass jetzt endlich alles raus ist, dass es vorbei ist. Ich kann nicht mehr.»

«Sie irren sich», sagte Jana. «Weder waren Sie ein Feigling, noch war Ihr Mann tot. Ihr Mann hat mit großer Wahrscheinlichkeit noch gelebt, als Florian Theiss ihn abgeholt hat. Er ist wahrscheinlich noch mal zu sich gekommen. Florian Theiss hat ihn dann mit einem Kopfschuss getötet.»

Anna Mergent drehte den Kopf, starrte sie nur an. Schwieg.

«Er hat Ihren Mann unter Tage geschafft, in eine Strecke, die verfüllt werden sollte, tief unten im Berg auf Zeche Wilhelmshöhe. Er hat eine Sprengladung angebracht, mit einem Zeitzünder versehen. Niemand hätte je etwas erfahren. Was er nicht wusste, war, dass kurz darauf Bergleute in einer Nebenstrecke arbeiten sollten. Zwölf sind ums Leben gekommen, wie Sie wissen.»

Anna Mergents Gesichtsausdruck veränderte sich, als sie verstand. Ihre Augen füllten sich mit Tränen. «Mein Gott, das ist so furchtbar. Und an allem bin ich schuld.»

Jana kannte viele Fälle von häuslicher Gewalt. Für die Frauen war es extrem schwer, sich aus diesem System zu befreien. Sie sahen keine Perspektive. Wenn sie den Schritt wagten, war ihr Martyrium noch lange nicht zu Ende. Anna Mergent hatte die Befreiung gewagt, doch sie hatte ihr Leben lang gebüßt. Sie hatte den Kontakt zu ihren Töchtern verloren und ihre große Liebe, hatte jeden Tag gefürchtet, verhaftet zu werden. Doch nicht sie trug die Schuld, sondern Florian Theiss. Er hatte es vielleicht gut gemeint, hatte Anna Mergent schützen wollen, aber dafür jemanden zu ermorden, das war der falsche Weg. Ein Weg, der das Leben von zwölf Menschen ausgelöscht und das Leben von zwölf Familien zerstört hatte.

Jana hingegen hatte Glück gehabt. Sie hatte ebenfalls eine falsche Entscheidung getroffen, als sie Theiss die Falle gestellt hatte. Siegfried würde eine Menge zu tun haben, die Ursachen dafür bei ihr zu ergründen. Aber das hatte noch Zeit.

Elin stand auf, Anna Mergent hielt ihr die Hände hin.

«Sie müssen mich jetzt festnehmen, nicht wahr?»

Elin schüttelte energisch den Kopf. «Nein, das muss ich nicht, und das werde ich nicht.»

Anna Mergent ließ die Hände sinken. «Warum?» Sie klang enttäuscht.

Jana ahnte, was in ihr vorging. Jahrzehntelang hatte sie jeden Tag damit gerechnet, dass sie festgenommen und eingesperrt würde, hatte die Polizei gefürchtet, war bei jedem Klingeln an der Tür vor Schreck zusammengefahren, hatte sich isoliert, hatte die Welt da draußen ausgesperrt. Heute wäre es ihr wie eine Erlösung vorgekommen, wenn Elin sie verhaftet hätte.

Jana stellte sich neben Elin. «Selbst wenn ein ungnädiger Staatsanwalt Ermittlungen wegen gefährlicher Körperverletzung gegen Sie einleiten würde, müsste er das Verfahren sofort wegen Verjährung einstellen. Aber ich bin mir sicher, dass jeder Staatsanwalt hier Notwehr erkennt. Dass Florian Theiss Ihren Mann ermorden würde, konnten Sie nicht wissen, und Sie wollten auch nicht, dass er es tut. Mit dem Mord an Ihrem Mann und den zwölf Bergmännern haben Sie nichts zu tun.»

«Aber ...» Anna Mergent senkte den Kopf, Tränen liefen ihr über die Wangen. «Wenn ich damals die Polizei gerufen hätte, dann wäre alles ganz anders gewesen. Dann hätte niemand sterben müssen, dann hätte ich mit Florian zusammen sein können.» Sie schlug die Hände vor ihr Gesicht. «Mein Gott. Ich war so dumm.» Sie begann zu schluchzen.

Elin legte ihr eine Hand auf die Schulter. «Frau Mergent, Sie müssen mir jetzt gut zuhören.»

Anna Mergent hob den Kopf, ihre Augen waren rot, sie nickte, zog die Nase hoch. Jana reichte ihr ein Taschentuch, das sie dankbar nahm, um sich die Tränen abzuwischen.

«Unser Staatsanwalt ist erpicht darauf, diesen Fall endlich zu den Akten legen zu können. Reden Sie mit niemandem über das, was Sie uns gerade erzählt haben, wir übernehmen das. Rufen Sie Ihre Töchter an. Versöhnen Sie sich mit ihnen.»

Anna Mergent nickte stumm.

«Wenn Sie Hilfe brauchen.» Jana legte ihre Karte auf den Tisch.

Anna Mergent ließ ihren Kopf wieder hängen. Es war an der Zeit, sie allein zu lassen. Jana und Elin verließen die Wohnung, schlossen die Haustür hinter sich.

«Ist sie suizidgefährdet?», fragte Elin.

Daran hatte Jana auch gedacht. «Ich denke, sie wird sich immer wieder für ihre Töchter entscheiden und damit für das Leben.»

«Gut. Das denke ich auch.»

«Kriegst du das hin mit den Beweisen, so, dass sie Florian Theiss überführen?», fragte Jana, denn sie machte sich ernsthaft Sorgen. Elin beging ein nicht unerhebliches Dienstvergehen, wenn sie Ermittlungsergebnisse vorenthielt oder verfälschte, um Anna Mergent zu schützen. Ein gefundenes Fressen für Küppersbusch.

«Ich mache morgen die Akten dicht. Anstatt Bernd Fäller schreibe ich Florian Theiss auf die erste Seite. Wir haben den Mordversuch an dir und Werner, wir haben das Geständnis, wir haben genügend Indizien. Da brennt nichts an.»

«Fehlt nur noch eine Sache.» Jana rief die Aufnahme ihres Gesprächs mit Anna Mergent auf, tippte auf «Löschen», bestätigte. Ein Fenster ploppte auf. *Wollen Sie wirklich löschen?*

Und ob ich das will, dachte sie und tippte auf «ja».

«Ups!», rief sie. «Elin, ich glaube, mein Handy hat gerade die Aufnahme von Anna Mergents Geständnis gelöscht.»

Elin schüttelte den Kopf. «Na so was. Diese Technik ist wirklich nicht zuverlässig. Da hilft nur eins. Meinst du, wir bekommen bei Millie noch ein Bier?»

«Darauf kannst du wetten.»

ZWEI WOCHEN
SPÄTER

ESSEN, TANTE MILLIES
--- GEGENWART

Jana hielt den Zettel mit beiden Händen an die Holztür, Elin klebte die Tesastreifen über die Ecken. «Heute geschlossene Gesellschaft.»

Endlich konnte Jana ihr Versprechen einlösen. Sie hatte alle eingeladen, und niemand hatte abgesagt. Als Millie von der Feier erfahren hatte, hatte sie darauf bestanden, Janas Gäste zu bekochen und mit Getränken zu versorgen. Damit der Aufwand nicht so groß würde, schlug sie vor, die Feier gleich bei Tante Millies auszurichten. Dagegen hatte Jana nichts einzuwenden gehabt, im Gegenteil, aber darauf bestanden, die Kosten zu übernehmen. Dagegen wiederum hatte Millie nichts einzuwenden gehabt.

Janas Gästeliste war lang: Oliver natürlich, Wolfgang, Heinz, Friedel, Kurt und Hartmut, der drei Tage nach ihrer Rettung angerufen und einen Termin bei ihr vereinbart hatte. Es ging nur langsam voran mit ihm, aber es ging voran. Vor allem, weil er sich an eine seiner Bergmannstugenden erinnert hatte: «Wenn man was reparieren kann, dann repariert man das und wirft es nicht weg.» Eine weise Entscheidung, wenn es um die eigene Psyche ging.

Sie hatte Edith eingeladen, mit ihrer Lebensgefährtin, sie brachte noch sechs Mann von der Grubenwehr mit. Elin und

Dirk, Holger und Lydia kamen, Holgers Töchter hatten keine Zeit. Deniz natürlich und Mareike mit ihrem neuen Freund Ansgar.

Bei einer Person hatte sie lange gezögert und sich dann entschlossen, sie doch einzuladen. Tim hatte ihr geholfen, und er hatte Wort gehalten, nichts über diesen Fall zu veröffentlichen, das sie nicht wollte. Er hatte sich gefreut und zugesagt.

Das Buffet war bereit, das Fass angeschlagen, ihre Mutter hatte sich um die Deko gekümmert, hatte es sich nicht nehmen lassen, Blumen aus ihrem Garten mitzubringen und sie auf der großen Tafel zu drapieren, die Millie aufgestellt hatte.

Langsam trudelten die Gäste ein, Jana begrüßte alle einzeln vor der Tür und bat sie herein. Alle bis auf Tim, der zu spät kam, wie meist. Jana sah die Straße runter, ob sie ihn schon sehen konnte, ließ ihren Blick schweifen und erstarrte. Auf der anderen Straßenseite stand Gerd Melzer.

Ihr erster Impuls war, um Hilfe zu rufen, doch dann bemerkte sie, dass Melzer einen Blumenstrauß in der Hand hielt. Sie überlegte nicht lange, überquerte die Straße und stellte sich zwei Armlängen von ihm entfernt auf, hoffte auf das Gute im Menschen.

«Herr Melzer. Wie kann ich Ihnen helfen?»

Mit einer ruckartigen Bewegung streckte er seinen Arm aus und hielt ihr den Strauß entgegen. Jana zögerte.

«Ich wollte mich entschuldigen», brachte er mühsam heraus.

Sie sah ihn an, sah sein faltengezeichnetes Gesicht, seinen Dreitagebart, fing seinen ernsten Blick auf.

«Wofür wollen Sie sich entschuldigen?»

Melzer hielt den Blumenstrauß vor sich wie ein Bollwerk. «Dafür, dass ich …», er fuhr sich mit der anderen Hand durch die Haare. «... dass ich Sie eine Weile verfolgt habe. Ich glaube, Sie haben es bemerkt.»

«Das habe ich, allerdings.»

«Ich war so furchtbar wütend, ich ...» Er brach ab, sah an ihr vorbei, dann auf den Boden. «Ich habe eingesehen, dass Sie die falsche Adresse sind. Es tut mir wirklich leid.»

Melzer brachte seine Entschuldigung mit so viel Ehrlichkeit vor, dass sie geneigt war, ihm zu glauben. Dennoch. «Warum haben Sie mich mit einer Waffe bedroht? An der Sonnenklinik?»

Melzer starrte sie ungläubig an. «Ich habe Sie nicht mit einer Waffe bedroht, ich war nie an der Sonnenklinik. Ich wollte Ihnen nur ein bisschen Angst einjagen, habe vor Ihrer Wohnung rumgelungert und Sie einmal mit dem Auto verfolgt. Aber das war falsch. Furchtbar falsch. Bitte. Verzeihen Sie mir.»

Jana nahm die Blumen. «Ich glaube Ihnen, Herr Melzer.»

«Danke.» Er zögerte, nickte noch einmal, drehte sich um, ging davon, erhobenen Hauptes wie einer, der sich eine Last von der Seele geredet hatte, der sich erleichtert fühlte. Ihr ging es nicht anders. Wie auch immer die tragische Geschichte seines Bruders ausgegangen wäre, sie war sich inzwischen sicher, dass sie richtig gehandelt hatte. Dass Melzer ein Einsehen gehabt hatte, war umso besser.

Also war es nicht Melzer gewesen, sondern Theiss, der ihr an der Sonnenklinik aufgelauert hatte. Ob er eine Waffe in der Hand gehabt hatte, konnte sie nicht mehr mit Sicherheit sagen. Da hatte er sie noch nicht töten wollen, er wollte nur herausfinden, ob Werner sich erinnerte oder nicht. Jana lief es eiskalt über den Rücken. Hätte sie nicht so panisch reagiert, hätte sie Theiss vielleicht erkannt. So aber hatte sie ihm eine Falle gestellt und war selbst hineingetappt, hatte fast mit ihrem und Werners Leben dafür bezahlt, hatte andere Menschen in Lebensgefahr gebracht.

«Wer war das?»

Jana fuhr herum. Elin stand vor ihr. «Gerd Melzer.»

«*Der* Melzer? Was wollte er?»

Jana hob den Blumenstrauß. «Sich dafür entschuldigen, dass er mich in der Sendung so angegangen hat.» Elin musste nicht alles wissen, und Jana schämte sich auch ein wenig, dass sie ihre Freundin nicht eingeweiht hatte, dass sie verfolgt worden war. Sie hatte auch Werner eingeschärft, für sich zu behalten, was an der Sonnenklinik vorgefallen war. Er hatte ja ohnehin nichts gesehen.

«Wunderbar. Dann ist heute der Tag der guten Nachrichten.» Elin hielt ihr die aktuelle Abendausgabe der *Neuen Rhein-Ruhr-Zeitung* vor die Nase. Ein gebeugter Repsen war zu sehen, darüber die Schlagzeile: «Oberbürgermeister tritt nicht zur Wahl an. Insidergeschäft aufgedeckt.»

Jana nahm die Zeitung. «Tim hat ihn zu Fall gebracht.»

«Das hat er. Dafür zolle ich ihm Respekt.»

Sie lächelte. Dass Elin Tim wieder in den Kreis der Menschen aufnahm, die sie respektierte, war eine kleine Sensation und gleichzeitig ein gutes Gefühl.

«Apropos», sagte Jana und zeigte über Elins Schulter. «Wenn man vom Teufel spricht. Unpünktlich wie immer.»

Tim kam über die Straße gehetzt, Jana wollte ihn warnen, aber es war zu spät.

Reifen quietschten, der Fahrer eines weißen Lieferwagens lehnte sich mit zornrotem Gesicht aus dem Fenster. «Du Vollidiot, kannst du nicht aufpassen?» Er rammte einen Gang rein und fuhr energisch wieder an.

Tim machte einen Satz nach vorne, stolperte fast in Jana und Elin hinein, rappelte sich auf.

«Oh, verdammt, den habe ich gar nicht gesehen.»

«Kein Wunder», sagte Elin, «du hast einfach nur geradeaus gestarrt, bist losgerannt wie ein Lemming.»

Jana war fast das Herz stehen geblieben, sie hatte Tim schon zerquetscht unter dem Wagen gesehen. Der Schreck war ihr gründlich in die Glieder gefahren.

«Habt ihr schon mitbekommen, was mit Küppersbusch ist?»

Elins Miene verdunkelte sich. «Nein, hat er endlich zum Schlag ausgeholt?»

Jana wusste, dass Elin seit zwei Wochen nichts von ihm gehört und das als schlechtes Zeichen gewertet hatte. Diesmal war das Verfahren endgültig eingestellt worden, Florian Theiss war nachweislich der Täter, Küppersbusch hatte keine Zweifel angemeldet und ihren Untersuchungsbericht abgenickt, der Richter hatte nicht gezögert. Für alle weiteren Fälle, die sie bearbeitete, war ein anderer Staatsanwalt zuständig.

Tim grinste spitzbübisch. «Herr Oberstaatsanwalt Küppersbusch ist ins Saarland versetzt worden. Verkehrssachen.»

«Ins Saarland?» Elin musste lachen. «Verkehrssachen? Das wünscht man nicht einmal seinem schlimmsten Feind.»

«So übel ist es auch wieder nicht. War mal Bergbauregion», widersprach Jana.

«Wie auch immer. Er hat Glück gehabt, dass man ihn nicht rausgeschmissen hat. Die Innere hat gegen ihn ermittelt», berichtete Tim sichtbar genüsslich.

Elin war baff. «Woher weißt du so etwas?»

«Berufsgeheimnis. Quellenschutz.»

Sie hob einen Zeigefinger. «Einspruch!», sagte sie bestimmt. Jana sah ihr an, dass sie eine Diskussion anfangen wollte.

«Wisst ihr was, ihr beiden?» Tim und Elin sahen sie an. «Die Gäste warten. Lasst uns das Leben feiern.»

Dagegen erhob keiner Einspruch.

NACHWORT

Meine Mutter stammt aus Witten an der Ruhr, mein Vater aus dem Saarland. Beide Regionen waren über Jahrhunderte mit Kohle und Stahl tief verwoben. Wenn meine Mutter vergessen hatte, die Wäsche rechtzeitig ins Haus zu holen, war sie oft rot gefärbt vom Rauch der Dillinger Hütte, der sich auf die Kleider legte und in die Herzen der Menschen eindrang.

Meine Freunde waren Bergleute und Kinder von Stahlkochern. Ich habe ihre Schicksale verfolgt, und nicht immer verliefen sie glatt. Aber ich konnte mich auf sie verlassen. Sie standen zu mir, was immer auch gerade anlag. Sie halfen mir auf, wenn ich fiel. Das werde ich nie vergessen.

Umso trauriger machte mich der Tod eines Freundes, der den Niedergang der Kohle nicht verwinden konnte, und umso mehr lachte mein Herz, dass ein anderer sich neu erfand und nach wenigen Jahren in einer Lehranstalt eine leitende Rolle übernahm.

Noch immer trage ich Kohle und Stahl in mir. Es ist mir eine große Freude, dieses mächtige Thema, das alle Facetten des Menschseins abdeckt, in meinen Krimis aufgreifen zu dürfen. Ich danke allen, die mich auf diesem Weg begleitet haben, und insbesondere denen, ohne die dieses Buch nie entstanden wäre.

Denn ein Buch ist immer das Werk aller, deren Herz für es schlägt.

Vielen Dank!

Sabine Klewe

Lea Daume

Sünje Redies

Nina Grabe